나의 미카엘

미카엘 셸리

MY MICHAEL
by Amos Oz

세계문학전집 15

나의 미카엘

מיכאל שלי

아모스 오즈

최창모 옮김

민음사

일러두기

1 본문의 각주는 모두 옮긴이 주이다.

차례

40년 후

나의 소설 『나의 미카엘』은 전적으로 여성 1인칭 소설이다. 내가 이 소설을 쓴 때는 대략 스물여섯 살이었고, 그때만 해도 내가 여자를 썩 잘 안다고 여겼다. 오늘날 같았으면 난 여성의 목소리로 소설을 쓸 용기가 없었을 것이다.

책이 출간되자마자 나는 수많은 편지를 받았는데, 깜짝 놀란 여성들로부터는 "그걸 어떻게 알았느냐?"라는 질문이, 비난의 편지를 쓴 여성들로부터는 제대로 알지 못한다는 핀잔이 따라왔다. 누가 옳았는지는 알 수 없다.

나는 사실 『나의 미카엘』을 거의 강제당하여 썼다. 한나의 성격은 나를 압도했고, 나는 한나의 말투로 말하고, 밤에는 한나 꿈을 꾸기 시작했다. 내가 실제 인물로부터 그녀를 베꼈다는 건 사실이 아니다. 천만에. 한나는 그녀가 원해서 다가

온 곳으로부터 왔고, 내 속으로 들어왔으며, 그리고 나를 떠나지 않았다. 여러 달 동안 난 그녀에게 저항했고, 한 줄도 쓰지 못했다. 나보다 열 살이나 연상인 예루살렘 출신 젊은 여성의 사랑, 결혼, 환멸에 관해 쓰는 나는 누구인가? 그러나 한나는 나를 밀어내지 않았다. 그녀는 내 삶에 그녀의 미카엘, 그녀의 부모와 시부모, 그녀의 아들과 이웃들, 이웃 전체, 그녀의 도시 예루살렘, 그리고 내 꿈을 통해 돌아온 그녀의 꿈에 나타난 쌍둥이 아랍인을 데려다주었다. 나는 그녀에게서 벗어나 내 삶으로 돌아가기 위해 책을 쓰기 시작했으며, 이는 사실상 강제였다. 훌다 키부츠[1] 노동자로 살던 나의 생활은 가르치는 일과 농장 일로 나뉘어 있었고, 한나 고넨과 그녀의 실패한 사랑과 황량한 예루살렘과는 너무나 동떨어져 있었다.

나는 이 책을 완성할 거라고 생각하지 못했다. 한나에 관해 몇 쪽짜리, 단편 소설 정도를 염두에 두었고, 그렇게 그녀의 자유를 깨려 했다. 난 한나에 대해 신랄하거나 그녀의 결혼에 비애를 갖지 않았다. 특별히 그녀의 비밀스러운 환상적인 삶이 나의 취미도 아니었다.

나는 이 책을 1965년에 쓰기 시작했다. 내 첫 번째 소설 『다른 곳』이 출간되기 전이었다. 먼저, 나는 목요일(그해 키부츠는 내게 일주일에 하루만 글쓰기 작업에 몰두할 수 있도록 허락했다.)에만 글을 썼다. 그러나 한나는 빠르게 매일 자신의 이

---

1) 이스라엘의 농업 및 생활 공동체. 철저한 자치 조직을 바탕으로 개인 소유를 부정하고, 생산, 소비, 육아, 교육, 후생 따위를 공동으로 행한다.

야기를 쓰도록 강요했다. 닐리와 나와 두 딸은 작은 방 하나와 버스 정류장 맞은편 키부츠 사무실 옆의 작은 방 절반 크기의 방 하나를 4등분해서 살았다. 오후[2]에 집에 와서 샤워를 하고, 가족에게 저녁 시간을 바쳤다. 딸들과 닐리가 잠자리에 들면, 나는 밤에 두세 시간씩 글을 썼다. 공부를 중단한 이래, 나는 손가락 사이에 담배를 끼워 물지 않으면 한 줄도 쓸 수가 없었다. 닐리는 불빛 아래 담배 연기로 가득한 방에서 잠을 잘 수 없었다. 그러면 나는 비행기 세면소만 한 비좁은 화장실 문을 걸어 잠그고 변기 뚜껑에 앉아, 결혼 선물로 받은 반 고흐 전집 한 권을 무릎에 올려놓고, 다시 노트를 그 위에 올려놓고는, 담배를 한 대 피워 물고, 한나가 내게 불러 주는 대로, 피로와 슬픔으로 내 눈이 감기는 자정이나 새벽 1시까지 글을 썼다.

종종 작가들이 영감을 얻기 위해 분위기 좋고 생기를 불어넣어 줄 만한 곳을 찾아 여행을 떠난다는 얘기를 들으면, 내가 『나의 미카엘』 대부분을 어떻게 화장실에서 썼을까를 회상한다.(아마도 이 책에는 천장이 낮은 좁고, 답답하고, 음산한 예루살렘 아파트가 주로 반영되었다.)

나는 그냥 한나가 내게 불러 주는 대로 썼다고 말했다. 그러나 정확한 말은 아니다. 사실은 내가 할 수 있는 모든 추측을 다해 그녀와 싸웠다고 말하는 편이 맞다. 한 번 이상, 두 번 이상까지도 나는 스스로 그녀의 말을 들으려 했다. "그것은 적

---

2) 키부츠에서는 새벽에 노동을 나가 이른 오후에 귀가한다.

절치 않아. 그것은 너의 본성이 아냐. 난 그렇게 쓰려는 것이 아냐." 그러면 그녀는 나를 꾸짖었다. "내 본성이 무엇인지 또는 무엇이 아닌지 내게 말하지 마. 입 다물고 쓰기나 해." 나는 고집을 부렸다. "나는 널 위해 쓰려는 게 아냐. 미안하지만, 다른 곳으로 가. 여자에게로 가 줘. 난 더 이상 못 쓰겠어. 난 여자가 아니란 말이야. 난 여성 작가가 아니란 말이지." 그녀는 더없이 완강하게 굴었다. "내가 말하는 걸 쓰란 말이야. 참견하지 말고." "그런데 난 네 비서가 아니잖아. 넌 단지 내 책의 인물일 뿐이야. 마주나기가 아니란 거지." 우리는, 그녀와 나는 밤새도록 싸웠다. 종종 나는 그녀가 가고 싶은 대로 가게 놔줬고, 종종 나는 절대 그러지 못하게 했다. 내가 한나에게 했던 것보다 좀 더 혹은 좀 덜 그랬다 해도 이 책이 더 나았을지 혹은 더 나빴을지는 지금도 알지 못한다.

내가 이 책을 1967년 4월에 탈고했을 때는 '6일 전쟁' 발발한 달 전이었다. 마침내 한나를 노예로부터 스스로 벗어나게 하고 나서 나는 글을 읽어 보며 무거운 빚에서 벗어났다. 난 아무도 죽이지 않고, 누구도 비난하지 않고 이 소설을 완성했다. 시큼해진 결혼 생활의 예측 가능한 연대기, 히스테릭한 아내, 고독한 남편, 얼간이 같은 아이들, 천박한 이웃들, 냉담하고 우울하고 불길한 갈라진 예루살렘을 그려 냈다. 더 나아가 6주 후 구들은 통곡의 벽에서 쇼파르[3]를 불었고, 공기는 "황금의 예루살렘"에 가득 찼다. 한나와 미카엘의 예루살렘과는

---

3) 숫양의 뿔로 만든 나팔. 유대인의 신년 절기인 나팔절에 분다.

정반대였다. 내가 전쟁 한 달 전에 이 책을 탈고하지 않았더라면, 나는 정말이지 이 소설을 완성하지 못했을 것이다.

나는 스스로 생각했다. 감각적인 독자가 아니고는 실제로 구성도 없고, 영웅다운 영웅도 없고, 나뉜 예루살렘은 더 이상 존재하지 않는 도시를 배경으로 한 이 소설에 호소력이 있을까.

무거운 마음으로 나는 암 오베드 출판사 편집자에게 원고를 건넸다. 원고를 읽은 그가 말했다. 유감스럽게도 이 책은 대단하지도 대중적으로 독자들에게 감명을 줄 것 같지도 않다. 사실 그는 이 책이 대중적으로 인기를 끌 만한 작품이라기보다는 감성을 자극하는 시(詩) 같다고 했다. 그는 책의 부족한 부분을 채워 줄 아이디어를 제시했다. 예컨대 한나가 미카엘을 적어도 한 번쯤 속이거나, 미카엘을 과학 천재나 국제적인 명성을 얻는 이로 대체하자고. 혹은 둘 다 예루살렘을 떠나 키부츠 같은 곳에서 살도록 새 장을 추가할 수 있으면 했다. 그리고 제목을 '나의 미카엘'에서 '한나의 일기'로 바꾸는 것이 최선일 수 있겠다는 제안까지. 왜 그런 구식 이름을 고집하나? 그녀를 노아(Noa)나 루티(Ruthie)로 바꿀 수는 없을까? 그러나 암 오베드 출판사는 이런 제안을 거부한다 해도 원고 그대로 출판할 것임을 밝혀 왔다. 그는 내게 생각의 자양분을 주려 했고, 단조로운 이야기 속에 작은 생명을 불어넣을 것을 제안했던 것이다.

나는 "감성을 자극하는 글"이라는 말에 기운이 솟았다. 그리고 나는 대중적인 인기에 대한 그의 생각에 동의했다. 출판사는 몇 권 인쇄하지 않을 요량이었고, 불운하게도 '나의 미카엘'이라는 제목으로 탈고한 원고는 1년이 다 지난 1968년 4월에야 출판되었다. 급기야 출판사는 물론, 나 자신과 『나의 미카엘』을 손에 들고 읽은 가까운 친구들 모두에게 놀랄 만한 일이 벌어지고 말았다. 『나의 미카엘』은 하룻밤 사이에 베스트셀러가 되어 있었다. 여자도 책을 읽고 남자도 읽었다. 이스라엘에서 13만 부가 팔려 나갔고, 28개 언어로 번역되어 수백만 독자에게 읽혔다. 세계 도처에서 72판이 찍혀 나갔다. 세상에서 광범위하게 읽히는 책들은 매우 개성이 있으면서도 보편적인 공감대를 얻기 때문이 아닐까 한다. 아마도.

나는 가끔 우울한 아파트에 살고 있는 한나 고넨과 그녀의 남편 미카엘에 관해, 그들의 황량함에 관해, 평온무사한 삶에 관해 생각해 볼 때가 있다. 그리고 키부츠 홀다 화장실에서 내게 차례대로 얘기해 주던 한나의 목소리, 그녀의 불행의 덫, 저 먼 땅을 응시하던 꺼지지 않는 갈망, 분잡한 도시들, 거대한 파노라마를 기억한다. 나는 창가에 서서 항상 도달할 수 없는 창공을 올려다보고 있는 한나를 본다. 그리고 그녀에게, 나 자신에게 말한다. 한나, 넌 어디든 있어. 일본에도 한국에도 중국에도 불가리아에도 핀란드에도 브라질에도. 그래 좀 나아졌니? 여행 잘 해. 난 그녀에게 말한다. 그러고 나서 나는 지금 내가 쓰고 있는 작업으로 돌아온다. 그녀로부터 멀리 그리고 그다지 멀지 않은.

아모스 오즈
아라드, 2008년

나의 미카엘

1

내가 이 글을 쓰는 것은 내가 사랑하던 사람들이 죽었기 때문이다. 내가 이 글을 쓰는 것은 어렸을 때는 내게 사랑하는 힘이 넘쳤지만 이제는 그 사랑하는 힘이 죽어 가고 있기 때문이다. 나는 죽고 싶지 않다.

나는 지금 서른 살이고 결혼했다. 나의 남편은 미카엘 고넨 박사로 지질학자이며 성품이 좋은 사람이다. 나는 그를 사랑했다. 우리는 십 년 전 테라 상타 대학에서 만났다. 나는 히브리 대학 1학년이었고 그 당시는 아직 히브리 대학의 강의를 테라 상타 대학에서 받을 때였다.

우리는 이렇게 만났다.

어느 겨울날 아침 9시에 나는 계단을 내려오다가 미끄러졌다. 한 낯선 청년이 내 팔꿈치를 잡아 주었다. 그의 손은 강하고 엄청나게 자제력이 있었다. 나는 짧은 손가락과 납작한 손톱을 보았다. 관절 부위가 약간 거뭇한 창백한 손가락이었다. 그는 서둘러 내가 넘어지지 않도록 막아 주었고 나는 아픔이 사라질 때까지 그의 팔에 기대었다. 나는 어찌할 바를 몰랐다. 낯선 사람들 앞에서 갑자기 넘어지는 것은 당황스러운 일이기 때문이다. 탐색하고 묻는 듯한 눈과 심술궂은 미소들. 그가 나를 잡아 주었을 때 나는 어머니가 짜 주신 푸른 울 옷소매 사이로 그 사람 손가락의 따스함을 느낄 수 있었다. 예루살렘의 겨울이었다.

그 사람은 나에게 다쳤느냐고 물었다.

나는 발목을 삔 것 같다고 답했다.

그는 자기가 항상 '발목'이라는 말을 좋아했다고 말했다. 그는 미소 지었다. 그의 미소는 당혹해하면서 남도 당혹스럽게 하는 미소였다. 나는 그가 1층 카페테리아로 데려다주겠다고 했을 때도 거절하지 않았다. 다리가 아팠다. 테라 상타 대학은 기독교 수도원으로 1948년 전쟁이 끝나고 스코푸스산의 건물들이 차단되자 히브리 대학에 임대되었다. 추운 건물이다. 계단은 높고 넓다. 나를 붙들고 가는 이 낯선 젊은 남자를 따라가면서 나는 마음이 산란해졌다. 그의 목소리에 대답하는 것이 기뻤다. 그를 똑바로 쳐다보고 얼굴을 살필 수가 없었다. 나는 그의 얼굴이 길고 가늘고 거무스름하다는 것을 보지 않고도 느꼈다.

"자, 이제 앉지요." 그가 말했다.

우리는 자리에 앉았지만 서로 쳐다보지는 않았다. 나에게 묻지도 않고 그가 커피 두 잔을 시켰다. 나는 돌아가신 아버지를 세상 그 어느 남자보다도 사랑했다. 새로 알게 된 이 사람이 고개를 돌렸을 때 나는 그의 머리카락이 짧고 면도가 고르게 되어 있지 않다는 사실을 알았다. 거뭇한 수염이, 특히 턱 밑으로 많이 보였다. 어째서 이런 사소한 점이 중요하다고, 그것도 그 사람에게 호의를 갖게 하는 점이라고 생각되었지는 모르겠다. 나는 그의 미소와 손가락이 좋았다. 그의 손가락은 각각이 개별적인 생명을 갖고 있다는 듯이 찻숟가락을 만지작거리고 있었다. 그리고 찻숟가락은 그 손가락에 쥐여 있는 것을 좋아했다. 내 손가락은 그의 턱을, 제대로 면도가 되지 않아서 수염이 삐죽 나와 있는 그 부분을 만져야만 할 것 같은 희미한 충동을 느꼈다.

이름은 미카엘 고넨이라고 했다.

그는 지질학과 3학년이었다. 홀론에서 태어나고 자랐단다.
"댁의 예루살렘은 춥군요."

"나의 예루살렘이라고요? 내가 예루살렘 출신인지 어떻게 알죠?"

그는 이번에는 틀렸다면 미안하지만 틀렸다고 생각하지는 않는다고 말했다. 이제는 척 보면 예루살렘 사람을 집어내는 법을 배웠지요. 말하면서 그는 처음으로 내 눈을 쳐다보았다. 그의 눈은 회색빛이었다. 그 눈에서 재미있다는 듯한 기색을 보았는데 유쾌한 기색은 아니었다. 나는 그의 짐작이 맞다고 말했다. 사실 예루살렘 출신이었으니까.

"짐작이라고요? 아, 아닙니다."

그는 기분이 상한 척했지만 입가는 웃고 있었다. 아니요, 당신이 예루살렘 사람인 걸 알 수 있어요. "아시겠어요?" 그건 지질학 수업의 일부인가요? 아니요, 물론 아니죠. 사실 그건 고양이들한테서 배운 겁니다. 고양이들한테서요? 그래요, 나는 고양이 지켜보는 걸 좋아합니다. 고양이는 자기를 좋아할 것 같지 않은 사람은 결코 사귀지 않지요. 고양이는 결코 사람을 잘못 보는 법이 없거든요.

"당신은 행복한 사람인가 보네요." 내가 유쾌하게 말했다. 나는 웃었고 그 웃음이 무심코 내 마음을 드러내었다.

조금 후에 미카엘 고넨은 내게 사해와 아라바에 관한 교육용 영화가 상영될 예정인 테라 상타 대학 3층에 같이 가자고 청했다.

올라가는 도중에 내가 아까 미끄러졌던 계단을 지나면서 미카엘은 또다시 내 옷소매를 붙잡았다. 그 계단에서 또 넘어질 위험이라도 있다는 듯이. 푸른색 울 옷감을 통해서 나는 그의 다섯 손가락을 전부 느낄 수 있었다. 그가 마른기침을 했고 나는 그를 쳐다보았다. 내가 쳐다보는 것을 알고 그는 얼굴이 빨개졌다. 귀까지도. 빗줄기가 창문을 때리고 있었다.

"억수 같은 비군요." 미카엘이 말했다.

"그래요, 억수 같네요." 나는 우리가 연결되었다는 사실이라도 갑자기 발견한 듯이 열심히 동의했다.

미카엘은 머뭇거렸다. 그러고는 덧붙여 말했다.

"오늘 아침에는 안개가 끼어 있었고 바람도 세게 불더군요."

"나의 예루살렘에서 겨울은 겨울이거든요." 나는 그의 첫마디를 다시 상기시켜 주고 싶어서 '나의 예루살렘'을 강조하며 밝게 대답했다. 그가 계속 얘기하기를 바랐지만 그는 대답할 말을 생각해 낼 수가 없었다. 그는 재치 있는 사람이 아니다. 그래서 그는 다시 미소 지었다. 비 오는 날 예루살렘 테라 상타 대학의 1층과 2층 사이 계단참에서, 나는 잊지 않고 있다.

우리는 영화에서 순수한 소금이 나올 때까지 물이 증발하는 과정을 보았다. 회색빛 진흙에서 빛나고 있는 백색의 결정체. 그 결정체 안의 광물들은 섬세한 혈관처럼 아주 정교하고 깨지기 쉬웠다. 이 교육용 영화에서는 모든 자연적 과정이 빠른 속도로 보여졌기 때문에 바로 우리 눈앞에서 회색 진흙이 점차 갈라져 열렸다. 무성 영화였다. 창에는 검은 블라인드가 드리워져 빛을 차단하고 있었다. 어차피 바깥의 빛은 흐릿하고 어두웠지만. 나이 든 강사가 때때로 코멘트를 하거나 설명을 했는데 나는 이해할 수가 없었다. 그 강사의 목소리는 느리고 낭랑했다. 나는 아홉 살 때 디프테리아를 치료해 준 로젠설 박사님의 기분 좋은 목소리를 떠올렸다. 강사는 가끔씩 교편으로 그림에서 중요한 특징을 가리켜서 학생들이 정신을 팔지 않도록 했다. 나만이 교육적 가치가 전혀 없는 사소한 것들을 주의 깊게 보았는데 예를 들면 화면에는 칼륨을 추출하는 기계 주위에 보잘것없지만 탄탄한 사막 식물들이 끊임없이 등장했다. 환등기의 흐릿한 빛으로 나는 그 나이 많은 강사의 모습을, 팔과 교편을 찬찬히 살펴볼 수 있었는데 그는 내가 좋아하던 옛날 책 가운데 나오는 삽화 같았다. 나는 『모비 딕』에 나오는 목판화를 기억해 냈다.

　밖에서는 귀에 거슬리는 커다란 천둥소리가 여러 번 들렸다. 비는 마치 우리에게 무슨 긴급한 메시지를 전달해야 하고 그것을 주의해서 들으라는 듯이 어두워진 창을 맹렬하게 두드렸다.

2

　돌아가신 아버지는 종종 이렇게 말씀하시곤 했다. 강한 사람들은 원하는 것은 거의 무엇이든 할 수 있지만 아무리 강한 사람일지라도 자신이 원하는 것을 선택할 수는 없다고. 나는 그렇게 강하지는 않다.

　미카엘과 나는 그날 저녁 벤 예후다 거리의 카페 아타라에서 만나기로 했다. 밖에서는 완전히 폭풍이 몰아쳐 예루살렘의 돌 성벽을 미친 듯이 두드리고 있었다.

　그때는 아직도 긴축 경제 법령이 시행되고 있던 때였다. 우리는 커피 대용품과 작은 설탕 봉지를 받았다. 미카엘은 이것에 대해서 농담을 던졌지만 그의 농담은 재미가 없었다. 그는 재치 있는 사람이 아니다. 어쩌면 재미있게 말할 수가 없었는지도 모르겠다. 나는 그 사람이 애쓰는 것을 즐겼다. 내가 그를 애쓰게 만든다는 것이 기뻤다. 그가 자신의 고치에서 빠져나와 즐거워하고 즐겁게 하려고 애쓰고 있는 것은 나 때문이었다. 아홉 살 때까지도 나는 커서 여자가 아니라 남자가 되기를 바랐다. 어렸을 때 나는 항상 남자아이들과 놀았고 언제나 남자아이들의 책을 읽었다. 나는 레슬링을 하고, 공을 차고, 나무에 기어올랐다. 우리는 키리야트 슈무엘의 카타몬이라는 교외 언저리에 살았다. 바위와 엉겅퀴와 고철 부스러기로 뒤덮인 언덕에 버려진 작은 땅이 있었고 언덕 기슭에는 쌍둥이들의 집이 있었다. 쌍둥이들은 아랍인으로 라시드 샤하다의 아들인 할릴과 아지즈였다. 나는 공주였고 그 애들은 내 호위병이었으며 나는 정복자였고 그 애들은 내 부하였고 나는 탐험가였고 그 애들은 원주민 하인이었으며, 선장과 선원이었고, 일급 첩보원과 심복이었다. 우리는 함께 멀리 떨어진 거리를 탐험하거나 숲을 배회했고 배고픈 채로 숨을 헐떡이며 정교회 아이들을 놀리거나 성 시므온 수도원 부근의 숲에 몰래 들어가거나 영국 경찰관들에게 욕을 하곤 했다. 쫓고 쫓기고 숨었다가 갑자기 뛰쳐나오면서. 나는 그 쌍둥이들을 지배했다. 그것은 너무나도 먼 옛날의, 차가운 즐거움이었다.

미카엘이 말했다.

"한나는 수줍음이 많은 사람이군요?"

커피를 다 마시고 나서 미카엘은 외투 주머니에서 파이프를 꺼내어 테이블 위에 놓았다. 나는 그 당시 여자 대학생들이 캐주얼한 분위기를 내려고 입던 갈색 코듀로이 바지와 두툼한 빨간 스웨터를 입고 있었다. 미카엘은 수줍어하며 그날 아침 푸른색 울 원피스를 입었을 때가 더 여성스러워 보였다고 말했다. 적어도 그에게는.

"댁도 오늘 아침에는 다르게 보였어요." 내가 말했다.

미카엘은 회색 외투를 입고 있었다. 카페 아타라에 앉아 있는 내내 그는 그 외투를 벗지 않았다. 그의 뺨은 바깥의 지독한 추위로 빨개져 있었다. 그의 몸은 마르고 각이 졌다. 그는 불을 붙이지 않은 파이프를 집어 들고 테이블보로 파이프를 더듬어 갔다. 파이프를 만지작거리는 그의 손가락은 내게 평화로운 느낌을 주었다. 아마도 그는 내 옷에 대해 한 얘기를 갑자기 후회했는지도 모른다. 무슨 실수를 바로잡는 것처럼 미카엘은 내가 예쁜 여자 같다고 말했다. 그 말을 하면서 그는 파이프만 뚫어지게 쳐다보았다. 나는 그렇게 강하지는 않지만 이 젊은 남자보다는 강하다.

"자기 얘기 좀 해 보세요." 내가 말했다.

미카엘이 말했다.

"나는 팔마크에서 싸우지는 않았어요. 통신대에 있었죠. 카르멜리 여단에서 무선병이었습니다."

그러고 나서 그는 아버지 얘기를 시작했다. 미카엘의 아버지는 부인과 사별했다. 그리고 홀론 시 당국의 급수과에서 일하고 있었다.

쌍둥이의 아버지 라시드 샤하다는 영국 통치 시절에 예루살렘 시 당국의 기술 부서에서 일했다. 그는 교양 있는 아랍인이었고 모르는 사람들에게는 마치 웨이터처럼 행동했다.

미카엘은 자기 아버지가 대부분의 봉급을 자기 교육에 쏟는다고 말했다. 미카엘은 외동아들이었고 아버지는 그에게 대단한 기대를 품고 있었다. 그분은 당신 아들이 평범한 젊은이라는 사실을 인정하려 들지 않았다. 예를 들면 그의 아버지는 미카엘이 지질학 수업용으로 쓴 과제를 감탄하며 읽곤 했고 그것을 "이건 아주 과학적인 연구야. 아주 완벽해."라며 늘 똑같은 말로 칭찬했다고 한다. 아버지의 최대 소망은 미카엘이 예루살렘에서 교수가 되는 것이었는데 그 이유는 미카엘의 친할아버지가 그로드노의 히브리 사범 학교에서 자연 과학을 가르쳤기 때문이었다. 할아버지는 평판이 좋았다. 미카엘의 아버지는 그러한 사슬이 한 세대에서 다음 세대로 넘어가면 좋을 것이라고 생각했다.

"가족이란 건 직업을 넘겨받는 릴레이 경주 같은 게 아니잖아요." 내가 말했다.

"하지만 아버지께 그렇게 말씀드릴 수는 없어요." 미카엘이 말했다. "아버지는 아주 감상적이시고 히브리 말을 귀하고 깨지기 쉬운 도자기 다루듯이 사용하는 분이시죠. 이젠 당신 가족 얘기 좀 해 보세요."

나는 그에게 우리 아버지는 1943년에 돌아가셨다고 말했다. 아버지는 조용한 사람이었다. 사람들을 달래서 자기가 받을 자격이 없는 동정심을 얻어 내야 한다는 듯이 말을 하는 분이었다. 아버지는 라디오나 전기 제품의 판매와 간단한 수리를 하셨다. 아버지가 돌아가신 이후로 어머니는 오빠 에마뉴엘과 키부츠 노프 하림에서 살았다. "저녁에 어머니는 에마뉴엘 오빠와 올케 리나와 함께 앉아 차를 마시면서 손자에게 예절을 가르치려고 하지요. 아이 부모들이 올바른 예절을 무시하는 세대에 속하기 때문이래요. 어머니는 하루 종일 키부츠 변두리에 있는 작은 방에 틀어박혀서 러시아어로 된 투르게네프나 고리키의 작품을 읽고, 나한테 다 틀린 히브리 말로 편지를 쓰고, 뜨개질하면서 라디오를 듣곤 하세요. 당신이 좋다던 오늘 아침의 그 푸른색 옷 있잖아요. 그것도 어머니가 뜨신 거예요."

미카엘은 미소 지었다.

"당신 어머니와 우리 아버지가 만나면 좋을 것 같네요. 공통된 얘깃거리가 많을 것 같은데요. 우리 같진 않겠죠, 한나. 여기 이렇게 앉아서 부모님 얘기나 하고 있으니. 지루합니까?" 미카엘은 걱정스럽다는 듯이 물었고 마치 질문하면서 상처라도 입었다는 듯이 움찔했다.

"아뇨." 내가 말했다. "아니요, 지루하지 않아요. 여기 좋은데요."

미카엘의 아버지는 검소하고 겸손한 사람이었다. 아버지는 자발적으로 매일 저녁을 홀론 노동자 클럽을 운영하는 데 바치셨지요. 운영이라고요? 벤치를 놓고, 전표를 정리하고, 공지를 복사하고, 회의 후에 담배꽁초를 줍고 하는 일 같은 거지요. 우리 부모님들이 만나시면 좋을 텐데요. 아, 그 말은 벌써 했지. 그는 말을 반복해서 나를 지루하게 했다며 미안해했다. 대학에서 뭘 전공하시죠? 고고학?

나는 아키바의 정통파 집안에서 하숙한다고 말했다. 아침에는 케렘 아브라함에 있는 사라 젤딘의 유치원에서 교사로 일해요. 오후에는 히브리 문학 강의를 듣고. 아직 1학년 학생이에요.

"학생이라는 말은 선생이라는 말과 운이 맞지요." 미카엘은 억지로 재치를 부리면서 대화가 멈추지 않게 하려고 안절부절못하며 말장난으로 도움을 얻어 보려 했다. 무슨 말인지 확실하지 않자 그는 말을 바꾸어 보려고 했다. 그러다 갑자기 말을 멈추고는 불이 잘 붙지 않는 파이프에 미친 듯이 불을 붙이려 했다. 나는 그가 쩔쩔매는 모습이 좋았다. 당시에도 나는 여전히 내 친구들이 숭배하던 거친 남자들을 혐오했다. 거짓된 친절함을 과시하면서 달려드는 팔마크 출신의 우락부락한 남자들. 함락된 도시의 여자들을 낚아채 가는 약탈자처럼 네게브에서 온통 먼지투성이가 되어 돌아오는 사지가 우람한 남자들. 어느 겨울밤 카페 아타라 안에서 나는 학생인 미카엘 고넨의 수줍음을 사랑했다.

한 저명한 학자가 여자 두 명을 동반하고 카페로 들어왔다. 미카엘은 내게 몸을 기울여 내 귀에 학자의 이름을 속삭였다. 그의 입술이 내 머리카락에 닿았을지도 모른다. 내가 말했다.

"당신이 지금 무슨 생각하는지 다 알아요. 당신 마음을 읽을 수 있죠. 지금 '다음은 어떻게 될까? 여기서 어디로 가지?'라고 생각하고 있지요. 내 말이 맞아요?"

미카엘은 갑자기 사탕을 훔치다 걸린 어린아이처럼 얼굴이 빨개졌다.

"전에는 정식으로 여자 친구를 사귄 적이 없어요."

"전에는 이라고요?"

미카엘은 생각에 잠긴 듯 빈 잔을 옮겼다. 그가 나를 바라보았다. 저 깊은 곳에, 그의 온순함 저 아래에 있는 억눌린 듯한 냉소가 눈동자에 숨어 있었다.

"지금까지는 말입니다."

15분쯤 후에 그 유명한 학자는 두 여자 가운데 하나와 자리를 떴다. 여자의 친구는 구석 테이블로 옮겨 앉아 담배를 피워 물었다. 그녀는 씁쓸한 표정이었다.

미카엘이 말했다.

"저 여자 질투를 하는군요."

"우리를요?"

"당신이겠죠, 아마." 미카엘은 얼버무리려 했다. 그는 너무 열심히 애쓰느라 불편해하고 있었다. 그의 그런 노력이 도움이 되고 있다는 사실을 말해 줄 수만 있다면. 내가 그의 손가락을 매혹적이라고 생각한다는 사실도. 말을 할 수가 없었지만 침묵을 지키는 것도 싫었다. 미카엘에게 나는 예루살렘의 저명인사들, 작가와 학자들을 만나는 것이 아주 좋다고 말했다. 그것은 아버지에게서 물려받은 취미였다. 어렸을 때 아버지는 거리에서 그런 사람들을 찾아내어 나에게 가르쳐 주곤 하셨다. 아버지는 '세계적으로 유명한'이라는 말을 아주 좋아했다. 아버지는 지금 막 꽃집으로 들어간 어떤 교수가 세계적으로 유명하다거나 지금 쇼핑하고 있는 어떤 사람이 국제적인 명성을 얻고 있다고 흥분해서 속삭이곤 했다. 그러면 한 왜소한 노인이 낯선 도시의 방랑객처럼 조심스럽게 길을 더듬어 가는 모습을 볼 수 있었다. 학교에서 예언서를 읽을 때 나는 그 예언자들이 아버지가 길에서 가리켰던 작가나 학자와 같을 것이라고 상상했다. 섬세한 모습에 안경을 끼고 단정하게 손질된 흰 턱수염을 기르고 가파른 얼음판을 걸어 내려가듯이 불안하고 머뭇거리는 걸음을 한 사람들. 나는 이렇게 약한 노인들이 천둥 같은 목소리로 사람들의 죄를 비난하는 것을 상상하면서 미소 지었다. 나는 그들의 분노가 극에 달하면 목소리가 말라붙어 높은 비명만 내게 되리라 생각했다. 야포 거리의 가게에 작가나 대학교수가 들어온 날이면 아버지는 무슨 환영이라도 본 듯한 얼굴을 하고 집에 돌아왔다. 아버지는 그들이 한 평범한 말들을 엄숙하게 되풀이하고는 그 말이 마치 희귀한 동전이라도 되는 듯이 되짚어 보셨다. 아버지는 삶이란 사람이 교훈을 찾아내야 하는 수업이라고 생각했기 때문인지 항상 그들의 말에서 숨겨진 의미를 찾았다. 아버지는 주의 깊은 사람이었다. 언젠가 한번은 아버지가 토요일 아침에 나와 에마뉴엘 오빠를 텔 오르 영화관에 데려가 평화주의 단체에서 후원한 회의에서 마르틴 부버와 휴고 베르그만이 하는 연설을 듣게 했다. 나는 이상한 일 하나를 아직도 기억하고 있다. 우리가 강당에서 나왔을 때 베르그만 교수가 아버지 앞에 멈추어 서더니 "당신을 여기서 보게 되리라고는 정말 생각도 못 했는데요, 리베르만 박사님. 실례했습니다. 리베르만 교수가 아니시던가요? 하지만 확실히 어디선가 만난 적이 있지요. 선생님 얼굴이 눈에 아주 익는데요." 아버지는 말을 더듬었다. 아버지는 무슨 나쁜 행실로 비난이라도 받은 것처럼 얼굴이 새하얘졌다. 그 교수도 혼란스러워하며 실수한 것을 사과했다. 아마도 당황해서인지 그 교수는 내 어깨를 두드리면서 말했다. "어쨌든 선생님, 선생님 따님은…… 따님이시죠?

아주 예쁘군요." 그의 콧수염 아래로 온화한 미소가 퍼져 나갔다. 아버지는 살아 계신 동안 이 사건을 절대로 잊지 않았다. 아버지는 흥분하고 기뻐하면서 이 일을 되풀이해서 설명하곤 했다. 화장복을 입고 안경은 이마 위로 밀어 올리고 입은 피곤한 듯이 축 늘어진 채 안락의자에 앉아서도 아버지는 어떤 비밀스러운 힘의 소리를 조용히 듣고 있는 듯했다. "그리고 말이에요. 미카엘, 아직까지도 나는 세계적으로 유명해질 운명의 젊은 학자하고 결혼해야겠다고 생각할 때가 있답니다. 산같이 쌓인 오래된 독일 책 사이로 독서용 램프 빛에 내 남편의 얼굴이 보이겠지요. 나는 발끝으로 살살 걸어가서 책상에 차 한 잔을 놓고, 재떨이를 비우고 조용히 덧창을 닫은 다음에 그 사람이 알아채지 못하게 방을 나올 거예요. 이젠 날 비웃겠죠."

3

10시.

미카엘과 나는 학생들이 그러듯이 각자 계산하고 어둠 속으로 나섰다. 날카로운 서리가 우리 얼굴을 무감각하게 만들었다. 나는 숨을 몰아쉬면서 내 숨이 그의 숨결과 섞이는 것을 지켜보았다. 그의 외투 옷감을 결이 거칠고 묵직했으며 만지면 기분이 좋았다. 나는 장갑이 없었고 미카엘은 자기 것을 끼라고 우겼다. 거칠고 닳아빠진 가죽 장갑이었다. 시의 중심부에서 뭔가 놀라운 일이 벌어지고 있다는 듯이 하수구를 따라 물줄기가 시온 광장 쪽으로 흘러가고 있었다. 옷을 잔뜩 껴입은 한 쌍의 남녀가 서로에게 팔을 두르고 지나갔다. 여자가 말했다.

"말도 안 돼. 믿을 수 없어."

그녀와 같이 있던 남자가 웃었다.

"너 정말 순진하구나."

우리는 어찌할 바를 모르고 잠시 동안 서 있었다. 우리는 그저 헤어지고 싶지 않다는 사실만 알았다. 비는 멈췄고 공기는 차가워지고 있었다. 나는 그 추위를 참을 수 없었다. 몸을 떨었다. 우리는 물줄기가 하수구를 따라 내려가는 것을 지켜보았다. 길은 반짝거리고 있었다. 아스팔트는 자동차 전조등의 노란 불빛 조각을 반사했다. 내 마음속으로는 생각의 파편들이 순식간에 지나갔다. 어떻게 하면 미카엘을 조금 더 붙잡아 둘 것인가.

미카엘이 말했다.

"난 뭔가 음모를 꾸미고 있어요, 한나."

내가 답했다.

"조심해요. 자기 꾀에 넘어가는 수가 있으니까."

"난 못된 짓을 계획하고 있다고요, 한나."

떨리는 입술이 그의 약점을 드러냈다. 잠시 동안 그는 커다랗고 슬픈 꼬마처럼, 머리카락이 거의 다 잘려 나간 꼬마처럼 보였다. 나는 그에게 모자를 사 주고 싶었다. 그를 만지고 싶었다.

갑자기 미카엘이 손을 들었다. 택시 한 대가 빗길에 미끄러지며 섰다. 우리는 함께 따뜻한 차 속으로 들어갔다. 미카엘은 운전사에게 상관없으니 어디든 데려다주고 싶은 데로 가 달라고 말했다. 운전사는 음탕한 즐거움이 가득한 눈빛으로 음흉하게 나를 쳐다보았다. 패널 조명이 그의 얼굴에 흐릿한 붉은 빛을 던져서 마치 피부가 벗겨져 붉은 속살이 드러나 있는 것처럼 보였다. 그 택시 운전사는 조롱하는 듯한 호색한의 얼굴을 하고 있었다. 나는 잊지 않았다.

우리는 어디로 가는지도 모르는 채 20분가량 차를 탔다. 우리의 따스한 숨결이 창문을 뿌옇게 했다. 미카엘은 지질학에 대해서 얘기했다. 텍사스에서는 사람들이 물을 구하려고 땅을 팠는데 대신에 유정(油井)이 갑자기 솟아 나왔습니다. 이스라엘에도 아직 개발되지 않은 원유가 보유되어 있을지 모르지요. 미카엘은 '암석권'이라고 했다. 그는 '사암', '백악층'이라고 말했다. 그는 '전캄브리아기', '캄브리아기', '변성암', '화성암', '구조 지질학'이라고 했다. 내 남편이 자기의 낯선 언어로 말할 때마다 느끼는 정신적인 긴장을 나는 그때 처음으로 느꼈다. 그 단어들은 마치 암호로 전달되는 메시지처럼 나에게, 나 혼자에게만 의미가 있는 사실들과 관계된 것이다. 지구 표층 밑에는 상반되는 내인성 외인성 힘들이 끊임없이 작용합니다. 얇은 퇴적암들이 그 압력의 힘에 의해 끊임없이 분해되고 있고요. 암석권은 단단한 암석의 표면이지요. 단단한 암석들의 표면 아래에서는 타오르는 원자핵, 시데로스피어가 들끓고 있습니다.

1950년 겨울 예루살렘, 한밤의 택시 안에서 미카엘이 정확하게 이 단어들을 사용했는지는 확실하지 않다. 하지만 이 가운데 몇 마디는 그날 밤 그에게서 처음으로 들었던 것이었고 나는 마음이 끌렸다. 그것은 마치 내가 해독할 수 없는 기묘하고 불길한 메시지 같았다. 기억에서 사라진 악몽을 재현하려는 헛된 시도처럼, 꿈처럼 모호하고.

이 단어들을 얘기할 때 미카엘의 목소리는 깊고 절제되어 있었다. 어둠 속에서 패널 조명이 붉게 빛났다. 미카엘은 막중한 책임감에 짓눌려 있는 사람처럼, 그 순간에는 정확성이 극도로 중요하다는 듯이 얘기했다. 그가 자기 손안에 내 손을 꼭 쥐었다 해도 나는 저항하지 않았으리라. 하지만 내가 사랑했던 사람은 조용한 열정의 물결에 휩쓸려 있었다. 내가 잘못 생각했던 것이다. 그는 원하면 아주 강해질 수 였었다. 나보다 훨씬 더. 나는 그를 받아들였다. 그의 말들은 나를 달래어 시에스타가 끝났을 때의 평온함으로 이끌어 갔다. 황혼 녘, 시간은 온화하게 느껴지고 나도 주위의 사물도 부드러울 때 잠이 깨는 그런 평온함으로.

택시는 물에 흠뻑 젖은 거리를 지나갔고 창문에 서린 김 때문에 우리는 어디가 어딘지 알 수 없었다. 자동차 와이퍼가 차 앞 유리를 어루만지듯 닦고 있었다. 와이퍼는 깨뜨릴 수 없는 법에 복종이라도 하듯이 쌍둥이처럼 규칙적인 리듬으로 움직였다. 차를 탄 지 20분이 지나자 미카엘은 운전사에게 멈추라고 했다. 자기는 부자도 아니고 택시비는 벌써 마미라 거리 끝에 있는 학생 식당에서 점심 다섯 끼를 먹을 액수는 되었다면서.

택시에서 내리자 모르는 곳이었다. 돌장식으로 덮인 골목 길. 그동안에 비가 다시 내리기 시작해서 거리를 포장한 돌에는 비가 쏟아져 있었다. 사나운 바람이 우리에게 몰아쳤다. 우리는 천천히 걸었다. 우리는 흠뻑 젖어 있었다. 미카엘의 머리카락도 온통 젖어 있었다. 그의 얼굴은 우스웠다. 그는 우는 아이 같은 얼굴을 하고 있었다. 한번은 그가 손가락 하나를 뻗어서 내 턱 끝에 맺힌 물방울을 닦아 내었다. 우리는 갑자기 제네랄리 빌딩 앞 광장에 와 있었다. 날개 달린 사자가, 비에 푹 젖고 얼어 버린 사자가 위에서 우리를 내려다보고 있었다. 미카엘은 그 사자가 소리 죽여 웃고 있다고 우겼다.

"안 들려요, 한나? 웃고 있다고요! 저 녀석이 우리를 보면서 웃고 있다니까요. 그리고 나도 저 녀석과 같은 생각인데요."

내가 말했다.

"예루살렘은 너무 작은 도시라서 길을 잃을 수조차 없다는 게 유감인가 보죠."

미카엘은 나를 따라 멜리산다 거리와 예언자들의 거리, 그리고 병원이 있는 스트라우스 거리까지 왔다. 그동안 우리는 한 명도 마주치지 않았다. 마치 사람들이 도시를 버리고 우리 둘에게만 맡겨 둔 것 같았다. 우리는 이 도시의 주인이었다. 어렸을 때 나는 '도시의 공주님'이라고 이름 붙인 놀이를 하곤 했다. 쌍둥이는 고분고분한 신하 역을 했다. 가끔 나는 그 애들에게 역신(逆臣) 역할을 하라고 했고 그러고 나서는 가차 없이 그들을 꺾어 버렸다. 그것은 절묘한 짜릿함을 주었다.

겨울밤에 예루살렘의 건물들은 검정색 배경 앞에 얼어 버린 회색의 형상처럼 보인다. 억눌린 폭력을 잉태하고 있는 풍경. 예루살렘은 때로 추상적인 도시가 된다. 돌과 소나무 그리고 녹슨 쇳덩이들.

꼬리를 치켜세운 고양이들이 아무도 없는 거리를 가로질러 갔다. 골목길 벽에 우리들 발소리가 반향되어 둔하고 길게 들렸다. 우리는 한 5분간 내 하숙집 문 앞에 서 있었다. 내가 말했다.

"미카엘, 뜨거운 차 한 잔 마시자고 방으로 초대하고 싶지만 안 되겠네요, 주인집 내외가 굉장히 신앙심 깊은 사람들이라서요. 이 방에 세 들면서 남자들을 들이지 않겠다고 약속했거든요. 그리고 지금은 11시 반이고요."

내가 '남자들'이라고 할 때 우리 둘 다 싱긋 웃었다.

"지금 당신 방으로 초대할 거라고는 기대하지 않았는데요." 미카엘이 대답했다.

내가 덧붙였다.

"미카엘 고넨, 당신은 더할 나위 없는 신사고 오늘 저녁 고마웠어요. 전부 다 말이에요. 오늘 같은 저녁 초대를 또 한다면 거절할 것 같지는 않은데요."

그가 내게로 몸을 숙였다. 그는 내 왼손을 자기 오른손에 세게 쥐었다. 그러고 나서는 내 손에 입 맞추었다. 그 동작은 너무도 갑작스럽고 격렬했다. 마치 오는 동안 내내 그 동작을 연습했던 것처럼, 나한테 입 맞추려고 몸을 숙이기 전에 머릿속으로 셋까지 세고 있었던 것처럼 말이다. 카페에서 나서면서 나에게 빌려준 가죽 장갑을 통해서 따스한 물결이 밀려 들어왔다. 축축한 미풍이 나무 꼭대기를 흔들더니 잠잠해졌다. 미카엘은 물에 흠뻑 젖어 있었고 미소를 짓지도 않았고 장갑도 흰색이 아니었지만, 어쨌든 영국 영화에 나오는 공작처럼 장갑 낀 내 손에 입 맞추었다.

나는 장갑 두 짝을 다 벗어서 그에게 건네주었다. 그는 장갑이 아직 내 체온으로 따뜻할 동안에 서둘러 장갑을 끼었다. 1층의 덧창이 내려진 창문 뒤에서 한 병자가 심하게 기침했다.

"오늘 당신 정말 이상하군요." 내가 웃으며 말했다.

마치 다른 날에도 그를 알고 있었다는 듯이.

4

나는 아홉 살 꼬마였을 때 앓았던 디프테리아에 대해서 즐거운 기억을 가지고 있다. 그때는 겨울이었다. 나는 몇 주 동안이나 남향 창문 맞은편에 놓인 침대에 누워 있었다. 창문으로는 음울하게 퍼져 있는 안개와 비를 볼 수 있었다. 남(南) 예루살렘과 베들레헴 언덕의 그림자, 르파임 계곡, 계곡의 부유한 아랍인 교외 지역을. 그것은 세부적인 것은 존재하지 않는 겨울의 세계, 밝은 회색에서 어두운 회색으로 넓게 퍼진 형상들의 세계였다. 기차도 볼 수 있었고 숯검정으로 검어진 기차역에서부터 르파임 계곡을 따라 베이트 사파파의 아랍인 마을 언저리에 있는 굽이진 길까지 눈으로 기차를 따라갈 수도 있었다. 나는 기차에 탄 사령관이었다. 내게 충성스러운 부대가 유리한 고지를 차지하고 있었다. 나는 도피 중인 황제였다. 멀리 떨어져 있어도 고립되어 있어도 권위를 잃지 않는 황제. 꿈속에서 남부의 교외는 오빠의 우표 책에서 알게 된 생 피에르섬과 미클론섬으로 변했다. 그 이름들은 나의 상상력을 사로잡았다. 나는 내 꿈들을 깨어 있는 세계까지 연장하곤 했다. 낮과 밤은 하나의 연속된 세계였다. 고열이 이러한 효과를 높여 주었다. 어지럽고 다채로운 몇 주였다. 나는 여왕이었다. 나의 냉정한 지배는 노골적인 반란에 맞부딪혔다. 나는 폭도들에게 사로잡혀 감옥에 갇히고 굴욕과 고문을 당했다. 그러나 어두운 한쪽 구석에서는 충성스러운 지지자들이 나를 구할 계획을 세우고 있었다. 나는 그들을 신뢰하고 있었다. 잔인한 시련에서 자긍심이 솟아 나왔으므로 나는 그 시련을 소중히 여겼다. 권력의 수복. 나는 병이 낫고 싶은 마음이 별로 없었다. 로젠설 선생님의 말로는 어떤 의미에서는 병이 자유로움을 주기 때문에 아픈 것을 더 좋아하고 낫기를 거부하는 아이들이 있다는 것이었다. 그해 늦겨울에 병이 다 나았을 때 나는 유배감을 경험했다. 나는 연금술을 일으키는 힘을, 꿈과 현실을 구분 짓는 선을 넘어서 나에게 꿈을 가져다주던 힘을 상실해 버렸던 것이다. 아직까지도 나는 깨어난다는 것에 대해 실망감을 느낀다. 나는 심각한 병에 걸리고자 하는 막연한 나의 열망을 비웃고 있다.

미카엘에게 인사하고 나서 나는 방으로 올라갔다. 차를 끓였다. 15분 정도 등유 난로 앞에서 몸을 덥히며 별생각 없이

서 있었다. 에마뉘엘 오빠가 사는 키부츠 노프 하림에서 보내 준 사과 하나를 깎았다. 나는 미카엘이 서너 번 정도 별 성과 없이 파이프에 불을 붙이려고 하던 모습이 떠올랐다. 텍사스는 환상적인 곳이다. 어떤 남자가 과일나무를 심으려고 정원에 구멍을 팠는데 갑자기 원유가 솟구쳐 나왔다. 이것은 내가 이전에는 결코 생각도 못 해 본 영역, 내가 밟아 온 모든 곳 아래에 놓여 있는 숨어 있는 세계들이었다. 광물이나 석영, 백운석이니 하는 그 모든 것들이.

그리고 나서 나는 어머니와 오빠와 오빠 가족들에게 짤막한 편지를 썼다. 식구들 모두에게 잘 있다고 전했다. 아침에 우표 사는 걸 기억해야겠다.

히브리어 계몽 시기의 문학에는 빛과 어둠의 충돌에 관한 언급이 상당히 많았다. 작가는 빛의 궁극적인 승리에 모든 것을 쏟고 있었다. 나로서는 어둠이 더 좋다고 말해야 되겠다. 특히 여름에는. 백색의 빛은 예루살렘에 공포를 가져온다. 도시를 수치로 몰아넣는 것이다. 나는 그날 아침 테라 상타 대학 계단에서 미끄러진 일이 생각났다. 수치스러운 순간이었다. 내가 잠들어 있는 것을 좋아하는 이유 가운데 하나는 결정짓는 것을 아주 싫어하기 때문이다. 꿈에서도 때로는 거북살스러운 일이 일어나지만, 항상 어떤 힘이 작용해서 대신 결정을 내려 주기 때문에 꿈에서는 그저 노래에 나오는, 승무원들이 모두 잠들어 있는 배에 타고 있는 것처럼 꿈이 데려다주는 곳으로 흘러가기만 하면 되는 것이다. 부드러운 해먹과 바다 갈매기, 부드럽게 솟아오르는 수면이기도 하면서 한편으로는 깊이는 알 수 없는 거대한 소용돌이기도 한 방대한 물. 깊은 곳이 춥다고 생각되는 것은 나도 알고 있다. 하지만 전적으로 언제나 그런 것만은 아니다. 언젠가 어떤 책에서 온난한 해류와 해저 화산에 대해 읽은 적이 있다. 얼음같이 차가운 깊은 바다 밑 어느 지점에 이르면 때로 따뜻한 동굴이 숨어 있다는 것이다. 어렸을 때 나는 오빠가 가지고 있는 쥘 베른의 『해저 2만리』를 읽고 또 읽었다. 재미있는 몇 밤에는 초록색의 찐득한 바다 생물들 사이에서 깊은 수로와 어둠을 헤치고 비밀 통로를 발견하여 따뜻한 동굴의 문을 두드리기도 했다. 그곳은 나의 집이다. 그곳에서는 유령 같은 선장이 책과 파이프와 도표에 둘러싸여서 나를 기다리고 있다. 턱수염은 검고 눈은 굶주린 빛을 하고 있다. 그는 야만인처럼 나를 붙잡고 나는 그의 사나운 증오를 달랜다. 우리가 마치 물로 만들어졌다는 듯이 작은 물고기들이 우리 사이를 헤엄쳐 다니고 있다. 물고기들은 지나가면서 타는 듯한 쾌락의 미세한 불꽃을 전해 준다.

나는 다음 날 수업 준비로 마푸의 『시온의 사랑』을 두 장(障) 읽었다. 내가 타마르였다면 암논이 일곱 밤 동안 무릎으로 기어서 내게 오도록 했을 것이다. 그리고 마침내 그가 성서에 나오는 말들로 자신의 사랑을 고백하면, 나를 범선에 실어 아키아펠라고 군도로, 미국 원주민들이 은색 무늬가 있고 전기 스파크가 이는 맛 좋은 바다 생물로 변하고 바다 갈매기가 푸른 창공을 떠다니는 그 먼 곳으로 데려다 달라고 명령할 것이다.

가끔씩 밤에는 황량한 러시아의 대초원이 보인다. 얼어붙은 평야는 푸르스름한 서리로 뒤덮여 있고 그 표면에는 황량한 달빛이 반사되고 있다. 썰매와 곰 가죽으로 된 깔개 그리고 두껍게 옷을 입은 몰이꾼의 검은 등, 맹렬한 말발굽 소리, 주위에는 늑대들의 눈이 이글이글 타오르고 있고 백색의 언덕에는 죽은 나무가 한 그루 서 있고 시간은 초원의 한밤중이며 별들이 불길하게 지켜보고 있다. 몰이꾼은 갑자기 술 취한 조각가가 새겨 놓은 듯한 음산한 얼굴을 내게 돌려 댄다. 헝클어진 그의 콧수염 양 끝에는 고드름이 매달려 있다. 그리고 마치 매서운 바람의 울부짖음을 내는 것이 자신이라는 듯 입은 살짝 벌어져 있다. 초원의 언덕에 홀로 서 있는 죽은 나무 한 그루는 우연히 존재하는 것이 아니고 어떤 역할을 하는데 그게 무엇인지는 깨어나면 말할 수가 없다. 그러나 깨어나서도 나는 그 나무가 어떤 역할을 한다는 사실을 기억하고 있다. 그러니 완전히 빈손으로 돌아오는 것은 아니다.

아침에 나는 우표를 사러 나갔다. 노프 하림으로 편지를 부쳤다. 롤빵과 요거트를 먹고 차 한 잔을 마셨다. 하숙집 주인인 타르노폴러 부인이 방에 들어와 오는 길에 등유 한 통을 사다 달라고 부탁했다. 차를 마시면서 나는 마푸의 책을 한 장 더 읽었다. 사라 젤딘 유치원에서 선생님들 가운데 하나가 말했다.
"한나, 오늘 어린애처럼 즐거워 보이네요!"
나는 그 푸른색 울 원피스를 입고 목에다가 붉은색 실크 스카프를 맸다. 거울을 들여다보고 나는 그 스카프를 매니 갑자기 언제라도 평정을 잃을 수 있는 무모한 소녀처럼 보인다는 사실을 깨닫고 즐거워했다.

정오에는 미카엘이 테라 상타의 입구에서, 거무스름한 금속 장식이 달린 육중한 쇠문 옆에서 나를 기다리고 있었다. 그는 지질학 표본이 가득한 상자를 팔에 끼고 있었다. 그러니까 혹시 그와 악수하려는 생각이 들었다고 해도 그럴 수가 없었을 것이다.

"아, 당신이로군요?" 내가 말했다. "도대체 누굴 기다리고 있는 거지요? 누가 당신더러 여기서 기다리라고 했나요?"

"지금은 비도 안 오고 당신도 흠뻑 젖지 않았군요." 미카엘이 말했다. "당신은 비에 젖었을 때 좀 덜 도전적이네요."

그러고는 미카엘은 건물 꼭대기에 있는 청동 성모상의 교활하고 심술궂은 듯한 미소로 내 주의를 돌렸다. 그 팔은 도시 전체를 끌어안으려는 듯이 뻗어 나와 있었다.

나는 지하에 있는 도서관으로 내려갔다. 거무스레하고 밀봉된 상자들이 줄지어 서 있는 좁고 어두운 복도에서 친절한 사서를 만났는데 그는 키가 작은 사람으로 테두리 없는 모자를 쓰고 있었다. 나는 그 사람과 인사나 재담을 주고받는 사이였다. 그도 무슨 발견이나 한 듯이 나에게 물었다.

"오늘 무슨 일이신가요, 아가씨? 좋은 소식이라도? 이렇게 말해도 된다면 말이죠. '빛나는 환희가 한나를 놀랍게 밝히고 있네.'"

마푸 세미나 시간의 강사는 전형적인 일화를 말해 주었는데 광적으로 보수적인 한 유대교파에서 아브라함 마푸가 『시온의 사랑』을 발간한 이래로 매음굴에 사람이 더 많아졌다고 주장했다는 이야기였다.

오늘날의 사람들은 도대체 어떻게 된 건가? 서로 얘기나 하고 있는 것일까?

하숙집 주인인 타르노폴러 부인은 새 난로를 샀다. 아주머니는 나에게 아주 온화한 미소를 지었다.

5

그날 저녁에는 하늘이 좀 개었다. 동쪽으로는 푸른 조각들이 떠다녔다. 공기는 축축했다.

미카엘과 나는 에디슨 영화관 앞에서 만나기로 약속했다. 누가 먼저 도착하든지 그레타 가르보가 나오는 영화표를 사기로 했다. 영화의 여주인공은 아무짝에도 쓸모없는 남자에게 자신의 몸과 마음을 바친 후에 보답 없는 사랑 때문에 죽는다. 영화를 보는 내내 나는 웃고 싶은 강한 충동을 억누르고 있었다. 그녀의 시련과 그의 무가치함은 별로 풀고 싶지 않은 간단한 수학 공식의 두 조건 같았다. 벅차서 넘칠 것 같은 느낌이었다. 나는 미카엘의 어깨에 머리를 기대고 비스듬히 화면을 보았고 그러자 화면은 마치 검정과 흰색 사이에 있는 다양한 색조가 어지럽게 연속해 있는 것처럼, 주로 여러 가지 농도의 밝은 회색으로 변했다.

밖으로 나오자 미카엘이 말했다.

"사람들이 만족해서 할 일이 아무것도 없어지면 감정은 악성 종양같이 되어 버리죠."

"정말 진부한 표현이네요." 내가 대꾸했다.

미카엘이 말했다.

"이것 봐요, 한나, 예술은 내 전공이 아니라고요. 난 그저 사람들 말대로 보잘것없는 과학자일 뿐이죠."

나는 기세를 누그러뜨리지 않았다.

"그 말도 진부해요."

미카엘은 미소 지었다.

"이런."

대답할 수 없을 때마다 그는 어른들이 우스꽝스러운 짓을 하는 것을 알아차린 어린애처럼 미소 짓는다. 당혹해하면서 남도 당혹스럽게 하는 미소를.

우리는 이사야 거리를 지나 게울라 거리 쪽으로 걸어 내려갔다. 예루살렘의 하늘에 선명한 별들이 빛나고 있었다. 영국 위임 통치기에 세워진 가로등의 대다수는 독립 전쟁 당시의 포격으로 부서졌다. 1950년에 가로등은 여전히 부서진 채였다. 멀리 거리 끝에는 어슴푸레하게 언덕이 보였다.

"이건 도시가 아니에요." 내가 말했다. "환각이죠. 우리는 온통 언덕 옆에 몰려 있잖아요. 카스텔, 스코푸스산, 오거스타 빅토리아, 나비 사무엘, 캐리 양. 도시가 갑자기 아주 비현실적인 것처럼 보여요."

미카엘이 대답했다.

"비가 오면 예루살렘은 사람을 슬프게 만들어요. 사실은 예루살렘이 언제나 사람을 슬프게 하는데 그것이 매일 매 순간, 매년 매시에 종류가 다른 거죠."

나는 내 어깨에 둘러진 미카엘의 팔을 느꼈다. 나는 따뜻한 코듀로이 바지 주머니 속에 손을 집어넣었다. 한번은 한 손을 꺼내어 그의 턱 밑을 만졌다. 테라 상타에서 우리가 처음 만났던 때와는 달리 오늘 그는 깨끗하게 면도를 했다. 나는 그가 내 마음에 들기 위해 특별히 면도한 것이 틀림없다고 말했다.

미카엘은 당황했다. 그는 우연히 그날 새 면도기를 샀다고 거짓말을 했다. 나는 웃었다. 그는 잠시 머뭇거리다가 함께 웃어 버렸다.

게울라 거리에서 우리는 흰색 머릿수건을 쓴 경건한 여인이 2층 창문을 열고 거리로 몸을 내던지려는 듯이 몸을 반쯤 내미는 것을 보았다. 그러나 그 여자는 그저 육중한 쇠덧창을 닫았을 뿐이었다. 창문 경첩이 절망에 빠진 듯한 신음 소리를 냈다.

사라 젤딘 유치원의 놀이터를 지나가면서 나는 미카엘에게 거기서 일한다고 말했다. 당신은 엄한 선생님인가요? 그럴 것 같은데. 어째서 그렇게 생각하는 거죠? 그는 대답할 바를 몰랐다. 내가 그에게 말했다. 뭔가 말하기 시작했다가 끝을 어떻게 낼지 모르는 어린애 같네요. 의견을 하나 꺼내 놓고는 그걸 계속 우길 엄두를 못 내는 거죠. 어린애.

미카엘은 미소 지었다.

말라키 거리 구석에 있는 한 공터에서 고양이들의 날카로운 소리가 들렸다. 아주 크고 히스테리컬한 비명이었는데 그 뒤에 목이 졸리는 듯한 소리가 두 번 나더니 마지막으로 아무런 의미도, 아무런 희망도 없다는 듯, 희미하고 유순한, 낮은 흐느낌 같은 소리가 들렸다.

미카엘이 말했다.

"교미하면서 소리를 지르는 거예요. 한나, 고양이들은 겨울에, 그것도 가장 추운 날 가장 발정을 많이 한다는 거 알고 있어요? 결혼하면 나는 고양이를 기를 거예요. 항상 고양이를 기르고 싶었는데 아버지가 허락하지 않으셨죠. 난 외동아들이에요. 고양이들은 어떤 제약이나 관습에도 묶여 있지 않으니까 교미하면서 소리를 지르는 거예요. 발정한 고양이는 낯선 사람에게 붙잡혀서 죽도록 짓눌린다고 느끼나 봐요. 그 고통은 육체적인 거죠. 타는 듯하고. 아니, 지질학과에서 배운 건 아니에요. 이렇게 말하면 날 놀릴까 봐 걱정했었죠. 이제 갑시다."

내가 대답했다.

"당신은 틀림없이 아주 버릇없는 아이였을 거예요."

"난 집안의 희망이었죠." 미카엘이 대답했다. "아직도 그렇고요. 아버지와 고모 네 분은 모두 내가 무슨 경주마고 대학 교육은 장애물 경주라도 되는 듯이 나에게 돈을 걸고 있죠. 당신은 아침에 유치원에서 뭘 하죠, 한나?"

"참 우스운 질문이네요. 다른 유치원 교사들하고 마찬가지 일을 하죠. 지난달 하누카[1]에는 종이 뚜껑을 풀로 붙이고 마분지에 마카베오서[2]를 오려 냈어요. 가끔은 뜰에 난 길에서

---

1) 유대교 축제일의 하나로, 키슬레브의 스물다섯 번째 날부터 8일간 치르는데, 이는 11월 말이나 12월에 있다.
2) 구약성서의 제2경전에 속하는 경전. 가톨릭에서는 정경(正經)에 포함하

낙엽을 쓸어 내기도 하고요. 어떤 때는 피아노를 둥당거리기도 하지요. 아메리카 원주민이나 섬이나 여행, 잠수함 같은 것에 대해 내가 기억하는 얘기를 아이들에게 자주 해 주기도 해요. 어렸을 때 나는 오빠 책 중에서 쥘 베른이나 페니모어 쿠퍼의 책을 엄청나게 좋아했었거든요. 난 레슬링을 하고 나무에 오르고 남자애들의 책을 읽는다면 자라서 남자가 될 거라고 생각했죠. 여자애인 게 싫었어요. 난 여자 어른들을 보면질색하고 혐오스럽다고 생각했죠. 지금도 나는 가끔씩 미카엘 스트로고프[3] 같은 남자를 만나고 싶어요. 크고 강하지만 동시에 조용하고 내성적인 사람. 그 사람은 틀림없이 조용하고 성실하고 차분하면서도 내적인 에너지의 분출을 애써 통제하고 있는 사람일 거예요. 무슨 소리죠? 당연히 당신을 미카엘 스트로고프하고 비교하고 있는 게 아니에요. 도대체 뭣 때문에 그러겠어요? 물론 아니죠."

미카엘이 말했다.

"우리가 어릴 때 만났더라면 당신은 나를 완전히 때려눕혔을 거예요. 저학년 때에는 나보다 힘센 여자애들한테 늘 얻어맞곤 했거든요. 착한 애라고 할 만한 애였죠. 조금 졸린 듯하지만, 열심히 노력하고 책임감 있고 깔끔하고 아주 정직하고요. 물론 요즘은 전혀 졸린 듯하지 않지만요."

지만, 유대교와 개신교에서는 외경(外經) 또는 위경(僞經)으로 본다.
3) 쥘 베른의 소설 『황제의 밀사(Michel Strogoff)』의 주인공. 작중에서 주인공은 러시아인으로, 그 이름은 '미하일 스트로고프'라 발음하지만 미카엘과 미하일은 같은 이름이다.

나는 미카엘에게 쌍둥이 얘기를 해 주었다. 나는 그 애들과 맹렬하게 레슬링을 하곤 했어요. 조금 자라서 열두 살 때는 그 애들 둘 모두와 사랑에 빠졌죠. 난 그 애들을 할지즈, 할릴과 아지즈라고 불렀어요. 아름다운 애들이었어요. 네모 선장의 배에 탄 한 쌍의 힘세고 순종적인 선원들 같았죠. 말도 거의 안 했어요. 조용히 있든가 아니면 툴툴대는 소리를 냈답니다. 말을 좋아하지 않았거든요. 한 쌍의 회갈색 늑대들 같았어요. 경계심 많고 흰 송곳니를 가진. 거칠고 검고. 해적들이었죠. 당신이 그런 것을 어떻게 알겠어요, 꼬마 미카엘?

미카엘은 자기 어머니 얘기를 해 주었다.

"어머니는 내가 세 살 때 돌아가셨어요. 어머니의 하얀 손은 기억이 나는데 얼굴을 기억이 안 나요. 사진은 몇 장 있는데 알아보기가 힘들고요. 아버지가 날 키우셨죠. 아버지는 하스모니안 아이들이나 스텔트(Stelt) 아이들, 불법 이민 아이들, 키부츠의 아이들 얘기를 해 주시면서 나를 유대인 사회주의자 꼬마로 키웠어요. 인도의 굶주리는 어린이들이나 러시아 10월 혁명에 대한 얘기. 다미시스의 「마음」. 상처 입은 아이들이 자기 마을을 구하는 얘기. 마지막 빵 조각을 나누어 먹는 아이들. 착취당하는 아이들과 투쟁하는 아이들. 고모 네 분은 많이 달랐죠. 남자아이는 청결하고 열심히 일하고 열심히 공부하고 그래서 세상에서 출세해야 한다고요. 조국을 도우면서 자신도 명성을 얻는 젊은 의사. 영국 판사들 앞에서 용감하게 변호해서 여러 신문에 나는 젊은 변호사. 독립이 선포된 그날 아버지는 성을 갠츠에서 고넨으로 바꾸셨죠. 나는 미카엘 갠츠예요. 홀론의 친구들은 아직도 나를 갠츠라고 부르죠. 하지만 당신은 갠츠라고 하지 마세요, 한나. 당신은 계속 날 미카엘이라고 해야 합니다."

우리는 슈넬러 부대 벽 앞을 지나갔다. 여러 해 전에는 여기에 시리아인 보육원이 있었다. 이 이름은 어떤 알 수 없는 이유에서 내게 오래된 슬픔을 상기시켰다. 멀리 동쪽에서 종소리가 계속 들려왔다. 나는 종소리가 몇 번 울리는지 세지 않으려고 애썼다. 미카엘과 나는 서로 팔짱을 끼고 있었다. 내 손은 얼어 있었고 미카엘의 손은 따뜻했다. 미카엘이 농담하듯 말했다.

"차가운 손에 따뜻한 마음이라."

내가 말했다.

"우리 아버지는 따뜻한 손에 따뜻한 마음을 가지셨죠. 아버지는 라디오와 전기 제품을 취급했는데 사업 수완이라곤 없었어요. 아버지가 어머니의 앞치마를 두르고 설거지하던 모습이 기억나요. 청소도요. 침대보를 털고. 솜씨 좋게 오믈렛도 만드셨죠. 하누카 불빛에 멍하니 축복을 빌고요. 아무 쓸데없는 말들을 소중하게 간직하고. 언제나 남의 비위를 맞추려고 하고. 모든 사람이 자신을 판단하고 있고 자신은 지친 채끝도 없는 시험을 잘 보려고 영원히 노력해야 한다는 듯이, 무엇인지는 잊었지만 자신의 결점을 벌충해야 한다는 듯이 말이에요."

미카엘이 대꾸했다.

"당신이 결혼할 사람은 아주 강한 사람이어야겠군요."

가벼운 진눈깨비가 내리기 시작했고 짙은 회색 안개가 끼어 있었다. 건물은 무중력 상태로 보였다. 메코르 바룩 지구에서 오토바이 한 대가 우리를 지나쳐 가면서 작은 물방울들을 흩뿌렸다. 미카엘은 생각에 잠겨 있었다. 하숙집 문 앞에서 나는 발끝으로 서서 그의 뺨에 입 맞추었다. 그는 내 이마를 어루만져 닦아 주었다. 주저하면서 그의 입술이 내 피부에 닿았다. 그는 나더러 차갑고 아름다운 예루살렘 사람이라고 했다. 나는 그가 좋다고 말했다. 내가 아내였다면 그를 그렇게 마른 채로 내버려 두지 않았을 것이라고. 어둠 속에서 그는 약해 보였다. 미카엘은 미소 지었다. 나는 내가 그의 아내라면 누가 말을 걸었을 때 말이 존재하지 않는다는 듯이 그저 웃고 또 웃는 대신 대답하는 법을 가르치겠다고 말했다. 미카엘은 분을 씹어 삼키고는 낡아 빠진 계단 손잡이를 한참 쳐다보다가 말했다.

"당신과 결혼하고 싶습니다. 지금 당장 대답하지는 말아 주세요."

차가운 빗발이 다시 치기 시작했다. 나는 몸을 떨었다. 잠시 동안 나는 미카엘이 몇 살인지 모르는 것이 기뻤다. 어쨌거나 내가 지금 떨고 있는 것은 이 사람 때문이다. 나야 물론 그를 내 방으로 초대할 수 없지만 어째서 그는 나에게 자기 집으로 가자고 권하지 못하는 걸까? 영화관에서 나온 후로 두 번인가 미카엘은 무언가 말하려고 했지만 나는 '진부해요.'라고 말하면서 그의 말을 막았다. 미카엘이 무엇을 말하려고 했는지는 기억이 나지 않는다. 물론 나는 그가 고양이를 기르도록 놔두지 않을 것이다. 그는 정말로 나에게 평온함을 느끼게 해 준다. 어째서 내가 결혼할 사람이 아주 강해야 한다는 걸까?

6

일주일 후 우리는 예루살렘 언덕의 키부츠 티랏 야아르에 찾아갔다.

티랏 야아르에는 미카엘의 학교 때 친구, 키부츠 남자와 결혼한 반 친구가 있었다. 그는 나에게 같이 가 달라고 청했다. 오랜 친구에게 나를 소개하는 것이 자신에게 아주 의미 있는 일이라면서.

미카엘의 친구는 키가 크고 마르고 신랄했다. 회색 머리에 꽉 다문 입술을 한 그녀는 마치 현명한 노인 같아 보였다. 나이를 알 수 없는 아이 두 명이 방 한구석에 웅크리고 있었다. 내 얼굴 아니면 내 옷에 있는 무엇 때문인지 그 아이들은 규칙적으로 숨죽여 웃음을 터뜨렸다. 나는 혼란스러웠다. 두 시간 동안 미카엘은 자기 친구와 그 남편과 활발하게 대화했다. 처음에 서너 마디 예의상 말을 주고받은 이후에 나는 잊히고 말았다. 나는 미지근한 차와 말라빠진 비스킷을 대접받았다. 두 시간 동안 나는 얼굴을 찌푸리고 앉아서 미카엘의 서류 가방을 열었다 잠갔다 했다. 도대체 나를 왜 여기에 데려온 걸까? 내가 어째서 여기 오자는 말에 넘어갔을까? 나는 어떤 남자에게 빠져 있는 걸까? 열심히 일하고, 책임감 있고, 정직하고, 깔끔하고…… 그리고 엄청나게 지루한 사람. 그 형편없는 농담들. 그런 지루한 사람이 끝도 없이 남을 웃기려고 하면 안 된다. 하지만 미카엘은 재담이나 농담을 하려고 기를 썼다. 그들은 지겨운 학교 선생들에 대해서 지겨운 얘기를 주고받았다. 예히암 펠레드라는 체육 선생의 사생활을 얘기하면서 미카엘과 그 친구는 심술궂은 아이들같이 껄껄거리며 웃었다. 그러고는 독립 전쟁 전야에 트랜스 요르단의 압둘라왕과 골다 메이어 사이에 있었던 회담에 대해서 험악한 논쟁이 오갔다. 미카엘 친구의 남편은 테이블을 내려쳤고 미카엘도 목소리를 높였다. 소리를 칠 때 그의 목소리는 약하고 떨렸다. 다른 사람과 함께 있는 그를 본 것은 그때가 처음이었다. 나는 그를 잘못 생각하고 있었다.

그 후에 우리는 어둠 속을 걸어 큰길을 향해 갔다. 티랏 야아르는 삼나무가 늘어선 길을 통해 예루살렘 대로와 닿아 있었다. 매서운 바람이 전신을 후려쳤다. 저녁놀 속에서 예루살렘의 언덕들은 무슨 나쁜 짓을 꾸미고 있는 것 같았다. 미카엘은 내 곁에서 침묵하며 걷고 있었다. 그와 나, 우리는 서로 모르는 사람들이었다. 기묘한 한순간, 나는 내가 깨어 있는 것이 아니라는, 아니면 시간이 현재가 아니라는 격한 생각에 사로잡혔다. 이 모든 일은 전에 겪은 것이다. 아니면 누군가 여러 해 전에 어떤 사악한 남자 곁에서 이 칠흑 같은 좁은 길을 따라 걷고 있을 것이라고 내게 경고했을 것이다. 시간은 더 이상 평탄하지도, 흐르고 있지도 않았다. 시간은 일련의 갑작스러운 격발이 되어 버렸다. 어쩌면 내가 어렸을 때였는지도 모른다. 아니면 꿈속이든지, 무서운 이야기 속이든지. 갑자기 나는 말없이 내 곁에서 걷고 있는 그 희미한 형체에 두려움을 느꼈다. 외투 깃이 올라가서 그의 얼굴 아랫부분을 가리고 있었다. 그의 몸은 그림자처럼 가늘었다. 얼굴 나머지 부분은 눈까지 눌러쓴 검은 가죽 학생 모자로 가려져 있었다. 이 사람은 누구지? 그에 대해서 무엇을 알고 있지? 이 사람은 형제도 아니고, 친척도 오랜 친구도 아니고 그저 사람 사는 곳에서 멀리 떨어져 밤늦게 어둠 속에 있는 낯선 그림자일 뿐. 어쩌면 공격하려고 하는지도 몰라. 어쩌면 아픈지도 모르겠군. 누구 믿을 만한 사람에게서 그에 대한 얘기를 들어 본 적도 없잖아. 어째서 내게 얘기를 안 하는 거지? 왜 저렇게 온통 자기 생각에만 빠져 있는 거야? 무엇 때문에 나를 여기에 데려왔을까? 무슨 일을 꾸미는 거지? 지금은 밤이야. 시골이고. 나는 혼자야. 저 사람도 혼자고. 그가 나한테 했던 말이 전부 의도적인 거짓말이었다면. 학생이 아닌 거야. 이름도 미카엘 고넨이 아니고. 병원에서 도망쳐 나왔는지도 모르지. 위험한 사람일 거야. 이 모든 일이 전에 언제 나한테 일어났더라? 누군가 오래전에 이런 일은 이렇게 일어날 거라고 경고해 주었는데. 저기 어두운 벌판에서 나는 저 긴 소리는 뭐지? 삼나무들이 가리고 있어서 별조차 볼 수가 없군. 과수원에 무언가 있는데. 내가 계속해서 비명을 지르면 누군가 들을까? 빠르고 둔한 걸음으로 내 발걸음은 신경도 쓰지 않고 걷고 있는 낯선 사람. 나는 일부러 조금 뒤처졌다. 그는 전혀 눈치채지 못했다. 내 이빨은 추위와 공포로 덜덜 떨리고 있었다. 겨울바람이 긴 소리를 내며 매섭게 불었다. 저 그림자는 나에게 속해 있지 않다. 내가 실체가 없는 자기 생각의 한 부분일 뿐이라는 듯 멀리 떨어져 자기 안에 몰두해 있는 그림자. 나는 실재예요, 미카엘. 춥다고요. 그는 내 말을 듣지 못했다. 어쩌면 내가 크게 말하지 않았는지도 모르지.

"나 추워요, 그리고 그렇게 빨리 뛰어갈 수 없다고요." 나는 가능한 한 크게 소리쳤다.

갑자기 생각이 산란해진 사람처럼 미카엘은 내뱉듯이 대꾸했다.

"이제 조금만 더 가면 돼요. 버스 정류장에 거의 다 왔으니까. 조금만 참아요."

말을 하자마자 그는 다시 커다란 자기 외투 안으로 사라져버렸다. 나는 목이 메었고 눈에는 눈물이 핑 돌았다. 모욕당한 기분이었다. 굴욕적이고. 겁에 질리고. 그의 손을 잡고 싶었다. 나는 그를 몰랐다. 전혀.

차가운 바람은 삼나무들에 대고 조용하고 적대적으로 말했다. 세상에 행복이란 없어. 삼나무 사이에도, 무너져 가는 철로에도, 어스름 속에 있는 주위의 언덕에도.

"미카엘." 나는 절망적으로 말했다. "미카엘, 지난주에 당신은 '발목'이라는 말이 좋다고 했죠. 이것만 제발 말해 줘요. 당신 지금 내 구두엔 물이 가득 차고 가시밭길을 맨발로 걸어온 것처럼 발목이 아프다는 거 알고 있어요? 말해 보세요. 이게 누구 책임이죠?"

미카엘은 갑자기 겁에 질린 듯 돌아섰다. 그는 혼란에 빠져서 눈을 부릅뜨고 나를 바라보았다. 그러더니 젖은 뺨을 내 얼굴에 대고 젖먹이 어린애처럼 내 목에 따뜻한 입술을 갖다 댔다. 나는 내 목에서 그의 뺨에 난 까칠한 수염 하나하나를 느낄 수 있었다. 거친 외투의 느낌이 좋았다. 그 천은 따듯하고 조용한 한숨 같았다. 그가 외투 단추를 끌러 나를 안으로 끌어들였다. 우리는 실재였다. 나는 억눌려 있던 그의 공포를 받아들였다. 나는 그것을 즐겼다. 당신은 내 것이에요, 내가 속삭였다. 절대로 다시는 멀어지지 말아요, 하고. 나의 입술이 그의 이마에 닿았고 그의 손가락은 내 목덜미에 닿았다. 그의 손길은 조심스럽고 섬세했다. 갑자기 나는 테라 상타 카페테리아의 찻숟가락과 그 숟가락이 그의 손가락에 쥐여 있는 것을 내가 얼마나 좋아했는지를 생각해 냈다. 만일 미카엘이 악한 사람이었다면 그의 손가락도 당연히 악했을 것이다.

7

결혼 이 주일 전 미카엘과 나는 홀론에 있는 그의 아버지와 고모들 그리고 키부츠 노프 하림에 있는 내 어머니와 오빠

식구들을 만나러 갔다.

미카엘의 아버지는 '노동자 주택'이라는 단지의 좁고 어두운 방 두 개짜리 아파트에서 살고 있었다. 우리가 찾아갔을 때 마침 정전이 되었다. 에스겔 고넨은 온통 그을은 등유 램프 불빛에서 자기를 소개했다. 감기가 들었으니 결혼 직전의 신부가 감기에 걸리지 않도록 입은 맞추지 않겠다고 했다. 따뜻한 화장복 차림이었고 얼굴 혈색이 나빴다. 그는 나에게 자신의 귀중한 짐을, 미카엘을 맡긴다고 했다. 그러고는 자신의 말에 당황해서 곧 후회했다. 그는 그 말을 농담으로 돌리려 했다. 그리고 걱정된다는 듯이 머뭇거리면서 미카엘이 어릴 때 앓았던 모든 병명을 늘어놓았다. 그러나 미카엘이 열 살 때 거의 목숨까지 위험했을 정도로 심하게 앓았던 열병에 대해서만은 우물쭈물했다. 그러더니 마지막으로는 미카엘이 열네 살 이후로 병을 앓지 않았다는 사실을 강조했다. 그 모든 일을 겪고도 우리 미카엘은, 뭐 대단히 튼튼하지는 않지만, 확실히 건강한 젊은이지.

나는 우리 아버지가 손님에게 중고 라디오를 팔 때도 이런 말투로 얘기했다는 사실을 기억해 냈다. 솔직함, 공정함, 절제된 친근함, 비위를 맞추려는 조용한 열의.

에스겔 고넨은 도와주겠다는 정중한 말투로 이렇게 내게 얘기하면서 아들과는 거의 두 마디도 채 나누지 않았다. 그저 편지를 받고 그 내용에 놀랐다고만 했을 뿐이다. 정전된 데다가 등유 난로도 가스풍로도 없어서 차도 커피도 끓여 줄 수가 없구나. 토바가 살아 있었을 때는, 토바는 미카엘 어머니지, 평온히 잠들길…… 살아서 오늘 여기 함께 있다면 더 경사스러울 텐데. 기쁜 일에 슬픔을 불어넣고 싶진 않으니 지금 그 사람 얘기는 하지 않으마. 언젠가는 아주 슬픈 얘기를 해 주지.

"그 대신 뭘 좀 줄까? 아, 초콜릿이 있다."

그렇게 자기 의무를 소홀히 했다고 비난받은 사람처럼 그는 열심히 서랍장을 뒤지더니 아직도 선물 포장을 다 뜯지 않은 오래된 초콜릿 상자를 꺼냈다. "여기 있다, 얘들아. 많이 먹으렴."

"미안하지만 대학에서 무슨 공부를 하는지 못 들었는데. 아, 그래, 히브리 문학. 앞으로는 기억하마. 클라우스너 교수 밑에서? 그래, 클라우스너는 노동 운동을 찬성하지는 않지만 훌륭한 사람이지. 어딘가에 제2차 성전 시대사가 한 권 있는데. 찾아서 보여 주마. 사실 그 책을 너한테 선물로 주고 싶구나. 나보다는 너한테 더 쓸모 있을 거다. 너는 아직도 앞길이 창창하고 나는 이제 다 살았으니 말이다. 전기가 들어오지 않아서 찾기 쉽지는 않겠지만 며느리한테 주는데 수고로울 게 뭐 있겠니."

에스겔 고넨이 책장 선반 밑으로 몸을 구부려 씨근거리면서 책을 찾는 동안 네 고모 가운데 세 명이 도착했다. 그들도 나를 만나도록 초대받았던 것이다. 고모들은 정전으로 일어난 혼란 때문에 늦었고 기타 고모를 찾지 못해서 데려올 수가 없었다. 나를 생각해서, 또 경우가 경우니만큼, 그들은 늦지 않으려고 텔아비브에서 홀론까지 죽 택시를 타고 왔다. 오는 동안은 계속 칠흑같이 어두웠단다.

고모들은 마치 내 계획을 다 알고는 있지만 나를 용서하기로 했다는 듯이 약간은 과장되게 이해한다는 태도로 나에게로 돌아섰다. 만나서 반갑구나. 미카엘이 편지에서 너에 대해 아주 좋은 말들을 많이 썼단다. 과장이 아니라는 걸 알게 되어서 정말 기쁘다. 예루살렘에 카디쉬만 씨라고 아주 교양 있고 영향력 있는 레아 고모의 친구가 하나 사는데 그 사람이 레아 고모의 청을 받고 네 가족에 대해서 조사를 했단다. 그래서 우리 넷 다 네가 좋은 가정 출신이라는 걸 알게 되었지.

  제니아 고모님은 우리 둘만 얘기를 좀 나누자고 했다. "미안하다, 다른 사람들도 있는데 둘이서 소곤거리는 건 예의가 바르지 못한 일이지만 한 가족 안에서 굳이 예절을 따질 필요도 없고, 너도 이제 한 가족이니까 말이다."

  우리는 다른 방으로 들어가 어둠 속에서 에스겔 고넨의 딱딱한 침대 위에 앉았다. 제니아 고모님은 회중전등을 켰는데 마치 우리 둘만 한밤중에 밖에 나와 있는 것 같았다. 움직일 때마다 그림자가 벽에서 정신없이 너울거렸고 회중전등이 고모님의 손에서 흔들렸다. 나는 제니아 고모님이 옷을 벗으라고 할 거라는 괴상한 생각을 했다. 이 고모가 소아과 전문의라고 미카엘이 얘기해 주었기 때문이었는지도 모르겠다.

  고모님은 단호하고 애정이 담긴 목소리로 말을 시작했다. "에스겔의, 미카엘 아버지의 재정 상태는 그다지 좋지 못하단다. 사실 전혀 좋지 않아요. 에스겔은 말단 관리야. 너같이 똑똑한 애에게 말단 관리가 뭔지는 설명할 필요가 없겠지. 월급 대부분은 미카엘의 교육비로 나가고 있단다. 그게 얼마나 짐이 되는지는 말할 필요도 없지. 그리고 미카엘은 공부를 포기하지 않을 거고. 확실하게 말해 두지만, 우리 가족은 어떤 경우에든 미카엘이 공부를 그만두는 데 동의할 수 없단다. 그건 말도 안 되는 일이야.

택시를 타고 오는 동안에 우리 자매들이 이 문제에 대해서 의논했단다. 우리가 아주 애를 써서 각자 500파운드 정도씩 너희에게 주마. 기타 고모도 오늘 저녁 여기 오지는 못했지만 당연히 돈을 낼 거다. 아니, 고마워할 필요는 없다. 우리는 아주 가족적인 가족이니까 말이야, 이런 말이 있다면 말이지. 아주 가족적이지. 미카엘이 교수가 되어서 돈을 갚으면 되잖니, 하하.

그게 문제가 아니다. 문제는 그 돈으로도 너희들이 가정을 꾸리기에는 충분하지 않다는 거지. 요새는 정말 물가가 끔찍스럽게도 오르더구나. 돈 자체의 가치가 매일 떨어지고 있지. 그러니까 3월에 결혼하겠다고 아주 확실하게 결심한 거니? 조금 미룰 수 없겠어? 이거 하나만 더 물어보자. 결혼 날짜를 미룰 수 없는 무슨 일이 너희 둘 사이에 있었던 거니? 아니라고? 그럼 어째서 서두르는 거냐? 난 첫 남편과 결혼하기 전에 코브노에서 육 년간 약혼했었단다. 육 년! 물론 지금 같은 시대에는 육 년은 말할 것도 없고 약혼 기간이 길다는 게 말도 안 되는 일이라는 건 알고 있다. 그렇지만 일 년은 어떠니? 싫어? 그래 그럼. 그렇지만 유치원에서 일하는 걸로는 별로 돈을 많이 모으지 못하겠지? 생활비도 학비도 필요할 텐데. 이것만은 알아 둬라, 결혼 초기에 금전적인 문제가 있으면 부부 사이의 결혼 생활을 망치게 된다. 경험에서 말하는 거란다. 언젠가는 아주 충격적인 얘기를 해 주마. 의사로서 솔직하게 말하마. 한 달이나 두 달, 어쩌면 반년 정도는 성생활이 다른 모든 문제를 덮어 줄 거다. 하지만 그다음에는 어떻게 되겠니? 너는 똑똑한 애니까, 제발 이 문제를 이성적으로 생각해 보렴. 네 가족은 어디 키부츠에서 살고 있다면서. 뭐라고? 아버지 유언으로 결혼식 날 3000파운드를 물려받게 된다고? 그건 희소식이구나. 아주 좋은 소식이야. 저기 말이다, 한나, 미카엘이 편지에서는 그 얘기를 빼놓고 안 했단다. 어쨌든지 우리 미카엘은 아직도 세상일을 잘 모르니까 말이야. 과학적으로는 천재인지 모르지만, 실생활 면에서는 어린애나 다름없다니까. 자 그러면 3월로 결정한 거니? 그럼 3월로 하렴. 나이 든 사람들이 자기 생각을 젊은이들에게 강요하면 안 되지. 너희들은 아직 앞날이 창창하고 우리는 거의 다 살았으니 말이다. 모든 세대는 자기 실수에서 교훈을 얻는 거지. 행운을 빈다. 마지막으로 한 가지만. 도움이나 조언이 필요하면 반드시 나한테 오렴. 나는 보통 여자 열을 합친 것보다는 경험이 많은 사람이니까. 자 이제 나가서 다른 사람들과 어울리도록 하자. 마잘토브[4], 에스겔. 마잘토브, 미카엘. 건강과 행복을 기원하마."

갈릴리의 키부츠 노프 히림에서 에미뉴엘 오빠는 마치 오

---

4) 히브리어. 중요한 행사에서 행복을 축하하는 데 사용되는 문구로 "행운을 빈다"라는 뜻을 담고 있다.

랫동안 잃었던 동생을 찾은 것처럼 미카엘을 힘차게 껴안고 어깨를 두드리며 맞아들였다. 오빠는 미카엘을 데리고 힘차게 20분 정도 키부츠 전체를 안내했다. "팔마크에 있었나? 아니라고? 그럼 뭐 어떤가? 신경 쓰지 말라고. 다른 사람들도 중요한 일을 많이 했으니까 말이야."

에마뉴엘 오빠는 반쯤 진지하게 우리더러 노프 하림에 와서 살라고 했다. 뭐가 어때서? 똑똑한 젊은이라면 예루살렘에서만큼이나 여기서도 만족스러운 삶을 살 수 있다고. "척 보니 자네가 먹이를 찾아다니는 사자가 아니라는 사실은 알겠군. 신체적인 면에서는 말이야. 그렇지만 뭐 어떤가? 우린 축구팀도 아닌데 말이야. 닭장 일을 할 수도 있고 사무실에서도 일할 수 있지. 리나, 리나, 가서 부림절5) 파티에서 당첨된 브랜디 좀 가지고 오라고. 서둘러, 우리 훌륭한 매제가 기다리니까. 넌 어떠니 한나, 왜 그렇게 조용하지? 이제 곧 결혼할 건데 얼굴을 보면 막 남편이 죽은 줄 알겠다. 미카엘, 자네 팔마크 부대가 왜 해산되었는지 알고 있나? 아니, 머리 쥐어짤 필요는 없어. 내 말은 그 농담을 알고 있느냔 말이야. 모른다고? 예루살렘은 시대에 뒤떨어지나 보군. 그럼 들으라고, 얘기해 줄 테니까."

그리고 드디어 어머니.

---

5) 이스라엘 민족이 페르시아의 총리 하만이 꾀한 유대인 절멸에서 벗어난 것을 기념하는 축제. 히브리력의 마지막 달인 아다르(Adar)월 14일 혹은 15일에 열린다.

어머니는 미카엘에게 얘기하면서 울었다. 어머니는 아버지의 죽음에 대해서 다 틀린 히브리어로 말했는데 우느라고 말이 잘 들리지 않았다. 어머니는 미카엘의 치수를 재어도 되겠냐고 했다. 치수라고요? 그래, 치수. 흰색 스웨터를 떠 주고 싶어서. 결혼식에 맞춰서 제때 준비가 되도록 열심히 해야지. 검은색 양복은 갖고 있나? 결혼식 날 불쌍한 요셉의 양복을 입을 텐가? 몸에 맞게 잘 고쳐 줄 수 있는데. 별로 많이 고칠 것도 없을 걸세. 그렇게 크지도 작지도 않으니까. 제발 부탁이네. 감상적인 이유로라도. 줄 수 있는 선물은 그것밖에 없으니까.

그리고 어머니는 필사적으로 그의 확답을 구하는 것처럼 강한 러시아 억양이 섞인 말투로 되풀이해서 말하고 또 말했다. "한나는 좋은 애야. 아주 좋은 애라네. 아픔이 많지. 그것도 알고 있어야 하네. 그리고…… 어떻게 말하는지 모르지만…… 이 애는 아주 좋은 애야. 그것도 알아야 하네."

8

돌아가신 아버지는 가끔 이런 말씀을 하셨다. 보통 사람이 철저한 거짓말을 한다는 것은 불가능하다고. 거짓은 늘 저절로 드러나 버린다고 말이다. 그건 마치 너무 짧은 담요 같은 것이다. 발을 덮으려고 하면 머리가 드러나고 머리를 덮으면 발이 빠져나오고. 사람은 그 구실 자체가 불유쾌한 진실을 드러낸다는 사실을 깨닫지 못한 채 무언가 숨기기 위해서 복잡한 구실을 만들어 낸다. 반면에 완전한 진실은 철저하게 파괴적이고 아무런 결과도 가져다주지 못한다. 보통 사람이 무엇을 할 수 있겠는가? 우리가 할 수 있는 일은 그저 조용히 서서 지켜보는 것뿐이다. 우리가 할 수 있는 것은 그뿐이다. 조용히 서서 지켜보는 것.

결혼 열흘 전에 우리는 예루살렘 북서부의 메코르 바룩이라는 곳에 오래된 방 두 개짜리 아파트를 얻었다. 1950년에 이 근방에 살던 사람들은 성직자 가족을 제외하면 대부분이 정부 기관이나 유대인 관리국에서 일하는 말단 관리나 섬유 소매상, 영화관이나 앵글로-팔레스타인 은행의 출납계원들이었다. 그곳은 이미 쇠퇴해 가는 교외였다. 현대의 예루살렘은 남부와 남서부로 뻗어 나가고 있었다. 아파트는 다소 음침했고 배관도 굉장히 낡았지만, 천장이 높아서 좋았다. 우리는 벽을 밝은색으로 칠하고 화분을 기르자고 얘기했다. 그때 우리는 수돗물의 녹과 화학 정화제 때문인지는 모르지만 어쨌든 예루살렘에서는 화분에 기르는 식물이 결코 잘 자라지 않는다는 사실을 모르고 있었다.

남는 시간에는 필수적인 것들을 사면서 예루살렘을 거닐었다. 기본적인 가구나 솔 몇 가지와 비, 주방 용품, 옷 같은 것들. 나는 미카엘이 품위를 잃지 않고도 가격을 흥정할 수 있다는 사실을 알고 놀랐다. 그가 평정을 잃는 것을 본 적이 없다. 그가 자랑스러웠다. 가장 친한 친구인 하다사는 최근에 전도가 유망한 젊은 경제학도와 결혼했는데 미카엘에 대해서 이렇게 말했다.

"겸손하고 똑똑한 사람이구나. 아주 대단히 영민한 건 아닐지 몰라도 꾸준하고."

우리 가족과 잘 알고 예루살렘 토박이인 친구들은 또 이렇게 말했다.

"인상이 참 좋군요."

우리는 팔짱을 끼고 걸었다. 나는 마주치는 아는 사람 모두의 얼굴에서 미카엘에 대한 속생각을 읽으려고 했다. 미카엘은 거의 말을 하지 않았다. 그의 눈은 방심하지 않고 있었다. 사람들과 있을 때면 그는 유쾌하고 절제되어 있었다. 사람들은 "지질학이요? 놀라운데요. 예술 쪽 전공이라고 생각했는데."라고 말했다.

저녁에 나는 무스라라에 있는 미카엘의 방에 갔는데 우리는 당분간 산 물건들을 거기에 쌓아 두고 있었다. 나는 베갯잇에 꽃수를 놓으면서 저녁 대부분을 보냈다. 그리고 옷에다가는 우리의 이름, 고넨을 새겼다. 나는 수를 잘 놓았다.

나는 아파트 발코니에 놓으려고 산 안락의자에 기대어 앉아 있곤 했다. 미카엘은 책상에 앉아서 지형학에 대한 논문을 썼다. 그는 결혼식 전에 그 작업을 끝내려고 애쓰고 있었다. 그렇게 하기로 자신과 약속을 했다고. 독서용 램프 불빛으로 나는 그의 길고 마르고 거무스레한 얼굴과 짧게 깎인 머리카락을 보았다. 때로 나는 그가 수도원 기숙학교의 학생 같다고, 아니면 어릴 적에 자주 보았던, 기차역에 가려고 우리 집 앞

거리를 건너다니던 디스킨 보육원의 아이 같다고 생각했다. 아이들의 머리는 전부 빡빡 밀려 있었고 짝을 지어 손을 잡고 걷고 있었다. 그 애들은 슬프고 체념한 듯했다. 그러나 그러한 체념 뒤에서 나는 억눌린 격렬함을 느낄 수 있었다.

미카엘은 다시 엉성하게 면도하기 시작했다. 턱 밑에 거뭇한 수염이 삐저나왔다. 새 면도기 잃어버렸어요? 아니, 두 번째 만났던 그날 저녁에는 거짓말한 거야. 새 면도기 산 적 없어. 어째서 거짓말을 했죠? 당신이 나를 당황하게 만들었으니까. 왜 다시 이틀에 한 번씩 면도하는 거예요? 이제는 당신 앞에서 불편하게 생각되지 않으니까. "난 면도가 싫어. 내가 지질학도가 아니라 예술가였다면 턱수염을 길러 볼까 생각했을걸."

나는 그 모습을 상상해 보려고 했지만 결국 웃음을 터뜨리고 말았다.

미카엘은 놀라서 나를 쳐다보았다. "뭐가 그렇게 우습지?"

"기분 나빠요?"

"아니, 기분 나쁘지 않아. 전혀."

"그럼 왜 날 그렇게 쳐다보고 있죠?"

"내가 마침내 한나를 웃게 하는 데 성공했기 때문이지. 난 몇 번이고 웃기려고 했는데 한 번도 웃는 걸 본 적이 없거든. 지금은 전혀 애쓰지 않았는데도 성공했잖아. 기분이 좋은데."

미카엘의 눈동자는 회색빛이었다. 미소 지을 때면 그의 입가가 떨렸다. 그 사람은, 나의 미카엘은 회색빛이고 자제심이 강했다.

두 시간마다 나는 그가 좋아하는 레몬차를 한 잔 만들어

주었다. 나는 그 사람의 공부를 방해하고 싶지 않았고 우리
는 거의 말을 나누지 않았다. 나는 '지형학'이라는 단어가 좋
았다. 한번은 조용히 일어나서 맨발로 발끝을 들고 그가 몸을
숙여 공부하는 모습을 뒤에 서서 보았다. 미카엘은 내가 거기
있다는 사실을 몰랐다. 나는 그의 어깨 너머로 문장 몇 개를
읽을 수 있었다. 그의 글씨는 단정한 여학생처럼 깔끔하고 균
형이 잡혀 있었다. 그러나 그 단어들은 나를 떨게 만들었다.
매장된 광물의 채취. 외부에서 압박을 가하는 화산의 힘. 응
고된 용암. 현무암. 결과적으로 수반되는 흐름. 수천 년 전에
시작되어 아직도 진행 중인 형태 구조상의 과정. 점진적인 분
해, 돌발적인 분해. 아주 미세해서 엄청나게 민감한 기구로만
감지할 수 있는 지진의 진동.

　나는 이러한 말들에 다시 한번 놀랐다. 나는 암호로 되어
있는 메시지를 받고 있는 것이다. 나의 삶은 여기에 달려 있다.
그러나 나에게는 열쇠가 없다.

　그리고 나는 안락의자로 돌아가서 계속 수를 놓았다.

　미카엘은 고개를 들고 말했다.

　"당신 같은 여자는 만난 적이 없어."

　그러고는 곧장 서둘러 선수를 치며 그가 덧붙여 말했다.

　"정말 진부하군."

　결혼식 날 밤까지는 미카엘과 한 몸이 되지 않았다는 얘기
를 기록해 두고 싶다.

　아버지는 임종 몇 달 전에 나를 방으로 부르고는 문을 잠

갔다. 아버지의 얼굴은 이미 병으로 초췌해져 있었다. 뺨은 움푹 꺼져 있었고 피부는 마르고 거뭇했다. 아버지는 하려는 말을 바닥 깔개에서 읽고 있는 것처럼 내가 아니라 당신 앞에 놓인 그 깔개를 쳐다보고 계셨다. 아버지는 달콤한 말로 여자들을 유혹하고는 여자들을 저버리는 사악한 남자들에 대해서 얘기했다. 나는 그 당시 열세 살 정도였다. 아버지가 한 말은 모두 키득거리는 여자애들과 여드름 난 남자애들에게서 들은 것이었다. 하지만 아버지는 그 말을 농담으로가 아니라 조용하고 슬픈 어조로 말했다. 아버지는 두 가지 다른 성(性)의 존재 자체가 세상의 고통을 배가시키는 무질서라도 된다는 듯이, 사람들이 그 무질서의 결과를 완화시키기 위해 할 수 있는 모든 일을 해야 된다는 듯이 말씀하셨다. 아버지는 내가 힘들 때 아버지를 생각한다면 잘못된 결정을 내리지는 않을 거라고 말을 맺었다.

나는 이것이 결혼식 날 밤까지 미카엘과 관계하지 않은 진짜 이유라고는 생각하지 않는다. 진짜 이유가 무엇인지는 여기에 기록하고 싶지 않다. '이유'라는 말을 사용할 때는 아주 조심해야 한다. 누가 이렇게 말했더라? 아, 미카엘이었다. 내 어깨에 팔을 둘렀을 때 미카엘은 강하고 절제하고 있었다. 어쩌면 나처럼 소심했는지도 모르겠다. 그는 내 등을 따라서 천천히 손가락을 움직이곤 했다. 그러고는 손을 떼고는 조심스럽게 두 가지를 비교하듯이 먼저 손가락을 쳐다보고 다음에는 나를, 나를 그리고 손가락을 쳐다보았다. 나의 미카엘.

어느 날 저녁 미카엘에게 작별 인사를 하고 내 하숙방으로 돌아가기 전(그때는 아크바의 타르노폴러 씨 댁에서 살 날이 채 일주일도 남지 않았었다.) 내가 말했다.

"미카엘, 내가 당신조차 모르는 결과적으로 수반되는 흐름에 대해 알고 있다는 걸 알면 놀라겠죠. 착하게 굴면 언젠가는 내가 알고 있는 걸 말해 줄게요."

그러고 나서 나는 그의 머리카락을 손으로 마구 헝클어뜨렸다. 고슴도치 같애! 그때 내가 무슨 생각을 하고 있었는지는 나도 모르겠다.

결혼 이틀 전날 밤에 나는 끔찍한 꿈을 꾸었다. 미카엘과 나는 예리코에 있었다. 우리는 낮은 진흙 오두막들 사이의 시장에서 물건을 사고 있었다. (아버지와 오빠와 나는 1938년에 예리코에 같이 놀러 갔다. 초막절[6] 축제 기간이었다. 우리는 아랍인 버스를 타고 있었다. 나는 여덟 살이었다. 나는 잊지 않고 있다. 내 생일은 초막절 기간 중이다.)

미카엘과 나는 깔개 하나와 두꺼운 쿠션 몇 개 그리고 화려한 소파를 하나 샀다. 미카엘은 이것들을 사고 싶어 하지 않는다. 내가 고르고 그는 묵묵히 값을 치른다. 예리코의 슈크(suk)는 소란스럽고 다채롭다. 사람들이 거칠게 소리치고 있다. 나는 평상복 치마를 입고 사람들 사이로 조용히 걸어간다. 하늘에는 반 고흐의 그림에서 본 것 같은 끔찍하고 야만스

---

6) 유대인의 추수 경축절. 후에는 광야를 방랑할 때 하나님이 인도한 일을 기념하는 명절이 되었다.

러운 해가 떠 있다. 그리고 군용 지프가 우리 근처에 멈춰 선다. 키가 작고 말쑥한 영국 장교가 차에서 뛰어내려 미카엘의 어깨를 툭툭 친다. 미카엘은 갑자기 돌아서서는 무엇에 홀린 사람처럼 뛰쳐나가고 주위의 진열대를 무너뜨리며 뛰어서 사람들 사이로 사라져 버린다. 나는 혼자다. 여자들은 소리를 질렀다. 남자 두 명이 나타나서 나를 팔에 끼고 갔다. 그들은 흘러내리는 듯한 긴 겉옷에 가려져 있다. 번쩍이는 눈만이 보인다. 잡고 있는 그들의 손길은 거칠고 아프다. 그들은 구불구불한 길을 따라 도시 외곽으로 나를 끌고 간다. 그곳은 예루살렘 신시가지 동쪽에 있는 아비시니아인들의 거리 뒤편의 가파른 골목길 같다. 나는 긴 계단 아래로 떠밀려 더러운 등유 램프가 켜진 지하실에 들어서게 된다. 지하실은 어둡다. 나는 바닥으로 내팽개쳐진다. 습기를 느낄 수가 있었다. 악취가 났다. 밖에서는 소리를 죽인, 미친 듯한 개 짖는 소리가 들렸다. 쌍둥이들이 갑자기 겉옷을 벗어 던진다. 우리 셋은 모두 동갑이었다. 그들의 집은 우리 집 맞은편, 카타몬과 키리야트 슈무엘 사이에, 작은 버려진 땅뙈기를 가로질러 있었다. 전체가 둘러싸인 안마당이 있었다. 그 집은 마당을 둘러싸고 지어져 있었다. 그 집의 벽에는 포도 덩굴이 자랐다. 벽은 예루살렘 남부 교외에 사는 부유한 아랍인들 사이에 인기가 높던 붉은빛이 도는 돌로 지어져 있었다.

나는 쌍둥이들이 두려웠다. 그들은 나를 조롱했다. 이는 새하얗게 빛났다. 그들은 검고 유연했다. 한 쌍의 회색 늑대들. "미카엘, 미카엘!" 하고 나는 비명을 지르지만 소리가 나오지 않는다. 말을 할 수가 없다. 암흑이 나를 휩쓴다. 그 암흑은 그 고통과 쾌락이 끝나 갈 때 미카엘이 나를 구하러 오기를 기다리고 있다. 쌍둥이들이 우리의 어린 시절을 기억하고 있는지는 몰라도 그런 티는 전혀 내지 않는다. 웃음을 제외하고는 말이다. 그들은 추워 죽겠다는 듯이 지하실 바닥에서 아래위로 펄쩍펄쩍 뛰고 있다. 하지만 공기는 차갑지 않다. 그들은 아주 원기 왕성하게 이리저리 뛰어오르고 있다. 그들은 흥분했다. 나는 신경질적이고 흉한 웃음을 참을 수가 없었다. 아지즈는 할릴보다 키가 조금 더 크고 조금 더 검었다. 그는 뛰어서 내 곁을 지나가더니 내가 알아채지 못하고 있던 문을 열었다. 그는 문을 가리키며 웨이터처럼 허리를 굽혀 인사했다. 나는 자유였다. 가도 되는 것이다. 끔찍한 순간이었다. 나는 갈 수 있었는데 가지 않았다. 그러자 할릴이 낮고 떨리는 신음을 내더니 문을 닫고 잠가 버렸다. 아지즈는 겉옷 주름 가운데서 길고 반짝이는 칼을 꺼냈다. 그의 눈에는 광채가 있었다. 그는 주저앉아 네발로 기었다. 그의 눈은 활활 타오르고 있었다. 눈동자의 흰자위는 더럽고 충혈되어 있었다. 나는 뒤로 물러서 지하실 벽에 등을 기댔다. 벽은 더러웠다. 끈적거리고 악취 나는 습기가 옷에 온통 스며들어서 내 피부에 닿았다. 마지막 힘을 다해 나는 비명을 질렀다.

아침에 하숙집 주인인 타르노폴러 부인이 내 방에 와서는 내가 자면서 소리를 질렀다고 말해 주었다. 그런바움 양, 결혼 이틀 전에 자면서 소리를 지르는 건 뭔가 큰 문제가 있다는 징조지요. 꿈속에서 우리는 해야만 하는 일과 해서는 안 되는 일을 보게 돼요. 꿈에서 우리는 자신이 지지른 악행의 대가를 치르죠, 하고 타르노폴러 부인이 말했다. 당신을 화나게 하더라도 이 말만은 해야겠는데요, 내가 당신 어머니였다면 당신이 거리에서 우연히 만난 남자와 이렇게 갑자기 결혼하는 걸 허락하지는 않았을 거예요. 전혀 다른 사람을 만날 수 있었을지도 모르고, 또 아예 안 만났을 수도 있는데 말이에요! 결과가 어떻게 되겠어요? 재앙이죠. "당신들은 부림절 놀이에서 병 돌리기 하는 것처럼 결혼을 하는군요. 내 결혼 주례는 성경에 쓰인 것을 행할 수 있는 샤드칸(shadchan)[7]이 해 주었는데 그건 그분이 양가를 다 잘 아는 데다가 신랑이 어떤 사람이고 신부가 어떤 사람인지를 신중하게 조사했기 때문이었어요. 결국 그 사람의 가족이 그 사람인 거니까요. 부모나 할아버지 할머니, 아저씨 아주머니, 형제자매들. 우물이 그 물을 말해 주는 것과 같은 이치지요. 오늘 밤 잠자리에 들기 전에 내가 박하 차를 한 잔 끓여 줄게요. 마음이 괴로운 사람한테는 좋은 약이지. 그런 꿈은 당신의 적들이 자기들 결혼 전날 밤에 꾸라고 해야죠. 이런 일이 일어나는 건 말이에요, 그린바움 양, 전부 당신들이 성경에 나오는 우상 숭배자들처럼 결혼하기 때문이에요. 처녀가 배경도 모르는 낯선 남자를 만나서 그 사람과 교제를 하고 세상에 자기 혼자라는 듯이 스스로 결혼 날짜를 잡다니요."

타르노폴러 부인은 '처녀'라는 말을 하면서 지친 듯한 미소

---

7) 유대인 남녀의 맞선을 주선하는 사람, 중매인.

를 지었다. 나는 아무 말도 하지 않았다.

9

미카엘과 나는 3월 중순에 결혼했다. 결혼식은 야포 거리의 스타이마츠키 외국 서적 맞은편에 있는 랍비 건물에서, 짙은 회색의 형상들이 밝은 회색 배경에 무리지어 서 있는 듯한 흐린 하늘 아래서 열렸다.

미카엘과 미카엘의 아버지는 둘 다 짙은 회색 양복을 입었고 윗주머니에 각자 흰 손수건을 꽂고 있었다. 둘이 너무 닮아 보여서 나는 두 번이나 아버지와 아들을 착각했다. 나는 내 남편 미카엘에게 에스겔이라고 말했다.

미카엘이 전통 유리잔을 세게 밟아 부수었다. 유리잔은 깨어지면서 날카로운 소리를 냈다. 모여든 사람들 사이로 옷 스치는 낮은 소리가 퍼져 나갔다. 레아 고모님은 울었다. 우리 어머니도 울었다.

에마뉴엘 오빠는 머리 덮개를 잊고 가져오지 않았다. 오빠는 체크무늬가 있는 손수건을 헝클어진 머리에 덮었다. 올케 리나는 내가 갑자기 기절이라도 할 것 같다는 듯이 나를 꽉 안았다. 나는 아무것도 잊지 않았다.

저녁에는 라티스본 빌딩의 강의실에서 파티가 열렸다. 10년 전 우리 결혼식 때는 대부분의 학과들이 기독교 수도원 익면에 자리잡고 있었다. 스코푸스산의 대학 건물은 독립 전쟁으로 도시와는 차단되어 버렸다. 예루살렘 토박이들은 여전히 이것이 일시적인 조치일 뿐이라고 믿었다. 정치적인 억측이 무성했다. 아직도 불확실함이 만연하고 있었다.

파티가 열렸던 라티스본 수도원의 강의실은 방이 높고 오래되었으며 천장은 그을려 있었다. 그 천장은 페인트는 벗겨지고 빛이 바랜 디자인으로 덮여 있었다. 나는 겨우겨우 탄생에서부터 십자가에 못 박음까지 예수의 삶에 관한 여러 장면을 알아볼 수 있었다. 나는 천장에서 시선을 돌렸다.

어머니는 검은 드레스를 입고 있었다. 그 드레스는 1943년 아버지의 임종 직후에 직접 만드신 거였다. 내 결혼식 때 어머니는 옷에다가 구리 브로치를 달아 경조사를 구분 지었다. 어머니가 걸고 있던 육중한 목걸이가 오래된 램프 빛을 받아 반짝였다.

파티에는 삼사십 명의 학생이 있었다. 대부분은 지질학과 학생이었고 몇 명은 문학과 1학년 학생들이었다. 가장 친한 친구인 하다사는 젊은 남편과 함께 와서 당시 인기 있던 늙은 예멘 여인의 그림 복사본을 선물로 주었다. 아버지의 옛 친구들도 돈을 모아 수표를 주었다. 에마뉴엘 오빠는 자기 키부츠에서 젊은 친구 일곱 명을 데려왔다. 그 사람들은 금박을 입힌 꽃병을 선물했다. 에마뉴엘 오빠와 그 친구들은 파티의 주역이 되려고 했지만 학생들이 있어서 어쩔 줄 몰라 했다.

지질학과 학생 가운데 두 명이 일어나서 지질학적 지층을 성적으로 해석한 아주 길고 지루한 대화를 낭독했다. 그 대화는 음란한 암시와 이중적인 의미를 가진 말투성이였다. 그들은 우리를 즐겁게 해 주려고 했다.

유치원의 사라 젤딘은 아주 늙고 주름져 보였는데 우리에게 찻잔 세트를 선물했다. 한 점, 한 점마다 푸른색 옷을 입은 연인들의 그림이 있었고 테두리에는 금색 선이 둘려져 있었다. 그녀가 어머니를 껴안았고 둘이 서로 입을 맞췄다. 두 사람은 이디시 말로 대화했고 둘 다 끊임없이 머리를 끄덕였다.

미카엘의 네 고모는 샌드위치가 놓인 테이블 주위에 둘러서서 나에 대해 부지런히 수다를 떨었다. 네 사람은 목소리를 낮추려고도 하지 않았다. 그들은 나를 좋아하지 않았다. 미카엘은 여태까지 책임감 있고 든든한 애였는데 지금 이렇게 서둘러 결혼해서 천박한 뒷공론을 일으키게 되다니. 제니아 고모는 코브노에서 육 년간 약혼했고 육 년이 지나고 나서야 마침내 첫 남편과 결혼했는데. 네 고모들은 우리의 성급한 결혼이 일으킬 수 있는 천박한 뒷공론에 대해서는 폴란드어로 얘기했다.

오빠와 키부츠 친구들은 술을 너무 많이 마셨다. 이 사람들은 시끄러웠다. 술자리에서 부르는 잘 알려진 노래들을 떠들썩하게 바꾸어 불렀다. 그들은 여자들을 즐겁게 했고 여자들의 웃음소리는 마침내 비명과 키득거리는 웃음소리로 변해 버렸다. 야르데나라는 이름의, 밝은 금발에 온통 반짝이가 달린 옷을 입은 지질학과 한 여학생은 구두를 벗어 던지고 혼자서 미친 듯이 스페인 춤을 추었다. 다른 손님들은 박자를 맞추어 손뼉을 치며 그녀에게 반주해 주었다. 에마뉴엘 오빠는 그녀에게 경의를 표하여 오렌지주스 병을 깨부숴줬다. 그리고 야르데나는 리큐르가 가득 찬 잔을 들고 의자에 올라서서는 실연에 대한 미국 팝송을 불렀다.

기록해야만 하는 사건이 또 하나 있다. 파티가 끝날 무렵 남편이 내 목덜미에 갑자기 입을 맞추려고 했다. 과 친구들이 그런 생각을 불어넣었는지도 모르겠다. 그 순간 나는 오빠가 내 손에 떠맡긴 와인 잔을 쥐고 있었다. 미카엘의 입술이 목에 닿았을 때 나는 소스라쳤고 와인은 흰 웨딩드레스에 쏟아졌다. 일부는 제니아 고모의 갈색 수트에도 튀었다. 이런 사소한 일이 뭐가 그렇게 중요하냐고? 하숙집 주인 타르노폴러 부인이 내가 자다가 소리를 질렀다고 말해 준 다음부터 나는 암시와 징조에 끊임없이 시달리고 있었다. 아버지처럼. 아버지는 주의 깊은 사람이었다. 아버지는 인생이 마치 교훈을 얻고 경험을 저장하는 예비 과정이라도 되는 듯이 인생을 살아가셨다.

10

그 주가 끝나갈 무렵 우리 교수님이 내게 와서 축하해 주었다. 매주 있는 마푸 강의의 휴식 시간 중에 테라 상타 대학의 로비에서였다. "미시즈…… 아 그래요, 미시즈 고넨, 이 기쁜 소식을 막 들었는데 당신의, 아, 혼인을 빨리 축하해야겠군요. 당신의 가정이 완벽하게 유대인답고 또 완벽하게, 아, 교화되기를. 이렇게 말하면 당신에게 최고의 행복을 빌어 준 것 같군요. 복 많은 당신 신랑은 무슨 분야를 전공하는지 물어도 될까요? 아, 지질학! 굉장히 상징적인 전공들의 결합이군요. 지질학도 문학도 깊은 곳을 파헤쳐서, 말하자면 묻힌 보물들을 찾아내는 거지요. 고넨 부인, 지금의 공부를 계속하실 것인지 묻고 싶은데요? 그래요, 기쁘군요. 아시겠지만 나는 제자들의 앞날에 대해서 거의 부모같이 관심을 쏟고 있으니까요."

내 남편은 커다란 책장을 샀다. 아직은 책이 스무 권에서 서른 권 정도로 얼마 되지 않지만 곧 불어날 것이다. 미카엘은 벽 전체에 책이 줄지어 있는 모습을 상상했다. 그러나 지금 책장은 거의 비어 있었다. 나는 꼰 철사와 색칠한 라피아 잎을 사용해서 만든 조각 몇 개를 유치원에서 가져와서 빈 책장이 좀 덜 썰렁해 보이도록 놓았다. 당분간은.

온수 시설이 망가졌다. 미카엘은 그것을 스스로 고쳐 보려고 했다. 그 사람은 자기가 어렸을 때 아버지나 고모들을 위해서 수도를 자주 수리하곤 했다고 말했다. 그러나 이번에는 실패했다. 어쩌면 고장 난 것을 더 심각하게 만들었는지도 모른다. 배관공을 불렀다. 잘생긴 북아프리카 출신 배관공 소년은 문제를 쉽게 해결했다. 미카엘은 그 실패를 부끄러워했다. 그 사람은 어린애처럼 부루퉁해서 서 있었다. 나는 그가 쩔쩔매는 것이 좋았다.

"참 보기 좋은 신혼부부시네요." 배관공이 말했다. "수리비는 많이 안 받을게요."

처음 몇 밤에 나는 수면제가 있어야만 잠을 잘 수 있었다. 여덟 살 때 오빠는 자기 침실을 갖게 되었고 그 이후로 나는 항상 방에서 혼자 잠을 잤다. 미카엘이 눈을 감고 잠이 든다는 사실이 내게는 이상하게 보였다. 나는 결혼하고 나서야 그가 잠든 모습을 보았다. 그 사람은 머리 꼭대기까지 이불을 끌어 올려 사라지곤 했다. 때때로 나는 저 규칙적인 씩씩거리는 소리는 그의 숨소리일 뿐이고, 지금부터는 세상 어느 남자도 이 사람보다 내게 가까운 사람은 없다는 사실을 떠올렸다. 나는 전에 이 아파트에 세 들어 살던 사람에게서 거의 공짜로 사들인 이 중고 더블베드에서 새벽녘까지 몸을 뒤척였다. 그 침대는 온통 아라베스크 무늬 조각으로 장식되어 있었고 번쩍거리는 갈색 얼룩이 있었다. 대부분의 오래된 가구들과 마찬가지로 이 침대로 쓸데없이 넓었다. 너무 넓은 탓에 한번은 잠에서 깨서 미카엘이 일어나서 나갔나 보다고 생각한 적도 있다. 그는 저기 멀리에 자기 잠자리에 폭 파묻혀 있었다. 그는 거의 확실하게 새벽에 내게로 왔다. 육감적이고 격렬하게. 그는 검고 유연하고 조용하게 나타났다.

나는 거친 남자를 원했던 적이 없다. 내가 어째서 이런 실망을 느껴야 하는 것일까? 소녀 적에 나는 언제나 세계적으로 유명해질 젊은 학자와 결혼할 것이라고 내심 생각하곤 했다. 나는 발끝으로 살살 걸어서 가구가 꽉 들어찬 그의 서재에 들어가 책상 여기저기에 펼쳐져 있는 두꺼운 독일 책 위에 차 한 잔을 내려놓고, 재떨이를 비우고 조용히 덧창을 닫고 그가 알아채지 못하도록 발끝으로 걸어서 방을 나올 것이다.

내 남편이 갈증으로 죽어 가는 사람처럼 나에게 덤벼들었다면 나는 스스로를 수치스럽게 생각했을 것이다. 내가 섬세한 악기인 것처럼, 아니면 시험관을 다루는 과학자처럼 미카엘이 나에게 다가왔다면 내 기분은 왜 엉망이겠는가? 밤마다 나는 티랏 야아르에서 예루살렘 거리의 버스 정류장까지 걸어가던 그날 밤 그가 입었던 따뜻하고 거친 외투를 생각해 냈다. 그리고 그 처음 몇 밤에는 미카엘이 테라 상타 카페테리아에서 손가락으로 만지작거리던 찻숟가락도 다시 생각났다.

그런 날 아침에 나는 깨진 바닥 타일에 눈을 고정하고 남편에게 내가 좋은 여자인지를 물어보았고 그때 내 손에 들려 있던 커피 잔은 부들부들 떨렸다. 그는 잠깐 생각해 보고는 약간은 학자적인 태도로 다른 여자는 알지 못하기 때문에 판단할 수가 없다고 대답했다. 그의 답은 솔직했다. 왜 내 손은 아직까지도 떨리고, 커피는 새 테이블보에 쏟아지고 있는 걸까?

매일 아침 나는 오믈렛 두 접시를 만들었다. 둘이 마실 커피를 끓이고, 미카엘은 빵을 썰었다.

나는 내 부엌의 새 공간에 그릇과 기구들을 정리하면서 푸른색 앞치마를 즐겨 둘렀다. 그때는 평온했다. 미카엘은 아버님이 결혼 선물로 준 커다랗고 검은색인 새 서류 가방을 들고 8시에 강의를 들으러 갔다. 나는 거리 모퉁이에서 그에게 잘 가라고 인사하고는 사라 젤딘의 유치원으로 향했다. 나는 노란색 꽃무늬가 있는 밝은 면 사라사로 된 새 봄옷을 샀다. 그러나 봄은 오지 않고 겨울이 계속되었다. 1950년 예루살렘의 겨울은 길고 힘들었다.

수면제 덕택에 나는 하루 종일 꿈을 꾸었다. 사라 젤딘은 다 안다는 듯이 금테 안경 너머로 나를 쳐다보았다. 격정적인 밤을 상상하고 있었는지도 모르겠다. 나는 그렇지 않다고 말해 주고 싶었지만 할 말을 찾지 못했다. 우리의 밤은 평온했다. 가끔씩 나는 어떤 막연한 기대감이 척추를 타고 기어오르는 느낌이 든다고 생각했다. 마치 어떤 결정적인 사건은 아직 일어나지 않았다는 듯이. 마치 모든 것이 서곡이고, 연습이고, 준비라는 듯이. 나는 곧 해야 할 복잡한 역을 연습하는 중이고. 중요한 사건이 곧 일어날 것이다.

페레츠 스몰렌스키에 대해서 한 가지 묘한 사실을 기록해야겠다.

교수님은 아브라함 마푸에 대한 강의를 마치고 스몰렌스키의 『인생길의 방랑자』에 대한 수업을 하기 시작했다. 교수님은 작가의 여정과 감정적 고통에 대해서 얘기했다. 그 당시 학자들은 여전히 작가는 자신의 책과 밀접한 관계가 있다고 믿고 있었다.

나는 페레츠 스몰렌스키를 개인적으로 알고 있다는 생각에 강하게 사로잡혔던 순간을 기억하고 있다. 아마도 그 책에 나와 있던 초상이 내가 아는 누군가를 연상시켰는지도 모르겠다. 그러나 그것이 진짜 이유는 아닌 것 같다. 나는 어렸을 때 그에게서 내 인생에 영향을 주었던 무슨 얘기를 들었고, 그리고 곧 그를 다시 만날 것이라는 느낌을 받았다. 나는 반드시, 반드시 적절한 질문을 염두에 두어 페레츠 스몰렌스키에게 무슨 질문을 할 것인지 알아 두어야 한다. 내가 할 일은 사실 디킨스가 스몰렌스키의 이야기에 미친 영향을 생각해 보는 것뿐이었다.

매일 오후 나는 테라 상타 대학 독서실 늘 앉던 자리에 앉아서 낡은 『데이비드 코퍼필드』 영역본을 읽었다. 디킨스의 소설에 나오는 고아 데이비드는 스몰렌스키의 소설에 나오는 마드메나시의 고아 조지프와 닮았다. 두 사람 다 비슷한 고난을 겪는다. 두 작가 다 고아들을 동정했기 때문에 사회를 동정하지는 않았다. 나는 두세 시간 정도 조용히 앉아서 오래전에 멸종한 공룡 얘기를 읽듯이 그 고난과 잔인함에 대한 이야기를 읽곤 했다. 아니면 이야기에 나오는 교훈은 전혀 중요하지 않은 의미 없는 우화를 대하고 있다는 듯이. 그것은 단절된 만남이었다.

당시 테라 상타의 지하층에는 머리 덮개를 쓰고 다니는 나이 든 사서가 일하고 있었는데 그 사람은 내 결혼 전 성과 결혼한 성을 다 알고 있었다. 그는 이제 살아 있지 않다. 그가 이렇게 말했을 때 나는 매우 기뻤다. "한나 그린바움-고넨 양. 당신 이름의 머리글자를 쓰면 히브리어로 '축제'라는 의미군요. 당신의 인생이 매일 축제 같기를."

3월이 갔다. 4월도 질반이 지났다. 1950년 예루살렘의 겨울은 길고 힘들었다. 어둑어둑해질 무렵 나는 창가에 서서 남편이 돌아오는 것을 기다렸다. 나는 유리창에 입김을 불고 화살이 박힌 심장, 마주 잡은 손, HG와 MG와 HM이라는 글자를 그리곤 했다. 가끔은 다른 모양도. 미카엘의 모습이 거리 끝에 나타나면 나는 이것을 손으로 서둘러 닦아 내곤 했다. 미카엘은 내가 자신에게 손을 흔든다고 생각하고 자기도 손을 흔들었다. 그가 돌아오면 내 손은 유리창을 닦아서 젖고 차가워져 있었다. 미카엘은 이 말을 좋아했다. "차가운 손에 따뜻한 심장이라."

키부츠 노프 하림에서 어머니가 짠 스웨터 두 벌이 담긴 소포가 왔다. 미카엘에게는 흰색이, 나에게는 그의 조용한 눈동자 색과 같은 청회색 울로 된 것이.

11

어느 푸르른 토요일, 갑자기 산에 봄이 찾아왔고 우리는 예루살렘에서 티랏 야아르까지 산책을 나갔다. 우리는 7시에 집을 떠나 크파르 리프타까지 길을 따라 내려갔다. 우리의 손가락은 서로 얽혀 있었다. 푸른색으로 물든 아침이었다. 푸른 하늘 아래 보이는 낮은 산의 윤곽은 정교하게 칠해져 있었다. 바위 틈새에는 야생 시클라멘이 묻혀 있었다. 산허리에는 아네모네가 흐드러지게 피었었다. 흙은 촉촉했다. 바위의 파인 곳에는 아직도 빗물이 고여 있었고 소나무는 깨끗하게 씻겨 있었다. 삼나무 한 그루가 콜로니아의 폐허가 된 아랍인 마을 폐허 아래서 황홀하게 숨 쉬고 있었다.

미카엘은 몇 번씩 멈춰 서서 지질학적 특징과 그 이름을 말했다. 한때는, 몇십만 년 전에는 바다가 이 산들을 뒤덮고 있었다는 걸 알아?

"때가 다하면 바다가 다시 예루살렘을 뒤덮을 거예요." 내가 확신에 차서 말했다.

미카엘은 웃었다.

"한나도 예언자인가?"

그는 생기에 차고 쾌활했다. 가끔씩 그는 돌을 주워들고 거기에 대고 엄하게, 나무라듯이 말을 했다. 성을 향해서 올라가고 있을 때 커다란 새가, 독수리 아니면 대머리수리가 다가와서 우리 머리 위를 높이 날았다.

"우린 아직 안 죽었다고." 내가 즐겁게 외쳤다.

바위는 아직도 미끄러웠다. 나는 테라 상타의 계단을 기억하면서 일부러 미끄러졌다. 나는 또 미카엘에게 결혼 전날에 타르노폴러 부인이 했던 말을, 우리 같은 사람들은 성서에 나오는 우상 숭배자들처럼, 부림절 놀이에서처럼 결혼한다고 했던 말을 해 주었다. 미혼의 여자가 완전히 다른 사람을 만날지도 모르는데도 우연히 만난 어떤 남자에게 눈길을 주어 버린다고.

그러고 나서 나는 시클라멘을 따서 미카엘의 단춧구멍에 꽂아 주었다. 그는 내 손을 잡았다. 그의 따뜻한 손가락 사이에서 나의 손은 차가웠다.

"난 진부한 말을 생각하고 있어." 미카엘이 웃으면서 말했다. 나는 하나도 잊지 않았다. 잊는 것은 죽는 것이다. 나는 죽고 싶지 않다.

남편 친구인 리오라는 토요일에 할 일이 있어서 우리를 접대할 수가 없었다. 그녀는 우리에게 잘 지내냐고 묻고는 부엌으로 도로 들어가 버렸다. 우리는 식당에서 점심을 먹었다. 그러고는 잔디에 드러누웠고 남편은 내 무릎을 베었다. 나는 미카엘에게 나의 고통에 대해서, 그 쌍둥이들에 대해서 거의 말할 뻔했다. 하지만 살을 에는 듯한 두려움이 나를 저지했다. 나는 가만히 있었다.

그러고 나서 우리는 아쿠아 벨라의 샘으로 갔다. 우리 근처의 작은 숲에는 예루살렘에서 자전거를 몰고 온 한 무리의 소년 소녀들이 있었다. 그들 중 하나는 구멍 난 곳을 고치고 있었다. 단편적인 대화가 우리에게 들렸다.

"정직이 최선이라니까." 자전거에 구멍이 난 소년이 말했다. "어제 아버지께 클럽에 간다고 말하고는 시온 극장에 「삼손과 데릴라」를 보러 갔거든. 그랬는데 내 뒤에 누가 앉았게? 바로 아버지였다고!"

조금 후에 우리는 두 명의 소녀가 나누는 대화를 듣게 되었다.

"에스더 언니는 돈을 위해 결혼했어. 나는 사랑을 위해서만 결혼할 거야. 인생은 게임이 아니라고."

"솔직하게 말하는데 사실 나도 자유연애에 대해서 완전히 반대하지는 않아. 그렇지 않으면 자기 사랑이 서른 살까지 계속될 건지 스무 살에 어떻게 알겠어? 청년 지도자 가운데 한 사람이 얘기하는 걸 들은 적이 있는데 그 사람은 현대 인간의 사랑은 완전히 단순하고 자연스러운 것이 되어야 한대. 물 마시는 것처럼. 하지만 그 안에서 허우적대서는 안 되겠지. 모든 일에 중용이라니까. 매주 남자애들을 갈아 치우는 리브카처럼은 안 되지. 그렇지만 달리야처럼도 아니야. 그 애는 남자가 시간을 물어보려고 다가가기만 해도 얼굴이 빨개지면서 남자들이 자길 겁탈이라도 할 거라는 듯이 도망가 버린다니까. 인생에선 중도를 걷고 극단을 피해야 해. 자제심 없이 사는 사람은 누구든지 젊어서 죽을걸. 슈테판 츠바이크가 책에서 그렇게 말했어."

우리는 안식일이 끝난 후 첫 버스를 타고 예루살렘으로 돌아갔다. 그날 저녁은 강한 북서풍이 불었다. 하늘에는 구름이 잔뜩 끼었다. 그날 아침의 봄은 거짓 경보였던 것이다. 예루살렘은 아직도 겨울이었다. 우리는 시온 극장에 「삼손과 데릴라」를 보러 가려던 계획을 취소했다. 대신에 일찍 잠자리에 들었다. 미카엘은 신문의 주말 증보판을 읽었다. 나는 다음 시간에 할 페레츠 스몰렌스키의 「당나귀의 장례식」을 읽었다. 우리 집은 매우 고요했다. 덧창은 닫혀 있었다. 침대 곁의 램프가 쳐다보고 싶지 않은 그림자를 드리웠다. 나는 수도꼭지에서 부엌 개수대로 물이 떨어지는 소리를 들을 수 있었다. 나는 그 리듬에 동화되었다.

조금 후에 교회 청년 클럽에서 돌아가는 길에 아이들 한 무리가 지나갔다. 우리 집 앞을 지나면서 남자아이들은

여자들은 모두 사탄에서 났다네

하나 빼고는 정말이지 싫다니까

하고 노래를 부르고 여자아이들은 날카롭게 소리를 질렀다.

미카엘은 신문을 내려놓았다. 그는 잠시 방해해도 되겠냐고 말했다. 뭘 물어보고 싶다고. "돈이 있어서 라디오를 살 수 있다면 집에서 콘서트를 들을 수 있을 텐데. 하지만 빚진 돈이 좀 있으니 올해는 라디오를 살 수 없겠지. 그 인색한 사라 젤딘이 다음 달에 당신 월급을 좀 올려 주려나. 어쨌거나 온수기를 고쳐 준 그 배관공은 아주 기분 좋고 매력적인 사람이긴 하지만 다시 고장 나 버렸는걸."

미카엘은 불을 껐다. 그의 손이 어둠 속에서 내 손을 더듬어 찾았다. 그러나 덧창을 통해 들어오는 희미한 불빛에 그의 눈은 아직 적응하지 못했고 팔이 내 턱을 세게 쳐서 나는 아프다는 신음 소리를 냈다. 그는 사과했다. 나의 머리카락을 만졌다. 나는 피곤하고 공허한 느낌이 들었다. 그는 내 뺨에 자기 뺨을 댔다. 우리 오늘 산책을 기분 좋게 오래 했지, 그래서 면도할 시간이 없었다고. 따가운 수염이 내 피부를 간질였다. 기억하건대 나는 아주 기분 나쁜 한순간 갑자기 저속한 농담을, 남편의 접근을 완전히 오해한 구식 신부에 대한 농담을 생각해 냈다. 이 더블베드가 우리 두 사람이 쓰기에 충분히 크지 않은 걸까? 수치스러운 순간이었다.

그날 밤 나는 타르노폴러 부인의 꿈을 꾸었다. 우리는 평야에 있는 도시에, 아마도 홀론에 있는 시아버지의 아파트에 있었다. 타르노폴러 부인은 나에게 박하 차를 한 잔 타 주었다. 차는 쓰고 역겨운 맛이 났다. 나는 구역질이 나서 흰색 웨딩 드레스를 못 쓰게 만들어 버렸다. 타르노폴러 부인은 야비하게 웃었다. "내가 경고했지." 그녀가 의기양양하게 말했다. "내가 전에 경고했는데 너는 내 암시를 전부 무시해 버렸어." 날카롭고 구부러진 갈고리발톱을 가진 흉조 한 마리가 날아올랐다. 그 발톱은 내 눈꺼풀을 할퀴었다. 나는 두려움에 떨면서 깨어나서 미카엘의 팔을 세차게 밀쳐 버렸다. 그는 짜증 난 듯이 중얼거리며 뒤척였다. "정신이 나갔군. 내버려 둬요. 난 자야 해. 내일은 힘들다고." 나는 약을 먹었다. 한 시간 후에 또 한 알을 먹었다. 마침내 나는 기절과도 같은 잠에 빠졌다. 다음 날 아침에는 미열이 있었다. 나는 직장에 가지 않았다. 점심시간에는 미카엘과 싸우고 그에게 독설을 퍼부었다. 저녁에 우리는 화해했다. 소동을 벌인 것에 대해 각자 자신에게 책임을 돌렸다. 친구 하다사와 그 애 남편이 들렀다. 하다사의 남편은 경제학도였다. 대화는 긴축 정책에 대한 것으로 접어들었다. 하다사 남편은 정부의 행동은 웃기는 가설에 기반을 둔 것이라고, 마치 이스라엘 전체가 하나의 거대한 청년 운동인 것 같다고 말했다. 하다사는 관리들의 유일한 관심사는 자기 가족들뿐이라며 예루살렘에서 일어나고 있는 끔찍한 부패상에 대해서 이야기했다. 미카엘은 잠시 생각하더니 인생에서 너무 많은 것을 바라는 것은 실수라는 의견을 내놓았다. 나는 그가 정부를 변호하고 있는 것인지 손님들의 의견에 동의하는지 확신할 수가 없었다. 그에게 무슨 소리냐고 물어보았다. 미카엘은 내가 기대하는 대답은 자기 미소뿐이라는 듯이 미소를 지었다. 나는 부엌으로 가서 차와 커피를 끓이고 케이크를 내놓았다. 열린 문 사이로 나는 친구 하다사가 말하는 소리를 들을 수 있었다. 남편에게 내 칭찬을 하고 있었다. 그녀는 내가 우리 반에서 가장 뛰어난 학생이라고 말했다. 그러고 나서 대화는 히브리 대학에 대한 것이 되었다. 신생 대학인데도 그렇게 보수적인 방침을 따라가고 있다니.

12

결혼한 지 3개월이 지난 6월에 나는 임신했다는 사실을 알게 되었다.

미카엘은 내가 이 말을 했을 때 전혀 기뻐하지 않았다. 그는 내게 확실하냐고 두 번이나 물어보았다. 결혼하기 전에 어떤 의학 서적에서 특히 첫 번째에는 실수이기 아주 쉽다고 읽었다는 것이다. 증상을 잘못 생각하고 있는 게 아닐까?

그 말에 나는 일어나서 방을 나갔다. 그는 면도기를 아랫입술과 턱 사이의 부드러운 피부 위로 움직이면서 거기 그대로 거울 앞에 남아 있었다. 어쩌면 말할 시기를 잘못 택했는지도 모른다. 막 면도하고 있을 때라니.

다음 날 소아과 의사인 제니아 고모님이 텔 아비브에서 도착했다. 미카엘이 아침에 전화했고 고모님은 만사를 제치고 달려왔다.

제니아 고모님은 나에게 준엄하게 말했다. 내가 무책임하다며 비난했다. 너는 미카엘이 인생을 살아가면서 뭔가 성취하려고 노력하는 걸 다 망칠 거다. 미카엘의 발전이 곧 너 자신의 운명이라는 걸 모르겠니? 그것도 기말시험 바로 전에 말이다!

"어린아이 같구나."라고 제니아 고모님은 말했다. "꼭 어린아이 같아."

고모님은 그날 밤 머무르지 않겠다고 했다. 바보같이 만사를 제치고 허겁지겁 예루살렘에 왔다고. 온 것이 후회되는구나. 많은 일이 후회된다. "전부 해서 간단한 20분짜리 수술이고, 편도선 잘라 내는 것 정도밖에 안 된다. 하지만 아무리 간단한 것도 이해 못 하는 복잡한 여자들이 있으니까 말이야. 너는 말이다 미카, 자기 일이 아니라는 듯이 거기 그렇게 멍청하게 앉아 있니. 가끔씩 나는 나이 든 세대가 젊은이들을 위해서 스스로 희생하는 게 전혀 의미가 없다는 생각이 드는구나. 나도 이젠 그만 입 다물고 생각하는 걸 전부 말하지는 말아야겠다. 둘 다 잘 있거라."

제니아 고모님은 갈색 모자를 낚아채서 쿵쾅거리며 나가 버렸다. 미카엘은 방금 막 무서운 얘기를 들은 어린애처럼 반쯤 입을 벌리고 앉아 있었다. 나는 부엌으로 가서 문을 잠그고 울었다. 나는 찬장 옆에 서서 당근을 갈아 설탕을 뿌리고 거기 레몬주스를 좀 섞고는 울었다. 남편이 문을 두드렸는지는 몰라도 대답은 하지 않았다. 하지만 나는 그가 문을 두드리지 않았다는 것을 거의 확신하고 있다.

우리 아들 야이르는 힘든 임신 기간 끝에 결혼 첫해가 끝나갈 무렵인 1951년 3월에 태어났다.

임신 초기의 여름에 나는 거리에서 식량 배급 장부를 두 번이나 잃어버렸다. 그것이 없으면 기본적인 식료품을 살 수가 없었다. 몇 주 동안이나 나는 비타민 결핍 증세를 보였다. 미카엘은 암시장에서 소금 한 줌도 사지 않으려 했다. 그는 자기 아버지한테서 이 신조를, 우리나라의 법에 대한 강렬하고 긍지 높은 충성심을 이어받았던 것이다.

새로운 식량 배급 장부를 받고도 나는 여러 가지 문제로 계속 고생했다. 한번은 현기증이 나서 사라 젤딘의 유치원 운동장에서 쓰러져 버렸다. 의사는 내게 일하는 것을 금지했다. 재정 상태가 위험했기에 이것은 우리에게 매우 어려운 결정이었다. 의사는 또 간 추출물의 주사와 칼슘 정제를 처방했다. 나는 지속적인 두통을 앓았다. 관자놀이 정중앙을 얼음처럼 차가운 쇳조각으로 찔린 듯한 느낌이었다. 나의 꿈은 괴로운 것이 되어 갔다. 나는 비명을 지르며 잠에서 깼다. 미카엘은 내가 일을 그만두어야 했다고 가족에게 편지를 쓰면서 나의 정신적인 상태에 대해서도 말했다. 제일 친한 하다사 남편의 도움으로 미카엘은 학생 지원 기금에서 약간의 대출을 받을 수 있었다.

8월 말 제니아 고모님에게서 등기 편지가 왔다. 글은 단 한 줄도 쓰여 있지 않았고 대신에 봉투 안에는 300파운드짜리 수표가 접혀 있었다. 미카엘은 내가 자존심 때문에 돈을 돌려 줘야만 하겠다면 기꺼이 공부를 그만두고 일자리를 찾겠다고 말했다. 나는 '자존심'이라는 말이 마음에 안 든다고 말하고 그 돈을 감사히 받겠다고 말했다. 미카엘은 그렇더라도 자기가 항상 공부를 그만두고 일자리를 찾을 용의가 있다는 사실을 기억해 두라고 했다.

"기억할 거예요. 미카엘. 나를 알잖아요. 나는 잊는 법을 몰라요."

나는 강의 듣는 것을 그만두었다. 다시는 히브리 문학을 공부하지 않을 것이다. 나는 연습장에다가 황폐함이라는 특성이 히브리 르네상스기 시인들의 작품에 만연해 있다고 적었다. 이러한 황폐함이라는 특성이 어디서 나오는 것인지, 무엇으로 만들어져 있는지 나는 결코 알지 못할 것이다.

집안일에도 소홀해졌다. 나는 거의 아침 내내 황량한 뒷마당이 내다보이는 우리의 작은 발코니에 혼자 앉아 있곤 했다. 나는 접는 의자에 앉아서 빵 부스러기를 고양이들에게 던져 주곤 했다. 나는 이웃 아이들이 마당에서 노는 모습을 지켜보는 것이 좋았다. 아버지는 때로 '묵묵히 서서 응시하다'라는 말을 사용하곤 하셨다. 나는 묵묵히 서서 응시했지만 그것은 아버지가 말씀하셨을 침묵이나 응시와는 전혀 다른 것이었다. 마당에 있는 아이들은 저 열성적이고 숨 가쁜 경쟁에서 무슨 의미를 찾는 것일까? 놀이는 피곤하고 승리는 공허하다. 승리란 무엇일까? 밤이 올 것이다. 겨울이 돌아올 것이다. 비가 와서 모든 것이 사라질 것이다. 예루살렘에는 다시 거센 바람이 불 것이다. 전쟁이 일어날지도 모른다. 숨바꼭질 놀이는 우스울 정도로 헛된 짓이다. 발코니에서 나는 아이들 전부를 볼 수 있었다. 누군가 정말로 숨을 수 있을까? 누가 그러려고 하는가? 정말이지 이것은 기이한 흥분이다. 쉬어라, 지친 꼬마들아. 겨울은 아직 멀었지만 이미 그 힘을 모으고 있다. 그리고 겨울이 얼마나 떨어져 있는지는 믿을 수 없는 것이다.

점심 식사 후에 나는 녹초가 되어서 침대에 쓰러지곤 했다. 신문조차 읽을 수 없었다.

미카엘은 아침 8시에 집에서 나가 저녁 6시에 돌아왔다. 여름이었다. 나는 창문에 입김을 불어 유리에 그림을 그릴 수 없었다. 나를 편하게 해 주려고 미카엘은 옛날처럼 마미라 거리 끝에 있는 학생 식당에서 친구들과 식사를 했다.

12월은 임신 6개월째 되는 달이었다. 미카엘은 첫 번째 학위를 따기 위해 시험을 치렀다. 2등이었다. 나는 그의 성공에 냉담했다. 혼자서 축하하고 날 좀 내버려 두라지. 남편은 10월에 벌써 두 번째 학위에 대비해 공부를 시작했다. 저녁에 돌아오면 그는 자발적으로 식품점과 채소 가게와 약국에 다녀오겠다고 했다. 한번은 내가 보건소에 대신 가서 검사 결과를 좀 가져오라고 해서 나 때문에 중요한 실험에 빠지기도 했다.

그날 저녁 미카엘은 침묵이라는 마음속의 결의를 깨뜨렸다. 그는 자신의 삶도 요즘 그렇게 쉬운 것이 아니라는 것을 내게 설명하려고 했다. 내가 태평하고 안락하게 살고 있는 것으로 생각해서는 안 돼.

"그렇게 생각 안 했어요, 미카엘."

그럼 어째서 내가 죄의식을 느끼게 만들었지?

당신이 죄의식을 느끼게 만들었다고? 이런 때에 내가 로맨틱하게 굴 수 없다는 것쯤은 알아야죠. 난 지금 임부복도 없다고요. 매일 맞지도 않고 불편한 평상복을 입고 있단 말이에요. 그러니 어떻게 예쁘고 매력적으로 보이겠어요?

아니, 당신한테서 그런 걸 원하지는 않아. 내가 원하는 건 당신의 아름다움이 아니야. 내가 부탁하는 건, 간절히 청하는 건, 그렇게 딱딱하고 신경질적으로 굴지 말라는 거야.

사실 이 시기에는 우리 사이에 일종의 불편한 타협 같은 것이 존재했다. 우리는 마치 장거리 기차 여행에서 운명적으로 옆자리에 앉게 된 두 명의 여행자들 같았다. 서로에 대한 배려를 보여 주어야 하고, 예절이라는 관습을 지켜야 하고, 서로에게 부담을 주거나 침해하지 않아야 하며, 서로 아는 자신들의 사이를 이용하려고 해서도 안 되는. 예절 바르고 이해심을 발휘해야 하고. 어쩌면 가끔씩은 유쾌하고 피상적인 잡담으로 서로를 즐겁게 해 주려고 해야 하고. 아무런 요구도 하지 않으며. 때로는 절제된 동정심을 보이기도 하면서.

그러나 현관 창문 밖에는 단조롭고 우울한 풍경이 놓여 있었다. 메마른 평야. 키 작은 관목.

그에게 창문을 닫아 달라고 하면 그는 기꺼이 해 준다.

그것은 냉정한 균형이었다. 비가 와서 젖은 계단을 내려가는 것처럼 조심스럽고 힘든. 아, 쉬고 또 쉴 수 있다면.

인정한다. 그 균형을 깨뜨린 것은 주로 나였다. 미카엘이 꽉 잡아 주지 않았다면 나는 미끄러져 떨어졌을 것이다. 나는 의도적으로 집에 혼자 있다는 듯이 저녁 내내 침묵을 지키며 앉아 있었다. 미카엘이 몸이 어떠냐고 물어보면 나는 이렇게 대답하곤 했다.

"무슨 상관이죠?"

그가 기분이 상해 다음 날 아침에 몸이 어떠냐고 물어보지 않으면 나는 그가 상관도 하지 않기 때문에 물어보지 않는다고 으르렁거렸다.

초겨울에 한두 번인가 나는 눈물을 흘려 남편을 당황하게 만들었다. 나는 그에게 짐승이라고 했다. 그의 무감각함과 무관심을 비난했다. 미카엘은 부드럽게 나의 비난을 모두 반박했다. 그는 조용히 참을성 있게, 마치 자신이 기분을 상하게 했고 나를 달래야 한다는 듯이 말했다. 나는 반항하는 꼬마처럼 저항했다. 그가 너무나 미워서 목에서 무엇인가 치밀어 올랐다. 나는 그를 뒤흔들어 평정을 잃게 하고 싶었다.

침착하고 철저하게 미카엘은 바닥을 닦고 걸레를 짜고 바닥을 두 번 훔쳐 냈다. 그러고는 내게 좀 나아졌냐고 물었다. 그리고 내게 우유를 데워 주고 내가 싫어하는 엷은 막을 걷어 내 주었다. 그는 특수한 상태에 있는 나를 화나게 만든 것에 대해 사과했다. 그는 똑같은 실수를 되풀이하지 않도록 자기가 무슨 일로 나를 화나게 만들었는지 설명해 달라고 했다. 그러고는 나가서 등유를 한 통 가져왔다.

임신 마지막 달에 나는 나 자신이 추하다고 느꼈다. 감히 거울을 보지 못했다. 내 얼굴은 검은 반점들로 볼썽사나웠다. 나는 확장된 정맥 혈관 때문에 신축성 스타킹을 신어야 했다. 이제는 타르노폴러 부인이나 나이 많은 사라 젤딘처럼 보일지도 몰라.

"내가 흉해요, 미카엘?"

"당신은 내게 아주 소중해, 한나."

"내가 흉하다고 생각하는 게 아니라면 어째서 나를 안아 주지 않는 거죠?"

"왜냐하면 내가 그렇게 하면 당신은 울음을 터뜨리면서 내가 그저 그런 척하는 것뿐이라고 말할 거니까. 오늘 아침에 나한테 한 말을 벌써 잊었군. 건드리지 말라고 말했잖아. 그래서 그러지 않은 거야."

미카엘이 집에서 나가자 나는 어릴 적에 가졌던 몹시 아프고자 하는 열망이 되돌아오는 것을 느꼈다.

13

미카엘의 아버지는 아들이 시험을 잘 본 것을 축하하면서 시로 편지를 써서 보냈다. 아버님은 '크나큰 성공'이라는 말에 '크나큰 기쁨의 표현', '크나큰 한나의 기쁨'이라고 말을 맞추었다. 미카엘은 그 편지를 소리 내어 내게 읽어 주고는 자신이 첫 번째 최종 시험에서 성공한 것을 나도 새 파이프 같은 것으로 기념해 주었으면 좋겠다고 실토했다. 그는 당황스러워하면서 남도 당황스럽게 만드는 그 미소를 지으며 이 말을 했다. 나는 그의 말에 화가 났고 그 미소도 나를 화나게 만들었다. 내가 얼음처럼 차가운 쇳조각으로 찔리는 것처럼 두통이 난다고 수천 번도 더 말하지 않았던가요? 어째서 항상 자기 생각만 하고 내 생각은 하지 않는 거죠?

미카엘은 나 때문에 다른 학생들이 다 가는 중요한 지질학 탐사를 세 번이나 거절했다. 한번은 철광이 매장된 것으로 밝혀진 메나라산으로, 또 한번은 네게브로, 그리고 세 번째는 소돔의 칼륨 연구였다. 결혼한 친구들도 이 탐사에는 참가했다. 나는 미카엘의 희생에 대해 감사하지 않았다. 그런데 어느 날 밤 미카엘이라는 소년에 대한 유명한 동요가 머릿속에 떠올랐다.

꼬마 미카엘은 오 년간 춤을 추다가 종소리를 들었다네.

학교로 가서 사랑하는 비둘기에게 눈물을 흘리며 작별을 고했다네.

나는 웃음을 터뜨렸다.

미카엘은 조용히 놀라면서 나를 쳐다보았다. 그는 말했다. 당신이 기분 좋은 건 자주 있는 일이 아닌데. 갑자기 그렇게 웃게 된 이유가 뭔지 알고 싶군.

나는 그의 놀란 눈을 들여다보면서 더 크게 웃었다.

미카엘은 잠시 깊은 생각에 잠겼다. 그러고는 그날 학생 식당에서 들은 정치에 대한 농담을 하기 시작했다.

어머니가 상(上)갈릴리에 있는 키부츠 노프 하림에서 와서 출산 때까지 계시면서 집안일을 돌보기로 했다. 어머니는 1943년 아버지가 돌아가시고 노프 하림으로 이사하신 이래로 집안일을 꾸린 적이 없었다. 어머니는 끔찍하게 열성적이고 능률적이었다. 도착하자마자 요리한 첫 번째 점심 식사를 마치고 어머니는 미카엘에게 말했다. 자네가 가지를 좋아하지 않는 걸 아는데 방금 자네는 가지라는 것도 모르고 가지가 든 요리를 세 접시나 먹었다네. 가지 맛을 정말로 몰랐나? 조금도?

미카엘은 정중하게 대답했다. 아니요, 전혀 몰랐습니다. 예, 부엌에서 해낼 수 있는 일들은 정말 놀랍군요.

어머니는 계속해서 미카엘에게 심부름을 시켰다. 어머니는 원기 왕성하게 엄격한 위생을 주장해서 미카엘의 생활을 고되게 만들었다. 항상 손을 씻어야지. 먹고 있을 때 테이블에다 돈을 올려놓지 말게. 창문에서 망창을 떼어내서 깨끗이 씻고. "지금 뭐하는 건가? 괜찮다면 발코니에선 하지 말라고. 먼지가 방으로 전부 다시 들어오니까 말이야. 발코니가 아니야, 아래층 마당에서 말이야. 그래, 옳지. 훨씬 낫군."

어머니는 미카엘이 어머니도 없이 고아처럼 자랐다는 것을 알고 있기 때문에 그에게 화가 나지는 않는다고 했다. 하지만 이해하지 못하겠군. 교육받고, 개화되고, 대학에 다니는데, 세상이 병균투성이라는 사실을 모른단 말인가?

미카엘은 잘 교육받은 어린이처럼 고분고분 따랐다. 무엇을 도와 드릴까요? 제가 하지요. 제가 방해됩니까? 아니요, 제가 가져오지요. 물론 채소 가게 주인한테 물어보겠습니다. 예, 집에 일찍 오도록 하겠습니다. 장바구니는 제가 가져가지요. 아니요, 잊지 않을 겁니다. 보세요, 벌써 목록을 만들었는데요. 그는 새로 나온 헤브라이카 백과사전 제1권을 사겠다는 계획을 접어 두기로 했다. 꼭 필요한 것도 아니니까. 그는 우리가 이제는 가능한 한 지금을 많이 해야 한다는 사실을 알고 있었다.

미카엘은 저녁에 과의 도서관에서 사서를 돕는 아르바이트를 해서 약간의 돈을 벌었다. "요즘은 저녁에도 폐하를 뵙는 영광을 갖지 못하는군요." 내가 투덜거렸다. 어머니는 담배 냄새를 참을 수 없어 했고 또 아기에게도 좋지 않다고 굳게 믿었기 때문에 미카엘은 집 안에서 파이프 담배를 피우는 것까지 그만두었다.

참을 수가 없게 되면 남편은 거리로 나가서 무슨 영감을 찾는 시인처럼 가로등 아래서 15분가량 담배를 피우다 들어오곤 했다. 한번은 창가에 서서 그를 잠시 동안 바라보았다. 가로등 불빛으로 나는 짧게 깎인 그의 뒷머리를 볼 수 있었다. 그의 주위로 담배 연기가 둥글게 맴돌았고 그는 마치 죽은 자 가운데서 불려 나온 영혼인 것 같았다. 나는 미카엘이 오래전에 했던 말들을 기억해 냈다. 고양이들은 사람에 대해서 절대로 틀리지 않지요. '발목'이라는 말을 항상 좋아했습니다. 당신은 차갑고 아름다운 예루살렘 사람이군요. 내 생각에 난 그저 평범한 청년인데요. 당신을 만나기 전에는 정식으로 여자 친구를 사귄 적이 없어요. 빗속에서 제네랄리 빌딩의 돌사자가 숨죽여 웃고 있습니다. 사람들이 만족해서 할 일이 없어지면 감정을 악성 종양처럼 되어 버리죠. 예루살렘은 사람을 슬프게 만드는데 그게 매일 매 순간, 매년 매시에 다른 종류의 슬픔인 거죠. 그것은 모두 오래전이었다. 미카엘은 틀림없이 지금은 전부 잊어버렸을 것이다. 오로지 나만이 시간의 차가운 손아귀에서 아주 작은 부스러기조차 포기하려 들지 않는 것이다. 시간이 일상적인 말에 주는 마법 같은 변화는 어떤 것일까? 사물에는 일종의 연금술이 있는데, 그것은 내 삶의 내적인 선율과도 같은 것이다. 아쿠아 벨라에서 보았던 소녀에게 현대의 사랑은 물 한 잔을 마시는 것처럼 단순해야 한다고 했던 청년 지도자의 말은 틀렸다. 게울라 거리에서 내 남편이 될 사람은 아주 강해야겠다고 한 미카엘의 말은 옳았다. 그때 나는 그가 저기 가로등 밑에서 창피당한 아이처럼 담배를 피우고 서 있지만, 자신의 고통이 나 때문이라고 비난할 수는 없다고, 왜냐하면 나는 곧 죽을 거니까, 그러니까 그에게 배려해 줄 필요가 전혀 없다고 생각했다. 미카엘은 파이프의 재를 털더니 집으로 향했다. 나는 서둘러 침대에 누워서는 얼굴을 벽으로 향했다. 어머니는 미카엘에게 깡통을 따 달라고 했다. 미카엘은 기꺼이 그러겠다고 했다. 앰뷸런스 사이렌 소리가 멀리서 들렸다.

어느 날 밤, 조용히 불을 끄고 나서 미카엘은 가끔씩 내가 자기를 더 이상 사랑하지 않는다는 생각이 든다고 말했다. 그는 조용히, 무슨 광물의 이름을 말하듯이 이 말을 했다.

"난 우울한 거예요." 내가 말했다. "그것뿐이라고요."

미카엘은 이해했다. 나의 상태. 좋지 않은 나의 건강. 어려운 상황. '정신 물리학적인'이니 '심인성'이니 하는 말도 했을지 모른다. 겨울 내내 바람 하나가 예루살렘 소나무 꼭대기를 흔드는데 그 바람은 사라지면서 소나무에 흔적조차 남기지 않는다. 당신은 낯선 사람이에요, 미카엘. 당신은 밤마다 내 곁에 누워 있지만 낯선 사람이에요.

14

우리 아들 야이르는 1951년 3월에 태어났다.

돌아가신 아버지의 이름인 요셉은 에마뉴엘 오빠의 아들에게 주어졌다. 내 아들에게는 야이르와, 미카엘의 할아버지 잘만 갠츠를 기려 잘만이라는 두 개의 이름이 주어졌다.

에스겔 고넨은 출산일 다음 날 예루살렘으로 왔다. 미카엘은 나를 만나도록 샤아르 제데크 병원의 산부인과 병동으로 아버님을 모셔 왔는데 그 병원은 지난 세기에 지어진 어둡고 음침한 곳이었다. 내 침대 맞은편의 회벽은 칠이 벗겨지고 있었고 벽을 바라보면서 나는 이상한 모양들을, 들쭉날쭉한 산 등성이 아니면 히스테리성 발작으로 굳어 버린 검은 여자들을 찾아냈다.

에스겔 고넨 역시 어둡고 침울했다. 아버님은 내 침대 곁에 오랫동안 앉아 미카엘의 손을 잡고 지루하도록 자신이 고생한 것에 대해 이야기했다. 홀론에서 예루살렘까지 온 이야기며, 버스 정류장에서 실수로 메코르 바룩이 아니라 메아 셰아림으로 갔다는 이야기들을. 메아 셰아림의 구불구불한 계단과 늘어진 빨랫줄 사이에 있는 길모퉁이들의 폴란드에 있는 라돔의 빈민 구역을 생각나게 하더구나. 나의 고통과 갈망과 슬픔이 얼마나 깊었는지 너희들은 짐작도 못 할 거다. 어쨌거나 나는 메아 셰아림에 도착해서 길을 묻고, 사람들이 답을 해 주었고, 그러고 나서 또 물어보았는데 길을 또 잘못 가르쳐 주었지. 정통파의 아이들이 그런 장난을 칠 수 있으리라고는 생각하지 않는다만 어쩌면 예루살렘의 골목에 사람을 속이는 면이 있는지도 모르지. 마침내 지치고 녹초가 되어서 집을 찾게 되었는데 그것도 거의 우연히 찾은 거란다. "어쨌거나 끝이 좋으면 다 좋다고들 하지 않니. 그게 본론이 아니지. 본론은 네 이마에 입 맞춰서…… 그렇게 해서 나와 미카엘 고모들의 축복을 전해 주고, 그리고 이 봉투를 주는 건데…… 여기에 내 남은 저금 전부인 147파운드가 들었단다……. 꽃은 미안하지만 잊고 안 가져왔고, 그리고 제발 부탁인데 손자 이름은 잘만으로 해다오."

말을 마치고 아버님은 찌그러진 모자로 지친 얼굴에 부채질하고는 드디어 어려운 말을 뱉어 버리자 안도의 한숨을 쉬었다.

"잘만이라는 이름을 붙여 달라는 이유는 몇 마디로 짧게 설명하마. 난 이 이름에 정이 가는구나. 이런 얘기가 피곤하니 얘야? 그래 그러면, 난 이 이름에 정이 간단다. 잘만은 내 아버님, 미카엘 할아버지의 이름이지. 잘만 갠츠라는 분은 나름대로 뛰어났다. 훌륭한 유대인의 관습대로 그분을 기리는 것이 너희들 의무지. 잘만 갠츠는 선생님이었는데 정말로 좋은 선생님이셨다. 최고였지. 그로드노의 히브리 사범 대학에서 자연 과학을 가르치셨단다. 미카엘의 과학에 대한 소질은 아버님께 물려받은 거지. 자 그러면 본론으로 바로 들어가자. 부탁이다. 전에는 아무것도 부탁한 적이 없지. 그건 그렇고 아기는 언제 보게 해 주는 거지? 그래. 이전에는 아무것도 너희들에게 부탁한 적이 없잖니. 언제나 줄 수 있는 건 다 주었지. 그리고 지금, 얘들아, 너희들에게 한 가지 부탁을, 아주 특별한 부탁을 하는 거다. 나에게는 아주 의미 있는 것이야…… 손자 이름을 잘만이라고 해 주겠니?"

아버님은 미카엘과 내가 이 문제에 대해 얘기할 수 있게 일어나 방을 나갔다. 사려가 깊은 노인이었다. 나는 웃어야 할지 비명을 질러야 할지 몰랐다. '잘만'이라니…… 이름하고는!

미카엘은 아주 조심스럽게 출생 증명서에 '야이르-잘만'이라는 두 개의 이름을 넣자고 제안했다. 그는 제안했지 밀어붙이지는 않았다. 최종 결정은 내가 내리는 것이었다. 미카엘은 아들의 인생을 비참하게 만들지 않도록 아이가 자랄 때까지는 두 번째 이름은 비밀로 하자고 했다.

정말 현명하군요, 나의 미카엘. 정말로 현명해요.

남편은 내 뺨을 쓰다듬었다. 그는 집에 가는 길에 뭐 다른 것을 사다 줄까 하고 물었다. 그러고는 작별 인사를 하고 밖으로 나가 자기 아버지에게 이 절충안을 말했다. 남편은 다른 여자라면 이러쿵저러쿵했을 이런 제안에 내가 기꺼이 동의했다고 자기 아버지께 나를 칭찬했을 것이다.

나는 할례 의식에 참석하지 않았다. 의사들이 나에게서 약간의 합병증을 발견해서 침대에만 누워 있어야 한다고 했다. 오후에는 제니아 고모님, 제니아 갠츠-크리스펀 박사의 방문을 받았다. 고모님은 폭풍처럼 병동을 휩쓸고 지나가 의사 진료실로 쳐들어갔다. 고모님은 독일어와 폴란드어로 호통쳤다. 고모님은 나를 사설 앰뷸런스에 태워 자기가 소아과 제1 보좌역을 맡고 있는 텔 아비브의 병원으로 옮겨 가겠다고 협박했다. 고모님은 나를 맡고 있는 의사에 대해 아주 비판적이었다. 다른 의사와 간호사들이 있는 데서 그가 태만죄를 저질렀다며 비난했다. "흉악하군." 고모님이 말했다. "무슨 아시아에 있는 병원 같으니, 원."

제니아 고모님과 의사 사이의 문제가 무엇에 대한 것이었는지, 고모님이 무엇 때문에 그렇게 분개했는지는 모르겠다. 고모님은 내 곁에 아주 잠깐 계셨다. 고모님은 입술과 솜털 같은 콧수염으로 내 뺨을 스치더니 나에게 걱정하지 말라고 단호하게 말했다. "걱정은 내가 다 하마. 필요하다면 아무리 고상한 곳에서라도 당장 소동을 일으킬 테니까 말이야. 글쎄 우리 미카는 상아탑에서 살고 있으니까. 자기 아버지하고 쏙 같지, 붕어빵이지."

제니아 고모는 말을 하는 동안 하얀 담요에 손을 놓았다. 손가락이 짧고 남성적인 손이 보였다. 내 침대에 손이 놓여 있는 동안 울음을 참으려고 하는 것처럼 제니아 고모님의 손가락에는 힘이 들어가 있었다.

제니아 고모님은 젊어서 고생을 많이 했다. 미카엘이 고모님 얘기를 조금 해 주었다. 첫 남편은 리파 프로이드라는 이름의 산부인과 의사였다. 이 프로이드라는 사람은 1934년에 고모를 버리고는 체코 여자 운동선수를 따라 카이로로 도망쳐 버렸다. 그 사람은 당시 근동에서 최고의 호텔이었던 셰퍼즈 호텔에서 목을 매어 자살했다. 제2차 세계 대전 때 제니아 고모님은 앨버트 크리스핀이라는 배우와 결혼했다. 이 남편은 신경 쇠약증에 걸렸고 거기서 회복되었을 때는 철저한 무관심에 사로잡혀 있었다. 지난 10년간 이 사람은 나하리야에 있는 하숙집에서 살고 있는데 자고 먹고 멍하니 쳐다보는 것 외에는 하는 일이 없다고 한다. 제니아 고모님은 자비로 이 사람을 부양하고 있었다.

다른 사람들의 고통은 어째서 오페레타의 줄거리처럼 들리는지 모르겠다. 어쩌면 그것이 다른 사람의 고통이기 때문이 아닐까? 제니아 고모님은 떠나면서 말했다. "두고 봐라, 한나. 저 의사는 날 만난 걸 후회하게 될 거다. 악당 같으니라고. 요새는 어딜 가든 건달과 바보 천치들을 만나게 된다니까. 빨리 나아라, 한나."

"제니아 고모님도 건강하세요. 고맙습니다. 저를 위해서 수고를 아끼시지 않으셔서요."

"그런 게 아니란다. 쓸데없는 소리 말아라, 한나. 사람이 사람다워야지 짐승 같아서는 안 되지. 칼슘 정제 빼고는 아무

약도 받지 말아라. 내가 그렇게 말하더라고 하렴."

15

그날 밤 산부인과 병동에서는 한 동양 여자가 구슬프게 울고 또 울었다. 그날 밤의 당직 간호사와 의사는 달래듯이 말하며 그녀를 진정시키려 했다. 그들은 그 여자에게 도울 수 있게 무엇이 문제인지 말해 달라고 했다. 그 동양 여자는 마치 세상에 아무런 말도 사람도 존재하지 않는다는 듯이 리드미컬하면서도 단조롭게 울었다.

의료진은 마치 나쁜 범죄자를 심문하는 것처럼 말을 걸었다. 그들은 때로는 거칠게, 때로는 친절하게 얘기했다. 그들은 번갈아 그녀를 협박하기도 하고 모든 게 잘될 거라며 안심시키기도 했다.

그 동양 여인은 사람들의 말에 반응하지 않았다. 어쩌면 강한 자존심 때문에 그랬는지도 모른다. 야간 등의 희미한 불빛으로 그녀의 얼굴이 보였다. 울고 있다는 표정은 보이지 않았다. 그 얼굴은 부드럽고 주름이 없었다. 그러나 목소리는 꿰뚫는 듯 했고 눈물이 천천히 흘러내리고 있었다.

자정에는 의료진이 회의를 열었다. 허가된 시간은 아니었지만, 간호사가 우는 여인에게 아기를 데려다주었다. 담요 아래에서 그 여인은 작은 동물의 앞발 같은 손을 내밀었다. 그녀는 아기의 머리를 쓰다듬더니 뜨거운 쇠라도 만진 듯이 곧바로 손을 집어넣었다. 사람들은 아기를 침대에 내려놓았다. 그러나 그 여인은 계속 울었다. 아기를 데려갔을 때도 변하는 것은 아무것도 없었다. 마침내 간호사가 그녀의 마른 팔을 낚아채더니 피하 주사를 밀어 넣었다. 그 동양 여인은 계속해서 자기를 돌봐 준 이 똑똑한 사람들 때문에 얼떨떨하다는 듯이 멍하게 아래위로 머리를 천천히 끄덕였다. 이 사람들은 이제는 세상에서 아무것도 중요할 것이 없다는 사실을 모르는 건가?

밤새도록 그 여자는 날카로운 울음소리를 냈다. 침침한 병동과 희미한 불빛이 점점 보이지 않게 되었다. 나는 예루살렘의 지진을 보았다.

한 노인이 스파니아 거리를 걸어 내려오고 있다. 그는 뚱뚱하고 험상궂으며 커다란 자루를 들고 있다. 노인은 아모스 거리 모퉁이에서 멈추어 선다. "최고야, 최고." 하며 그가 소리 지르기 시작한다. 거리는 황량하다. 미풍도 불지 않는다. 새들은 사라졌다. 그리고 마당에서 꼬리를 세운 고양이들이 나타난다. 이 고양이들은 마르고 몸이 아치 모양으로 구부러져 있고, 잘 피해 다닌다. 이들은 보도를 따라 심어 놓은 나무줄기로 뛰어들어 높은 가지 사이를 오르고 있다. 고양이들은 여기서 아래를 내려다보면서 케렘 아브라함 지구에 사악한 개가 지나가고 있다는 듯이 털을 곤두세우고 악의에 찬 소리를 낸다. 노인은 길 한가운데 자루를 내려놓는다. 영국군이 철저한 통금을 실시했기 때문에 거리에는 움직이는 것이 아무것도 없었다. 노인은 목을 할퀴었고 그 몸짓은 분노를 나타내는 것이었다. 그는 손에 녹슨 못을 쥐고 있었는데 그는 그것을 아스팔트에 꽂았다. 조그만 틈새가 생겼다. 그 틈새는 빠르게 넓어져서는 철도망처럼 퍼졌는데 그것은 마치 몇 배씩 빠르게 과정을 보여 주는 교육용 영화에 나오는 것 같았다. 나는 공포에 찬 비명을 지르지 않으려고 주먹을 꽉 쥐었다. 스파니아 거리 아래에서 부카라인 지구 쪽으로 자갈이 약간 들썩였다. 자갈이 나를 쳤을 때 아무런 아픔도 느껴지지 않았다. 조그만 털실 공같이. 그러나 대기 중에는 고양이가 뛰어오르기 전에 떨면서 털을 세우는 것 같은 신경질적인 떨림이 있었다. 스코푸스산에서 거대한 바위가 천천히 미끄러져 내려와서는 집들이 도미노로 만들어졌다는 듯이 베이트 이스라엘 지구를 지나 예언자 에스켈 거리로 굴러 올라갔다. 나는 거대한 바윗덩이는 위쪽으로 굴러갈 권리가 없다고, 경사 아래쪽으로 굴러 내려가야지, 그렇지 않으면 공정하지 않다고 생각했다. 새 목걸이가 목에서 떨어져 없어질까 봐, 그 일로 벌을 받을까 봐 걱정되었다. 도망가려고 돌아섰으나 그 노인이 길을 가로질러 자기 자루를 펼치고 그 위에 서 있었고 그가 너무 무거워서 자루를 옮길 수가 없었다. 나는 좋아하는 옷을 더럽히게 될 거라는 사실을 알고 있었지만 담장에 몸을 바싹 기대었고 그 거대한 바위가 나를 덮쳤는데 그 거대한 바위도 털실 공같이 전혀 딱딱하지 않았다. 건물은 줄을 지어 부서지고 무너져내렸으며 멋지게 살해당하는 오페라의 훌륭한 주인공들처럼 천천히 돌아 쓰러졌다. 건물의 잔해는 전혀 상처를 주지 않았다. 잔해는 따스한 오리털처럼, 한 무더기의 깃털처럼 나를 덮었다. 그것은 부드럽고 머뭇거리는 포옹 같았다. 폐허 사이에서 옷이 해진 여자들이 일어났다. 그 가운데 하나는 타르노폴러 부인이었다. 그들은 비쿠르 홀림 병원 영안실 밖의 아버지 장례식에서 보았던 대곡꾼들처럼 동양적인 곡조로 구슬프게 울었다. 수십만 명의 소년들이, 양옆에 고수머리를 하고 검은 개버딘을 입은 깡마른 정통파의 소년들이 아하바, 게울라, 산헤드리아, 베이트 이스라엘, 메아 셰아림, 텔 아즈라에서 조용히 쏟아져 나왔다. 그들은 폐허 더미에서 멈추어서 우글거리며 열심히 솜씨 좋게 이곳저곳을 쑤시고 있었다. 그들을 바라보면서 그 가운데 속하지 않기란 어려운 일이었다. 경찰관으로 차려입은 소년 하나가 어느 파사드 꼭대기에 있는 무너져가는 발코니 높이 서 있었다. 그 소년은 내가 길에 누워 있는 것을 보고 재미있어하며 크게 웃었다. 천박한 소년이었다. 나는 길가에 쓰러져 올리브 그린색의 영국군 장갑차가 서서히 움직이는 것을 보았다. 포탑 위의 확성기에서 히브리 사람의 목소리가 들렸다. 그 목소리는 조용하고 남성적이었으며 발바닥 끝까지 유쾌한 떨림을 가져다주었다. 그 목소리는 통행금지 법령을 알리고 있었다. 누구든 문밖에 나왔다가 발견되면 경고 없이 총살이라는 것이다. 나는 쓰러져 일어날 수가 없었으므로 의사들이 내 주위에 둘러서 있었다. 의사들은 폴란드어로 말했다. 그들은 '전염병 발병의 위험'이라고 말했다. 그 폴란드어는 히브리어였지만 우리의 히브리어는 아니었다. 스코틀랜드 헌병들은 두 개의 영국군 구축함 드래곤호와 타이그레스호에서 오게 될, 핏빛처럼 붉은 모자를 쓴 지원병들을 기

다리고 있었다. 갑자기 경찰 복장을 한 소년은 발코니에서 거
꾸로 떨어졌고, 마치 팔레스타인 커닝햄 장군의 고등 판무관
이 중력의 법칙을 전부 무시한 것처럼 천천히 보도를 향해 떨
어졌고, 폐허가 된 보도를 향해 천천히 떨어졌고, 떨어졌고 나
는 소리를 지를 수가 없었다.

2시 조금 전에 간호사가 나를 깨웠다. 그들은 젖을 먹이라
고 아기를 삐걱거리는 손수레에 태워 왔다. 그 악몽은 아직도
생생해서 나는 여전히 흐느끼고 있는 그 동양 여자보다도 더
심하게 울고 또 울었다. 나는 울면서 간호사에게 아기가 어떻
게 아직도 살아 있는지, 내 아기가 그 재난에서 어떻게 살아
남았는지 말해 달라고 간청했다.

16

시간과 기억은 사소한 말들을 각별하게 봐준다. 특별히 친
절하게 대하는 것이다. 시간과 기억은 부드러운 황혼빛으로
사소한 말들을 둘러싼다.
나는 사람들이 높은 곳에서 난간에 매달리는 것처럼 기억
과 말에 매달린다.
예를 들면 내 기억이 끊임없이 집착하는 오래된 동요에는
이런 말들이 나온다.

꼬마 광대야, 꼬마 광대야, 나하고 춤을 추겠니?

예쁜 꼬마 광대는 누구하고든 춤을 출 거라네.

나는 이렇게 말하고 싶다. 이 동요의 뒷부분에는 처음에 물어본 질문에 대한 답이 있는데 그 답은 실망스럽다고.

산후 열흘째, 의사들은 내가 퇴원해도 되지만 계속 누워 있어야 하며 어떤 형태의 긴장이든 피해야 한다고 말했다. 미카엘은 인내심 있고 지칠 줄 몰랐다.

택시를 타고 아기와 함께 집에 도착하자 어머니와 제니아 고모님 사이에 심한 말다툼이 벌어졌다. 제니아 고모님은 병원에서 하루 휴가를 내어 미카엘과 내게 여러 가지 지시 사항을 주려고 예루살렘에 왔다. 고모님은 내가 이성적으로 행동하게 이끌어 주고 싶어 했다.

제니아 고모님은 미카엘에게 방의 남쪽 벽에 아기 요람을 놓아야 덧창이 열려도 해가 아이에게 비치지 않는다고 했다. 어머니는 미카엘에게 아기 요람을 내 침대 곁에 두라고 했다. 물론 의사하고 약에 대해서는 싸울 수 없지. 그러나 사람은 몸뿐만 아니라 영혼도 가지고 있는 거고, 어머니의 혼을 이해하는 건 어머니뿐이라네. 어머니와 아기는 가까이 있어야 하지. 서로를 느끼기 위해서 말이야. 어머니는 약간 엉망인 히브리어로 이렇게 말했다. 제니아 고모님은 어머니를 쳐다보지 않았다. 어머니는 미카엘 쪽을 바라보면서 말했다. "사돈 마님의 심정은 이해할 수 있지만 말이다, 적어도 너와 나는 이성적인 사람들이니까."

뒤이어 악의에 차 있지만 놀랄 만큼 예의 바른 논쟁이 있었고 두 사람 모두 자신들의 반대 의견은 접어 두고 이 문제가 말다툼 벌일 만한 것이 못 된다고 말하면서 잘못했다는 상대방의 말을 받아들이려 하지 않았다.

미카엘은 회색 양복을 입고 조용히 서 있었다. 아기는 그의 팔 안에서 잠들어 있었다. 미카엘의 눈은 자기에게서 아기를 데려가 달라고 두 사람에게 호소하고 있었다. 그는 재채기를 참으려고 엄청나게 애쓰는 사람 같은 표정을 하고 있었다. 나는 그에게 미소를 지었다.

두 사람은 서로의 팔을 잡고 상대방을 점잖게 밀치면서 서로를 '파니 그린바움' '파니 독토르'라고 부르고 있었다. 말싸움은 시끄러운 폴란드어로 변했다.

미카엘은 더듬거리면서 "쓸데없는 일입니다, 쓸데없는 일이에요."라고 말했지만 두 의견 가운데 어느 것이 쓸데없다고 생각하는지는 확실히 말하지 않았다.

마침내 제니아 고모님은 갑자기 뇌파 충격이라도 받은 것처럼 부모들이 직접 선택하게 하자고 제안했다.

미카엘이 말했다. "한나?"

나는 피곤했다. 제니아 고모님이 그날 아침 예루살렘에 오면서 푸른색 플란넬 실내복을 사 가지고 오셨기에 고모님의 주장을 받아들였다. 고모님이 사 준 그 예쁜 실내복을 입고서 고모님의 기분을 상하게 할 수는 없었다.

제니아 고모님은 희색이 만면했다. 고모님은 자기 말을 승리로 이끈 젊은 기수에게 축하하는 귀부인처럼 미카엘의 어깨를 두드렸다. 어머니는 넌더리 난다는 목소리로 "좋아, 좋아. 너도 한나와 똑같지, 그렇지?"라고 말했다.

그러나 그날 저녁 제니아 고모가 떠나자마자 어머니도 다음 날 노프 하림으로 떠나겠다고 말했다. 여기서 할 수 있는 일은 아무것도 없으니 말이다. 방해가 되고 싶지는 않거든. 그리고 저기서도 나를 아주 필요로 하고 있으니 말이야. 다 괜찮을 거다. 한나가 아기였을 때는 더 안 좋은 상황이었지. 다 괜찮을 거야.

두 사람이 우리 집을 떠나자 나는 남편이 끓는 물이 담긴 소스 팬에 우유병을 데우고, 자기 아들에게 우유를 먹이고, 가끔 아이를 들어 올려 속에 가스가 차지 않도록 트림을 시키는 법을 배웠다는 것을 알게 되었다.

의사는 합병증이 생겼으므로 내게 모유 수유를 금지했다. 새 합병증은 그다지 심각한 것은 아니었다. 가끔 아프고 어딘가 불편한 것뿐이었다.

잠을 자지 않을 때에 아이는 눈을 뜨고는 새파란 섬을 보여 주곤 했다. 나는 이것이 이 아이의 내면의 색이라고, 눈이라는 틈을 통해서 아기 피부 아래에서 몸을 가득 채우고 있는 밝은 파란색의 작은 방울이 보이는 것뿐이라고 생각했다. 아들이 나를 쳐다볼 때면 나는 그 아이가 아직 사물을 보지 못한다는 사실을 떠올렸다. 그 생각은 나를 겁나게 했다. 나는 자연이 당연한 과정들을 탈 없이 반복해 줄 것이라고 믿지 못했다. 나는 신체에서 일어나는 일에 대해서는 아무것도 몰랐다.

미카엘도 그다지 도움이 되지 않았다. "대체로 말하면 물리적 세계는 불변의 법칙에 의해 지배되지. 내가 생물학자는 아니지만, 자연 과학을 공부하는 사람으로서 인과율의 성질에 대한 당신의 끝없는 질문에 무슨 의미가 있는지 모르겠는데. '인과율'이라는 말은 항상 말썽과 오해를 불러일으키거든."

나는 회색 상의에다 하얀 냅킨을 펼치고, 손을 씻고 조심스럽게 아들을 안아 올리는 남편을 사랑했다.

"당신 아주 열심히 일하네요, 미카엘." 나는 희미하게 웃었다.

"놀릴 필요는 없잖아." 미카엘은 조용한 목소리로 말했다.

내가 어렸을 때 어머니는 종종 데이비드라는 착한 아이에 대한 예쁜 노래를 불러 주셨다.

꼬마 데이비드는 아주 상냥했다네,
언제나 단정하고, 언제나 깔끔했다네.

그다음은 어떻게 되는지 기억이 나지 않는다. 몸이 아프지만 않았다면 시내에 나가서 미카엘에게 선물을 사 주었을 텐데. 새 파이프를. 밝은색의 화장품 세트를. 나는 꿈을 꾸고 있다.

미카엘은 아침 5시에 일어나서 물을 끓여 아기의 기저귀를 빨았다. 그러고 나서 내가 눈을 뜨면 그가 조용히 유순하게 나를 내려다보고 서 있는 모습이 보였다. 그는 나에게 꿀을 탄 데운 우유를 건네주곤 했다. 나는 졸렸다. 가끔식은 지금 내가 미카엘의 꿈을 꾸고 있는 것뿐이고 이 사람은 실제가 아니라고 생각해서 손을 내밀지조차 않았다.

미카엘은 밤에 잠옷도 갈아입지 않는 경우가 많았다. 그 사람은 책을 읽으면서 아침까지 책상 앞에 앉아 있었다. 그는 빈 파이프의 물부리를 씹었다. 나는 그 딱딱거리는 소리를 잊지 않았다. 어쩌면 반 시간이나 한 시간 정도 테이블에 팔을 내밀고 머리를 팔에 얹고 졸았을 수도 있다.

밤에 아기가 울면 미카엘은 아기를 안아 들고 창문에서 문까지 방을 왔다 갔다 하면서 아이 귀에다 외울 것들을 속삭이곤 했다. 반쯤 잠든 상태에서 나는 밤이면 '데본기'니 '이첩기', '트라이아스기', '암석권', '시데로스피어' 같은 그 희미한 암호들을 듣곤 했다. 어느 날은 꿈에 히브리어 교수가 나타나 멘델 레라는 작가의 언어학적 조성에 대해 칭찬을 하면서 이 말들을 사용하는 일도 있었다. 그는 내게 말했다. "그린바움 양, 이 상황의 내재적인 모호함을 간략하게 설명해 줄 수 있겠습니까?" 그 노교수가 꿈에서 내게 미소 짓는 모습이라니. 그의 미소는 애무와도 같이 부드럽고 상냥했다.

미카엘은 그렇게 이어지는 밤에 지구의 기운에 대한 수성론과 플라톤학파의 이론 대립에 관한 긴 논문을 썼다. 이 논쟁은 칸트-라 플라스 성운 이론보다 앞선 것이었다. 나는 '성운 이론'이라는 말에 어떤 매력을 느꼈다.

"지구는 정말로 어떻게 생겨난 거지요, 미카엘?" 나는 남편에게 물었다.

미카엘은 내가 기대하는 대답은 그것뿐이라는 듯이 미소를

지을 뿐이었다. 그리고 사실 나는 아무런 답도 기대하지 않았
다. 나는 관심이 없었다. 나는 아팠다.

1951년의 그 여름에 미카엘은 자신의 논문을 발전시켜서
몇 년 안에 짤막한 독창적인 연구로 출판하겠다는 꿈을 가지
고 있다고 말했다. 그는 자기 아버지가 얼마나 기뻐하실지 상
상할 수 있겠느냐고 했다. 나는 단 한마디 격려의 말도 생각
해 낼 수 없었다. 바다 밑에서 아주 작은 보석을 잃어버린 상
태와 마찬가지로 나는 자기 안으로 움츠러들어 있었다. 밤낮
으로 고통과 우울증과 무시무시한 꿈이었다. 나는 미카엘의
눈 밑이 검게 처지기 시작한 것을 눈치채지 못했다. 그는 지독
하게 피곤했다. 내 식량 배급 장부를 손에 들고 젖먹이 아이가
있는 어머니들을 위한 무상 식량 배급 줄에 몇 시간이고 서
있어야 했다. 그는 한마디 불평도 하지 않았다. 그저 늘 그렇
듯이 무미건조한 투로 아기를 먹이는 것은 자기이므로 그 배
급은 자신이 받아야 한다고 농담을 던졌을 뿐이다.

17

꼬마 야이르는 훤하고 건강한 얼굴에 살집 많은 코, 그리고
높은 광대뼈 등이 에마뉘엘 오빠를 닮아 가기 시작했다. 나는
이렇게 닮은 것이 그다지 기쁘지 않았다. 야이르는 많이 먹는
튼튼한 아기였다. 아이는 우유를 마시면서 툴툴거리는 소리를
냈고 자면서는 목에서 만족한 듯한 소리를 냈다. 피부는 분홍

빛이었다. 그 새파란 섬은 작고 호기심 많은 눈동자로 변해 버렸다. 아이는 이유를 알 수 없이 심하게 화를 내곤 했는데 그럴 때면 두 주먹을 꽉 쥐고 주위의 허공을 휘저었다. 아이의 주먹이 그렇게 작지 않았더라면 그 근처에 가는 것이 위험했을 거라는 생각이 들었다. 그럴 때면 나는 유명한 영화 제목을 따서 아들을 '포효하는 쥐'라고 불렀다. 미카엘은 '꼬마 곰'이라는 애칭을 더 좋아했다. 생후 3개월째 우리 아들은 대부분의 아기들보다 머리숱이 많았다.

가끔 미카엘이 나갔을 때 아이가 울면 나는 맨발로 일어나 요람을 세게 흔들며 고통으로 혼미한 상태에서 "잘만-야이르" "야이르-잘만" 하고 아기의 이름을 부르곤 했다. 아들이 내게 잘못이라도 저지른 것처럼. 아들이 생후 몇 개월 안 되었을 동안에 나는 무관심한 엄마였다. 나는 임신 초기의 제니아 고모님의 불쾌한 방문을 기억해 내면서 가끔씩은 아이를 지우고 싶어 한 것은 나였고 그걸 막은 사람은 제니아 고모님이었다고 비뚤어지게 생각하곤 했다. 또 나는 곧 죽을 것이므로 누구에게도, 이 분홍색이 도는 건강하고 사악한 아이에게조차도 아무 의무도 지고 있지 않다고 생각했다. 그렇다, 야이르는 사악했다. 아이는 곧잘 내 팔에 안겨서 비명을 지르곤 했고 그러면 얼굴은 러시아 영화에 나오는 술 취한 성난 농부처럼 시뻘게지곤 했다. 야이르는 미카엘이 내 팔에서 자기를 데려가서 조용히 노래를 불러 주어야만 순순히 조용해지곤 했다. 나는 이것에 분개했다. 그것은 마치 모르는 사람이 배은망덕하게 나에게 창피를 준 것과도 같았다.

나는 기억하고 있다. 잊지 않았다. 미카엘이 아이를 팔에 안고 그 불길한 단어들을 아이 귀에다 속삭이면서 창에서 문으로 다시 문에서 창으로 방 안을 왔다 갔다 할 때 나는 갑작스럽게 그 둘 모두에게서, 우리 셋 모두에게서, 다른 어떤 말을 써야 할지는 모르겠고, 우울함이라고밖에는 할 수 없는 성질을 발견해 내곤 했다.

나는 아팠다. 우르바흐 박사님이 합병증이 다 나은 것 같다고, 모든 면에서 정상적인 생활을 다시 시작할 수 있다고 말했음에도 나는 여전히 아팠다. 어쨌든 나는 미카엘의 접는 침대를 요람이 있는 방 밖으로 옮겨 내기로 했다. 이제부터는 스스로 아기를 돌볼 것이다. 남편은 우리가 공부에 방해가 되지 않도록 거실에서 잘 것이다. 남편은 이전 달에 하지 못했던 공부를 보충할 기회를 가지게 될 것이다.

저녁 8시면 나는 아이에게 우유를 먹여 재우고 안에서 문을 잠그고는 널찍한 더블베드에 몸을 죽 펴고 누웠다. 때때로 미카엘이 9시 반이나 10시경에 조용히 문을 두드리곤 했다. 문을 열면 그는 이렇게 말하곤 했다.

"문 밑에 불빛이 보이길래 잠이 안 든 줄 알았지. 그래서 문을 두드린 거야."

그는 말하면서 사려 깊은 장남처럼 그 회색 눈으로 나를 쳐다보았다. 나는 쌀쌀맞고 냉담하게 대답하곤 했다.

"나 아파요, 미카엘. 몸이 안 좋다는 걸 알잖아요."

그는 관절이 빨개질 때까지 손으로 빈 파이프를 꽉 쥐었다.

"내가 묻고 싶었던 건 그저…… 만약에…… 만약에 내가 방해가 안 된다면…… 내가 도울 일이 있다면, 아니…… 내가 필요한가? 지금은 아니라고? 저, 그러니까 한나, 뭐든지 원하는 게 있으면 내가 바로 옆방에 있으니까…… 난 뭐 별로 중요한 걸 하고 있는 게 아니니까, 골드슈미트의 책을 세 번째로 읽고 있는 것뿐이고, 그리고……."

오래전에 미카엘 고넨은 고양이는 사람에 대해서 결코 틀리는 적이 없다고 말했었다. 고양이는 자신을 좋아하지 않을 것 같은 사람하고는 결코 친구가 되지 않는다고. 뭐, 그렇다면.

나는 새벽이 되기 전에 잠이 깨곤 했다. 자신이 거기서 살더라도, 거기서 태어났더라도 예루살렘은 냉담한 도시이다. 잠이 깨서는 메코르 바룩의 좁은 길 사이에 부는 바람 소리를 듣곤 했다. 뒷마당과 오래된 발코니들에는 골함석 처마들이 달려 있다. 바람은 그 위에도 분다. 거리에 매달려 있는 빨랫줄 위의 빨래들이 사그락거린다. 청소부들이 도로 위로 쓰레기통을 끌고 지나간다. 한 사람은 늘 귀에 거슬리게 욕을 한다. 사방에서 희미한 목소리들이 아우성친다. 주위에는 아직도 긴장된 흥분이 남아 있다. 어느 뒷마당에서 수탉이 화난 듯이 울고 있다. 욕정으로 흥분한 고양이들의 울음소리. 멀리 북쪽의 어둠 속에서 한 방의 총소리. 멀리서 윙윙거리는 모터. 다른 아파트에서 끙끙거리는 여자. 멀리 동쪽에서, 아마 구시가지의 교회에서 들려오는 종소리. 신선한 바람이 나무 꼭대기를 스치고 지나간다. 예루살렘은 소나무의 도시이다. 소나무와 바람 사이에는 긴장된 공감이 지배하고 있다. 탈피옷, 카타몬, 베이트 하케렘과 어두운 슈넬러 숲 뒤편의 오래된 소나무들. 이제 에인 케렘이라는 아래쪽 동네에서는 새벽녘의 흰 안개가 다른 색의 왕국을 대표하고 있다. 아래 동네인 에인 케렘의 수도원들은 높은 벽으로 둘러싸여 있다. 벽 안쪽까지도 속삭이는 소나무들이 있다. 새벽의 눈 부신 빛으로 불길한 것들이 음모를 꾸미고 있다. 마치 내가 거기서 자기들의 소리를 듣고 있지 않다는 듯이. 내가 거기 없다는 듯이. 타이어 스치는 소리. 우유 배달부의 자전거. 그가 멈출 때의 가벼운 발소리. 숨죽인 그의 기침 소리. 마당에서 짖는 개들. 저 밖 마당에 끔찍한 광경이 있는데 개들은 그것을 볼 수 있고 나는 볼 수가 없다. 덧창이 우는 듯이 삐걱댄다. 그들은 내가 여기 잠에서 깨어 떨고 있음을 알고 있다. 그들은 내가 여기 없다는 듯이 음모를 꾸미고 있다. 목표는 나다.

매일 아침 물건을 사고 집을 정돈한 다음에 나는 야이르를 유모차에 태우고 산책하러 나간다. 예루살렘은 여름이다. 고요한 푸른 하늘. 우리는 값싼 프라이팬이나 체를 사러 마하네 예후다 시장으로 향한다. 어렸을 때 나는 시장에서 짐꾼들의 갈색 맨 등을 바라보는 것을 좋아했다. 그들의 땀 냄새가 내게는 좋게 생각되었다. 지금도 마하네 예후다 시장의 소용돌이치는 듯한 냄새는 안정감을 준다. 가끔씩 나는 타케모니 교회 부속 남학교의 울타리 맞은편 벤치에 앉아서 유모차를 옆에 두고는 휴식 시간에 운동장에서 레슬링하는 소년들을 눈으로 좇곤 했다.

우리는 슈넬러 숲까지 가는 일이 많았다. 그런 소풍 때 나는 레몬차가 든 보온병과 비스킷, 뜨개질감, 회색 깔개와 장난감 약간을 챙겼다. 우리는 숲에서 한 시간 정도를 보내곤 했다. 숲은 작았고 가파른 언덕 위에 있었으며 떨어진 솔잎들이 깔려 있었다. 어릴 적부터 나는 이 숲을 항상 '그 숲'이라고 불렀다.

나는 자리를 펴고 야이르를 내려놓고 블록을 가지고 놀게 한다. 나는 서너 명의 다른 주부들과 함께 차가운 돌 위에 앉는다. 이 여자들은 친절하다. 내게 자신과 자기 가족들에 대한 이야기를 즐겁게 하면서도 나도 내 비밀을 밝혀야 한다는 암시 따위는 하지 않는다. 잘난 척하거나 생색내는 듯이 보이지 않으려고 나는 여러 가지 종류의 뜨개바늘이 가지는 장점에 대해서 이야기한다. 나는 마얀 스텁이나 슈와르츠 상점에서 세일하고 있는 가벼운 소재의 예쁜 블라우스에 대해서 이야기한다. 이 여자들 가운데 하나는 내게 흡입을 통해서 아기의 감기를 치료하는 법을 가르쳐 주었다. 가끔 나는 '식량 배급 장관'인 도브 요셉에 대해서, 벤 구리온에게 이러저러한 말을 했다는 새 이주자에 대해서, 미카엘이 집에 와서 하는 정치에 대한 농담으로 이들을 재미있게 하려고도 한다. 그러나 고개를 돌리면 사파트라는 아랍인 동네가 국경 너머로 푸른 빛에 물든 채 선잠에 들어 있는 모습이 보인다. 멀리 지붕 기와는 빨갛고 아침에 근처 나무에서는 내가 알아듣지 못하는 말로 새들이 노래하고 있다.

나는 곧 피로해진다. 집에 돌아와서 아이를 먹이고 요람에
재우고는 헐떡거리면서 침대에 주저앉는다. 부엌에 개미들이
나타났다. 내가 얼마나 약한지를 갑자기 알아낸 것인지도 모
른다.

5월 중순에는 미카엘에게 나와 아기가 있는 방에서만 아니
면 집에서 파이프를 피워도 좋다고 허락해 주었다. 미카엘 당
신이 조금이라도 아프면 우리에게 무슨 일이 생길까요? 나는
열네 살 때 이후로는 하루도 아파 본 적이 없어. 며칠 쉴 수 없
나요? 앞으로 한 2년 반 정도 후에 두 번째 학위를 따면 일과
가 이것보다는 좀 느슨할 거고 그러면 모두 함께 즐거운 휴가
를 즐길 수 있겠지. 뭐 필요한 거 있어요? 옷이라도 사 줄까
요? 사실은 아직도 헤브라이카 백과사전이 나오면 몇 권을 사
려고 돈을 모으고 있어. 그러려고 일주일에 네 번씩 학교에서
버스를 타지 않고 걸어서 집에 오는데 그렇게 해서 벌써 27파
운드를 모았지.

6월 초에 아기는 처음으로 아버지를 알아본다는 표시를 했
다. 미카엘이 문에서 나타나서 자기 쪽으로 다가오면 아기는
기뻐서 목에서 소리를 냈다. 그러면 미카엘은 다른 쪽에서 아
기 쪽으로 다가가려고 했고, 야이르는 다시 또 기뻐서 소리를
질렀다. 아기가 그렇게 기뻐서 어쩔 줄 모를 때의 모습을 나는
좋아하지 않았다. 나는 미카엘에게 우리 아들은 그다지 똑똑
할 것 같지가 않다고 말했다. 미카엘은 놀라서 입이 벌어졌다.

그는 무언가 말하려고 하다가 머뭇거리더니 마음을 바꿔 침묵을 지켰다. 그 후에 그는 자기 아버지와 고모들에게 엽서를 써서 아들이 자기를 알아본다고 알렸다. 남편은 자기와 아들이 아주 친한 친구가 될 것이라고 확신하고 있었다.

"당신은 틀림없이 어려서 응석받이였을 거예요." 내가 말했다.

18

7월에는 학기가 끝났다. 미카엘은 인정과 격려의 표시로 약간의 장학금을 받았다. 개인적인 면담에서 교수는 미카엘의 앞날에 대해서 이야기했다. 건전하고 노력하는 젊은이는 소홀히 여겨지지 않을 것이라고, 반드시 조교수가 될 것이라고 말이다. 미카엘은 어느 날 저녁 자신의 성공에 축배를 들기 위해 학교 친구들을 몇 명 불렀다. 그는 조그마한 깜짝 파티를 계획했다.

우리 집에 손님이 오는 경우는 거의 없었다. 세 달에 한 번 정도 고모님들이 오셔서는 반나절 정도를 우리와 함께 보냈다. 유치원의 사라 젤딘은 홀쩍 찾아와서는 10분 정도 아기에 대한 자기의 전문적 지식을 전해 주곤 했다. 미카엘 친구인 리오라의 남편은 키부츠 티랏 야아르에서 사과 한 상자를 가지고 왔다. 한번은 에마뉴엘 오빠가 자정에 쳐들어왔다. "자, 이 더러운 닭고기 받으라고. 빨리. 아직 살아 있지? 자, 새 한

마리 가져 왔다…… 이것도 아직 살아 있어. 그럼, 다들 잘 있어. 세 명의 파일럿 얘기 들어 봤나? 그럼, 아기에게도 인사해 줘. 밖에 트럭이 기다리고 있는데 지금이라도 곧 나오라고 경적을 울려 댈걸."

친한 친구 하다사는 토요일이면 가끔 남편과 함께거나 혼자서 왔다. 하다사는 학교에 복학하라고 나를 설득하려 했다. 레아 고모님의 친구분인 카디쉬만 씨는 우리를 보러 가끔 들러 미카엘과 체스를 두었다.

깜짝 파티 날 밤에 여덟 명의 학생들이 왔다. 그 가운데 하나는 처음 보면 눈이 부셨지만, 나중에는 천해 보이는 금발의 아가씨였다. 그 아가씨는 확실히 우리 결혼식 피로연에서 스페인 춤을 추었던 사람이었다. 그녀는 나를 '자기'라고 부르고 미카엘에게는 '천재'라고 했다.

남편은 포도주를 따르고 비스킷을 돌렸다. 그러고는 테이블에 올라서서 교수를 흉내 내기 시작했다. 친구들은 예의 바르게 웃어 주었다. 야르데나라는 그 금발의 아가씨만이 정말 열성적이었다. "미카!" 그녀는 즐겁게 말했다. "미카, 당신 최고예요."

남편이 재미가 없는 것이 부끄러웠다. 그의 명랑함은 억제되고 억지로 꾸며 낸 것이었다. 재미있는 이야기를 할 때도 강의 내용을 불러 주는 것처럼 말해서 나는 웃을 수가 없었다.

두 시간 정도가 지나고 손님들은 일어섰다.

남편은 유리잔을 모아 부엌으로 가져갔다. 그러고는 재떨이를 비웠다. 방을 쓸어 냈다. 그는 앞치마를 두르고 개수대로 갔다. 복도로 와서 멈춰 서더니 꾸중 들은 학생처럼 나를 쳐다보았다. 나에게 잠자리에 들라고 하고 시끄러운 소리를 내지 않겠다고 했다. 당신 이런 소란 때문에 지쳐 있을 거야. 내가 잘못했어. 내가 정말 잘못했다는 걸 이제 알겠어. 낯선 사람들을 초대하는 게 아니었는데. 당신은 아직도 신경이 날카롭고 쉽게 지치지. 그걸 미리 생각하지 못하다니 나도 스스로 놀랐어. 참 그런데 그 야르데나는 정말로 천박하더군. 오늘 일은 용서해 주겠어?

미카엘이 자기가 준비한 그 작은 파티를 용서해 달라고 말할 때 나는 티랏 야아르로 떠난 첫 번째 나들이에서 돌아오던 날 밤 내가 얼마나 당황했던가를, 그리고 우리가 두 줄로 늘어선 어두운 삼나무들 사이에 서 있었고, 차가운 비가 내 얼굴을 때렸고, 미카엘이 갑자기 거칠거칠한 외투의 단추를 풀고 그 안으로 나를 끌어들였던 것을 기억해 냈다.

이제 그는 목이 부러지기라도 한 것처럼 개수대 위로 몸을 숙이고 서 있었으며 몸짓은 매우 지쳐 있었다. 뜨거운 물에 잔을 씻고 찬물에 헹구었다. 나는 맨발로 그의 뒤로 살금살금 다가갔다. 짧게 깎인 그의 머리에 입을 맞추고 어깨를 팔로 감싸고 확고하면서도 부드러운 그의 손을 잡았다. 임신 초부터 남편은 거리를 두고 있었기 때문에 나는 그가 자기 등에 내 가슴을 느낄 수 있다는 것이 기뻤다. 미카엘의 손은 잔을 씻느라 젖어 있었다. 한 손가락에는 더러운 붕대가 감겨 있었다. 손을 베고도 구태여 내게 말을 하지 않았나 보다. 붕대도 젖어 있었다. 그는 길고 마른 얼굴을 내게로 돌렸고 그 얼굴은 테라 상타에서 우리가 처음 만났을 때보다 더 수척해 보였다. 나는 그의 몸 전체가 수척해져 있다는 사실을 알았다. 광대뼈가 두드러져 보였다. 오른쪽 콧구멍 옆에는 가느다란 주름이 생기기 시작했다. 나는 그의 뺨을 쓰다듬었다. 그는 전혀 놀랐다는 티를 내지 않았다. 그동안 내내 이것을 기다렸다는 듯이. 오늘 밤에 변화가 있을 거라는 사실을 미리 알고 있었다는 듯이.

옛날에 한나라는 꼬마가 살았는데 그 아이는 안식일에 입으라고 눈처럼 하얀 새 옷을 받았단다. 진짜 스웨이드로 된 예쁜 구두도 한 켤레 신었고, 한나의 아름다운 고수머리는 예쁜 실크 스카프로 묶여 있었지. 한나가 밖으로 나갔는데, 늙은 석탄 장사가 시커먼 자루의 무게에 짓눌려 몸을 구부리고 있었단다. 안식일이 다가오고 있었지. 꼬마 한나는 상냥했기 때문에 서둘러 그 석탄 장사가 석탄 자루를 옮기는 것을 도우러 갔어. 아이의 하얀 옷은 석탄으로 뒤덮였고 스웨이드 구두는 더러워졌단다. 꼬마 한나는 언제나 착한 아이였고, 항상 깔끔하고 항상 단정했기 때문에 울음을 터뜨리고 말았지. 하늘에 있는 친절한 달님이 아이의 울음을 듣고는 달빛을 보내 부드럽게 아이의 몸에 쏟아 주고 더러운 때는 전부 황금빛 꽃으로, 얼룩은 모두 은빛 별님으로 바꾸어 주었단다. 커다란 기쁨으로 바뀔 수 없는 슬픔이란 세상에 없으니까.

나는 아기를 재우고 발목까지 내려오는 길고 비치는 잠옷을 입고는 남편의 방으로 갔다. 미카엘은 책에 표시를 해서 덮고 파이프를 내려놓고는 책상의 등을 껐다. 그러고는 일어나서 내 허리에 팔을 감았다. 그는 아무 말도 하지 않았다.

나중에 나는 내가 생각해 낼 수 있는 가장 다정한 말들을 했다. 말해 봐요, 미카엘, 어째서 '발목'이라는 말을 좋아한다고 했죠? '발목'이라는 말을 좋아한다고 해서 나는 당신이 좋아요. 당신은 부드럽고 감수성이 예민한 사람이라고 지금 말해도 너무 늦지는 않았겠죠. 당신은 드문 사람이에요, 미카엘. 당신은 논문을 써요, 미카엘. 그러면 나는 그걸 그대로 정서하겠어요. 당신 논문은 아주 철저한 것일 테고, 야이르와 나는 당신이 아주 자랑스럽겠죠. 그건 아버님도 기쁘게 해 드릴 거예요. 모든 게 변할 거예요. 우리는 해방되겠죠. 사랑해요. 테라 상타에서 만났을 때부터 당신을 사랑했어요. 당신 손가락이 나를 황홀하게 만든다고 지금 얘기해도 너무 늦은 건 아니겠죠. 얼마나 당신 아내가 되고 싶은지를 어떤 말로 얘기해야 할지 모르겠어요. 정말 얼마나, 얼마나 원하는지.

미카엘은 잠들어 있었다. 그를 비난할 수 있을까? 나는 최대한 상냥한 목소리로 얘기를 걸었고 그는 지독하게 지쳐 있었다. 밤이면 밤마다 그는 새벽 두세 시까지 책상 앞에 앉아 빈 파이프를 씹으며 몸을 숙이고 공부를 했다. 그는 나를 위해서 1학년의 에세이 점수를 매기는 일과 심지어는 기술 관련 영어 기사를 번역하는 일까지 맡았다. 번 돈으로 내게는 전기 난로를, 야이르에게 스프링과 색색깔의 지붕이 달린 비싼 유모차를 사 주었다. 그는 너무도 지쳐 있었다. 나의 목소리는 부드러웠다. 그는 잠들어 버렸다.

나는 아무것도 모르는 남편에게 내 안에서 가장 부드러운 것들을 속삭였다. 쌍둥이에 대해서. 그리고 쌍둥이들의 여왕이었던 갇혀 있는 여자아이에 대해서. 나는 아무것도 숨기지 않았다. 밤새도록 나는 어둠 속에서 그의 왼손 손가락들을 만지작거렸고 그는 침대 시트에 머리를 파묻은 채 아무것도 느끼지 못했다. 다시 한번 나는 남편 곁에서 잠을 잤다.

아침이 되자 미카엘은 평소대로 조용하고 행동이 빨랐다. 최근에는 그의 왼쪽 콧구멍 옆에 미세한 주름이 생기기 시작했다. 아직은 거의 보이지도 않았지만, 더 깊은 주름이 펴져서 얼굴을 덮기 시작하면 나의 미카엘은 점점 더 자기 아버지를 닮을 것이다.

19

나는 쉬고 있다. 이제 어떤 사건도 더 이상 나를 건드리지 못한다. 여기는 내 집이고, 나는 여기에 있다. 그대로의 나의 모습으로. 하루하루에는 어떤 똑같음이 있다. 내게도 어떤 똑같음이 있다. 허리선이 높은 새 여름옷을 입고도 나는 여전히 변함이 없다. 나는 조심스럽게 만들어져 아름답게 포장되고, 빨간 리본이 달려서 전시되고, 구매되고, 포장이 벗겨져서는 사용되고 버려진다. 하루하루에는 어떤 음울한 똑같음이 있다. 예루살렘에 여름이 퍼질 때는 특히.

내가 지금 쓴 것은 지루한 거짓말이다. 예를 들면 1953년 7월 말의 어느 날. 소리와 빛으로 충만한 밝고 푸른 날이었다. 아침 일찍에는 잘생긴 우리 채소 가게 주인, 페르시아인인 채소 가게 주인 엘리야 모시아와 그의 예쁜 딸 레바나. 다비드 옐린 거리의 전기 기술자 구트만 씨는 이틀 내로 다리미를 고쳐 주겠다고, 그 말을 지키겠다고 약속했다. 그는 또 밤에 발코니에서 모기를 몰아내도록 노란색의 전등을 팔려고 했다. 야이르는 두 살하고 3개월째였다. 야이르는 계단에서 넘어져서 조그만 주먹으로 계단을 쾅쾅 두드렸다. 무릎에는 피멍이 들었다. 나는 아이의 얼굴을 보지 않고 상처를 치료했다. 그 전날 밤에 우리는 에디슨 극장에서 이탈리아 영화 「자전거 도둑」을 보았다. 점심시간에 미카엘은 절제된 찬성의 뜻을 표시했다. 그는 시내에서 저녁 신문을 샀는데 한국에 대한 이야기와 네게브 지역의 침입자들에 대한 이야기가 있었다. 우리 골목에서는 수도회에 속한 여인 두 명이 승강이를 벌이고 있었다. 라시 거리 아니면 근처의 거리에서 앰뷸런스 사이렌이 들렸다. 이웃 한 사람이 생선이 값만 비싸고 형편없다며 투덜댔다. 미카엘은 눈이 아파서 안경을 썼다. 독서용으로만 쓰는 안경이었다. 나는 킹 조지 거리의 알렌비 카페에서 야이르와 내가 먹을 아이스크림을 샀다. 초록색 블라우스 소매에 아이스크림을 쏟았다.

위층의 캄니쩨르 씨 댁에는 요람이라고 하는 꿈꾸는 듯한 모습에 금발 머리를 한 열네 살 짜리 아들이 있었다. 요람은 시를 썼다. 그의 시는 외로움에 관한 것이었다. 그 애는 내가 예전에 문학 공부를 했다는 것을 듣고서 자신의 원고를 읽어 달라고 가져왔다. 나는 그 애 작품의 감식가였다. 요람의 목소리는 흔들렸고 입술을 떨렸으며 눈동자에는 초록색 빛이 반짝였다. 요람은 내게 새 작품을 가지고 왔는데 그것은 레이첼이라는 여류 시인을 기념하여 헌정하는 것이었다. 요람의 시는 사랑 없는 삶을 황량한 황야에 비유하고 있었다. 외로운 방랑자가 사막의 샘을 찾아 헤매지만 거짓된 비전으로 길을 잃는다. 그는 마침내 진짜 샘 옆에서 쓰러져 죽는다.

"이런, 너처럼 잘 교육받고 신앙심 깊고 정통파인 아이가 연가(戀歌)를 쓰다니."라고 말하며 나는 웃었다.

요람은 잠시동안 나를 따라 웃을 정도로는 힘을 내었지만 이미 의자 팔걸이를 붙잡기 시작했고 손가락은 여자아이처럼 창백했다. 그 애는 나를 따라 웃었지만, 갑자기 눈에 눈물이 고였다. 요람은 시가 쓰인 종이를 낚아채더니 꽉 쥔 주먹 안에서 종이를 구겨 버렸다. 그러고는 갑자기 돌아서서 아파트에서 나갔다. 그 애는 문가에서 멈춰 섰다.

"죄송합니다. 고넨 부인." 그 애가 낮은 소리로 말했다. "안녕히 계세요."

후회.

그날 저녁 레아 고모의 친구인 아브라함 카디쉬만 씨가 우리 집에 들렀다. 우리는 커피를 마셨고 그는 좌익 정부를 비난했다. 하루하루가 여전히 똑같았던가? 닐은 흔적을 남기지 않고 지나갔다. 나는 매일, 매시의 경과를 이 글에 기록해야 하는 엄숙한 의무를 지고 있으며 그 이유는 나의 날들은 나의 것이며 나는 평온하고 닐은 예루살렘 가는 길에 기차에서 내

다본 낮은 산들처럼 쏜살같이 지나가기 때문이다. 나는 죽을 것이고 미카엘도 죽을 것이며 페르시아인 채소 가게 주인 엘리야 모시아도 죽을 것이고 레바나도 죽을 것이고 요람도 죽을 것이고 카디쉬만도 죽을 것이고 이웃들 모두 사람들 모두가 죽을 것이고 예루살렘 전체가 죽을 것이며 그러고 나면 기묘한 사람들로 가득 찬 기차가 지나갈 것이고 그 사람들은 우리처럼 창가에 서서 기묘한 산들이 쏜살같이 지나가는 것을 지켜볼 것이다. 나는 부엌 바닥에서 개미 한 마리를 죽일 때도 꼭 자신에 대해서 생각한다.

그리고 나는 내 몸속 깊은 곳에 있는 섬세한 것들에 대해서도 생각한다. 내 심장과 내 신경과 내 자궁처럼 섬세한 나의 것들, 완전한 나의 것들. 이것들은 나의 것이고, 바로 나 자신이지만 세상 모든 것은 멀리 떨어져 있으므로 나는 결코 이것들을 눈으로 볼 수도 만져 볼 수도 없을 것이다.

내가 그 엔진을 압도하여 열차의 공주가 되어서 그 두 명의 유연한 쌍둥이가 나 자신의 연장인 것처럼, 내 왼손과 오른손인 것처럼 조작할 수만 있다면.

그렇지 않으면 1953년 8월 17일 아침 6시에 라하민 라하미모프라는 이름의, 건장한 몸집에 미소 짓는 부카라인 택시 운전사가 문 앞에 와서 문을 두드리고 이본 아줄라이 양 떠날 준비가 되셨냐고 묻는 일이 실제로 일어난다면. 나는 기꺼이 그와 함께 차를 타고 롯다 공항으로 가서 올림픽 항공기를 탈 것이고 밤에는 곰 가죽으로 싸인 썰매로 눈에 뒤덮인 러시아의 대평원으로 그 운전사의 크고 단단한 머리의 실루엣, 얼음

덮인 광활한 공간에 번쩍이는 여윈 늑대들의 눈. 달빛이 그 한 그루의 나무줄기에 쏟아진다. 멈춰요, 잠깐만 멈추고 고개를 돌려서 얼굴을 보게 해 줘요. 흰빛 속에서 그의 얼굴은 나무를 조각하여 거친 나뭇결이 있는 듯하다. 헝클어진 그의 콧수염 끝에는 고드름이 매달려 있다.

그리고 잠수함 노틸러스호는 존재했고 여전히 존재하고 있으며 난류와 군도의 산호초 바다에 한데 얽힌 해저 동굴들이 교차하는 회색빛 바다 안에서 밝게 불을 밝히고 소리 없이 거대하게 바다 깊은 곳에서 미끄러져 다니면서, 강력한 힘을 내며 더 깊이 더 깊이 미끄러져 들어가면서, 자신이 어디로 그리고 왜 가고 있는지를 알고 있고, 돌과는 달리, 지친 여자와는 달리 쉬고 있지 않다.

그리고 북극성 아래 뉴펀들랜드 해안에는 영국군 구축함 드래곤호가 경계 태세로 정박해 있으며 그 선원들은 그 고고한 흰고래 모비 딕에 대한 두려움 때문에 휴식이란 말을 모른다. 9월 드래곤호는 뉴펀들랜드에서 뉴 칼레도니아로 항해하여 거기 있는 주둔군에게 보급품을 실어 나를 것이다. 부탁이야, 드래곤호, 하이파 항구와 팔레스타인과 멀리 있는 한나를 잊지 말아 줘.

요 몇 년 동안 미카엘은 메코르 바룩에 있는 우리 아파트에서 르하비아나 베이트 하케렘에 있는 아파트로 옮겨 갈 희망을 가지고 있었다. 그는 이곳에 사는 것을 좋아하지 않았다. 고모님들도 계속해서 미카엘이 어째서 교양 있는 동네에서 살지 않고 종교에 열중하는 사람들에게 둘러싸여 살아야 하느냐고 했다. 고모들의 주장은 학자에게는 조용한 것이 필요한데 이 근처는 소란스럽다는 것이다.

미카엘이 사려 깊게도 고모님들에게는 말하지 않았지만, 우리가 새 아파트 계약금을 낼 돈조차도 저축하지 못한 것은 내 탓이다. 매년 봄이 오면 나는 쇼핑 열에 사로잡혀 버린다. 전기 제품, 벽 전체를 덮을 회색 커튼, 수많은 새 옷. 결혼하기 전에 나는 옷을 거의 사지 않았다. 학생 때는 겨울 내내 항상 똑같은 옷을 입었는데 어머니가 떠 주신 푸른색 울 원피스 아니면 그 당시 여자 대학생들이 캐주얼 한 분위기를 내려고 입던 갈색 코듀로이 바지와 두툼한 빨간 스웨터였다. 요즘 나는 몇 주만 지나면 새 옷에 싫증을 낸다. 매년 봄 나는 새것을 사야겠다는 욕구를 갖게 된다. 나는 마치 어디선가 커다란 상품이 나를 기다리고 있다는 듯이, 그렇지만 언제나 어디 다른 곳에서 기다리고 있다는 듯이 이 상점에서 저 상점을 열에 들뜬 듯 헤집고 다닌다.

미카엘은 그 허리선이 높은 옷을 이제는 왜 입지 않는지 궁금해한다. 그 옷을 샀을 때는 그렇게도 마음에 들어 하더니 아직 6주도 안 돼서 말이다. 그는 자신의 놀람을 애써 물리치고는 이해한다는 듯이 머리를 아래위로 끄덕였고 그것은 내 피를 끓게 했다. 아마도 내가 낭비벽으로 그에게 충격을 주기 위해 고의적으로 시내를 쏘다닌 것은 그 이유 때문일 것이다. 나는 그의 자제력을 사랑했다. 그것을 깨부수고 싶었다.

꿈들.

매일 밤 견디기 힘든 것들이 나에 대한 음모를 꾸미고 있었다. 쌍둥이들은 새벽이 오기 전에 여리고 남동부의 유대 사막에 있는 산골짜기 사이로 수류탄을 던지는 연습을 했다. 그들의 꼭 닮은 몸은 똑같이 움직였다. 어깨 위의 자동 소총. 기름 얼룩이 진 낡은 특공대 제복. 할릴의 이마에는 푸른 핏줄이 튀어나와 있다. 아지즈는 몸을 구부리더니 앞으로 힘껏 던진다. 할릴은 고개를 떨어뜨린다. 아지즈가 몸을 펴고 던진다. 폭발되는 무미건조한 빛. 언덕에는 메아리가 치고 또 치며 사해는 그 뒤에서 불타는 석유로 만들어진 호수처럼 창백하게 빛나고 있다.

20.

예루살렘에는 여기저기를 다니는 늙은 행상인들이 있다. 이들은 꼬마 한나의 옷 이야기에 나오는 불쌍한 석탄 장사와는 다르다. 이들은 얼음 같은 증오에 싸여 있다. 늙은 행상인들. 도시를 방황하는 이상한 직공들. 그들은 이상하다. 나는 그들을, 그들과 그들의 외침을 몇 년간 알아 왔다. 대여섯 살쯤 되었을 때도 나는 그들을 두려워했다. 이것도 적어 두어야겠다. 그러면 이 사람들이 더 이상 밤에 나를 무섭게 하지 않을지도 모르겠다. 나는 그들이 다니는 길과 활동 범위를 알아내려고, 어떤 사람이 어느 날 우리 거리에 와서 자기 물건을 사라고 외치는지를 미리 짐작해 두려고 한다. 물론 그들도 어떤 계획 혹은 일정한 형태를 가지고 있다. "유리요, 유리 칠해요." 그의 목소리는 쉬어 있고 뚜렷하다. 그는 자신의 외침에 아무 반응도 없는 것에 대해 체념한 듯 연장도, 유리창 틀도 가지고 다니지 않는다. "고물 사요, 고물." 동화에 나오는 도둑 그림에서처럼 커다란 자루를 어깨에 메고. "최고야, 최고." 전형적인 대장장이처럼 육중한 체구에 크고 뼈가 굵은 머리를 한 사람. "매트리스요, 매트리스." 매트리스라는 말이 거의 비도덕적인 암시를 띠고 그의 목구멍 안에서 울리고. 칼 가는 사람은 디딤판으로 움직이는 나무 바퀴를 옆에 차고 다닌다. 그는 이가 없고 귀에는 털이 많이 나고 튀어나와 있다. 박쥐처럼. 나이든 직공들, 이상한 행상들, 이들은 매년 시간이 지나도 변하지 않고 예루살렘의 거리를 떠돌아다닌다. 예루살렘이 북쪽에 있는 망령들의 성이고 자기들은 기다리며 누워 있는 원혼들이라는 듯이.

나는 1930년 초막절 기간에 카타몬 변두리의 키리야트 슈무엘에서 태어났다. 가끔씩 나는 삭막한 황무지가 내 부모님의 고향과 남편의 고향을 나누고 있다는 이상한 생각이 든다. 나는 내가 태어난 거리를 다시 가 보지 않았다. 어느 안식일 아침에 미카엘과 야이르와 나는 탈비예 끝까지 산책을 나갔다. 나는 더 이상 가지 않겠다고 했다. 버릇없는 아이처럼 나는 발을 굴렀다. 싫어요, 싫어. 남편과 아들은 나를 보고 웃었지만 결국은 항복했다.

메아 셰아림, 베이트 이스라엘, 산헤드리아, 케렘 아브라함,

아하바, 지카론 모세, 나할라트 쉬바에는 신앙심 깊은 사람들이, 모피 모자를 쓴 아쉬케나지들과 줄무늬가 있는 긴 옷을 입은 세파르디들이 산다. 나이 많은 여자들은 자기들 앞에 놓여 있는 것이 소도시가 아니라 광활한 국토이고 가장 먼 지평선까지도 매와 같은 눈으로 매일 살펴보아야 한다는 듯이 조용히 떼지어서 낮은 긴 의자에 앉아 있다.

예루살렘에는 끝이 없다. 끊임없이 속삭이는 소나무 사이에 숨어 있는 남쪽의 잊힌 대륙 탈피옷. 탈피옷 동쪽에 접하고 있는 유대 사막에서 퍼져나오는 푸른빛이 도는 증기. 그 증기는 소나무 숲의 그림자에 가려 있는 조그만 집과 정원을 건드린다. 베이트 하케렘, 바위투성이의 벌판에 둘러싸인, 바람이 휩쓸고 간 평원 너머로 사라진 쓸쓸한 마을. 바이트 바간, 하루종일 덧창이 닫힌 창문 너머에서 바이올린이 연주되고 밤에는 남쪽으로 자칼이 울부짖고 있는 외딴 야산의 요새. 해가 지고 나면 르하비아에는, 사디아 가온 거리에는 긴장된 정적이 내려앉는다. 불 켜진 창문에는 회색 머리칼을 한 현인이 앉아서 손가락으로 타자기의 키를 두드리며 일하고 있다. 바로 이 거리의 끝에 밤이면 미풍에 펄럭이는 색색의 홑이불 사이를 돌아다니는 맨발의 여인들과 이 마당에서 저 마당으로 숨어드는 날쌘 고양이들이 가득한 샤아레이 헤세드 지구가 있다고 그 누가 상상이나 할 수 있겠는가? 독일제 타자기를 두드리고 있는 저 노인이 그들을 알아채지 못할 수가 있을까? 그의 서양식 발코니 밑에 십자가의 골짜기가, 경사를 따라 뻗어 있는 오래된 작은 숲이 펼쳐져 르하비아 가장 바깥쪽에 있는 집들을 그 풍성한 관목 안으로 안아 들여 질식시켜 버리려는 듯이 둘러싸고 있다는 것을 그 누가 상상할 수 있겠는가? 골짜기에서는 작은 불빛이 깜박이고 길게 늘어진, 나직한 노랫소리가 숲에서 나와 창문 가에 와 닿는다. 어둑어둑해질 무렵 하얀 이의 소년들이 작고 날카로운 돌로 거대한 가로등을 부수기 위해 시가지 외곽으로부터 르하비아를 향해 가고 있다. 거리는 아직도 고요하다. 킴히, 마이모니데스, 마흐마니데스, 알하리지, 아브라바넬, 이븐 에즈라, 이븐 가비롤, 사디아 가온. 그러나 영국군 구축함 드래곤호의 선상은 희미하게 저 아래서 반란이 일어난 후에도 여전히 고요할 것이다. 예루살렘에서 저녁이 다가오면 길 양쪽 끝으로 이 닫힌 도시에 어둠이 내리기를 기다리고 있는 낮은 산들을 볼 수 있다.

예루살렘 북쪽의 텔 아르짜에는 피아니스트인 노부인이 살고 있다. 그녀는 쉬지도 지치지도 않고 연습을 한다. 그녀는 슈베르트와 쇼팽의 곡을 가지고 새로 연주회를 준비하고 있다. 나비 사무엘의 외딴 탑은 북쪽의 언덕 꼭대기에 서서, 경계 너머로 움직이지 않고 서서 열린 창 쪽으로 꼿꼿한 등을 돌리고 아무것도 모른 채 피아노 앞에 앉아 있는 이 나이 많은 피아니스트를 밤낮으로 지켜본다. 밤이면 이 탑은, 이 높고 가느다란 탑은 혼잣말로 '쇼팽과 슈베르트'라고 속삭이듯이 킬킬거리는 소리를 낸다.

8월의 어느 날 미카엘과 나는 긴 산책에 나섰다. 우리는 베짤렐 거리의 친구 하다사에게 야이르를 맡겼다. 예루살렘은 여름이었다. 거리는 새로운 빛을 가지고 있었다. 나는 5시 반과 6시 반 사이의 시간을, 하루의 마지막 빛을 생각하고 있다. 애무하는 듯한 시원함이 있었다. 프리 하다쉬 거리라는 좁은 길에는 돌이 깔린 공터가 있었는데 무너진 담장으로 거리에서 분리되어 있었다. 오래된 나무가 거칠게 깔린 포장용 돌 사이를 뚫고 지나가 있었다. 그 나무가 무슨 나무였는지는 모르겠다. 겨울에 이 길을 혼자 지나갔을 때 나는 이 나무가 죽었다고 오해했었다. 지금은 새순이 줄기에서 돋아 나와 뾰족한 발톱같이 대기를 움켜쥐고 있었다.

프리 하다쉬 거리에서 우리는 왼쪽으로 돌아 요세푸스 거리로 갔다. 외투를 입고 머리에는 테 없는 모자를 쓰고 체구가 큰 피부가 검은 남자가 생선 가게의 불 켜진 창문으로 나를 바라보았다. 내가 미친 건가 아니면 정말로 내 남편이 저 생선 가게에서 외투를 입고 회색 모자를 쓰고, 불 켜진 창문으로 화난 듯이 꾸짖는 듯이 나를 쳐다보고 있는 건가?

여자들은 일거리를 전부 가지고 발코니로 나와 있었다. 분홍색과 흰색, 요와 퀼트들. 몸이 곧고 날씬한 소녀가 하쉬모나임 거리의 발코니에 서 있었다. 그녀의 소매는 걷어져 있었고 머리는 스카프에 싸여 있었다. 그녀는 우리가 있다는 사실을 깨닫지 못한 채 나무 방망이로 화가 난 듯이 오리털을 두드리고 있었다. 벽에는 붉은 글씨로 퇴색한 지하 운동 시절의 슬로건이 쓰여 있었다. 유대는 피와 불 속으로 떨어질 것이며 피와 불 속에서 유대가 일어나리라. 그러한 감정은 내게는 낯선 것이었지만 나는 그 말에 담겨 있는 음악적 성질에 감동받았다.

우리는, 미카엘과 나는 그날 저녁 긴 산책을 했다. 우리는 부카라인 구역을 지나 선지자 사무엘 거리를 따라 만델바움 문까지 갔다. 여기서 우리는 구부러진 길을 따라 헝가리안 빌딩을 지나 아비시니아인 구역으로, 무스라라로, 그리고 야포 거리의 끝에서 노틀담 광장으로 갔다. 구역 전체가 대기 중에 매달려 있는 듯했다. 하지만 더 자세히 들여다보면 측정할 수 없는 무게가 있었다. 얽혀 있는 골목들의 압도적인 자의성. 때로는 푸른색을, 때로는 붉은색을 띠면서 사무친 분노 속에서 회색빛 돌에 기대고 있는 임시 거주지와 오두막과 헛간들로 이루어진 미궁. 녹슬어 가는 홈통. 무너진 벽. 석조 건축과 단단한 초목 사이의 거세고도 조용한 싸움. 잡석과 엉겅퀴가 있는 버려진 땅. 그리고 무엇보다도 제멋대로인 빛의 속임수. 황혼과 도시 사이에 잠깐이라도 길 잃은 구름이 오면 예루살렘은 곧 달라 보인다.

그리고 저 벽들.

모든 지역, 모든 근교는 높은 벽들로 둘러싸인 숨은 속씨를 품고 있다. 지나가는 사람들에게는 금지된 적대적인 요새. 과연 여기 예루살렘에서, 한 세기 동안 여기에서 살았다고 해도 편안함을 느낄 수 있을까? 폐쇄된 안뜰의 도시, 그 영혼은 들쑥날쑥한 유리로 뒤덮인 황량한 벽 뒤에 봉해져 있다. 예루살렘은 없다. 빵 부스러기들은 순진한 사람들을 그릇되게 인도하기 위해 고의로 떨어뜨려진 것이다. 껍데기 안에는 또 껍데기가 있고 속씨는 금지되어 있다. 나는 '나는 예루살렘에서 태어났다.'라고 썼다. '예루살렘은 나의 도시다.'라는 말은 쓸 수가 없다. 러시아인 지구 저 깊은 곳에, 슈넬러 막사 뒤에, 에인 케렘의 수도사 숙소에, 혹은 악한 음모의 언덕에 있는 고등판무관의 궁전 거주지에 무엇이 숨어서 나를 기다리고 있는지 나는 알 수가 없다. 생각에 잠기게 하는 도시이다.

가로등 불이 들어오고 나서 멜리산다 거리에서 체구가 크고 위엄 있는 남자가 미카엘에게 갑자기 달려들더니 마치 예전에 알던 사람이라는 듯이 코트의 단추를 잡고는 남편에게 이렇게 말했다.

"너에게 저주를, 오 이스라엘에 고통을 가져오는 자여. 네가 사멸해 버리기를."

미카엘은 예루살렘의 미친 사람들에 익숙하지 않아 당황해서 얼굴이 창백해졌다. 이 낯선 사람은 상냥한 미소를 짓더니 조용히 덧붙였다.

"그리하여 주의 적은 모두 사라지도다, 아멘 셀라."

미카엘은 그 낯선 사람에게 자기를 불구대천의 원수로 착각했나 보다고 설명을 하려고 했던 모양인데 그 남자는 미카엘의 구두를 쳐다보면서 말을 끝내 버렸다.

"나는 너와 너의 모든 자손에게 영원히 영원히 침을 뱉으리라, 아멘."

마을과 교외는 마치 길 한가운데 누워 있는 상처 입은 여자 주위에 서 있는 호기심에 찬 지나가는 사람들처럼 예루살렘을 바싹 둘러싸고 있다. 나비 사무엘, 사파트, 쉐이크 자라, 이사비예, 아우구스타 빅토리아, 와디 조즈, 실반, 슈르 바헤르, 베이트 사파파. 이들이 주먹을 불끈 쥐면 도시는 뭉개질 것이다.

믿을 수 없게도 저녁이면 그 허약한 노(老)학자들이 신선한 공기를 마시러 밖으로 나온다. 그들은 눈 덮인 대평원의 눈먼 방랑자처럼 지팡이로 보도를 두드린다. 미카엘과 나는 그날 저녁 산수르 하우스 뒤편의 룬츠 거리에서 두 명의 노(老)학자를 만났다. 나는 미소를 지으며 즐겁게 그들에게 인사했다. 그들은 마치 적대적인 환경에서 서로에게 힘을 빌려주는 듯이 팔짱을 끼고 걷고 있었다. 그들은 둘 다 재빨리 손을 들어 머리로 가져갔다. 한 사람은 열심히 모자를 흔들어 내 인사에 답했다. 또 한 사람은 맨머리였는데 상징적인 혹은 얼빠진 태도로 손을 흔들었다.

21

그 가을에 미카엘은 지질학과에 조교 자리를 얻었다. 이번에는 파티로 축하하지 않고 이틀 공부를 쉬는 것으로 축하했다. 우리는 야이르를 데리고 텔 아비브로 가서 레아 고모님 댁에 머물렀다. 그 단조롭고 희미한 빛을 내는 도시, 밝게 채색된 버스들, 바다의 풍경과 소금기 있는 산들바람의 맛, 보도에 심어진 단정하게 가지 친 나무들, 이 모든 것들이 내 안에서 날카로운 열망을 일으켰는데 나는 그 열망의 이유도 무엇에 대한 것인지도 알지 못했다. 고요함과 막연한 기대감이 있었다. 우리는 미카엘의 학교 친구 세 사람을 만나고 하비마 극장에 가서 공연 두 개를 보았다. 배를 빌려 야르콘까지 노를 저어 일곱 방앗간을 향해 갔다. 넓은 유칼립투스 숲의 그림자가 떨리며 물에 드리워졌다. 매우 고요한 순간이었다.

그 가을에 나는 또 사라 젤딘의 유치원에서 다시 하루에 다섯 시간씩 일하기 시작했다. 우리는 결혼 후에 빌렸던 돈을 갚기 시작했다. 미카엘 고모님들에게서 받았던 돈도 조금은 갚았다. 그러나 내가 유월절 전날 미카엘과 상의도 없이 외출해서는 주조프스키에서 값비싸고 현대적인 소파와 그에 어울리는 안락의자 세 개를 사 버렸기 때문에 새 아파트의 계약금은 모을 수가 없었다.

미카엘이 시당국에서 공사 허가를 얻어 내자마자 우리는 발코니에 벽돌을 쌓았다. 우리는 그 새 방을 서재라고 했다. 미카엘은 여기에 자기 책상을 놓았고 책장도 그리 옮겼다. 나는 미카엘에게 결혼 4주년 기념 선물로 헤브라이카 백과사전 제1권을 사 주었다. 미카엘은 내게 이스라엘제 라디오 세트를 사 주었다.

미카엘은 밤늦게까지 공부했다. 이 새 서재와 내 침실은 유리문으로 갈라져 있었다. 그 유리문을 통해서 독서용 램프 불빛이 침대 맞은편의 벽에 엄청나게 큰 그림자를 드리웠다. 밤이면 미카엘의 그림자가 내 꿈에 침입했다. 그가 서랍을 열거나 책을 옮기거나 안경을 쓰거나 파이프에 불을 붙이면 검은 그림자가 나를 마주 보고 있는 벽에 겹쳐졌다. 그림자는 완전한 침묵 속에 드리워졌다. 가끔씩은 어떤 모습을 할 때도 있었다. 나는 눈을 꽉 감았지만, 그 모습들은 나에 대한 지배력을 늦추지 않았다. 눈을 뜨면 방 전체가 밤중에 책상 앞에 앉아 있는 남편의 동작 하나하나로 무너지는 것 같았다.

미카엘이 건축가가 아니라 지질학자라는 것이 유감이었다. 그가 밤마다 건물과 길과 강력한 요새, 아니면 영국군 구축함 드래곤호가 정박할 수 있는 해군용 항구를 설계하는 데 힘을 쓸 수만 있다면.

미카엘의 손은 섬세하고 안정적이었다. 얼마나 깔끔하게 도표를 그렸는지. 그는 얇은 복사지에다 지질학 도면을 그렸고 그럴 때면 그의 입술은 꽉 다물려 있었다. 내게 그는 냉철하게 조용히 운명적인 결단을 내리는 무슨 장군이나 정치가 같아 보였다. 미카엘이 건축가였다면 나는 아마도 밤에 내 침실 벽에 그가 던지는 그림자들을 받아들일 수 있었을지도 모른다. 밤이면 미카엘이 지구 깊은 곳에 있는 미지의 층을 탐구하고 있다는 사실이 기묘하고 무섭다는 생각이 들었다. 마치 밤이면 그가 어떤 가혹한 세계를 모독하거나 도발하고 있는 것처럼.

결국 나는 일어나서 결혼 전에 하숙집 주인이었던 타르노폴러 부인에게 배운 대로 박하 차를 한 잔 끓인다. 그렇지 않으면 불을 켜고 자정이나 1시까지 책을 읽는데 그때쯤이면 남편은 조용히 내 곁에 누워 잘 자라는 인사를 하고 입술에 입 맞추고는 머리 꼭대기까지 이불을 뒤집어쓴다.

밤에 내가 읽는 책들을 보면 한때는 내가 문학도였다는 사실은 전혀 알 수 없었다. 번쩍거리는 표지가 있는 문고판의 서

머싯 몸이나 영역본으로 된 대프니 듀 모리에, 슈테판 츠바이크, 로맹 롤랑. 나의 취향은 감상적인 것이 되었다. 나는 시시하게 번역된 앙드레 모루아의 『사랑 없는 여인』을 읽으면서 울었다. 여학생처럼 울었다. 나는 교수의 기대에 부응하지 못했다. 결혼 직후에 교수님이 내게 표현했던 기대를 전혀 이루지 못했던 것이다.

부엌 개수대 옆에 서면 나는 아래의 정원을 내려다볼 수 있었다. 우리 정원은 돌보지 않아서 겨울에는 진흙으로 여름에는 먼지와 엉겅퀴로 가득 차 있었다. 정원에는 깨진 접시들이 굴러다녔다. 요람 캄니쩨르와 그 친구들이 돌로 요새를 쌓았는데 그 잔해가 남아 있었다. 정원 끝에는 고장 난 수도꼭지가 있었다. 러시아 대평원이, 뉴펀들랜드가, 아키아펠라고 군도의 섬들이 존재하는데 나는 여기에 유배되어 있다. 그러나 때때로 눈이 뜨이고 나는 시간을 볼 수 있다. 시간은 밤중에 빨간불을 빠르게 깜빡이면서 그에 비하면 바퀴를 천천히 움직이며 거리를 순찰하는 경찰차 같다. 바퀴는 조용히 돌아간다. 주의 깊게 움직이면서. 천천히. 위협하듯이. 어슬렁거리며.

나는 아무런 생각도 없는 생명 없는 물체들이 서로 다른 리듬에 따르는 모습을 상상해 보고 싶었다.

예를 들면 우리 정원에 솟아 있는 무화과나무 가지 위에는 몇 년 동안 녹슨 그릇이 매달려 있었다. 아마도 오래전에 죽은 이웃의 누군가가 위층 창문에서 그릇을 던졌고 그것이 가지에 걸렸으리라. 우리가 처음 이사 왔을 때 그것은 온통 녹슨 채 매달려 있었다. 사오 년. 겨울의 매서운 바람도 그것을 땅에 떨어뜨리지 못했다. 그러나 정월 초하루에 나는 부엌 개수대에 서서 내 두 눈으로 그 그릇이 나무에서 떨어지는 것을 보았다. 대기 중에는 미풍도 불고 있지 않았고 나뭇가지 사이로 고양이나 새가 움직인 것도 아니었다. 그러나 그 순간 강한 힘들이 실현된 것이다. 녹슨 금속이 부서졌고 그릇은 큰 소리를 내며 바닥에 떨어졌다. 내가 하고자 하는 말은 이렇다. 나는 여태까지 내내 하나의 물체에서 완벽한 휴지(休止)를 관찰해 왔는데 그 안에서는 여태까지 내내 숨겨진 작용이 일어나고 있었다는 것이다.

22

대부분의 이웃은 신앙심이 깊은 사람들이고 아이가 많다. 야이르는 네 살이 되자 내가 대답할 수 없는 질문들을 하기 시작했다. 나는 그 질문들을 제 아버지에게로 보낸다. 그리고 미카엘은 때때로 내게는 내가 제멋대로인 꼬마라도 되는 것처럼 얘기하면서 자기 아들과는 남자 대 남자로 이야기한다. 그들의 대화 소리가 부엌에 있는 나에게 들린다. 두 사람은 결코 서로를 방해하지 않는다. 미카엘은 야이르에게 무엇을 말하든 '이제 끝났어요.'라는 말로 끝을 맺도록 가르쳤다. 미카엘 자신도 대답이 끝나 가면 이 말을 사용할 때가 있다. 이것이 바로 내 남편이 서로를 방해하면 안 된다는 것을 자기 아들에게 가르치려고 택한 방법이었다.

예를 들면 야이르가 "사람들은 왜 다르게 생각하죠?"라고 물어보면 미카엘은 "사람들은 다르니까."라고 대답한다. 그러고 나서 야이르가 "둘이 똑같은 어른이나 둘이 똑같은 아이들은 왜 없나요?"라고 물으면 미카엘은 거기에 대한 답은 모른다고 인정한다. 아이는 잠시 동안 말을 멈추고 신중하게 생각하고는 아마 이렇게 말할 것이다.

"엄마는 모든 걸 아는 것 같아요. 절대로 모르겠다고 말하는 적이 없으니까. 엄마는 늘 알지만, 설명은 못 하겠다고 하는데요. 만일에 설명할 수 없다면 어떻게 안다고 말할 수 있나요? 이제 끝났어요."

미카엘은 아마도 절제된 미소를 지으며 무엇을 생각하는 것과 그것을 말하는 것 사이의 차이를 설명하려고 할 것이다.

나는 이런 식의 대화를 듣게 될 때마다 돌아가신 아버지를, 세심한 사람이었고 아이한테서 들은 것이라도 언제나 자기가 들은 말은 전부 꼼꼼히 따져서 자신에게는 부정되어 있는 어떤 진실의 조짐이나 암시를 찾으려 했으며, 평생을 진실의 문 앞에서 꿇어 엎드려 있어야만 했던 아버지를 생각할 수밖에 없었다.

네다섯 살 때 야이르는 튼튼하고 조용한 아이였다. 아들은 가끔씩 엄청난 폭력적 성향을 보일 때도 있었다. 아마도 이웃의 아이들이 얼마나 소심한지를 깨달았을지도 모른다. 야이르는 그 느릿느릿한 동작으로 나이가 더 많은 아이들에게도 두려움을 줄 수 있었다. 가끔씩은 다른 아이들의 부모에게 맞아서 멍이 들어 집에 오기도 했다. 그래도 대개는 누가 상처를 냈는지는 말하려고 들지 않았다. 미카엘이 강요하면 대개는 이런 대답을 했다.

"내가 시작했으니까 그럴 만했어요. 내가 먼저 싸움을 시작했고 그다음에 그 애들이 나에게 대든 거예요. 끝났어요."

"어째서 싸움을 시작했지?"

"그러게 했거든요."

"어떻게 그러게 했는데?"

"여러 가지 방법으로요."

"예를 들면?"

"뭐라고 할 수 없어요. 무얼 말로 하는 게 아니라…… 어떤 일을 하는 거예요."

"어떤 일을?"

"그냥 일이요."

나는 아들이 말 없는 오만함을 가지고 있다는 사실을 알아챘다. 음식에 대한 집중적인 관심도. 사물에 대한 관심. 전기 기구. 시계. 무슨 복잡한 정신적인 사고에 계속해서 빠져 있다는 듯한 긴 침묵.

미카엘은 절대로 아이에게 손을 대지 않았는데 그것은 근본 방침의 문제이기도 했고 또 그 자신이 이해받고 길러져서 어릴 때 맞아 본 적이 없었기 때문이기도 했다. 나로 말하자면 그렇게 말할 수는 없다. 나는 야이르가 그 말 없는 오만함을 보일 때마다 아이를 때렸다. 나는 아이의 조용한 회색 눈을 쳐다보지 않고 계속해서 때려서 마침내는 아이의 목에서 헐떡거리면서 쥐어짜는 듯한 울음이 나오게 만들었다. 아이의 의지력은 너무도 강해서 가끔은 나를 몸서리치게 했고 자존심이 결국에 무너져 내릴 때면 아이는 내게 기괴한 흐느낌을 퍼부었는데 그것은 마치 우는 아이 흉내를 내는 것 같았다.

우리 위층 캄니쩨르 씨 댁 맞은편에는 자식이 없는 나이든 부부가 살았다. 그들의 성은 글릭이었다. 남편은 신앙심 깊은 잡화상이었고 부인은 히스테리 발작이 있었다. 밤중에 나는 어린 강아지 같은 길고 낮은 흐느낌에 잠이 깨곤 했다. 가끔은 새벽녘 전에 날카로운 고함이 들리기도 했는데 일 초 간격으로 멈추었다가 바닷속에서 들리는 소리처럼 계속되곤 했다. 나는 침대에서 뛰어 일어나 잠옷 바람으로 아이의 침실로 달려갔다. 계속해서 나는 야이르가 비명을 지르고 있고 내 아들에게 무언가 끔찍한 일이 일어나고 있다고 생각했다.

나는 밤이 정말 싫었다.

메코르 바룩 지역은 돌과 철로 지어져 있다. 오래된 집의 외벽을 오르는 계단의 철제 난간. 건립일과 기증자와 그 부모의 이름이 새겨진 더러운 철문. 구부러진 채 얼어 있는 부서진 울타리들. 경첩 하나에 매달려 거리로 떨어지겠다고 위협하는 녹슨 덧창들. 그리고 우리 집 근처의 벗겨져 나가는 회벽 위에 붉은색으로 칠해진 슬로건, '유대는 피와 불 속에 쓰러질 것이고 피와 불 속에서 일어나리라.' 이 슬로건에서 내게 와닿는 것은 사상이 아니라 그 어떤 대칭이다. 설명할 수 없지만 가로등이 맞은편 벽의 창살 그림자 무늬를 찍어 내고 모든 것이 두 배가 되는 듯한 밤이면 내게도 찾아오는 일종의 절제된 균형.

바람이 불면 사람들이 발코니와 지붕에 세워 둔 골함석 구조물이 흔들린다. 이 소리도 계속해서 되돌아오는 우울함에 한몫을 한다. 밤의 끝에는 그 둘이 이웃을 떠다닌다. 허리까지 벗은 채, 맨발로 가볍게 이들은 바깥을 미끄러져 다닌다. 개들을 두려워서 미칠 듯한 상태로 몰아넣으라는 명령을 받고서 야윈 주먹이 골함석을 두드린다. 새벽녘이 다가오면 개 짖는 소리는 혼란스러워하는 울부짖음으로 잦아든다. 밖에서는 쌍둥이가 미끄러져 다니고 있다. 나는 느낄 수 있다. 그들이 맨발로 걷는 소리를 들을 수 있다. 그들은 소리 없이 서로에게 웃음을 보낸다. 서로의 어깨를 딛고 서서 마당에 자라는 무화과나무를 타고 나에게로 온다. 그들은 가지를 꺾어서 내 덧창을 두드리라는 명령을 받았다. 한번은 솔방울을 던지는 방법을 썼다. 그들은 나를 깨우라고 보내진 것이다. 어떤 사람은 내가 잠들었다고 생각한다. 어렸을 때 내게는 사랑하는 힘이 넘쳤지만 이제 그 사랑하는 힘은 죽어 가고 있다. 나는 죽고 싶지 않다.

이 몇 년 동안 나는 가끔 우리가 결혼 3주 전에 티랏 야아르에서 걸어 돌아오던 날 내 마음속에 떠올랐던 것과 같은 질문들을 던졌다. 이 남자에게 도대체 무엇이 있으며 너는 그에 대해서 무엇을 알고 있는가? 테라 상타의 계단에서 넘어졌을 때 다른 사람이 너를 잡았다면? 힘이, 아마도 밝혀 낼 가능성이 전혀 없는 힘이 작용하고 있는 것인가 아니면 타르노폴러 부인이 결혼 이틀 전에 했던 말이 옳았던 것인가?

남편이 무슨 생각을 하고 있는지에 대해 나는 짐작하려고 하지 않는다. 그의 얼굴에서는 자신의 소원이 받아들여졌고 이제 자기는 멍하니 만족해서 동물원에 즐겁게 다녀온 후에 집으로 데려다줄 버스를 타고 돌아가서 먹고 옷을 갈아입고 잠자리에 들기를 기다리며 서 있는 듯한 편안함을 볼 수 있다. 초급 학교에서 소풍에 대한 이야기를 하면서 우리는 마지막에는 '피곤하지만 행복한'이라는 말로 우리들의 감정을 요약하곤 했다. 대부분의 경우 미카엘은 얼굴에 바로 이런 표정을 하고 있는 것이다.

미카엘은 아침마다 버스를 두 번 타고 학교에 간다. 그의 아버지가 결혼 선물로 사 준 서류 가방은 긴축 정책 시절의 유물인 데다 합성 소재로 만들어진 것이라 다 낡아 빠졌지만, 그는 새 걸 사지 못하게 한다. 그는 그 낡은 가방을 감상적으로 좋아하고 있다는 것이다.

단호하고 실수 없는 손가락으로 시간은 생명 없는 물체들을 마멸시킨다. 모든 것은 시간의 처분에 달려 있다.

미카엘은 서류 가방에 강의 노트를 가지고 다니는데 그는 그 노트에 보통의 아라비아 숫자 대신에 로마자 숫자로 번호를 매겼다. 그는 또 자기 서류 가방 안에 겨울이고 여름이고 우리 어머니가 자기에게 떠 준 울 스카프를 가지고 다닌다. 그리고 속 쓰림용의 약도. 최근에 미카엘은 약간의 속 쓰림을 겪기 시작했는데 특히 점심시간 바로 전에 심하다.

겨울이면 내 남편은 자기 눈 색깔과 맞는 푸른빛이 도는 회색 레인코트를 입는다. 그리고 모자 위에는 비닐 커버를 쓴다.

여름에는 타이를 매지 않고 헐렁한 망사 셔츠를 입는다. 셔츠를 통해 마르고 털이 많은 그의 몸이 반쯤 보인다. 그는 아직까지도 머리를 짧게 깎겠다고, 그래서 운동선수나 군 장교처럼 보이겠다고 한다. 미카엘이 운동선수나 군 장교가 되고 싶어 했던 적이 있던가? 사람이 다른 사람에 대해 알 수 있는 일은 얼마나 적은가. 아무리 세심한 사람이라도. 아무것도 잊지 않는 사람이라도.

우리는 오후에는 별로 말을 많이 하지 않는다. 소금 좀 건네줄래요, 이것 좀 들고 있어요, 빨리요, 어지르지 말아요, 야이르는 어디 있죠, 저녁 준비가 다 됐어요, 홀에 불 좀 꺼 줄래요.
밤에는 9시 뉴스가 끝나고 나면 우리는 안락의자에 앉아 얼굴을 마주 보고 과일을 깎아 먹는다. 흐루쇼프는 고무우카를 대패시킬걸. 아이젠하워는 감히 그러지 못할 거야. 정부가 정말로 계속하려는 걸까. 이라크의 왕은 젊은 관리들의 꼭두각시야. 선거로도 별 변화는 없을걸.
그리고 나서 미카엘은 책상 앞에 앉아서 독서용 안경을 낀다. 나는 조용히 라디오를 켜고 음악을 듣는다. 콘서트가 아니라 저 멀리 외국 방송국에서 나오는 댄스 음악을. 11시에 나는 잠자리에 든다. 벽에는 수도관이 있다. 숨겨져 있는 물 쏟아지는 소리. 기침 소리. 바람.

미카엘은 화요일마다 학교에서 돌아오는 길에 시내 중심가를 지나 카하나스 에이전시에서 영화표를 두 장 산다. 8시에

우리는 옷을 갈아입기 시작하고 15분 후에는 집을 나선다. 미
카엘과 내가 극장에 간 사이에는 그 창백한 소년 요람 캄니쩨
르가 야이르를 보아준다. 그 대신 나는 그가 히브리 문학 시
험 준비하는 것을 도와준다. 내가 학생 때 배운 것을 전부 잊
어버리지 않은 것은 이 아이 덕택이다. 우리는 함께 앉아서 아
하드 하암의 에세이를 읽고 사제와 선지자, 영과 육, 노예 상태
와 자유를 비교한다. 이 모든 사고는 대칭적으로 대조되는 한
쌍으로 표현되어 있다. 나는 이러한 체계를 좋아한다. 요람도
노예라는 속박과 육신에서 우리를 해방하기 위해 예언과 자
유와 영혼이 찾아든다고 생각한다. 내가 자신의 시를 칭찬할
때마다 요람의 눈동자에는 초록빛의 반짝임이 스쳐 지나간다.
요람의 시는 열정을 가지고 쓰인다. 그는 특이한 단어와 어구
를 사용한다. 한번은 내가 그 아이의 시에 쓰인 '고행의 사랑'
이라는 말의 뜻에 대해 물어보았다. 요람은 전혀 기뻐할 수 없
는 사랑이 있다고 대답했다. 나는 남편에게서 오래전에 들었
던 말을, 사람들이 만족해서 아무것도 할 일이 없으면 감정은
악성 종양처럼 퍼진다는 말을 해 주었다.

요람은 "고넌 부인." 하고 말했는데 그 아이는 남자아이들이
자기 목소리를 아직 통제할 수 없는 나이여서 목소리가 갑자
기 흔들려 마지막 말이 마치 날카로운 비명처럼 들렸다.

나와 함께 있을 때 미카엘이 방에 들어오면 요람은 내적으
로 위축되는 것 같았다. 그는 등을 구부리고는 깔개에 무엇을
흘렸거나 꽃병이라도 넘어뜨린 것처럼 불편하게 마룻바닥을
뚫어져라 쳐다보았다. 요람 캄니쩨르는 고등학교를 마치고 대

학에 가서 나중에는 예루살렘에서 히브리어와 성서를 가르칠 작정이었다. 새해가 되면 그는 언제나 예쁜 카드를 보냈고 우리도 답장을 보냈다. 시간은 커다랗고 투명한 존재로, 요람에게 적대적이고 나에게 적대적인 채로 아무런 좋은 징조를 주지 않으며 아직도 거기에 있었다.

1954년 가을 어느 날 미카엘이 회색빛이 도는 흰 고양이를 팔에 끼고 집으로 돌아왔다. 다비드 옐린 거리의 수도원 여학교 담장 옆에서 찾아냈다는 것이다.

"귀엽지 않아? 만져 봐요. 저 조그만 앞발을 쳐들어서 자기가 무슨 표범이나 판다라도 되는 듯이 우리를 위협하려고 하잖아. 야이르의 동물도감은 어디 있지? 책 좀 가져오세요, 엄마, 그리고 야이르에게 고양이와 표범이 사촌이라는 걸 가르쳐 줍시다."

미카엘이 아들의 손을 잡아 새끼 고양이를 만지게 했을 때 나는 그 새끼 고양이가 깨질 것 같다는 듯이, 만지는 것이 위험하다는 듯이 아이의 입가에 떨림이 오는 것을 보았다.

"봐요, 엄마. 얘가 나를 쳐다보는데요. 뭘 원하는 거예요?"

"그 녀석은 뭘 먹고 싶은 거란다. 그리고 잠을 자고. 가서 부엌 바닥에 잠잘 곳을 마련해 주렴. 아니지, 바보야. 고양이에게는 담요가 필요 없어요."

"왜요?"

"사람 같지 않으니까. 다르거든."

"아빠, 고양이는 왜 우리처럼 담요를 덮지 않아요?"

"고양이한테는 따뜻한 털이 있어서 담요가 없이도 따뜻하게 지낼 수 있거든."

미카엘과 야이르는 저녁 내내 고양이와 놀았다. 두 사람은 고양이를 '눈송이'라고 불렀다. 그 새끼 고양이는 태어난 지 몇 주 되지 않았고 아직도 움직임이 서툰 것 같았다. 고양이는 부엌 천장 바로 밑으로 날아다니는 나방을 잡으려고 애썼다. 높이나 거리에 대한 감이 없어서 그 뛰는 모습은 매우 우스웠다. 그 녀석은 자기가 벌써 나방에 닿았다는 듯이 작은 턱을 열었다 닫았다 하면서 바닥에서 몇 인치씩 뛰어오르곤 했다. 우리는 모두 웃음을 터뜨렸다. 새끼 고양이는 우리가 웃자 머리를 치켜올리고는 상대의 피를 얼어붙게 하려는 듯이 쉿 하는 소리를 냈다.

"눈송이는 커질 거야." 야이르가 말했다. "그래서 이 동네에서 가장 힘센 고양이가 될 거예요. 우리가 집 지키고 도둑이랑 강도를 잡는 법을 가르쳐요. 눈송이가 경비견이 되는 거예요."

"이 녀석은 먹이를 주어야 한단다." 미카엘이 말했다. "그리고 귀여워해 주기도 해야 하고. 모든 생물은 사랑을 받아야 하지. 그러니까 우리는 눈송이를 사랑할 거고 눈송이도 우리를 사랑할 기다. 그렇지만 그 녀석한테 입 맞출 필요는 없다, 야이르. 엄마가 화낼 거야."

나는 초록색 플라스틱 그릇과 우유와 치즈를 내놓았다. 고양이가 아직 그릇에서 우유 마시는 법을 몰랐기 때문에 미카엘이 고양이의 코를 우유에 대 주어야 했다. 고양이는 놀랐다. 처음에는 뱉어 내더니 젖은 얼굴을 세게 흔들어 흰 우유 방울이 튀게 했다. 그러더니 흠뻑 젖고 불쌍하고 패배한 듯한 얼굴을 우리에게 돌렸다. 눈송이의 색은 눈송이 같지 않고 회색이 도는 흰색이었다. 보통 고양이.

고양이는 밤에 부엌 창문의 좁은 틈새를 발견했다. 그 녀석은 발코니를 통해 침실로 들어와 우리 침대로 왔다. 그러고는 자기를 데려와 저녁 내내 놀아 준 것이 미카엘이었는데도 내 발치에 몸을 웅크리고 누웠다. 배은망덕한 고양이었다. 그 녀석은 자신에게 친절했던 사람을 무시하고 대신에 냉정하게 대했던 사람에게 아양을 떨었다. 미카엘 고넨은 몇 년 전에 이렇게 말했었다. "고양이는 결코 사람을 잘못 사귀지 않지요." 나는 이것이 말 그대로의 사실이 아닌 그저 비유였을 뿐이라는 사실을, 그리고 미카엘이 독특해 보이려고 말한 것일 뿐이라는 사실을 깨달았다. 그 새끼 고양이는 내 발치에 몸을 틀고는 조용하면서도 마음을 가라앉히는 낮은 소리를 냈다. 나는 일어나서 녀석을 내보냈다. 밖으로 나가자마자 고양이는 들여보내 달라고 야옹대기 시작했다. 들어오자마자 녀석은 발코니 문 쪽으로 어슬렁거리며 가더니 하품을 하고 몸을 쭉 뻗고는 가르랑거리고 야옹거리면서 내보내 달라고 했다. 눈송이는 변덕스러운 고양이었다. 그렇지 않으면 그저 소심한 녀석이었을 지도 모르겠다.

고양이는 닷새 후에 밖으로 나가서는 돌아오지 않았다. 저녁 내내 남편과 아들은 고양이를 찾아 거리와 부근을 쏘다녔고 미카엘이 지난주에 고양이를 주웠던 수도원 여학교 담장에도 가 보았다. 야이르는 우리가 눈송이의 기분을 상하게 했다는 생각이었다. 미카엘은 반대로 녀석이 엄마를 찾아 집으로 돌아갔다고 말했다. 내 양심은 깨끗했다. 이 말을 하는 것은 내가 그 새끼 고양이를 없애 버렸다고 의심을 받았기 때문이다. 미카엘은 정말로 내가 새끼 고양이에게 독을 먹일 수 있다고 생각한 것일까?

미카엘이 말했다. "내가 혼자서 사는 것도 아닌데 당신에게 상의도 없이 고양이를 기르겠다고 결정한 것이 잘못인 것 같아. 당신이 이해해 주었으면 좋겠는데. 나는 아이를 기쁘게 해 주고 싶었을 뿐이야. 그리고 어렸을 때 나는 고양이를 너무 기르고 싶었지만 아버지가 허락을 안 하셨거든."

"난 손도 안 댔다고요. 미카엘. 날 믿어야 해요. 다른 고양이를 데려온다고 해도 반대 안 해요. 난 손도 대지 않았다니까요."

"불마차를 타고 천국으로 올라갔나 보군." 미카엘은 메마른 미소를 지었다. "그 얘기는 더 이상 하지 맙시다. 난 그저 아이가 안됐을 뿐이야. 눈송이를 아주 좋아했는데. 어쨌거나 이 얘기는 그만둡시다. 조그만 새끼 고양이 하나를 두고 우리가 싸워야겠어?"

"싸움 같은 건 없어요." 내가 대답했다.

"싸움도 없고, 고양이도 없지." 미카엘은 또다시 그 메마른 미소를 지었다.

23

이때쯤에 우리 밤의 분위기는 변해 있었다. 오랫동안 조심
스럽게 주의를 기울여서 미카엘은 나의 몸을 기쁘게 하는 법
을 배웠다. 그의 손가락은 확신에 차 있고 능숙했다. 그 손가
락들은 내가 낮은 신음을 낼 때까지 결코 포기하지 않았다.
그는 내 목의 어떤 부위에 입술을 대고 세게 누르는 법을 배
웠었다. 따뜻하고 단호한 손이 내 등에서 목덜미까지, 머리카
락 뿌리까지 올라갔다가 그러고는 또 다른 길로 돌아오는 법
을. 널빤지를 댄 덧창을 통해 들어오는 희미한 가로등 빛으
로 미카엘은 내 얼굴에서 날카로운 고통과도 같은 표정을 보
았다. 나의 눈은 계속해서 집중하려고 노력하여 언제나 꽉 감
겨 있었다. 나는 미카엘이 집중하고 있고 정신이 맑아 눈을 감
고 있지 않다는 사실을 알고 있었다. 이제 그의 손길은 명철하
고 확실했다. 그의 손동작 하나하나는 나에게 만족감을 주기
위해 계산된 것이었다. 아침이 되어 잠이 깨면 나는 다시 그를
원했다. 원하지도 않는데 광란의 광경들이 찾아온다. 가죽으
로 몸을 둘러싼 은둔자가 나를 슈넬러 숲으로 데려가 내 어깨
를 물어뜯고는 소리를 지른다. 메코르 바룩 서쪽의 새 공장에
서 온 미친 노동자가 나를 낚아채서 기름 얼룩이 진 팔에 나
를 가볍게 끼고는 언덕 쪽으로 달려간다. 그러고는 시커먼 사
람들. 그들의 손은 부드럽지만 강하고 다리에는 털이 많고 햇
볕에 그을려 있다. 그들은 웃지 않는다.

아니면 예루살렘 전쟁이 일어나고 나는 속이 훤히 비치는

잠옷을 입고 집을 뛰쳐나와 어둡고 좁은 길을 따라 미친 듯이 달려간다. 갑자기 삼나무 길에 밝은 불빛이 밝혀진다. 내 아이가 없어졌다. 험악한 낯선 사람들이 계곡에서 아이를 찾고 있다. 경찰견. 경찰들. 인근 마을에서 온 지친 자원자들. 눈을 보면 그들이 동정하는 것은 확실하지만 저 사람들은 얼마나 부산스러운지. 예절이 바르면서도 단호하게 그들은 나에게 걱정 말라고 말한다. 기회가 있다고. 해가 뜨면 수색은 다시 강화될 것이다. 나는 아비시니아인 거리 뒤쪽의 어두운 골목길을 헤맸다. 죽은 고양이가 도보 위를 굴러다니고 있는 거리에서 "야이르, 야이르." 하고 외친다. 한 마당에서 나에게 히브리 문학을 가르쳤던 늙은 교수가 걸어 나왔다. 교수는 허름한 양복을 입고 있었다. 그의 미소는 피곤한 사람의 미소였다. "당신도 아이가 없군요. 젊은 아가씨." 그가 예의 바르게 말했다. "그러니 당신을 초대해도 되겠지요." 거리 저 아래쪽에서 내가 여기에 없다는 듯이 남편의 허리에 팔을 두르고 있는 초록색 옷을 입은 여자는 누구인가? 나는 보이지 않았다. 남편은 말했다. "즐거운 감정, 슬픈 감정." 그가 말했다. "아쉬돗에 아주 깊은 항구를 짓는다는군."

가을이었다. 나무들은 땅과 제대로 맺어지지 않았다. 의심스러운 듯이 흔들리면서. 음란하게. 높은 발코니에서 나는 네모 선장을 보았다. 그의 얼굴은 창백했고 눈은 번쩍이고 있었다. 그의 검은 턱수염은 짧게 깎여 있었다. 나는 그들이 출항을 늦춘 것이 나의 잘못이라는 것을, 나의 잘못이라는 것을 알고 있었다. 시간은 어느덧 지나가고 있다. 나는 자신이 부끄러워요, 선장님. 날 그렇게 조용히 바라보지 말아 주세요.

내가 여섯 살인가 일곱 살이었을 때의 어느 날 시인 사울 체르니코프스키가 테이블 램프를 사러 야포 거리의 아버지 가게에 왔을 때 나는 거기 앉아 있었다. "이 예쁜 아이도 파는 겁니까?" 그 시인은 웃으며 아버지에게 물었다. 그는 갑자기 그 힘 있는 팔에 나를 안아 올렸고 그의 은색 콧수염이 내 뺨을 간질였다. 그의 몸에서는 강하고 따스한 냄새가 났다. 그의 미소는 드디어 어른들을 화나게 만든 원기 왕성한 소년처럼 심술궂었다. 그가 나가고 나자 아버지는 매우 흥분했다. "우리 위대한 시인이 그냥 보통 손님처럼 우리에게 말을 걸었구나. 하지만 확실히 저 시인은 뭔가를 의미하고 있었을 거야." 하며 아버지는 생각에 잠긴 목소리로 말을 이었다. "그 사람은 한나를 자기 팔로 안아 올리면서 멋진 웃음을 지었지." 나는 잊지 않았다. 1954년 초겨울에 나는 그 시인의 꿈을 꾸었다. 그리고 단치히라는 도시에 대해서도. 그리고 그 어마어마한 행렬에 대해서도.

미카엘은 우표를 수집하기 시작했다. 그는 아이를 위해서 수집하는 것이라고 이유를 댔지만 야이르는 아직까지 우표에 대한 관심이라고는 보인 적이 없다. 어느 날 저녁을 들면서 미카엘은 단치히에서 온 희귀한 우표를 보여 주었다. 어디서 얻었어요? 그날 아침에 솔렐 거리에서 중고 외국 서적을 샀지.

심해호 지진 관측술이라는 책이었는데 책갈피 사이에서 이 희귀한 단치히 우표를 찾았다고. 미카엘은 라트비아나 리투아니아, 자유 단치히, 슐레스비히-홀스타인, 보헤미아와 모라비아, 세르비아, 크로아티와 같이 사라져 버린 나라의 우표에 매겨지는 높은 가치에 대해 설명하려고 했다. 미카엘이 그 나라들의 이름을 말했을 때 나는 그 이름들을 사랑하게 되었다.

그 희귀한 우표는 보기에는 별로 흥분되는 것은 아니었다. 어두운색에 위에 왕관이 달린 양식화된 십자가, 그리고 고딕체로 '자유 국가'라는 글씨가 쓰여 있었다. 우표에는 아무 풍경도 없었다. 그 도시가 어떻게 생겼는지 어떻게 짐작할 수 있겠는가? 길이 넓을까 아니면 담장이 높은 건물들이 있을까? 하이파처럼 경사가 져서 한쪽 끝이 항구에 잠겨 있을까 아니면 습지 위로 뻗어 있을까? 숲으로 둘러싸여 있는 탑이 많은 도시일까 아니면 정방형의 도면으로 지어진 은행과 공장으로 이루어진 도시일까? 우표는 아무것도 가르쳐 주지 않았다.

나는 미카엘에게 단치히라는 도시는 어떻게 생겼는지 물어보았다.

미카엘은 내가 기대하는 답은 오로지 자신의 미소뿐이라는 듯이 미소로 답했다.

나는 이번에는 질문을 되풀이했다. 그리고 내가 두 번이나 물어보았기 때문에 그는 나의 질문에 놀랐다고 인정하지 않을 수 없었다.

"단치히가 어떻게 생겼는지 도대체 왜 궁금한 거지? 그리고 내가 어떻게 알겠어? 저녁 먹고 나서 헤브라이카 백과사전에서 찾아볼게. 아니, 그럴 수가 없겠군, 아직 'D'까지 가지 않았으니까 말이야. 그건 그렇고, 언젠가 해외여행을 하고 싶다면 지출도 좀 줄이고 산 지 몇 주 안 되는 옷들을 던져 버리는 일은 이제 그만두어야 하지 않을까. 마아얀 스텝스에서 초막절에 같이 샀던 그 회색 치마는 어떻게 됐지?"

그리하여 나는 미카엘에게서 단치히라는 도시에 대해서는 아무것도 알아낼 수 없었다. 저녁 식사 후에 접시를 닦으면서 나는 그에게 조롱하듯이 말했다. 우표 수집이 아이를 위한 것인 척하는데 사실 그것은 어린애처럼 우표를 가지고 놀고 싶은 유아적인 열망을 감추려는 핑계일 뿐이라고. 나는 한 가지 작은 말다툼에서라도 남편을 이기고 싶었다.

미카엘은 내게 이런 사소한 만족조차 주지 않았다. 그는 쉽게 기분이 상하지 않는다. 다른 사람이 말하고 있을 때 끼어드는 것은 잘못된 것이므로 그는 나의 쉴 새 없는 도발을 막지 않았다. 그는 계속해서 쥐고 있던 도자기 접시를 조심스럽게 닦았다. 그러고는 깨끗한 접시를 개수대 위의 찬장 속 제자리에 놓으려고 발끝을 들고 섰다. 그다음에는 고개를 돌리지도 않고 내 말에는 전혀 새로울 것이 없다고 했다. 굳이 심리학에 대해서 많이 알지 못하더라도 어른들이 때때로 장난하고 싶어 한다는 것은 알 수 있지. 내가 야이르를 위해서 우표를 모으는 것은 당신이 아이에게 주겠다고 아이는 전혀 관심도 없는 그림들을 잡지에서 오려 내는 것과 마찬가지라고. 그러니 당신이 내 생각을 비웃는 게 말이 될까?

접시를 치우고 미카엘은 안락의자에 앉아서 뉴스를 들었다. 나는 그의 맞은편에 앉아서 침묵을 지켰다. 우리는 서로에게 깎은 과일을 건넸다. 미카엘이 말했다.

"이달 전기세가 엄청나던데."

내가 대답했다.

"모든 게 점점 더 비싸지고 있어요. 우윳값도 얼마 전에 올랐다고요."

그날 밤 나는 단치히의 꿈을 꾸었다.

나는 공주였다. 나의 성 탑에서 나는 도시를 굽어보았다. 수많은 신하가 탑 발치에 모여들었다. 나는 팔을 뻗어 그들에게 인사했다. 그 몸짓은 테라 상타 수도원 꼭대기에 있는 동정녀의 청동 조상의 모습과 닮았다.

나는 어렴풋한 지붕의 무리를 보았다. 남동쪽에서는 구시가지 쪽의 하늘이 어두워지고 있었다. 검은 구름이 북쪽에서 몰려들었다. 폭풍이 칠 것이다. 언덕 아래로 항구에서는 거대한 기중기의 그림자를, 철로 된 검은 골조를 볼 수 있었다. 각 데릭의 꼭대기에는 붉은 경고등이 빛나고 있었다. 햇빛은 점차 회색으로 변했다. 나는 항구를 떠나는 뱃고동 소리를 들었다. 남쪽으로는 움직이는 기차의 굉음을 들을 수 있었는데 기차는 보이지 않았다. 잎이 많은 딤불이 있는 공원이 보였다. 공원 한가운데는 길쭉한 호수가 있었다. 호수 중앙에는 작고 기다란 섬이 있었다. 거기에는 공주의 동상이 서 있었다. 나의 동상이.

항구의 물은 배에서 흘러나온 검은 기름으로 얼룩져 있었다. 가로등이 들어왔고 나의 도시에 차가운 빛줄기를 던졌다. 그 서늘한 빛이 안개와 구름과 연기로 이루어진 지붕을 두드렸다. 그것은 마치 교외 위쪽의 하늘에 뜬 침침한 후광처럼 모여들었다.

광장에서는 떠들썩한 소동이 들렸다. 나, 도시의 공주는 궁전 꼭대기에 서서 광장에서 기다리는 사람들에게 연설을 할 참이다. 나는 그들을 사랑한다고, 그들을 용서한다고, 그러나 오랫동안 너무 아팠다고 말해야 한다. 나는 말을 할 수가 없었다. 아직도 아팠다. 시종장으로 임명한 시인 사울이 다가와서 내 오른쪽에 섰다. 그는 내가 이해할 수 없는 언어로 온화한 말을 사용하여 국민에게 연설했다. 군중은 그에게 환호성을 보냈다. 나에게는 갑자기 그 환호성 너머에서 희미하고 노한 웅성거림이 들리는 듯했다. 여자 하나가 소리치기 시작했다. 아이 하나가 기둥에 기어 올라가 얼굴을 찌푸렸다. 망토를 입은 남자 하나가 악의에 찬 말들을 쏟아내었다. 커다란 환호가 다른 모든 것을 쓸어 버렸다. 그러고 나서 그 시인이 내 어깨에 따뜻한 외투를 둘러 주었다. 나는 손가락 끝으로 그의 가느다란 은발을 어루만졌다. 그 몸짓은 관중들 사이에서 큰 소란을, 넘칠 듯한 소음을 일으켰고 마침내 그것은 소요가 되었다. 사랑 혹은 분노의 분출.

비행기 한 대가 도시 위를 날아갔다. 나는 그 비행기에게 초록과 붉은빛을 내도록 명령했다. 예를 들면 그 비행기는 별 사이를 날아다니면서 그 뒤에 더 약한 별들을 끌고 다니는 것 같았다. 그다음에는 군부대 하나가 시온 광장을 지나 모여들었다. 그들은 공주를 찬양하는 힘찬 찬가를 부르고 있었다. 나는 네 마리 회색 말이 끄는 마차를 타고 거리로 나왔다. 피곤한 손짓으로 나의 국민에게 키스를 보냈다. 나의 신하들은 게울라 거리에, 마하네 예후다에, 우시킨 거리와 케렘 카예메트 거리에 수천 명씩 모여 있었다. 손에는 깃발이나 꽃이 하나씩 들려 있었다. 그것은 행렬이었다. 나는 두 명의 경호원의 팔에 몸을 기댔다. 그들은 절도 있고 거무스름하고 우아했다. 피곤했다. 내 신하들은 국화꽃 화관을 던졌다. 국화는 내가 가장 좋아하는 꽃이다. 그날은 축제 날이었다. 테라 상타 수도원에서 미카엘은 팔을 내밀어 내가 마차에서 내리는 것을 도와주었다. 평소처럼 그는 조용하고 침착했다. 공주는 이것이 결정적인 순간임을 알고 있었다. 그녀는 자신이 공주다워야 한다고 생각했다. 키 작은 사서가 테 없는 검은 모자를 쓰고 나타났다. 그의 움직임은 고분고분했다. 미카엘의 아버지 에스겔이었다. "폐하." 의전 장관은 순종적으로 몸을 숙여 인사했다. "폐하의 너그러우신 허락을 받고." 그 순종 뒤에서 나는 희미한 비웃음을 감지하는 것 같았다. 나는 사라 젤딘의 메마른 웃음을 좋아한 적이 없다. 그녀에게는 저기 난간에 서서 나를 비웃을 권리가 없다. 나는 도서관 지하에 있었다. 침침한 불빛 속에서 나는 깡마른 여자들의 모습을 알아볼 수 있었다. 그 마른 여자들은 음탕하게 다리를 벌리고 바닥에, 책장 사이의 좁은 통로에 누워 있었다. 바닥은 끈적거렸다. 그 마른 여자들은 머리를 염색하고 가슴은 천박하게 드러낸 것이 모두 비슷해 보였다. 그 누구도 내게 미소를 짓거나 존경을 표하지 않았다. 그들의 얼굴에는 얼어붙은 고통이 보였다. 그들은 거칠었다. 나를 미워한 그 여자들은 나를 만지면서도 만지지 않았다. 그들의 손가락은 뾰족하고 위협적이었다. 그들은 항구에서 온 방종한 여자들이었다. 그 여자들은 소리 높여 비웃었다. 트림을 했다. 취해 있었다. 몸에서는 악취가 났다. "나는 단치히의 공주입니다."라고 소리치려 했지만, 목소리는 내게서 사라졌다. 나는 이 여자들 가운데 하나였다. 내게는 이런 생각이 들었다. '저들은 모두 단치히의 공주야.' 나는 지금 특권에 대한 문제로 시민과 상인 긴급 대표단을 만나야 한다는 것을 생각해 냈다. 특권이란 게 무엇인지 나는 모른다. 피곤했다. 나는 이 거친 여자들 가운데 하나이다. 안개 밖에서, 멀리 조선소에서는 도살장에서 들려오는 듯한 배의 울음소리가 들려왔다. 나는 도서관 지하의 포로였다. 끈적끈적한 바닥 위에 있는 한 무리의 불쾌한 여자들에게 넘겨졌다. 나는 거기에 영국군 구축함 드래곤호가 있었다는 사실도 잊지 않았는데 그 배는 나를 알고 있었으며 다른 사람들 가운데서 나를 알아볼 수 있었고 와서 내 생명을 구해 줄 것이었다. 그러나 바다는 새로운 빙하 시대는 자유 도시에 돌아오지 않을 것이다. 그때까지 드래곤호는 멀리, 저기 멀리 모잠비크의 해안을 밤낮으로 순찰하고 있다. 그 어떤 배도 오래전에 없어진 이 도시에 올 수는 없었다. 나는 길을 잃었다.

24

내 남편 미카엘 고넨은 과학지에 실린 자신의 첫 글을 내게 바쳤다. 제목은 「바란 광야의 협곡에서 일어나는 침식 과정」 이었다. 이것은 그의 박사 논문 주제이기도 했다. 헌정의 말은 제목 밑에 이탤릭체로 인쇄되어 있었다.

저자는 이해심 깊은 아내 한나에게 이 글을 바치고자 한다.

나는 그 글을 읽고 미카엘에게 축하해 주었다. 형용사나 부사의 사용을 자제하고 대신에 명사와 동사를 중점적으로 사용한 것이 좋아요. 또 긴 미사여구를 피한 것이 좋고요. 전반적으로 간결하고 명확한 문장으로 자신의 생각을 표현했네요. 당신의 이 건조하고 사실적인 문체가 좋아요.

미카엘은 '건조한'이라는 말을 걸고 넘어졌다. 언어에 관심이 없고 말을 공기나 물을 쓰듯이 사용하는 사람들 대부분이 그러하듯이 미카엘은 내가 그 말을 부정적인 의미로 사용했다고 생각했다. 시인이 아니라서, 건조한 연구 결과 대신에 시를 바칠 수가 없다는 게 유감이군. 누구나 자신이 할 수 있는 일을 하는 거니까. "알고 있어요…… 정말 진부한 생각이로 군요."

"미카엘, 당신 내가 이 헌정의 말에 감사하지 않는다거나 이 글을 칭찬하지 않는다고 생각하는 거예요?"

"뭐, 당신을 비난하는 건 아니야. 이 글은 지질학이나 관련

분야의 전문가들을 대상으로 쓰인 거니까. 지질학은 역사가 아니지. 지질학의 기초를 몰라도 학식과 교양을 완벽하게 쌓을 수 있으니까."

그의 기쁨을 나누려고 하면서 무심코 그의 기분을 상하게 하고 말았기에 미카엘의 말은 나를 아프게 했다.

"지형학이라는 게 무엇에 관한 학문인지 간단하게 설명해 줄 수 있어요?"

미카엘은 생각에 잠긴 듯이 손을 뻗어 테이블에서 안경을 집어 들고는 그 비밀스러운 미소를 지으며 그것을 바라보았다. 그러더니 그는 안경을 다시 내려놓았다.

"그래요, 기꺼이 설명해 줄 수 있지, 당신이 정말로 알고 싶어서 질문하는 거지 그저 내 비위를 맞추려고 질문하는 게 아니라면."

"아니, 뜨개질감 내려놓지 말아요. 나는 뜨개질하는 당신 맞은편에 앉아서 얘기하는 게 좋으니까. 당신이 편안해지는 모습을 보는 게 좋으니까. 날 쳐다볼 필요는 없고. 당신이 내 말에 주의를 기울이고 있다는 건 알고 있어. 우린 서로를 심문하는 게 아니잖아. 지형학이라는 건 지질학과 지리학 사이의 경계에 관한 학문이지. 이 학문은 지구 표면의 특성들이 형성되는 과정을 다루고 있어. 대부분의 사람은 지구가 수백만 년 전의 언젠가에 형성되고 생겨났다는 잘못된 생각을 가지고 있다고. 실제로 지구 표면은 계속적으로 형성되고 있는데 말이야. 만일 일반적인 '창조'의 개념을 사용한다면 지구는 영속적으로 창조되고 있다고 말할 수 있겠지. 우리가 여기 앉아서 얘기하고 있는 동안에도 말이야. 서로 다른 그리고 대립되는 요인들까지도 가시적인 지형선과 눈으로 볼 수 없는 지하의 특질들을 형성 변화시키는 데 함께 작용하고 있어요. 그 요인들 가운데 일부는 지질학적인 것인데 지구의 중심부에 있는 용해된 핵의 작용에서, 그 점진적이고 불균등한 냉각에서 발생되지. 그 밖의 요인들은 바람이나 홍수, 그리고 정해진 주기적인 형태에 맞추어 서로를 대신하는 열과 냉기의 대비처럼 대기에 의한 거야. 또 물리적인 요인들도 지형학적 과정에 영향을 주지. 말이 난 김에 말인데, 과학자들은 대개 이 단순한 사실을 간과하는데 그건 아마도 그 단순함 때문일 거야. 물리적인 요인들은 너무나 확실해서 아무리 뛰어난 전문가라도 무시하게 되거든. 예를 들면 중력의 힘과 태양의 작용 같은 것 말이야. 가장 단순한 자연의 법칙에 그 기원을 두고 있는 한 현상에 대해서 여러 가지 복잡하고 까다로운 설명이 제시되었지."

"지질학적, 대기적, 물리적 요인 말고도 화학 분야의 특정 개념들도 고려하지 않으면 안 돼요. 예를 들면 용해나 융해 같은 것들. 아마도 지형학은 다양한 과학들의 접점이라고 결론지을 수 있지 않을까. 말이 난 김에 말인데 이 접근법은 고대 그리스 신화에서도 예견되긴 했지만, 그래도 신화에서는 다양한 요인들의 기원에 대해서는 설명하려고 하지 않았지. 어떤 의미에서는 우리는 고대 신화에서 다루었던 것보다 훨씬 더 협소한 질문으로 스스로를 국한하고 있어. '어째서?'가 아니라 '어떻게?' ……이것이 우리의 관심 있는 유일한 질문이니까 말이야. 하지만 일부 현대 과학자들은 때때로 전반적인 설명에 대한 유혹을 뿌리치지 못하지. 특히 소비에트 학파는 그 간행물만 보자면 인문학에서 빌려 온 개념들을 사용할 때가 있어. 모든 과학자에게는 비유에 사로잡혀서는 비유가 과학적인 설명을 대신할 수 있다는 일반적인 환상에 굴복하고 싶은 유혹이 있다고. 나 자신도 특정 학파에서 유행하고 있는 두드러지는 어구들을 사용하는 것은 양심적으로 피하고 있지. '인력'이니, '반발 작용'이니, '리듬'이니 하는 말들 얘기야. 과학적 설명과 동화를 구분 짓는 선은 아주 미세하니까. 대개 생각하는 것보다 훨씬 더 미세한 거야. 나는 이 선을 넘지 않으려고 갖은 노력을 다하고 있어요. 어쩌면 그렇기 때문에 내 글이 다소 건조한 느낌을 주는지도 모르겠군."

"미카엘." 내가 말했다. "오해는 풀어야겠는데 말이에요. 내가 '건조한'이라는 말을 썼을 때는 칭찬의 뜻으로 사용한 거라고요."

"당신이 그렇게 말하는 걸 들으니까 기쁘기는 한데, 어쨌든 '건조한'이라는 말로 우리 둘이 같은 것을 의미했으리라고는 생각할 수가 없군. 우리는 정말로 아주 다른 두 사람이니까. 언젠가 나한테 몇 시간 정도 내준다면 당신에게 내 실험실을 구경시켜 줄 수 있으면 좋을 것 같은데, 그리고 당신이 내 강의를 들을 수도 있겠고. 그렇게 되면 모든 걸 보다 간단하게, 어쩌면 조금 덜 무미건조하게 설명할 수 있을 거야."

"내일이요." 내가 말했다. 그리고 이 말을 하면서 나는 할 수 있는 한 예쁘게 웃으려고 노력했다.

"기꺼이." 하고 미카엘이 대답했다.

다음 날 아침 우리는 사라 젤딘에게 보내는 사과의 쪽지와 함께 야이르를 유치원에 보냈다. 급한 개인적 사정으로 하루 쉬어야겠습니다.

미카엘과 나는 버스를 두 번 타고 지질학 실험실까지 갔다. 도착하자 미카엘은 허드렛일을 하는 여자에게 커피를 두 잔 만들어 연구실로 가져다 달라고 했다.

"오늘은 한 잔이 아니라 두 잔입니다." 그가 명랑하게 말하면서 서둘러 덧붙였다. "마틸다, 이쪽은 고넨 부인이에요. 내 아내입니다."

그리고 우리는 2층에 있는 미카엘의 연구실로 갔다. 이 방은 긴 복도 끝에 있는 아주 작은 칸막이 방이었는데 합판 칸막이 벽으로 분리되어 있었다. 이 조그만 방 안에는 영국 행정부의 어느 사무실에서 찾아온 책상 하나와 골풀 의자 두 개, 그리고 꽃병 대신으로 쓰이는 조개껍질 그릇이 장식된 빈 책장이 하나 있었다. 책상을 덮은 유리 아래에는 결혼식 날 찍은 내 사진과 화려한 옷을 입은 야이르, 그리고 컬러 잡지에서 오려 낸 흰 새끼 고양이 두 마리의 사진이 있었다.

미카엘은 창문을 등지고 앉아서 다리를 펴더니 앞에 있는 책상에 팔꿈치를 괴고는 사무적인 자세를 취하려고 했다. "앉으시죠, 부인." 하고 그가 말했다. "무엇을 도와 드릴까요?"

그 순간 문이 열리고 마틸다가 커피 두 잔을 쟁반에 들고 들어왔다. 그녀는 미카엘의 마지막 말을 들었을지도 모른다.

남편은 당황해서 다시 한번 말했다.

"마틸다, 이쪽은 고넨 부인이에요. 내 아내입니다."

마틸다는 방을 나갔다. 미카엘은 미안하지만 몇 분만 자기 논문을 좀 들여다보아야겠다고 했다. 나는 커피를 홀짝이면서 그를 바라보았는데, 그건 그가 그러기를 바란다고 생각했기 때문이었다. 그는 내가 자신을 바라보는 것을 알아채고는 조용한 만족감을 나타냈다. 다른 사람을 행복하게 하기 위해서 해야 할 일이란 얼마나 작은 것인가.

잠시 후에 미카엘은 일어났다. 나도 따라 일어났다. 그는 약간 지체되었다며 미안하다고 했다. "보통 사람들 말로 하자면, 내 서류들을 정리해 두어야 했거든. 이제 실험실로 내려갑시다. 재미있었으면 좋겠군. 당신이 어떤 질문을 하든 기꺼이 답하지."

지질학 실험실을 구경시켜 줄 때 남편은 명확하고 정중했다. 나는 그에게 설명할 기회를 주기 위해서 질문했다. 그는 계속해서 내게 지치거나 지루한지를 물었다. 나는 이번에는 단어 선택을 신중하게 했다.

"아니, 미카엘, 지치지도 않았고 지루하지도 않아요. 더 많이 보고 싶은데요. 당신 설명을 듣는 게 재미있군요. 당신은 복잡한 것들을 아주 명확하고 정확하게 설명하는 재능이 있어요. 당신이 말하는 것들은 전부 아주 새롭고 재미있네요."

내가 이렇게 말하자 미카엘은 우리가 예전에 카페 아타라에서 비 오는 거리로 나왔을 때처럼 자기 손에 내 손을 잡고는 잠시 쥐고 있었다.

대다수 예술 계통의 학생들처럼 나도 언제나 모든 학문은 말과 사상을 연결하는 하나의 체계라고 생각했다. 나는 이제 미카엘과 그의 동료들은 말만을 다루는 것이 아니라 지구 내부에 묻혀 있는 보물들을 찾아 헤매고 있다는 사실들을 알게 되었다. 물, 원유, 소금, 광물, 건축용 석재와 산업용 원자재, 그리고 장신구의 보석들까지도.

실험실을 떠나면서 내가 말했다.

"집에서 '건조한'이라는 말을 썼을 때는 좋은 의미로 썼다는 걸 당신한테 납득시킬 수 있었으면 좋겠네요. 나더러 와서 당신 강의를 청강하라고 하면 교실 뒤쪽에 앉아서 아주 자랑스러워할 텐데."

그것만으로는 충분하지 않았다. 나는 그와 함께 집에 가서 그의 머리를 매만지고 또 매만지고 싶었다. 나는 그 말 없는 빛을, 만족의 광채를 다시 그의 눈에 되돌려 놓을 수 있는 열렬한 찬사를 생각해 내기 위해 머리를 쥐어짰다.

나는 맨 뒤에서 두 번째 줄의 빈자리를 찾아냈다. 남편은 강의용 책상에 팔꿈치를 괴고 몸을 기대어 서 있었다. 그는 가끔 돌아서서 교편을 가지고 강의 시작 전에 그려 놓은 칠판의 도표를 가리키곤 했다. 그가 칠판에 분필로 그린 도표들은 정확하고 섬세했다. 나는 그의 옷 밑에 있는 몸을 생각했다. 1학년 학생들은 공책 위로 몸을 구부리고 있었다. 한 학생이 손을 들고 질문했다. 미카엘은 대답하기 전에 질문한 이유를 알아내려는 듯이 그 학생을 잠시 바라보았다. 그리고 대답할 때는 마치 그 학생이 제기한 문제가 가장 중요한 것이라는 듯이 말했다. 그는 차분하고 절제되어 있었다. 문장 사이사이에 잠시 말을 멈추었을 때도 내게는 그가 당황해 있다기보다 어떤 내적인 책임감으로 말을 조심스럽게 선택하고 있는 것으로 보였다. 나는 갑자기 오 년 전의 그 2월, 테라 상타 대학의 늙은 지질학 강사를 생각해 냈다. 그 사람도 그 교육용 영화의 중요한 부분을 지적하기 위해서 교편을 사용했었다. 그의 목소리는 느리고 잘 울려 퍼졌다. 내 남편도 좋은 목소리를 가지고 있다. 아침 일찍 욕실에서 면도하고 있을 때, 내가 아직 잠들어 있다고 생각할 때면 그는 숨죽여 콧노래를 부르곤 했다. 지금 학생들에게 강의하면서 미카엘은 각 문장에서 단어 하나씩을 골라서는 자기 학생 가운데 가장 똑똑한 학생에게만 조용한 암시를 주는 것처럼 그 단어를 부드럽게 강조했다. 테라 상타에서의 그 노교수의 모습과 팔과 교편은 영사기의 불빛에 비쳐 내가 어릴 적에 아주 좋아했던, 『모비 딕』과 쥘 베른의 책에 나오는 목판화를 연상시켰다. 나는 잊는 법을 모른다. 미카엘이 테라 상타의 그 노교수의 그림자를 따라가는 날, 나는 어디에 있을 것이며 무엇이 되어 있을 것인가?

강의가 끝난 후 우리는 대학 식당에서 점심을 함께했다.

"제 아내입니다." 미카엘은 마침 지나가던 아는 사람들에게 자랑스럽게 이렇게 말했다. 내 남편은 유명한 아버지를 교장 선생님께 소개하는 학생 같았다.

우리는 커피를 마셨다. 미카엘은 내게 터키식 커피를 주문해 주었다. 그는 우유를 약간 넣는 것을 좋아한다.

그러고 나서 미카엘은 파이프에 불을 붙였다. "잠시라도 믿기가 힘든데." 그가 말했다. "내 강의의 어떤 것에 당신이 흥미가 있다고는 말이야. 학생들은 아무도 내 아내가 있다는 걸 몰랐지만 그래도 나는 흥분되던걸. 사실은 너무 흥분해서, 당신을 생각하고 바라보다가 말하던 것에서 두 번이나 벗어날 뻔했다고. 내가 문학에 대한 강의를 하지 않는 것이 유감스러울 뿐이야. 그런 무미건조한 주제로 당신을 지루하게 만들지 않고 흥미를 끌 수 있었으면 좋았을 텐데."

미카엘은 박사 논문을 쓰기 시작했다. 그는 자기 아버지가 매주 보내는 편지에 'M. 고넨 박사와 부인'이라고 쓰게 될 날을 기대하고 있다고 말했다. 물론 이거야 단순한 감상일 뿐이지만 사람은 모두 단순한 감상을 소중히 하잖아. 그렇지만 박사 논문을 급하게 쓸 수야 있나? 아주 복잡한 주제를 다루어야 하거든.

남편이 '복잡한 주제'라는 말을 했을 때 그의 얼굴에는 갑작스러운 경련이 일어났고 그 순간 나는 최근에 그의 입가에 생긴 조그만 주름들이 앞으로 어떻게 퍼져 나갈지 정확하게 알 수 있었다.

25

1955년 여름 우리는 휴가차 일주일 쉬면서 바다에서 수영하려고 아들을 데리고 흘론에 갔다.

객차에서 우리 옆에 무서운 남자가 하나 앉았는데 아마도 전쟁 부상자든지 유럽에서 망명 온 사람인 것 같았다. 그의 얼굴은 엉망으로 박살이 나 있었고 눈구멍 하나가 비어 있었다. 가장 끔찍한 것은 그의 입이었다. 그에게는 입술이 없었고, 그리하여 치아가 완전히 드러나서 그 사람은 마치 해골처럼 양쪽 귀까지 입을 크게 벌리고 웃고 있는 듯한 모습이었다. 이 불행한 동행이 우리 아들을 쳐다보았을 때 야이르는 내 가슴에 얼굴을 파묻었지만 그래도 가끔 자기의 공포심을 자극하려는 것처럼 그 손상된 얼굴을 훔쳐보았다. 아이의 어깨가 떨렸고 얼굴은 공포로 하얗게 질렸다.

그 낯선 남자는 이 게임을 완전히 즐겼다. 그는 자기 얼굴을 돌리지도 않았고 외눈을 우리 아들에게서 떼지도 않았다. 아이에게 있는 모든 공포심을 끌어내려는 듯이 이제 그는 얼굴을 뒤틀고 이를 드러냈는데 마침내는 나까지도 무서워질 지경이었다. 그는 군침을 흘리며 아이의 훔쳐보는 시선을 기다리다가 야이르가 눈을 들 때마다 무서운 얼굴을 하려고 했다. 야이르는 이 음울한 게임에 반응했다. 아이는 일어나 앉아서 이 낯선 사람을 잠시 바라보면서 그가 새로운 표정을 짓기를 참을성 있게 기다렸다. 그러고 나서는 다시 한번 내 가슴에 얼굴을 파묻고는 격렬하게 몸을 떨었다. 아이의 몸 전체가 떨렸다. 그 게임은 소리 없이 진행되었다. 야이르는 근육과 폐로 울면서도 소리를 내어 울지는 않았다.

우리가 할 수 있는 일은 아무것도 없었다. 열차에는 남은 좌석이 없었다. 이 남자와 아이는 미카엘이 자기들 사이를 몸으로 가로막는 것조차 허용하지 않았다. 둘은 그의 등 뒤 아니면 팔 아래로 서로를 훔쳐보고 뚫어지게 쳐다보았다.

텔 아비브의 중앙역에서 내렸을 때 그 사람은 우리에게 다가와서 야이르에게 마른 케이크를 주었다. 여름이었는데도 그의 손에는 장갑이 끼워져 있었다. 야이르는 그 케이크를 받아서 주머니에 조용히 집어넣었다.

그 남자는 손가락으로 아이의 얼굴을 만지면서 말했다. "정말 귀여운 아이로군요. 정말 예쁜 꼬마예요." 야이르는 열에 들뜬 듯이 몸을 떨었지만, 한마디도 하지 않았다.

홀론으로 가는 버스에서 꼬마는 마른 케이크를 주머니에서 꺼내어 어찌할 바를 몰라 하며 앞에 놓고는 한마디 했다.

"누군지 죽고 싶으면 먹겠네."

"모르는 사람에게서 선물을 받으면 안 되는 거야." 내가 대답했다.

야이르는 조용해졌다. 아이는 무슨 말을 하려다가 마음을 바꾸고는 마침내 단호하게 말했다. "그 사람 아주 나빴어. 절대로 유대인 아니야."

미카엘은 이 말을 바로잡아야 한다고 생각했나 보다. "전쟁에서 심하게 부상을 입은 것일 수도 있지. 어쩌면 영웅이었을지도 모르잖니."

야이르는 고집스럽게 되풀이했다. "영웅 아니에요. 절대로 유대인 아니에요. 나쁜 사람이야."

"쓸데없는 말 하지 말아라, 야이르." 미카엘이 날카롭게 말을 잘랐다.

아이는 마른 케이크를 입가로 가져갔다가 다시 한번 몸을 떨었다. "나 너 죽일 거야." 아이가 중얼거렸다. "나, 이거 먹을 거야."

나는 게르숌 숄렘의 책에서 읽었던 아름다운 구절을 되풀이하여 '너는 결코 죽지 않으리.'라고 대답하려고 했지만, '그 앞에 아무런 흥겨움도 쾌활함도 없는' 미카엘은 나를 앞질러 사려 깊게 말했다.

"너는 120살이 되어서야 죽을 게다. 이제 말도 안 되는 소리는 그만두겠니. 내 말 이제 끝났다."

야이르는 그 말에 따랐다. 아이는 잠시 입을 꽉 다물고 있었다. 그러다 마침내 머뭇거리면서 무슨 복잡한 정신적인 과정을 완수한 듯이 말했다.

"에스겔 할아버지한테 가면 나 거기서 아무것도 안 먹어. 아무것도."

우리는 에스겔 할아버지 댁에서 엿새 머물렀다. 아침에는 바트 얌의 해변가로 아들을 데려갔다. 고요한 나날이었다.

에스겔 고넨은 시당국 급수과의 일자리를 그만두었다. 그해 초부터 시아버지는 얼마 안 되는 연금으로 생활하고 있었다. 그러나 시아버지는 노동당의 그 지역 지부에서 맡은 일을 소홀히 하지 않았다. 시아버지는 여전히 열쇠 한 꾸러미를 주머니에 넣고 클럽에 나갔다. 시아버지는 조그만 메모장에 메모하면서 커튼을 세탁소에 보내고, 연설자를 위해 과일 주스를 한 병 사고, 영수증을 모아 날짜대로 분류했다.

시아버지는 아들과 간단한 과학적 대화를 하려고 공공 교육 기관이 운영하는 통신 수업을 통해 혼자서 지질학의 기본

요소들을 공부하면서 아침을 보냈다. "이제는 여가 시간이 충분하구나. 사람은 '공부해서 무슨 이익을 얻기에는 너무 늦었어.'라고 말해서는 절대로 안 되지."

"이 아파트를 너희들 집처럼 생각하고 지내렴. 내가 있다는 건 무시해라. 계속 내 생각을 하면 너희들 휴가를 망칠 테니까. 만일에 가구 배치를 바꾸고 싶다거나 침대를 정리하고 싶지 않은데도 예의상 자제하는 일은 절대로 없어야지. 너희들이 완전한 휴식을 취했으면 좋겠다.

너희들 둘 다 내게는 아주 어려 보이는구나. 너무 어려서 너희들을 만나는 게 이렇게 기쁘지만 않았다면 나는 아마 자기 연민에 빠졌을 게다."

시아버지는 이 마지막 말을 여러 번 반복했다. 아버님이 말씀하신 모든 것에는 어떤 장황한 형식 같은 게 있었는데 그것은 아버님이 작은 군중을 앞에 두고 말하는 것처럼 말을 똑똑히 발음하거나 아니면 대개는 아주 엄숙한 경우에만 사용되는 표현을 사용하시곤 했기 때문이었다. 나는 카페 아타라에서 미카엘이 했던 말을, 자기 아버지는 사람들이 깨지기 쉬운 도자기를 다루는 것처럼 히브리 말을 사용한다고 했던 것을 기억해 냈다. 그때 나는 미카엘이 아주 우연히 정말로 정확한 관찰을 하는 데 성공했다는 사실을 깨달았다.

첫날부터 할아버지와 손자 사이에는 긴밀한 우정이 생겨났다. 두 사람은 아침 6시에 함께 일어나서 나와 미카엘을 깨우지 않도록 조심해서 옷을 입고 가벼운 아침 식사를 하고는 텅 빈 거리를 산책하러 나갔다. 시아버지는 손자에게 시당국 부서들의 비밀을 알려 주는 일에서 즐거움을 느꼈다. 중앙 변압기에서 분기되는 전기선, 급수 회로, 소방대 본부와 도시 곳곳에 놓여 있는 경보 및 소화전, 위생과의 쓰레기 처리 방식과 버스 노선망 같은 것들을. 그것은 나름의 논리를 가진 전혀 새로운 세상이었다.

또 다른 새로운 것은 할아버지가 아이를 부르는 이름이었다.

"네 부모는 너를 야이르라고 하겠지만, 나는 너를 잘만이라고 할 거다, 잘만이 너의 진짜 이름이니까."

아이는 이 새 이름을 거부하지는 않았지만, 자신만이 알고 있는 어떤 정의(正義)를 따라서 할아버지도 똑같이 잘만이라는 이름으로 부르기 시작했다. 8시 반이면 두 사람은 산책에서 돌아왔고 야이르는 이렇게 말했다.

"잘만과 잘만이 돌아왔어요."

나는 눈물이 핑 돌 때까지 웃었다. 미카엘조차도 미소를 억누를 수가 없었다.

미카엘과 나는 일어나서 부엌 테이블에 아침 식사가, 샐러드와 커피, 버터 바른 흰 빵이 준비되어 있다는 것을 알았다.

"잘만이 자기 손으로 직접 너희들 아침 식사를 준비했단다, 똑똑한 아이지." 하며 시아버지는 자랑스러운 듯이 말했다. 그러고 나서 사실을 곡해하지는 않으려고 이렇게 덧붙이곤 했다. "나는 그냥 몇 마디 조언만 해 주었을 뿐이다."

그리고 시아버지는 버스 정류장까지 우리를 따라와서는 조류나 햇볕에 타는 것에 대해서 주의를 주곤 했다. "나도 따라

가고 싶지만 짐이 되고 싶지는 않으니까 말이다."

　한낮에 우리가 해변에서 돌아오면 시아버지는 채식주의 점심을 준비해 주었다. 달걀 프라이, 채소, 토스트와 과일, 고기는 어떤 원칙에서인지 상에 올라오는 법이 없었는데 시아버지는 그 원칙이 무엇인지는 우리를 지루하게 만들고 싶지 않다며 설명해 주지 않았다. 식사 중에 시아버지는 미카엘의 어린 시절 이야기를 가지고 우리를 재미있게 해 주려고 애썼다. 미카엘이 언젠가 그의 초등학교를 방문했던 시온주의 지도자인 모세 쉐르톡에게 했던 말이라든가, 그 모세 쉐르톡이 미카엘의 말을 아동 신문에 내자고 제안했던 일 등을 가지고.

　시아버지는 식사 때 손자에게 나쁜 아랍인과 착한 아랍인, 유대인 파수꾼과 무장한 아랍인 패거리, 영웅적인 유대인 아이들, 불법 이민의 아이들을 학대하는 영국인 장교들에 대해서 이야기해 주곤 했다.

　야이르는 아주 주의 깊고 열중하는 학생이었다. 그 아이는 말 한마디 놓치거나 아주 사소한 일이라도 잊는 법이 없었다. 그 애는 마치 지식에 대한 미카엘의 갈망과 모든 것을 기억하는 나의 우울한 기질을 합쳐 놓은 듯했다. 아이는 '잘만 할아버지'에게서 배운 모든 사실에 대해 시험을 칠 수도 있었을 것이다. 전기선은 리딩 역으로 이어져 있다. 하산 살라메의 패거리는 텔아리쉬의 언덕에서부터 총을 쏘며 홀론으로 들어왔다. 급수는 로쉬 하아인의 샘에서 나오는 것이다. 베빈은 나쁜 영국인이었고 윙게이트는 착한 영국인이었다.

　할아버지는 우리 모두에게 조그만 선물을 사 주었다. 미카엘에게는 다섯 개들이 타이 한 상자를, 나에게는 셔만 교수의 스페인과 프로방스의 히브리 시를, 손자에게는 진짜 소리 나는 사이렌이 달린 태엽 감는 불자동차를.

고요한 나날이었다.

바깥에 있는 노동자 사유지 마당에는 단정한 정방형의 잔디밭에 장식용 나무가 심어져 있었다. 새들은 하루 종일 노래했다. 도시는 밝고 햇빛이 넘치고 있었다. 저녁때가 되면 바다에서 산들바람이 불어왔고 에스겔은 덧창을 열고 부엌문을 활짝 열었다.

"상쾌한 바람이구나." 시아버지는 이렇게 말씀하시곤 했다. "바닷바람은 생명력이지."

10시에 클럽에서 돌아오면 노인은 침대 위로 몸을 굽혀 자는 손자에게 입을 맞추었다. 그러고서 발코니에 있는 우리에게로 왔고 우리는 낡아 빠진 접는 의자에 같이 앉아 있곤 했다. 시아버지는 당에 대한 얘기는 잘 하지 않았는데 그 이유는 내가 관심을 두는 일에 너희가 관심이 없을지도 모르니까, 라는 것이었다. 짧은 휴가인데 너희를 지루하게 할 수야 없지. 대신에 시아버지는 우리가 관심이 많을 것이라고 생각되는 화제로 방향을 바꿨다. 아버님은 34년 전에 살해당한 요셉 하임 브레너에 대해 이야기했다. 예루살렘의 교수들은 브레너가 정치에 지나치게 많이 참여하고 문학 자체를 위한 문학에는 관심이 거의 없었다고 비난하지만 내 생각으로는 그는 위대한 작가이자 위대한 사회주의자였다. "내 말을 잘 들어 두렴. 조만간 브레너의 위대함은 예루살렘에서도 다시 인정받을 테니까."

나는 시아버지의 말을 반박하려 들지 않았다.

나의 침묵은 시아버지를 흡족하게 했고, 시아버지는 그 침묵이 나의 훌륭한 취향을 증명하는 것이라고 받아들였다. 미카엘처럼 시아버지는 내가 감수성이 예민한 정신을 가지고 있다고 생각했다. "조금 감상적이지만 너는 나에게 딸이나 마찬가지로 소중하다고 해도 괜찮겠지."

시아버지는 미카엘에게는 우리나라의 천연자원에 대해서 얘기하곤 했다. "우리나라에서도 원유가 나올 날이 머지않았다. 여기에 대해서 나는 한 치의 의심도 없단다. 소위 전문가라는 사람들이 '그 땅의 돌은 쇠요 그 언덕에서 구리를 파내리니.'라는 신명기의 구절에 대해서 얼마나 회의적이었는지 아직도 기억이 나는구나. 그리고 이제 우리에게는 마나라산도 있고 팀나도 있지. 난 우리가 곧 원유도 찾을 수 있을 거라고 확신한다. 그 존재는 토세프타에 확실히 나와 있고, 또 옛날 랍비들은 아주 실제적이고 현실적인 사람들이었으니까. 그 사람들의 글은 학문에 기반을 둔 것이지 감상에 기반을 둔 것이 아니야. 나는 말이다, 아들아, 네가 상상력이라고는 결여된 보통 지질학자가 아니었으면 좋겠구나. 내가 확신하건대 너의 운명은 밖에 나가 새로운 것을 찾는 자의 운명이야.

어쨌든 이제는 이런 잡담으로 너를 피곤하게 해서는 안 되겠지. 너희는 여기 휴가를 보내려고 왔는데 어리석은 노인인 내가 네 일에 대해서 쓸데없는 얘기를 하고 있으니. 예루살렘에 돌아가면 해야 할 지적인 작업이 충분히 많은데도 말이다. 나는 정말로 장황하고 성가신 사람이지. 이제 잠자리에 들어

야 아침에 밝고 상쾌하게 잠이 깨지 않겠니. 잘 자거라, 얘들
아. 푹 자고, 혼자 살아서 남과 별로 얘기할 기회도 없는 늙은
이가 주절거리는 말에는 신경 쓰지 말아라."

고요한 나날이었다.

오후에 우리는 시에서 만들어 놓은 정원으로 산책을 나갔
고 거기서 옛날 친구들이나 이웃들을 만났는데 모두 미카엘
이 나중에 크게 될 것이라고 예견했다는, 그리고 그의 엄청난
성공을 나눌 수 있어서 기쁘다는 사람들이었다. 그들은 모두
그의 부인을 만나고, 아들의 뺨을 쓰다듬을 수 있다는 것에
흡족해했으며, 미카엘이 갓난아기였던 시절에 관해 재미있는
이야기들을 하곤 했다.

미카엘은 매일 석간신문을 사다 주었다. 그리고 컬러로 된
잡지도 사 왔다. 우리는 둘 다 구릿빛으로 햇볕에 그을려 있었
다. 우리 피부에서는 바다 냄새가 났다. 이 도시는 작았고 희
게 회칠을 한 집들이 있었다.

"홀론은 신도시지." 에스겔 고넨의 말이었다. "예전의 화려
함을 전부 되찾지는 못했지만, 모래사장에서 깨끗하고 상쾌하
게 솟아 나왔단다. 그리고 나는 초창기를 기억하면서 매일매
일 이 도시에서 새로운 기쁨을 얻고 있단다……. 물론 여기에
있는 것은 너희들의 예루살렘에 있는 것에 비하면 얼마 안 되
지만 말이다."

마지막 날 저녁에는 고모 네 분이 텔 아비브에서 우리를 보
러 왔다. 네 분은 야이르에게 선물을 가지고 왔다. 고모들은
아이를 세게 껴안고 힘차게 입을 맞췄다. 그때만은 네 분 다

유쾌했다. 제니아 고모님까지도 평상시의 불평을 접어 두었으니까.

레아 고모가 대표로 말했다.

"우리 전부를 대신해서 말인데 나는 네가 우리의 기대를 저버리지 않았다고 말할 수 있다고 생각한단다, 미카. 한나, 저 애의 성공이 아주 자랑스럽겠지. 아직도 기억이 나는데 독립 전쟁 직후에 미카의 친구들은 저 애가 자기들하고 함께 돌대가리처럼 네게브에 있는 무슨 키부츠로 떠나지 않는다고 조롱했었지. 하지만 미카는 현명하게도 예루살렘의 대학에서 공부해서 자기 머리를, 재능을 가지고 국가와 민족에 봉사하기로 한 거지, 짐승처럼 근육을 사용하는 게 아니고 말이야. 그리고 지금 우리 미카엘은 거의 박사가 다 되어 가는데 그때 저 애를 놀려 대던 그 친구들은 대학의 초기 과정을 도와 달라고 오지. 그 친구들은 인생 최고의 시기를 저능아들처럼 낭비해 버리고 이제는 네게브의 키부츠에는 진저리가 난다고 하는데, 우리 미카는 처음부터 아주 똑똑했기 때문에 이제 원하기만 하면 그 허풍쟁이들을 옛날 아파트에 있는 가구들을 곧 얻을 새 아파트로 나르는 데 고용할 수 있는 위치에 있는 거야."

레아 고모는 '네게브의 키부츠'라는 말을 하면서 얼굴을 찌푸렸다. 고모님은 '네게브'라는 말을 거의 저주처럼 내뱉었다. 고모님의 마지막 말에 고모 네 분이 모두 크게 웃음보를 터뜨렸다.

"어떤 사람이든지 경멸해서는 안 되지." 시아버지가 말했다.

미카엘은 잠시 생각하더니 아버지의 말에 동의하면서 자기 생각으로는 교육이 인간의 기본적인 가치를 바꾸어 놓지는 않는다고 덧붙였다.

제니아 고모님은 이 말에 즐거워했다. 고모님은 미카엘이 성공으로 흥분하거나 겸손을 잃지 않았다는 점을 지적했다.

"겸손은 아주 유용한 것이란다. 나는 아내의 의무란 남편을 성공의 길을 가도록 격려해 주는 것이라고 말했지. 아내가 남자의 세계에서 남자의 싸움을 치러 내는 가혹한 길을 걸어야만 하는 것은 오로지 그 남편이 아무짝에도 쓸모없는 경우뿐이야. 내 운명이 바로 그랬지. 미카가 자기 아내에게 그런 고통을 주지 않아서 기쁘구나. 그리고 너도 말이다, 한나야, 너도 기뻐해야 마땅하지, 현세에서는 성공을 이루면서 미래에 더 큰 성공을 가져다줄 확고한 노력만큼 커다란 만족을 주는 것은 없으니까 말이다. 어릴 적부터 그게 바로 내 신조였다. 내가 겪어 온 고통은 나의 믿음을 꺾지 못했지. 오히려 믿음은 더 강해졌단다."

예루살렘으로 돌아오는 날 아침 시아버지는 결코 잊지 못할 일을 하셨다. 아버님은 계단 사다리를 딛고 올라가 높은 찬장에서 커다란 상자를 꺼내서는 거기에서 빛이 바래고 구겨진 오래된 경비병 제복을 꺼내었다. 시아버지는 또 상자에서 '콜파크', 그러니까 오래된 경비병 모자도 꺼내서 손자의 머리에 얹어 주셨다. 그 모자는 너무 커서 아이의 눈을 거의 다 덮었다. 할아버지는 입고 있던 파자마 위에다 경비병 제복을 걸쳤다.

그날 아침 내내 떠날 시간이 될 때까지 두 사람은 아파트를 휘젓고 다니면서 전투와 작전을 시행했다. 둘은 가구 뒤에서 참호 자세를 하고 막대기로 서로를 겨냥했다. 두 사람은 서로를 '잘만'이라고 불렀다. 처음으로 권력의 기쁨을 발견한 야이르의 얼굴은 열에 들뜬 즐거움으로 빛났고 늙은 병사는 꿋꿋하게 헌신적으로 모든 명령에 따랐다. 우리의 마지막 홀론 방문이었던 그날 아침, 시아버지는 행복한 노인이었다. 타는 듯한 일순간, 나는 그 광경이 익숙하다고, 내가 아주아주 오래전에 그 광경을 본 적이 있다고 생각했다. 어디서 언제였는지는 기억해 낼 수 없었다. 차가운 전율이 등골을 타고 내려갔고 내게는 무엇인가 말을 해야만 한다는, 아들과 시아버지에게 화재 아니면 감전사에 대해서 경고해야 한다는 생각이 강하게 들었다. 그러나 두 사람의 놀이에는 그러한 위험은 전혀 존재하지 않았다. 나는 미카엘에게 즉시, 당장에 떠나자고 말하고 싶은 충동을 느꼈지만, 그 말을 할 수가 없었다. 그렇게 말했다면 바보 같고 불손하게 들렸을 것이다. 그날 아침 전투기 여러 대가 홀론 상공을 낮게 날았다. 그러나 그것이 내가 불안감을 느낀 이유라고는 생각하지 않는다. 이 상황에서 '이유'라는 말은 적절한 단어가 아닌 것 같다. 비행기 엔진이 굉음을 냈다. 창틀이 울렸다. 나는 이것이 절대로 처음이 아니라고 생각했다.

떠나기 전에 시아버지는 나의 양 볼에 입을 맞추었다. 그러는 동안에 나는 아버님의 눈이 달라진 것 같다고, 그 흐릿한 동공이 넓게 퍼져서 흰자위를 덮은 것 같다고 생각했다. 얼굴도 회색빛이었고 양 볼은 축 늘어지고 주름이 팼으며 내 이마에 닿은 입술은 따뜻하지 않았다. 반대로 악수하는 아버님의 손은 놀랄 만큼 따뜻했다. 마치 아버님이 내게 손가락을 선물로 주려는 것 같은 단호하고도 거의 미친 듯한 악수였다. 예루살렘으로 돌아간 지 나흘이 지났을 때, 저녁이 다 되어 제니아 고모님이 와서는 아버님이 집 맞은편의 버스 정류장 옆에서 쓰러지셨다는 얘기를 했을 때, 이 모든 것이 눈앞이 캄캄해질 정도로 번쩍이며 되살아났다.

"어젯밤에도, 바로 어젯밤에도 에스겔은 우리 집에 왔었는데." 고모는 마치 기분 나쁜 의심을 쫓아내려는 듯이 변명조로 중얼거렸다. "어젯밤에도 우리 집에 왔었고 불편하다는 얘기 같은 건 없었는데 말이다. 사실 그 반대였지. 최근에 미국에서 발견된 새로운 소아마비 약에 대해서 얘기했단다. 그러니까…… 정상이었지. 아주 정상이었어. 그랬는데 오늘 아침에 갑자기 옆집에 사는 글로버만네 식구들 눈앞에서, 버스 정류장 옆에서 쓰러져 버렸단다." 고모님은 갑자기 흐느끼며 말했다. "미카가 고아가 되었구나!" 흐느끼면서 고모님은 나이가 꽤 먹은 아이가 혼난 것처럼 입을 삐죽거렸다. 고모님은 쪼그라든 가슴에 미카엘의 손을 잡고 그의 이마를 매만지더니 움직임을 멈췄다.

"미카, 어떻게 사람이 갑자기, 어쩌면 그렇게, 아무 이유도 없이, 그렇게 길가에…… 끔찍하구나. 이건…… 이건 옳지 않아. 이건 혐오스럽구나. 불쌍한 에스겔이 마치 무슨 가방이나 짐꾸러미인 것처럼, 그렇게 쓰러져서는 사람들에게 보이고…… 이건…… 생각해 봐라, 미카…… 이 수치스러운 일을…… 옆집 글로버만네 식구들은 무슨 오페라 좌석에 앉은 것처럼 베란다에 앉아서 구경을 하고 교통 혼잡을 피한다고 전혀 모르는 사람들이 와서 팔다리를 잡아 도로 밖으로 끌어내고는 길 사방에 떨어뜨린 모자와 안경과 책들을 주워 오는 걸…… 아버지가 어디 가는 중이었는지 아니?" 제니아 고모는 거의 비명에, 격노한 흐느낌에 가깝게 목소리를 높였다. "네 아버지는 그저 책을 반납하러 도서관에 가는 중이었고 버스는 타려고도 하지 않았는데 그냥 우연히 버스 정류장에서, 글로버만네 집 앞에서 쓰러져 버린 거야. 그렇게 상냥한 사람이, 그렇게 친절하고…… 그렇게 상냥한 사람인데, 그렇게 갑자기…… 서커스에서처럼 말이다. 그러니까 말이다, 영화에서 한 남자가 길 한복판을 조용히 걷고 있는데 갑자기 누가 뒤에서 다가와서 머리에 몽둥이를 내려치면 그 남자는 사람이 무슨 헝겊 인형이라도 되는 것처럼 고꾸라져서 쓰러져 버리잖니. 그러니까 말이다, 미카, 인생은 냄새나는 똥투성이인 거야. 아이는 빨리 옆집이나 어디 다른 데 맡기고 나하고 같이 텔 아비브로 가자. 레아를 거기 혼자 두고 왔으니, 레아가 그 육손이 왼손으로 일을 전부 처리해야 할 게다. 게다가 갖춰야 할 격식도 수천 가지고. 사람이 죽어서 갖출 격식 다 갖추어도 어쨌든 사람들은 그 사람이 외국이라도 간 것처럼 생각하지. 코트나 뭘 집어 들거라, 가자. 난 그동안 약국에 들러서 택시를 부르고, 그리고…… 그래, 미카, 검은 양복이나 적어도 상의만이라도 준비하고, 서둘러라, 너희 둘 다. 미카, 이게 무슨 변이니.

아 정말 끔찍한 변이구나, 미카."

제니아 고모가 나갔다. 계단에서, 아래의 돌이 깔린 정원에서 고모님의 걱정스러운 발소리가 들렸다. 나는 고모님이 들어왔던 때와 똑같이 다리미대에 기대어 뜨거운 다리미를 들고 서 있었다. 미카엘은 돌아서서 "제니아 고모, 제니아 고모." 하고 부르기라도 할 것처럼 발코니로 뛰어나갔다.

잠시 후에 남편은 다시 들어왔다. 남편은 덧창을 걸고 창문을 닫고 부엌문을 잠갔다. 복도를 걸어오면서 그는 낮은 소리를 냈다. 갑자기 옷걸이 옆에 걸린 거울에서 자신의 얼굴을 보았는지도 모른다. 남편은 옷장을 열어 검은 양복을 꺼내고는 바지 허리띠를 빼냈다. "아버지가 돌아가셨어." 남편은 나를 쳐다보지 않고 조용히 말했다. 고모님이 얘기할 때 내가 거기 없었다는 듯이.

나는 다리미를 옷장 밑바닥에 내려놓고 다리미대를 욕실로 치우고 야이르의 방으로 갔다. 나는 아이에게 그만 놀라고 하고 쪽지를 써서 캄니쩨르 씨 댁으로 보냈다. "에스겔 할아버지가 편찮으시단다." 떠나기 전에 나는 아이에게 이렇게 말했다. 야이르가 흥분해서 집에 있는 아이들 모두에게 크게 말했을 때 내 말은 계단에서 왜곡되어 메아리쳐 돌아왔다. "우리 잘만 할아버지가 아주 편찮으신데 엄마 아빠가 가서 할아버지를 곧 낫게 한대."

미카엘은 주머니에 지갑을 넣고 돌아가신 아버지가 한때 입으셨던, 나의 어머니 말카가 몸에 맞게 고쳐 준 그 검은 양복의 단추를 잠갔다. 두 번이나 잘못 잠갔다. 그는 모자를 썼다. 그는 실수로 다 낡은 서류 가방을 집어 들었다가 짜증 난 듯이 다시 내려놓았다.

"갈 준비 다 됐어. 고모님 말씀 중에 필요 없는 것도 있었지만 고모님 말씀이 옳아. 그런 식으로 일이 일어나서는 안 되었는데. 그건 옳지 않아. 정직하고 대쪽 같은 노인을, 별로 튼튼하지도 건강하지도 않은 노인을 들어서 범죄자처럼 백주 대낮에 도시 한가운데의 보도에 갑자기 집어 던지다니. 추잡한 일이야, 말해 두지만 한나, 그건 잔인해, 그건…… 잔인해. 그건 추잡한 일이야."

'잔인한, 추잡한'이라고 말할 때 미카엘의 몸 전체가 떨리기 시작했다. 겨울밤에 일어나 엄마가 아니라 낯선 얼굴이 어둠 속에서 자신을 지켜보고 있는 것을 알아챈 어린아이처럼.

26

장례식 다음 주 내내 미카엘은 면도를 하지 않았다. 그가 종교적인 전통을 지켜서 그랬다거나, 아니면 자기 아버지의 소원을 들어주느라 그랬다고는 생각하지 않는다.(시아버지는 자신을 실질적인 무신론자라고 했다.) 남편은 아마도 상중에 면도를 한다는 것이 점잖지 못한 일이라고 생각했을 것이다. 슬픔에 싸여 있으면 우리는 사소한 일들이 심하게 점잖지 못하다고 생각할 때가 있다. 미카엘은 언제나 면도를 싫어했다. 거뭇한 털이 그의 턱을 덮어서 분노에 찬 얼굴을 만들었다.

턱수염이 나자 내게는 미카엘이 새로운 사람처럼 보였다. 때때로 나는 그의 몸이 실제보다 더 강해졌다는 느낌을 받았다. 그의 입가에는 주름이 생겨서 미카엘에게는 없는 차가운 냉소를 보내는 것 같았다. 그의 눈에는 피로한 기색이 보였고 그는 마치 힘든 막노동을 해서 지친 것 같았다. 상중에 나의 남편은 아그립파 거리의 조그만 작업장에 다니는 더러운 일꾼 같은 모습을 하고 있었다.

미카엘은 낮 동안 대부분 털을 댄 슬리퍼를 신고 밝은 회색에 짙은 체크 무늬가 있는 실내복을 입고 안락의자에 앉아 있었다. 내가 신문을 무릎에 놓아 주면 머리를 숙여 읽었다. 신문이 땅에 떨어지면 주우려고도 하지 않았다. 그가 생각에 잠겨 있는 것인지 멍한 것인지 알 수가 없었다. 한번은 나더러 브랜디를 한 잔 달라고 했다. 부탁대로 해 주었지만 남편은 잊어버린 것 같았다. 그는 놀라서 나를 쳐다보더니 그 잔을 건드리지도 않았다. 그리고 한번은 뉴스를 듣고 나서 이렇게 말했다. "정말 이상하군." 그 이상은 말하지 않았다. 나도 묻지 않았다. 전깃불이 노랗게 빛났다.

자기 아버지의 임종 다음 날부터 미카엘은 조용했다. 우리 집도 조용했다. 가끔씩은 우리가 무슨 메시지를 기다리며 앉아 있는 것 같았다. 미카엘은 나나 아들에게 말을 할 때면 마치 자기가 애도하고 있는 대상이 나라는 듯이 조용히 얘기했다. 밤이면 나는 몹시도 그를 원했다. 그 느낌은 고통스러운 것이었다. 결혼 생활 내내 나는 이러한 의존이 얼마나 수치스러운 것인가를 느껴 본 적이 없었다.

　어느 날 저녁 남편은 안경을 끼고 책상에 손을 짚고 몸을 기대고 섰다. 머리는 숙여져 있었고 등은 구부정했다. 서재에 들어가서 나는 남편의 모습에서 에스겔 고넨을 보았다. 나는 몸을 떨었다. 고개를 숙이고 처진 어깨와 불안정한 모습의 미카엘은 자기 아버지를 흉내 내고 있는 것 같았다. 나는 우리 결혼식을, 스타이마츠키 서점 맞은편의 오래된 랍비 건물의 꼭대기 테라스에서 열린 식을 기억해 냈다. 그때도 미카엘은 아버지와 너무 닮아 보여서 나는 두 사람을 서로 착각했었다. 나는 잊지 않았다.

　미카엘은 아침을 발코니에서, 아래 정원에 있는 고양이들의 기묘한 몸짓을 눈으로 따라가면서 보냈다. 어떤 평온함이 있었다. 나는 미카엘이 평온한 것을 본 적이 없었다. 항상 자기 공부를 따라가느라 서두르고 있었다. 신앙심 깊은 이웃들이 찾아와 조의를 표했다. 미카엘은 냉담하고 예의 바르게 그들을 맞았다. 그는 엄한 선생님이 자기를 실망시킨 학생을 보듯이 안경 너머로 캄니쩨르 가족과 글릭 씨를 바라보았고 그들의 애도의 말은 목에서 걸려 버렸다.

　젤딘 부인이 머뭇거리며 들어왔다. 부인은 상이 끝날 때까지 야이르를 자기 집에 두라는 제안을 하러 왔다. 미카엘의 입가에 음울한 미소가 감돌았다.

　"어째서죠? 죽은 건 제가 아닌데요."

　"맙소사, 그런 생각은 말아요." 그녀가 놀라서 말했다. "내 생각에는 그저, 어쩌면……."

"어쩌면 뭡니까?" 미카엘은 단호하게 말을 잘랐다.

나이 많은 유치원 선생님은 당황했다. 그러고는 서둘러서 떠났다. 나가면서 그녀는 기분을 상하게 했다면 미안하다고 사과했다.

카디쉬만 씨는 검은색 서지 양복을 입고 엄숙한 표정을 하고 찾아왔다. 그는 레아 갠츠 양을 통해 고인과 약간의 안면이 있다고 말했다. 정치적 견해는 좀 달랐지만, 언제나 고인에 대해서 깊은 존경심을 가지고 있었지요. 고인은 노동 운동계의 사람 가운데 얼마 안 되는 정직한 분이었습니다. 그런 위선자들 가운데 하나가 아니라 방향을 잘못 잡은 사람이었지요. "완전히 길을 잃지 않고 그 전에 가셨습니다."라고 그가 덧붙였다.

"물론 길을 잃지 않으셨지요." 미카엘이 냉담하게 맞장구쳤다. 나는 웃음을 참았다.

티랏 야아르에서 온 미카엘 친구의 남편이 문 앞에 나타났다. 그는 민감한 때이니 들어오지 않겠다고 했다. 그리고 애도를 표한다고 했다. 그는 미카엘에게 자기가 왔더라고 전해 달라고 했다. 물론 리오라를 대신해서.

넷째 날 저녁에는 지질학과 교수와 조교 두 명이 들렀다. 그들은 미카엘 맞은편의 거실 소파에 앉았다. 기대앉는 것이 예의에 어긋난다고 생각해서인지 등을 꼿꼿이 하고 다리를 모으고 앉았다. 나는 문 옆의 등받이 없는 의자에 앉았다. 미카엘은 손님들에게 커피 세 잔을, 자기는 속 쓰림이 있으니 레몬을 빼고 차 한 잔을 만들어 달라고 했다. 그는 네게브의 나할아루고트의 조사에 대해서 질문을 했다. 젊은 조교 가운데 하나가 말을 시작하자 미카엘은 마치 자기 안의 스프링이 부러지기라도 한 것처럼 갑작스럽고 격렬한 경련을 일으키며 얼굴을 창 쪽으로 돌렸다. 그가 참을 수 없는 웃음으로 경련을 일으킨 것 같다는 생각이 들어서 나는 깜짝 놀랐다. 그러고 나서 남편은 고개를 다시 돌렸다. 그의 얼굴은 지쳐 있고 표정이 없었다. 그는 사과하면서 하던 얘기를 계속해 달라고 했다. "하나도 빼지 말아 주십시오. 다 듣고 싶으니까." 말하고 있던 청년은 정확하게 자기가 말을 끊었던 곳에서 다시 시작했다. 미카엘은 내 모습에서 전에는 눈치채지 못한 사소한 점을 발견하고 놀랐다는 듯이 나에게 어두운 눈길을 보냈다. 밤바람으로 덧창이 집 벽에 부딪혔다. 시간이 눈에 보이는 모습을 띠어 가는 것 같았다. 전등불. 그림. 가구. 가구가 드리워진 그림자들. 빛과 그림자 사이의 흔들리는 선.

교수가 갑자기 활기를 띠더니 조교의 말을 가로막았다.

"자네가 이번 달 초에 작성한 개요는 기대에 어긋나지 않았네, 고넨. 자네의 가설과 사실이 맞아떨어진다고. 그래서 우리는 복잡한 심정이라네. 연습 결과에는 실망했지만 한편으로는 자네의 철저함에 감탄했지."

그러더니 그 교수는 실제적 연구는 이론적 연구의 고마움을 모른다는 점에 대해서 복잡한 견해를 덧붙였다. 그는 두 연구 모두에서 창조적 직관이 중요하다고 강조했다.

미카엘은 무미건조하게 말했다.

"겨울이 곧 올 겁니다. 밤이 더 길어질 거고. 더 길고 더 추워지겠죠."

조교 두 명은 서로 쳐다보더니 교수를 곁눈질했다. 노교수는 그들의 눈치를 알아챘다는 듯이 고개를 열심히 끄덕였다. 그는 일어나서 진지하게 말했다.

"자네의 슬픔을 우리 모두 함께한다네, 고넨, 그리고 자네가 돌아오기를 기다리고 있다네. 강해지도록 하고, 그리고…… 강해지도록 하게, 고넨."

손님들이 갔다. 미카엘은 복도까지 그들을 따라갔다. 교수가 무거운 코트 입는 것을 도와주려고 서둘러 나서다가 남편은 서투르게 움직였고 희미하게 웃으며 사과를 해야 했다. 그날 저녁 내내 그 순간까지 그는 매우 깊은 인상을 주었는데 그 희미한 미소는 나를 고통스럽게 했다. 그의 정중함은 존경에서 나온 것이었지 공감에서 나온 것이 아니었다. 그는 문까지 손님을 배웅했다. 손님들이 가고 나자 남편은 서재로 돌아갔다. 그는 조용했다. 그의 얼굴은 어두운 창을 향해 있었고 등은 나를 향해 있었다. 침묵의 언저리에서 그의 목소리가 말했다. 그는 몸을 돌리지 않았다. 그리고 말했다.

"차 한 잔 더 갖다줘요, 한나, 그리고 저 큰 등은 꺼 주겠소. 아버지가 저 아이한테 구식 이름을 지어 주라고 부탁하셨을 때 그 소원을 들어 드려야 했어. 열 살 때 나는 심한 열병을 앓았지. 밤새도록, 매일 밤 아버지는 침대 가에 앉아서 지새우셨지. 아버지는 내 이마에 새 물수건을 얹어 주고, 알고 있는 단 하나의 자장가를 계속해서 불러 주셨어. 아버지는 음이 다 틀리고 단조롭게 노래하셨지. 그 노래는 이런 거였어. 잘 시간이지, 낮은 끝났고, 바다에선 해가 졌다네. 하늘에선 별들이 빛나고 있고, 자장, 자장, 자장가.

한나, 제니아 고모님이 아버지를 재혼시키려고 갖은 수를 다 썼다고 내가 얘기한 적 있나? 우리 집에 올 때마다 자기 친구나 아는 사람 얘기를 하곤 하셨지. 나이든 간호사, 폴란드 이민, 말라빠진 이혼녀들. 그 여자들은 나한테 접근하는 걸로 시작했지, 껴안고, 입 맞추고, 사탕 상자에 달래는 소리들. 아버지는 제니아 고모의 의중을 모르는 척하셨지. 아버지는 예의가 있으셨거든. 고등 판무관의 최신 포고령 같은 얘기를 하시곤 했어.

열병을 앓았을 때 나는 고열에 시달렸고 밤새도록 땀을 비오듯 흘렸지. 침대보가 흠뻑 젖었어. 아버지는 두 시간마다 조심스럽게 시트를 갈았지. 아버지는 나를 심하게 움직이지 않으려고 조심하셨는데 그 조심이 늘 지나쳤지. 내가 잠이 깨서 울어 버리곤 했거든. 새벽이 되기 전에 아버지는 침대보를 전부 빨아서는 어두운 데서 바깥에 있는 우리 아파트 블록의 빨랫줄에 가져다 너시는 거야. 차에다 레몬을 넣지 말라고 했던 이유는 속 쓰림이 너무 심하기 때문이야, 한나. 열병이 나아 가자 아버지는 나가서 옆집의 글로버만네 가게에 가서는 데커 세트를 할인해서 사 오셨지. 아버지는 게임을 할 때마다 져 주려고 하셨어. 나를 기쁘게 해 주려고 아버지는 신음을 내면서 두 손에 머리를 쥐고는 '꼬마 천재, 꼬마 교수님, 꼬마 잘만 할아버지.'라고 하셨지. 한번은 멘델스존 가족 이야기를 하시면서 농담하듯이 당신을 중간 멘델스존에 비유하시더군. 아버지는 내가 커서 크게 될 거라고 말씀하셨어. 아버지는 위에 얇은 막 없이 꿀 탄 더운 우유를 몇 잔이고 계속해서 만들어 주셨지. 내가 고집을 부리면서 마시지 않겠다고 하면 아버지는 여러 가지 방법으로 나를 구슬리시곤 했어. 아버지는 내 상식을 추켜세우시곤 했거든. 그렇게 해서 나는 회복하게 되었지. 괜찮다면 한나, 파이프 좀 가져다줘요. 아니, 그것 말고, 영국제로. 제일 작은 것, 그래요, 그거야. 고맙군. 나는 회복이 되었고 아버지는 내게서 열병이 옮아서 아주 편찮으셨지. 아버지는 제니아 고모가 일하시던 병원에 3주일 동안 입원해 계셨어. 아버지가 편찮으신 동안은 레아 고모가 자진해서 나를 돌보겠다고 하셨고. 사람들은 두 달 후에 아버지도 살아나신 건 운이 좋아서든지 아니면 기적이었다고 말해 주더군. 아버지도 거기에 대해서 농담을 많이 하셨지. 아버지는 위대한 사람은 젊어서 죽는다는 격언을 인용하시고는 다행히도 당신은 평범한 사람이라고 하셨지. 나는 거실에 있는 헤르츨산의 그림 앞에서 아버지가 갑자기 돌아가시면 보육원이나 레아 고모 댁에 가지 않고 나도 죽을 길을 찾겠다고 맹세했어. 다음 주에는 한나, 우리 야이르에게 전기 기차를 사 줍시다. 큰 걸로. 야포 거리에 있는 프리만 베인 제화점 창문에 있는 것 같은 걸로. 야이르는 기계를 아주 좋아하니까. 그 애한테 그 고장 난 알람 시계를 줘야겠어. 그걸 분해하고 조립하는 방법을 가르쳐야지. 야이르는 커서 엔지니어가 될지도 모르겠군. 당신은 저 애가 모토나 스프링이나 기계에 얼마나 푹 빠져드는지 알고 있어? 네 살 반짜리 아이가 라디오가 어떻게 작동하는 것인지에 대한 개괄적인 설명을 이해한다는 얘기 들어 봤어? 난 나 자신이 그리 특별히 똑똑하다고는 생각해 본 적이 없어. 당신도 그걸 알지. 나는 천재도 아니고 아버지가 생각하시는 것 같은 사람도 아니야. 나는 전혀 특별하지 않아, 한나. 그렇지만 당신은 할 수 있는 한 야이르를 사랑하려고 노력해야 해. 그러면 당신에게도 좋을 거야. 아니, 당신이 아이에게 소홀히 대하고 있다는 얘기가 아니야. 그건 말도 안 되지. 하지만 당신이 저 애에 대해서 그렇게 열광적이지는 않다는 느낌이 들거든. 사람은 열광적일 필요가 있다고, 한나. 가끔은 균형 감각을 전부 잃어버려야 할 때도 있지. 내가 하려는 말은 말이야, 난 당신이 이제…… 이런 감정을 어떻게 설명해야 하는지 잘 모르겠군. 잊어버립시다. 언젠가, 몇 년 전에 당신과 내가 어떤 카페에 앉아 있었고 나는 당신을 바라보고 또 나 자신을 바라보면서 속으로 생각했지, 난 사람들이 말하는 꿈속의 왕자님이나 말을 탄 기사가 될 가망은 없다고 말이야. 당신은 예뻐, 한나. 당신은 아주 예뻐. 지난주 홀론에서 아버지가 내게 말씀하신 걸 얘기해 주었던가? 아버지는 당신이 시를 쓰지는 않지만, 아버지께는 시인처럼 보인다고 말씀하시더군. 이봐요, 한나, 난 지금 내가 왜 이런 말을 당신에게 하고 있는지 모르겠어. 당신은 아무 말도 않는군. 우리 둘 중 한 사람은 항상 듣기만 하고 아무 말도 안 하지. 내가 지금 이런 얘기들을 왜 한 거지? 당신을 기분 상하게 하거나 상처 주려고 그랬던 건 아니야. 저, 우리가 야이르라는 이름을 밀고 나가지 말았어야 했는데. 사실 이름이 아이를 생각하는 우리 마음에 영향을 주는 것은 아니잖아. 그리고 우리는 아주 섬세한 감정을 짓밟아 버린 거야. 언젠가는 말이야 한나, 틀림없이 당신은 수많은 재미있는 사람들을 만나 봤을 텐데 어째서 나를 선택했는지 물어봐야겠어. 그렇지만 지금은 시간이 늦었고 나도 말을 너무 많이 하고 있고 당신을 놀라게 하고 있는지도 모르겠군. 이제 잠자리를 봐주겠어, 한나? 곧 가서 도와줄게. 그만 자자고, 한나. 아버지는 돌아가셨어. 나도 아버지지. 이 모든 게…… 이 모든 일이 갑자기 무슨 바보 같은 아이들 놀이 같아 보이는걸. 우리가 언젠가 우리 동네 변두리의 사막이 시작되는 공터에서 놀이했던 것이 기억나. 길게 줄을 섰고 맨 앞에 서 있던 아이가 공을 던지고는 줄 맨 뒤로 달려갔고, 그렇게 해서 맨 앞에 섰던 아이가 맨 마지막에 서고 맨 마지막에 섰던 아이가 맨 앞에 설 때까지 계속했지. 그 놀이가 도대체 무엇을 위한 것이었는지는 생각이 나질 않아. 무슨 규칙이 있었는지 아니면 그 미친 짓에 무슨 방식이 있었는지조차 기억이 나질 않는군. 당신, 부엌에 불을 켜 두었는데."

27

상(喪)은 끝났다. 내 남편과 나는 다시 아침 식사 시간이면 부엌 식탁 앞에 아주 조용하고 예의 바르게 서로 마주 보고 앉았고 모르는 사람이 보았으면 우리의 사이가 좋다고 착각했을 것이다. 나는 커피포트를 내민다. 미카엘이 컵 두 개를 건

네준다. 나는 커피를 따른다. 미카엘이 빵을 자른다. 나는 커피 두 잔에 설탕을 넣고 젓고 또 젓는데 결국은 미카엘의 목소리가 나를 멈춘다.

"그걸로 됐어요, 한나. 다 저었다고, 우물을 파는 게 아니잖아."

나는 커피를 그냥 그렇게 마신다. 미카엘은 우유를 조금 넣는 것을 좋아한다. 나는 그의 컵에 우유를 넷, 다섯, 여섯 방울 세어 넣는다.

우리는 이렇게 앉는다. 나는 냉장고 옆에 등을 기대고 밝은 푸른색 직사각형 모양의 부엌 창문을 마주 본다. 미카엘의 등은 창을 향하고 있고 그의 눈에는 냉장고 꼭대기의 빈 병들이나 부엌문, 복도의 일부, 그리고 욕실 문이 비친다.

그리고 라디오가 가벼운 아침 음악으로, 나에게는 어린 시절을 생각나게 하고 미카엘에게는 늦겠다는 사실을 상기시켜 주는 히브리 노래가 우리 주위를 둘러싼다. 그는 한마디도 없이 일어나서 개수대에 서서 자신의 컵과 접시를 닦는다. 그는 부엌을 나간다. 복도에서 슬리퍼를 벗고 구두를 신는다. 회색 재킷을 입는다. 걸이 못에서 모자를 내린다. 머리에 모자를 쓰고 낡고 검은 서류 가방을 팔 아래 끼고 그는 부엌으로 돌아와서 내 이마에 입을 맞추고 인사를 한다. 점심시간에 잊지 말고 등유를 사야 할 텐데. 거의 다 떨어졌잖아. 그는 메모장에다가 급수과에 들러서 수도 요금을 내고 실수가 있는 건 아닌지 물어야겠다고 적어 넣는다.

미카엘이 집을 나서면 나는 눈물로 목이 멘다. 나는 이 슬품이 어디서 오는 것인지 스스로에게 묻는다. 도대체 어느 저주받은 곳에 숨어 있다 나와서 슬며시 기어 들어와 나의 고요하고 푸른 아침을 망쳐 놓는지를. 서류 정리하는 사무원처럼 나는 수많은 무너져 가는 기억들을 분류한다. 모든 숫자를 긴 줄에 늘어놓는다. 어딘가에 심각한 실수가 숨어 있다. 이건 환상인가? 나는 어딘가에서 지독한 실수를 찾아냈다고 생각했다. 라디오는 노래를 멈췄다. 라디오는 갑자기 여러 도시에서 발발한 분규에 대해서 말하기 시작한다. 나는 깜짝 놀란다. 8시. 시간은 결코 쉬지 않고 누구도 쉬게 하지 않는다. 나는 핸드백을 서둘러 집어 든다. 나보다 먼저 준비를 마친 야이르를 쓸데없이 재촉한다. 우리는 손을 잡고 사라 젤딘의 유치원으로 향한다.

예루살렘의 거리는 밝은 아침이다. 밝은 목소리들. 한 늙은 짐마차꾼이 상자들을 펼쳐 놓고는 소리 높여 노래를 부른다. 타케모니 수도원 학교의 아이들은 베레모를 한쪽으로 기울여 쓴다. 아이들은 보도 맞은편에 죽 서서 늙은 짐 마차꾼을 놀리며 화나게 만든다. 짐 마차꾼은 인사를 되받아 하듯이 손을 내젓고 미소를 짓고는 계속해서 소리 높여 노래를 부른다. 내 아들은 3B 버스 노선에는 두 종류의 버스가, 포드와 파고가 있다고 설명하기 시작한다. 포드의 엔진이 더 강력하고 파고는 약하고 느리다고. 갑자기 아이는 내가 자기 설명을 듣고 있느냐고 묻는다. 아이는 나를 시험한다. 나는 준비가 되어 있다. 전부 다 들었단다, 야이르. 너는 아주 영리한 아이야. 난 듣고 있단다.

맑은 푸른 아침이 예루살렘에 널리 퍼져 있다. 슈넬러 막사의 회색 돌벽까지도 음산해 보이지 않기 위해 애를 쓰고 있다. 그리고 빈터에는 강하고, 잘 자라는 잡목들. 가시나무, 메꽃, 오이의 일종, 그리고 이름도 모르고 대개는 잡초라고 하는 수많은 다른 야생 식물들. 갑자기 나는 서늘한 충격을 받고 우뚝 멈춰 선다.

"내가 집에서 나오기 전에 부엌문 잠갔니, 야이르?"

"아빠가 어젯밤에 잠갔는데. 그리고 오늘은 아무도 안 열었고. 오늘 왜 그래요, 엄마?"

우리는 슈넬러 막사의 철문 앞을 지나간다. 나는 그 음침한 벽 안에다 발을 들여놓은 적이 없다. 내가 어릴 적에는 여기에 영국군이 있었고 총구멍에서 자동 소총이 튀어나와 있었다. 수년 전에 이 요새는 시리아인 고아원이라고 불렀는데 그것은 나름대로 내게 위협감을 주던 이상한 이름이었다.

금발의 보초병이 문 앞에 서서 손가락을 호호 불고 있다. 우리가 지나갈 때 그 젊은 병사는 내 다리와 스커트의 벌어진 부분과 짧은 흰 양말을 내려다보았다. 나는 그에게 웃어 주기로 했다. 그는 내게 열에 들뜬 듯한 시선을, 부끄러움과 욕망과 바람과 사과가 섞여 있는 시선을 보냈다. 나는 시계를 보았다. 8시 15분. 아침 8시 15분, 맑고 쾌청한 날에 나는 이미 지쳐 있다. 지고 싶다. 그 꿈들이 나를 조용히 내버려 둔다는 전제하에서만.

화요일마다 미카엘은 학교에서 집에 돌아오는 길에 시내에 들러서는 카하나스 에이전시에서 극장 2회 표를 예약한다. 우리가 외출하면 위층 캄니쩨르 씨 댁 요람이 아이를 돌봐 준다. 한번은 극장에서 돌아왔더니 내 침대 옆 테이블에 놓여 있던 소설책 위에 종이 한 장이 있었다. 요람은 내게 자기 마지막 시에 대한 평가를 내려 달라고 한 것이다. 그의 시는 땅거미가 질 무렵 과수원을 걷고 있는 한 소년과 소녀에 대한 것이었다. 갑자기 낯선 기수가 지나가는데, 검은 말을 타고 검은 불꽃으로 된 창을 쥔 검은 기수이다. 그 사람이 말을 타고 지나가자 검은 베일이 땅과 그 연인들을 뒤덮는다. 페이지 마지막의 괄호 안에 요람은 그 검은 기수는 밤이라고 설명해 두었다. 요람은 나를 믿지 않았다.

다음 날, 계단에서 요람 캄니쩨르를 만났을 때 나는 그 시가 좋다고, 어쩌면 그 시를 청소년 잡지에 보내야 하는 것이 아닐까 하고 얘기했다. 요람은 난간을 꽉 쥐었다. 한순간 그는 내게 공포에 질린 시선을 보내고는 희미하고 고통에 찬 웃음을 터뜨렸다.

"그건 전부 거짓말이에요, 고넨 부인."

"지금 네가 거짓말하고 있는걸." 하고 나는 미소 지었다.

그 애는 돌아서서 계단을 뛰어 올라갔다. 그리고 갑자기 멈춰 서서 돌아보더니 올라가면서 나를 밀어 버리기라도 한 것처럼 겁에 질려서 사과의 말을 웅얼거렸다.

안식일 전날. 예루살렘의 저녁. 로메마 언덕 꼭대기에 있는 급수탑이 황혼의 물결에 휩쓸려 있다. 바늘 같은 빛줄기들이

나무 잎사귀들을 통과하고 있어서 도시는 불에 휩싸인 것 같다. 낮게 깔린 안개가 서서히 동쪽으로 퍼져 나가서 돌벽과 철난간 위를 창백한 손가락으로 미끄러지듯이 지나간다. 진정시키도록 보내진 것이다. 주위는 온통 조용하게 융해되어 있다. 끓어오르는 갈망이 보이지 않게 도시에 내려앉는다. 거대한 바위들이 열기를 내보내고 안개의 차가운 손가락에 굴복한다. 가벼운 미풍이 마당을 지나 불어 들어온다. 미풍은 종잇조각들을 흩날리더니 아무런 재미가 없자 떨어뜨려 버린다. 안식일 정장을 갖춰 입고 기도를 드리러 가는 이웃들. 멀리서 들리는 모터 소리가 애무와도 같이 속삭이는 소나무 위에 자줏빛으로 떨어진다. 멈춰요, 운전사 양반. 잠깐만 멈춰 봐요. 고개를 돌려서 얼굴을 보게 해 주세요.

테이블 위에는 흰 식탁보. 꽃병에는 노란 금잔화 한 묶음. 적포도주 한 병. 미카엘이 안식일 빵을 자른다. 야이르는 유치원에서 배운 안식일 노래 세 곡을 부른다. 나는 구운 생선을 놓는다. 안식일 초는 켜지 않는데 미카엘이 종교적 관습을 따르지 않기로 한 사람들이 그러는 것은 위선적이라고 생각하기 때문이다.

미카엘은 야이르에게 1936년의 폭동에 대해서 이야기해 준다. 야이르의 자세를 보면 아주 열중해 있음을 알 수 있다. 나도 남편의 목소리를 듣는다. 푸른 코트를 입은 예쁜 여자애도 있는데 그 아이는 닫힌 창문으로 나를 부르려고 하고, 그래서 가녀린 주먹으로 창틀을 두드리고 있다. 아이의 얼굴은 고통으로 가득하다. 거의 절망에 가깝다. 입술은 무엇인가 되풀이해서 말하고 있는데 나는 들을 수가 없고 그 아이는 말을 멈춰 버리고 그 얼굴은 조용해지고 이미 유리창이 되어 있다. 돌아가신 아버지는 안식일 전날이면 항상 포도주와 빵을 놓고 축복을 비셨다. 우리는 늘 안식일 촛불도 켰었다. 아버지는 종교적인 관습에 어떤 진실이 있는지 모르셨다. 그래서 그것을 지키신 것이다. 에마뉘엘 오빠가 사회주의 청년 운동에 참가하고 나서야 안식일 관례들을 지키지 않게 되었다. 전통에 대한 우리의 존경심은 아주 나약한 것이었다. 아버지는 우유부단한 사람이었다.

예루살렘 남쪽의 독일인 거류지에 있는 언덕 기슭을 지친 듯한 기차가 오르고 있다. 엔진은 울부짖으며 헐떡인다. 기차가 황량한 플랫폼의 품 안으로 쓰러진다. 마지막 증기가 무력하게 씨근거리며 새어 나온다. 엔진은 정적에 대항하여 마지막으로 굉음을 낸다. 그러나 정적은 너무 강하다. 엔진은 포기하고, 굴복하고, 식어 버린다. 안식일 전날. 막연한 기대. 새들조차 조용하다. 그는 예루살렘의 문 안에 서 있을지도 모른다. 실로암의 과수원이나 악마의 유혹의 언덕 너머에. 도시가 어두워진다.

"샤바트 살롬. 기쁜 안식일." 하고 내가 희미하게 말했다.

아들과 남편은 웃었다. 미카엘은 이렇게 말했다.

"당신 오늘 굉장히 축제 분위기를 내는군, 한나. 그리고 그 초록색 새 옷도 아주 잘 어울리는데."

9월 초에 히스테리 기질이 있는 위층 집 글릭 부인이 요양원으로 옮겨졌다. 부인의 발작은 점점 더 잦아졌었다. 발작이 일어나지 않을 동안에 부인은 멍한 얼굴을 하고 마당이나 거리를 쏘다녔다. 그녀는 통통한 여자로 삼십 대 후반에 아이가 없는 여자들에게서 가끔 찾아볼 수 있는 무르익고 방종한 아름다움을 가지고 있었다. 옷은 언제나 부주의하게 단추가 풀려 있어서 막 자리에서 일어난 것 같았다. 하루는 요람을, 그 상냥한 소년을, 뒷마당에서 공격했는데 얼굴을 때리고, 셔츠를 찢고, 그더러 호색한, 엿보기꾼, 엿보기 좋아하는 호색가라고 했다.

9월 초의 어느 안식일 전날 글릭 부인은 불이 붙은 안식일 촛대 두 개를 낚아채서는 남편의 얼굴에 던졌다. 글릭 씨는 우리 아파트로 피난해 왔다. 미카엘은 파이프를 내려놓고 라디오를 끄고 관계 당국에 전화를 걸기 위해 약국으로 갔다. 한 시간 후에 흰색 제복을 입은 사람들이 도착했다. 그들은 양쪽에서 환자를 잡고는 앰뷸런스 쪽으로 부드럽게 밀고 갔다. 부인은 연인들의 품에라도 안긴 듯이 계단을 내려갔고 그러는 동안 내내 이디시 노래를 콧노래로 불렀다. 다른 아파트에 사는 사람들은 자기 집에서 조용히 그 광경을 지켜보았다. 요람 캄니쩨르가 내려와서 내 곁에 섰다. 그 애는 "고넨 부인, 고넨 부인." 하고 속삭였고 얼굴은 죽은 사람처럼 창백했다. 나는 손을 뻗어 그의 팔을 잡으려 했지만 그러다 말고 손을 거두었다.

앰뷸런스에 당도하자 글릭 부인은 "오늘은 안식일이야, 오늘은 안식일이야." 하고 비명을 질렀다. 그녀의 남편이 그 앞에 서서 풀죽은 목소리로 말했다.

"걱정 말아요, 두바, 아무것도 아니니까, 금방 지나갈 거고, 그냥 기분이 그런 것뿐이야, 두바, 모든 게 다 잘될 거요."

글릭 씨는 그 작은 체구에 구겨진 안식일 정장을 입고 있었다. 그의 가느다란 콧수염은 그 자체가 생명을 가지고 있다는 듯이 떨리고 있었다.

앰뷸런스가 떠나기 전에 글릭 씨는 신고서를 작성하라는 말을 들었다. 지루하고 세세한 양식이었다. 앰뷸런스 전조등 불빛에서 미카엘은 항목들을 하나하나 큰 소리로 읽었다. 남편은 심지어 글릭 씨가 안식일을 모독하지 못하도록 보증하는 자리 두 개 중 하나에다 서명까지 했다. 그러고 나서 미카엘은 거리가 텅 빌 때까지 그를 부축하고 있다가 우리 아파트에 데려와서 커피를 대접했다.

아마도 이것으로 글릭 씨가 우리 아파트를 정기적으로 들르게 된 사연이 설명될 것이다.

"우리 이웃 중에서는 고넨 박사님, 당신이 우표를 수집하는 걸로 알고 있는데요. 운 좋게도 우연의 일치로 제게 필요 없는 우표가 한 상자 있는데 선물로 드리고 싶군요. 뭐라고 하셨죠, 박사가 아니시라고요? 전능하신 하나님 앞에 모든 이스라엘 사람은 평등하지요, 하나님께서 탐탁잖게 여기시는 사람들만 아니라면요. 박사, 군인, 예술가⋯⋯. 우리는 모두 많은 공통점을 가지고 있고 차이들은 무시해도 될 정도지요. 본론으로 돌아가서요. 불쌍한 제 아내 두바에게는 앤트워프에 사는 오빠와 요하네스버그에 사는 언니가 있는데 그 둘이 예쁜 우표가 붙은 편지를 많이 보내지요. 신께서는 저에게 아이를 주는 일이 온당치 않다고 보셨으니, 저한테는 우표가 아무 소용이 없답니다. 고넨 박사님께 그걸 선물로 드리고 싶은데요. 그 대신에 제가 가끔 댁에 들러서 헤브라이카 백과사전을 읽을 수 있게 허락해 주시기 바랍니다. 설명해 드리죠. 저는 지금 지식을 구하고 있는데, 헤브라이카 백과사전을 다 읽을 계획을 세우고 있답니다. 물론 한 번에 끝내려는 것은 아니죠. 한 번에 몇 장 정도로요. 절대로 귀찮게 해 드리거나 소란을 일으키지 않고, 또 집 안에 진흙을 묻혀 오지 않을 거라는 것은 약속합니다. 들어올 때 발을 잘 닦을 겁니다."

이렇게 해서 우리 이웃은 우리 집에 자주 들르게 되었다. 그는 우표 외에도 과학 칼럼이 실렸다는 이유로 종교 신문인 하쪼페의 주말 부록을 가져다주었다. 그때부터 나는 다비드 옐린 거리에 있는 글릭의 잡화 상점에서 특별 할인을 받게 되었다. 글릭 씨는 지퍼나 커튼 고리, 단추, 버클, 자수용 실, 이런 것들을 모두 선물로 주었다. 그리고 나는 그의 선물을 거절할 수 없었다.

"그동안 내내 저는 우리 신앙의 계명들을 경건하게 지켜 왔지요. 그러나 이제 사실 불쌍한 제 아내 두바가 겪은 재앙 이후로는 의구심이 저를 괴롭히고 있습니다. 심각한 의구심들이지요. 저는 지식을 넓히고 백과사전을 공부할 작정입니다. 벌써 '아틀라스'라는 글을 읽는데, 아틀라스라는 게 지도책을 의미하는 것뿐만 아니라 세상을 어깨로 떠받치고 있는 그리스의 거인을 의미한다는 사실을 알게 되었죠. 저는 최근에 새로운 사실들을 많이 발견했는데, 누구에게 감사해야 할까요? 자, 저에게 무척이나 친절하게 대해 주신 관대한 고넨 가족이 아니면 누구겠습니까. 친절은 친절로 갚고 싶은데 말씀입니다, 야이르에게 주려고 산, 이 특대형 동물 카드 맞추기 놀이를 받아들인다고 승낙하지 않으시면 달리 어떻게 감사를 표시해야 할지 모르겠군요.”

우리는 그것을 받아들이겠다고 승낙했다.

우리 집에 자주 들르는 친구들이 있었다.

가장 친한 내 친구 하다사와 아바라는 이름의 그 남편. 아바는 통상부에서 잘나가는 공무원이었다. 하다사는 같은 부에서 전화 교환원으로 일했다. 두 사람은 르하비아에 아파트를 살 정도의 돈을 모으기로 했고 집을 사고 나서야 아기를 낳을 작정이었다. 미카엘은 두 사람에게서 신문에는 나오지 않는 정치적인 이야기들을 단편적으로 들었다. 하다사와 나는 학창 시절과 영국 통치기의 추억을 주고받았다.

지질학과의 예절이 바른 조교수들이 찾아와서는 노인네들 중에 누가 죽지 않으면 대학에서 자리를 얻는다는 일이 얼마나 어려운가에 대해서 농담을 던졌다. 후학들을 위해 공정한 기회를 보장하는 법규가 있어야 한다고.

가끔은 키부츠 티랏 야아르의 리오라가 찾아왔는데 혼자일 때도 있었고 남편과 딸들과 함께일 때도 있었다. 쇼핑하거나 아이스크림을 맛보러 예루살렘에 오는데 우리가 아직 살아 있나 들여다보는 것이었다. 정말 예쁜 커튼에, 정말 반짝반짝 빛나는 부엌이네. 욕실을 잠깐만 들여다봐도 될까? 키부츠에 새 주택지를 지을 건데 비교를 좀 해서 아이디어를 얻으려고. 문화 위원회를 대신해서 금요일 저녁 강좌에 유대인 언덕의 지질학적 구조에 대한 강의를 해 주십사 미카엘 당신을 초대하려고 하는데. 학자의 삶은 정말 훌륭하단 말이야. "학구적인 삶이란 건 지루한 일상에서 너무도 벗어나 있잖아." 리오라가 말했다. "난 아직도 그 옛날 청년 운동 시절의 미카엘을 기억해. 이젠 머지않아 우리 반의 자랑이 되겠지. 티랏 야아르에 강의하러 오면, 식구들 전부 와야 해요. 모두에게 해당하는 초대였으니까. 우리 정말 많은 추억을 함께 갖고 있지."

아브라함 카디쉬만 씨는 열흘마다 찾아왔다. 이 사람은 오래된 예루살렘 집안 출신으로 유명한 제화 회사를 소유하고 있었고 레아 고모의 오랜 친구였다. 결혼 전에 우리 집안을 조사해서 나를 처음 만나기 전에 내가 좋은 집안 출신이라는 사실을 알려 준 것도 이 사람이었다.

우리 집에 도착하면 그는 홀에서 외투를 벗고 우리 집에 자기가 굉장한 세상의 숨결을 들여왔다는 듯이 그리고 우리가 지난번 이후로 줄곧 앉아서 이번 방문만 기다리고 있었다는 듯이 미카엘에게 미소를 지었다. 마실 것으로는 코코아를 가장 좋아했다. 미카엘과의 대화는 주로 정부에 대한 것이었다. 카디쉬만 씨는 우익 국민당의 예루살렘 지부 정회원이었다. 그와 미카엘 사이에는 계속해서 반복되는 논쟁이 일어났다. 살해된 사회주의 지도자 아로조로프, 반(反)영국 지하 운동의

파당, 정부에 의한 알타레나의 함몰. 미카엘이 카디쉬만 씨와의 교제에서 무엇을 찾을 수 있었는지는 모르겠다. 어쩌면 파이프 담배나 체스에 대한 두 사람의 중독이었는지 아니면 미카엘 쪽에서 지독하게 외로운 노인을 저버리기가 꺼림칙했던 건지. 카디쉬만 씨는 야이르에 대한 짧은 노래를 짓곤 했다.

야이르 고넨 님은
지도자가 되실 분
오래오래 사시고
나라의 근심을 덜어 주시고

아니면

훌륭한 우리 야이르는 지금은 아주 작지
그렇지만 언젠가는 통곡의 벽을 해방시켜 주겠지.

나는 차와 커피와 코코아를 끓였다. 바퀴 달린 수레를 부엌에서 거실로 밀고 갔다. 글릭 씨와 남편, 카디쉬만 씨는 생일잔치의 어린애들처럼 테이블에 둘러앉았다. 글릭 씨는 곁눈질로 나를 보고 눈을 재빨리 깜박였는데 마치 내가 자기에게 무슨 모욕이라도 가하지 않나 의심하는 것 같았다. 다른 두 사람은 체스 판에 몸을 숙이고 있었다. 나는 케이크를 잘라 각접시에 놓았다. 손님들은 주부를 칭찬한다. 내 얼굴에는 예의바른 미소가 떠오르지만 나는 그 미소와 전혀 함께하지 않는다. 대화는 어느 정도 이런 식이 된다.

"옛날에는 사람들이 이렇게 말했었죠, 영국인들이 떠나면 구세주가 오시리라고." 글릭 씨가 머뭇거리며 말을 꺼낸다. "글쎄, 영국인들은 떠났는데 구원은 늦어지는군요."

카디쉬만 씨.

"그건 소인배들이 나라를 이끌기 때문입니다. 당신네 알터 만은 용감하게 싸우는 건 돈키호테지만 승리하는 건 언제나 산초라고 어디선가 말하더군요."

남편.

"영웅들과 악당들에 대한 모든 것을 축소하는 것이 취지가 아닙니다. 정치에는 객관적인 사실과 객관적인 경향이 있게 마련이지요."

글릭 씨.

"여러 나라에 빛이 되는 대신에 우리는 그저 여러 나라 가운데 하나가 되어 버렸지요, 그리고 그게 더 잘된 건지 못된 건지 누가 말할 수 있겠습니까?"

카디쉬만 씨.

"그건 이스라엘 제3왕국이 시시한 정당의 인사들에 의해 움직이고 있기 때문이지요. 우리에겐 구세주가 아니라 시시한 키부츠 관리인들이 있소. 어쩌면 우리 훌륭한 꼬마 친구 야이르 고넨의 세대가 자라나면 우리 민족이 자존심을 가지게 될지도 모르지."

나로 말할 것 같으면, 손님들에게 설탕 그릇을 옮겨 주거나 멍하니 이런 말을 하곤 한다.

"지금 유행하는 이런 생각들은 우리를 어디로 끌고 가는 걸까요?"

아니면 때로

"사람은 시대에 따라서 움직여야죠."

아니면

"모든 문제에는 두 가지 국면이 있잖아요."

나는 저녁 내내 침묵을 지키고 앉아 무례해 보이지 않으려고 이런 말들을 한다. 갑작스러운 고통. 내가 왜 여기로 유배되어 있을까? 노틸러스. 드래곤. 아키펠라고의 군도. 오라, 아 오라, 라하민 라하미모프여, 나의 잘생긴 부카라인 택시 운전사. 경적을 크게 울려라. 이본 아줄라이 양은 여행의 준비가 되어 있다. 준비하고 기다리고 있다. 옷을 갈아입을 필요도 없이. 떠날 준비는 완벽하게 되어 있다. 지금.

28

하루하루의 음울한 똑같음. 나는 한 가지도 잊을 수가 없다. 차가운 시간의 손가락에 부스러기 하나 내놓지 않으려고 한다. 싫다. 소파나 안락의자, 커튼처럼 매일매일은 그렇게 단일한 색채의 미묘한 변형일 뿐이다. 푸른 코트를 입은 예쁘고 똑똑한 여자아이, 정맥 혈관이 확장된 지저분한 유치원 교사, 그리고 그 둘 사이에는 미친 듯이 광을 내도 점점 탁해지는 창문틀. 이본 아줄라이는 뒤에 남겨져 있다. 그녀는 비열한 사기꾼 때문에 길을 잃었다. 친구 하다사는 우리 교장 선생님이 암이라는 얘기를 들었을 때 일어난 일에 대해서 얘기해 주었다. 의사가 그 얘기를 해 주자 그분은 격노해서 훈계하셨단다. "나는 항상 제때에 의료세를 냈고, 전시에는 나이도 상관 않고 의료 부대에 자원했소. 그리고 그동안 해 온 운동은 어떻고? 게다가 식이 요법은? 난 평생 동안 담배는 입에 대 본 적도 없어요. 그리고 히브리어 문법의 요소에 대한 내 책은?"

애처로운 푸념. 그러나 그 기만은 애처롭기도 하고 추하기도 하다. 나는 지나친 요구는 하지 않는다. 저 유리만 투명했으면. 그것이 전부다.

야이르가 커 가고 있다. 내년에는 학교에 보낼 것이다. 야이르는 절대로 지루하다는 불평이 없는 아이다. 미카엘은 아이가 완전히 혼자라도 충분한 성격이라고 말한다.

정원의 모래 구덩이에서 야이르와 나는 굴파기 놀이를 한다. 내 손이 아이의 조그마한 손을 향해 굴을 파고 우리는 모래 아래서 만난다. 그러면 아이는 그 똑똑한 머리를 쳐들고 조용히 말한다. "우리 만났어요?"

한번은 야이르가 이렇게 물었다.

"엄마, 내가 아론이고 아론이 나라고 해 봐요. 어떤 애를 사랑해야 하는지 어떻게 알아요?"

야이르는 자기 방에서 소리도 내지 않고 한 시간이고 두 시간이고 놀 수 있다. 그래서 나는 갑자기 정적으로 인해 놀라고. 나는 공포에 질려 아이의 방으로 달려든다. 사고야. 전기인

가. 그러면 아이는 조용히 나를 쳐다보고 조심스럽게 놀라고 있다. "무슨 일이에요, 엄마?"

깨끗하고 주의 깊은 아이. 균형 잡힌 아이. 아이는 때로 매 맞고 멍들어 집에 온다. 설명을 거절하고. 멍든 눈. 결국에는 어르고 달래는 데 져서 말한다.

"싸움이 있었어요. 애들이 싸웠어요. 나도. 상관없어요, 아프지 않으니까. 가끔 싸움이 있는데, 그냥 그런 거예요."

외관상으로 나의 아들은 튼튼한 어깨, 커다란 머리, 둔한 움직임 등이 에마뉘엘 오빠를 닮았다. 하지만 오빠의 탁 트이고 떠들썩한 열정은 전혀 갖고 있지 않다. 내가 입을 맞출 때마다 아이는 마치 스스로 조용히 참고 견디는 훈련을 하는 것처럼 움찔한다. 내가 무슨 이야기로 웃기려 할 때마다 아이는 탐색하는 시선을, 곁눈질하고, 경계하며, 다 안다는 듯한, 진지한 시선을 내게 고정한다. 내가 그 농담을 특별히 고른 이유가 무엇일까를 생각하는 듯이. 아이는 사람이나 말보다 사물이 더 재미있다고 생각한다. 스프링, 탭, 나사, 플러그, 열쇠들.

하루하루의 똑같음. 미카엘은 일하러 갔다가 3시에 집에 온다. 아버님이 결혼 선물로 주셨던 서류 가방은 다 떨어져서 제니아 고모님이 새것을 사 주셨다. 그의 얼굴 아랫부분에는 주름이 퍼져 간다. 그 주름들은 미카엘에게는 없는 차갑고 통렬한 빈정댐을 보여 준다. 그의 박사 논문은 더디지만 확실하게 진전되고 있다. 미카엘은 매일 저녁 9시와 11시 뉴스 사이의 시간을 논문에 쏟고 있다. 손님이 없고 라디오에 재미있는 것이 없으면 나는 미카엘에게 논문을 몇 장 읽어 달라고 한다. 그 고른 목소리의 평온함. 그의 책상 램프. 그의 안경. 화산 분화에 대해서, 결정체 표면의 냉각에 대해서 말하면서 안락의자에 앉아 있는 느긋한 그의 몸의 자세. 그 단어들은 내가 꾸는 꿈에서 나온 것이고 그 꿈들 속으로 되돌아가리라. 남편은 한결같고 자제심이 있다. 가끔 나는 눈송이라고 했던 회색빛 도는 흰 새끼 고양이를 기억해 낸다. 천장의 나방을 잡으려던 그 고양이의 비틀거리는 뜀을.

우리는 둘 다 사소한 여러 가지 병을 앓기 시작한다. 미카엘은 열네 살 때 이후로 하루도 아파 본 적이 없고 나는 가벼운 감기 이상으로 심각한 병은 앓아 본 적이 없다. 그러나 이제 미카엘은 속 쓰림으로 자주 고생을 하고 우르바흐 박사님은 그에게 튀긴 음식 먹는 것을 금지했다. 나는 고통스러운 성대 수축으로 고생하고 있다. 몇 번씩이나 몇 시간씩 목소리가 나지 않았던 적이 있다.

가끔은 우리 사이에 작은 소동이 일어난다. 그다음에는 고요한 정적이 따라온다. 잠시 동안 우리는 서로를 비난하다가 갑자기 스스로를 비난한다. 흐릿하게 불 켜진 계단참에서 우연히 만난 모르는 사람들 같은 미소. 당황하지만 아주 예의 바른.

우리는 가스 조리기를 샀다. 다음 여름에는 세탁기를 갖게 될 것이다. 이미 계약서에 서명하고 첫 불입금을 부었다. 카디쉬만 씨 덕택에 우리는 상당한 할인을 받게 될 것이다. 야이르의 방을 푸른색으로 칠했다. 미카엘은 발코니를 개조한 자기 서재에 책장을 더 설치했다. 그러면서 우리는 야이르의 방에 책 선반 두 개를 달아 주었다.

제니아 고모님이 신년을 보내러 오셨다. 휴일이 안식일 바로 다음이었기 때문에 고모님을 나흘 동안 모셨다. 고모님은 더 늙고 더 엄해졌다. 추한 흐느낌 같은 표정이 얼굴에 박혔다. 고모님은 심장 부근의 심한 통증에도 불구하고 담배를 엄청나게 피웠다. 덥고 불안한 나라에서 의사의 운명이란 힘든 것이다.

미카엘과 나는 제니아 고모님과 함께 헤르츨산과 시온산으로 산책을 했다. 우리는 새 대학 캠퍼스가 세워질 언덕도 들러 보았다. 제니아 고모는 텔 아비브에서 갈색 표지의 폴란드 소설을 한 권 가지고 와서 밤새도록 읽었다.

"어째서 주무시지 않으세요, 제니아 고모님? 휴가를 잘 사용해서 푹 잘 주무셔야죠."

"너도 잠을 잘 못 자잖니, 한나. 내 나이에는 괜찮은 일이지. 네 나이에는 그래선 안 된다."

"박하 차를 좀 만들어 드릴게요. 긴장이 풀리고 잠이 오는 데 도움이 될 거예요."

"하지만 나는 잠에서 휴식을 얻지 못한단다, 한나. 어쨌거나 고맙구나."

휴가가 끝나 갈 때 제니아 고모님이 이렇게 물었다.

"너희 이 끔찍한 아파트에서 이사 가지 않을 생각이라면 어째서 둘째를 가지지 않는 거냐?"

미카엘은 잠시 생각하더니 미소 지었다.

"우리 생각엔 아마도 제가 논문을 다 마치면……."

내가 말했다.

"아니에요. 아직 이사할 생각을 포기하진 않았어요. 멋진 새 아파트를 가지게 될 거예요. 그리고 외국으로 여행도 하고요."

그리고 제니아 고모님이 갑작스럽게 격한 슬픔에 젖어서 말했다.

"글쎄, 시간은 빨리 흐르지, 말이다, 시간은 빨리 흘러. 너희 둘은 시간이 조용히 서서 너희를 기다려 줄 것처럼 살고 있구나. 시간은 조용히 서 있지 않아요. 시간은 누구도 기다려 주지 않아."

2주 후, 초막절 주에 나는 25세 생일을 맞았다. 나는 남편보다 네 살 어리다. 내가 예순여섯이면 미카엘은 일흔이다. 남편은 나에게 생일 선물로 축음기와 클래식 레코드 세 장, 바흐와 베토벤과 슈베르트를 사 주었다. 레코드를 모으는 건 당신에게 좋을 거야. 어디선가 음악이 사람을 편하게 해 준다는 걸 읽었는데. 그리고 수집이라는 건 그 자체로서 사람을 편하게 해 주지. 나도 파이프를, 그리고 야이르를 위해서 우표를 수집하니까. 당신도 휴식이 필요한가요, 라고 나는 묻고 싶었다. 나는 그의 미소를 원하지 않았다. 그래서 묻지 않았다.

요람 캄니쩨르는 야이르에게서 그날이 내 생일이라는 말을 들었단다. 그는 어머니에게 다리미대를 빌려다 주어야 한다며 들어왔다. 그리고 갑자기 서툴게 손을 내밀더니 갈색 종이로 싸인 꾸러미를 건네주었다. 열어 보았다. 야콥 피흐만의 시집. 감사의 말이 입 밖으로 나오기도 전에 요람은 위층으로 올라가 버렸다. 다리미대는 다음 날 아침 여동생이 돌려주었다.

휴일 전날 나는 미용실에 가서 남자아이처럼 머리를 짧게 깎았다. 미카엘이 말했다.

"당신 어떻게 된 거야, 한나? 도대체 어떻게 된 건지 모르겠군."

어머니는 내 생일에 노프 하림에서 소포를 보냈다. 초록색 테이블보 한 쌍이 담겨 있었는데 어머니는 두 개 모두에 자주색 시클라멘을 수놓았다. 그 수는 아주 섬세했다.

초막절 동안에 성서 동물원에 갔었다.

성서 동물원은 우리 집에서 걸어서 10분 거리에 있지만, 또 다른 대륙 같았다. 동물원은 바위 많은 언덕의 비탈에 있는 숲속에 세워져 있다. 비탈 아래쪽에는 황무지가 있다. 거친 와디가 멋대로 정처 없이 흐르고. 바람이 소나무 꼭대기를 흔들었다. 검은 새들이 푸른 광야로 날아오르는 것이 보였다. 나는 눈으로 새들을 좇았다. 잠시 동안 나는 방향 감각을 잃어버렸다. 나는 새들이 날아오르고 있는 것이 아니라 내가 떨어지고 또 떨어지고 있다고 생각했다. 나이 많은 직원이 근심스러운 듯 내 어깨를 두드렸다. 이쪽입니다, 부인, 이쪽이요.

미카엘은 야행성 동물의 습성에 대해서 아들에게 설명해 주었다. 쉬운 단어를 사용하고 형용사는 피했다. 야이르는 질문했다. 미카엘은 대답했다. 나는 그 단어들은 놓쳤지만, 소리는 바람과 우리에서 끽끽대는 원숭이들의 소리는 놓치지 않았다. 눈 부신 햇살 속에서 원숭이들은 음탕한 놀이에 열중해 있었다. 나는 그 광경을 무심히 지나칠 수 없었다. 그것은 꿈에서 낯선 사람들이 나를 욕보일 때 가끔 느끼는 기분 같은 추잡한 즐거움을 일으켜 주었다. 회색 코트를 입고 깃을 세운 한 노인이 원숭이 우리를 마주하고 서 있다. 뼈가 앙상한 그의 손은 조각이 새겨진 지팡이 위에 얹혀 있다. 여름 드레스 안에서 젊고 발기한 채로 나는 일부러 그와 우리 사이를 지나간다. 그는 내가 투명인간인 것처럼 쳐다보고 또 쳐다보고 원숭이들의 교미는 내 살을 통해 계속된다. 뭘 보시나요, 선생님? 어째서 묻는 거요, 젊은 아가씨? 제 기분을 상하게 하시는군요, 선생님. 지나치게 민감하군요, 젊은 아가씨. 가시는 건가요. 선생님? 집으로 간다오, 젊은 아가씨. 집이 어디시죠, 선생님? 당신에겐 물을 권리가 없어요. 나에겐 내 집이 있고, 당신에겐 당신 집이 있지. 뭐가 잘못되었나요? 나를 뭘로 여기는 거요? 용서하세요, 선생님, 선생님의 진의를 오해했군요. 친애하는, 지쳐 있는 젊은 아가씨, 당신은 자신에게 얘기하고 있는 것 같군. 아가씨 말은 알아들을 수가 없어요. 몸이 안 좋은 것 같구려. 희미한 음악이 들려요, 선생님. 멀리서 악대가 연주하고 있는 건가요? 숲 너머에 뭐가 있는지는 말이요, 젊은 아가씨. 모르겠군. 몸이 불편한 젊은 아가씨를 믿기는 힘들지. 곡조가 들려요. 선생님. 그건 환상이야, 아가씨, 원숭이들의 기뻐 날뛰는 비명, 음탕한 소리들이지. 아니에요, 선생님 말은 믿지 않겠어요. 저를 속이고 계신 거예요. 숲과 건물 너머에, 이스라엘왕들의 거리에 행렬이 지나가고 있어요. 거기서 젊은이들은 행진하고 노래하고, 의기양양하게 걷는 말을 탄 억센 경관들이, 금술 달린 눈부신 흰색 유니폼을 입은 군악대가 있어요. 저를 속이시는군요, 선생님. 제가 텅 비게 될 때까지 저를 고립시키시려는 거예요. 저는 아직 속하지 않았고 벌써 전 같지 않아요. 저는 선생님이 부드러운 말로 저를 유혹하게 놓아두지 않을 거예요. 그리고 만일에 여윈 회색 늑대들이, 부드러운 발로 걷고 입은 벌어져 있고, 코는 촉촉하고, 털은 진흙과 침으로 범벅이 되어서 원숭이 우리 주변을 돌고 또 돌고 있다면 그렇다면 그들이 위협하는 건 확실히 우리지요, 우리가 그 분노의 대상인 거예요, 지금은, 그래요, 지금요.

29

하루하루의 음울한 똑같음. 가을이 올 것이다. 오후에는 서향의 창을 통해서 해가 들어와 깔개와 안락의자 덮개에 무늬를 만든다. 바깥의 나무가 흔들릴 때마다 빛의 무늬는 조용한 흔들림으로 변한다. 그 움직임은 쉼 없고 복잡하다. 무화과나무 맨 꼭대기의 가지는 저녁마다 새로이 타오른다. 밖에서 노는 아이들의 목소리는 멀리 있는 광야를 연상시킨다. 가을이

올 것이다. 나는 언젠가 어릴 적에 가을이면 사람들이 더 조용하고 더 현명해 보인다던 아버지의 말씀을 기억하고 있다.

조용하고 현명해지다니. 얼마나 지루한가.

어느 날 저녁 미카엘의 학생 시절 친구인 야르데나가 집에 찾아왔다. 자기와 함께 압도적인 쾌활함을 가지고. 그녀와 미카엘은 똑같이 공부를 시작했는데 열심히 공부하는 미카엘은 지금 이렇게 멀리 왔는데 자신은 말하기도 부끄럽게 아직도 변변찮은 논문 가지고 씨름하고 있다면서.

야르데나는 엉덩이에 살집이 있고 키가 컸으며 짧고 딱 붙는 치마를 입었다. 눈도 초록색이었고 머리카락은 금발에 풍성했다. 미카엘에게 도움을 청하러 왔어요. 논문 때문에 고생하고 있거든요. 처음 만난 날부터 미카엘이 얼마나 똑똑한지 알았다고요. 날 구해 줘야만 해요.

야르데나는 야이르를 친근하게 '말썽꾸러기'라고 불렀고 나에게는 '자기'라고 했다.

"자기, 내가 한 30분쯤 남편을 유괴해 가도 괜찮겠죠? 이 데이비스에 대해서 당장 설명해 주지 않으면 난 지붕에서 뛰어내리고 말 거예요. 정말 미치겠다니까."

그 여자는 말하면서 그의 머리를 자기 머리인 양 만졌다. 크고 창백한, 커다란 반지 두 개로 장식되어 있고 뾰족하게 다듬은 손톱이 있는 손으로 그의 머리를 매만졌다.

내 얼굴은 어두워졌다. 나는 곧 자신을 부끄럽게 여겼다. 나는 야르데나식으로 대답하려고 했다.

"데려가세요. 전부 당신 거니까. 그리고 당신의 데이비스도요."

"자기." 야르데나는 잔인한 미소를 얼굴에 띠면서 말했다. "자기, 그렇게 말하지 말아요. 안 그러면 나중에 아주 후회할 테니까. 지금 흉내 내고 있는 뻔뻔한 여자들 부류로 보이지는 않는데요."

미카엘은 미소를 지어 버렸고, 미소를 지을 때 입가가 떨렸다. 그는 파이프에 불을 붙이고 야르데나를 서재로 불러들였다. 반 시간인지 한 시간 동안 그는 그녀와 함께 책상에 앉아 있었다. 그의 목소리는 깊고 진지했다. 그녀의 목소리는 계속해서 숨 막히는 듯한 작은 키득거림이었다. 커피와 케이크를 내가려고 수레를 끌고 들어갔을 때 그 두 사람의 머리는, 금발과 회색빛의 머리는 연기 위에 떠다니는 것 같았다.

"자기, 자기는 작은 천재를 낚은 것에 대해서 별로 흥분한 것 같지 않네. 내가 당신이었다면 저 사람은 산 채로 잡아먹었을걸요. 하지만 자기는 욕심 많은 타입은 아닌 것 같네요. 아니, 겁낼 건 없어요. 내가 암캐 같을지는 몰라도 어쨌거나 물지는 못하면서 소리만 큰 거니까. 자 이제 괜찮으시다면 다시 수업을 계속하게 해 줘야 이 똑똑하고 흠집 없는 양을 돌려드리죠. 당신 아들 말썽꾸러기는 저기 구석에 저렇게 조용히 서서 조그만 어른처럼 날 보고 있군요. 딱 자기 아빠처럼, 수줍어하면서도 날카롭게 쳐다보네요. 날 흥분시키기 전에 저 애를 안 보이는 데로 치워 주세요."

나는 부엌으로 나갔다. 창문에는 푸른 커튼이 달려 있었다.

커튼에는 꽃무늬가 있었다. 부엌 발코니에는 커다란 보일러가 있었다. 세탁기가 올 때까지 세탁하는 데 사용하는 것이었다. 내년 여름. 선반에는 죽은 화초 화분과 등유 램프가 있었다. 예루살렘에는 정전이 잦다. 내가 어째서 머리를 짧게 잘랐을까, 하고 중얼거렸다. 야르데나는 키가 크고 화려하고, 목소리는 따뜻하고 크지. 저녁 준비할 시간이군.

나는 채소 가게로 달려갔다. 페르시아인 채소 가게 주인 엘리야 모시아 씨가 가게 문을 막 닫으려는 참이었다. 그는 유쾌하게 말했다. 2분만 더 늦게 왔으면 가고 없었을걸요. 토마토를 좀 샀다. 오이. 파슬리. 고추와 피망. 가게 주인은 구제불능으로 혼란스러운 내 움직임에 웃고 또 웃었다. 나는 두 손으로 바구니를 쥐고 집으로 달려왔다. 갑자기 나는 서늘하게 겁을 먹고 우뚝 멈췄다. 열쇠가 없네. 열쇠 가져오는 걸 잊었어.

하지만 그래서 어떻단 말인가? 미카엘과 손님이 집에 있는데. 문은 잠겨 있지 않고. 게다가 비상사태를 대비해서 위층 캄니쩨르 댁에다 여벌 열쇠를 맡겨 두었잖아.

공연히 서둘렀다. 야르데나는 남편에게 작별 인사를 하면서 이미 계단참에 서 있었다. 그녀는 조각 같은 다리를 난간에 기대었다. 땀과 향수 냄새가 뒤범벅되어 계단을 채우고 있었다. 나는 뛰어온 데다가 열쇠 때문에 당황해서 숨이 가빴다. 야르데나가 말했다.

"소심한 당신 남편이 반년 동안 나를 골탕 먹인 문제를 반시간 만에 풀었어요. 어떻게 감사를 해야 할지. 두 사람 다요."

말을 하다가 갑자기 그녀는 매니큐어가 잘 발라진 손가락

두 개를 불쑥 내밀어 내 턱에서 피부가 벗겨진 것인지 머리카락인지 모를 것을 집어냈다.

미카엘은 독서용 안경을 벗었다. 그는 조용히 미소 지었다. 나는 갑자기 남편의 팔을 잡고 거기에 기댔다. 야르데나는 웃고는 가 버렸다. 우리는 안으로 들어왔다. 미카엘이 라디오를 켰다. 나는 샐러드를 만들었다.

비는 계속 내릴 것 같지 않았다. 매서운 한기가 도시 전체를 지나갔다. 우리 집은 전기난로를 계속 틀었다. 태양은 또다시 축축한 안개로 뒤덮였다. 내 아들은 창문에다 손가락으로 그림을 그렸다. 나는 가끔 뒤에 서서 쳐다보지만 아무것도 알아볼 수는 없다.

안식일 전날 미카엘은 계단 사다리를 끄집어내더니 겨울옷을 꺼냈다. 여름옷은 넣어 두었다. 나는 지난해 내 옷이 전부 싫었다. 허리선이 높은 그 옷은 이제 나이 든 여자 옷처럼 보였다.

안식일 다음에 나는 쇼핑을 하러 시내로 나갔다. 이성을 잃고 점점 더 많이 샀다. 하루아침에 한 달 수입을 써 버렸다. 초록색 코트, 털을 댄 부츠, 스웨이드 가죽 구두, 긴소매 원피스 세 벌과 지퍼 달린 오렌지색 캐주얼 카디건. 야이르 것으로는 셰틀랜드 양모로 된 따뜻한 세일러복을 샀다.

야포 거리를 따라 서쪽으로 가면서 나는 여러 해 전에 아버지의 것이었던 전기 제품 가게를 지나갔다. 문 안쪽에 짐꾸러미를 내려놓았다. 나는 멍하니 낯선 남자 앞에 서 있었다. 그 남자는 무엇을 찾느냐고 물었다. 그의 목소리는 참을성이 있었고 나는 마음속으로 그에 감사했다. 다시 물어보아야 했을 때도 그는 목소리를 높이지 않았다. 침침한 가게 구석에서 나는 아래쪽 뒷방으로 가는 계단 입구를 보았다. 아버지는 그 방에서 간단한 수리를 하곤 하셨다. 나는 아버지의 가게에 들르는 날이면 거기 앉아서 남자아이들용 동화책을 읽었다. 그 방에서 아버지는 여름에도 겨울에도 하루에 두 번, 오전 10시와 오후 5시에 차를 끓이셨다.

뒷방에서 머리카락이 없는 인형을 쥔 못생긴 꼬마 여자애가 나왔다. 눈은 울어서 빨갰다.

"무엇을 찾으시죠?" 그 낯선 남자는 세 번째로 물었다. 그의 목소리에는 놀라는 기색은 없었다. 좋은 면도기 하나가 필요한데요, 남편이 면도하는 수고를 덜어 주려고요. 남편은 소년처럼 면도를 하죠. 피가 날 때까지 피부를 긁어 대는데도 턱 밑에는 수염이 남아 있거든요. 가장 비싸고 좋은 면도기로요. 깜짝 놀라게 해 주고 싶어서요.

지갑에 남겨 둔 돈을 세면서 서 있을 때 그 못생긴 여자아이의 얼굴이 갑자기 밝아졌다. 나를 안다고 생각했나 보다. 카타몬 보건소의 코퍼만 의사 선생님 아니세요? 아니란다, 아가야, 잘못 알았구나. 나는 아줄라이 양이라고 하는데 테니스팀 신수지. 고맙습니다, 두 분 다 안녕히. 이 안에 불 좀 피우셔야겠네요. 여긴 춥군요. 가게가 습해요.

미카엘은 내가 집에 가지고 간 꾸러미들을 보고서 충격을 받았다.

"당신 어떻게 된 거야 한나? 도대체 어떻게 된 건지 모르겠군."

내가 대답했다.

"물론 신데렐라 얘기는 기억하고 있겠죠. 왕자가 그녀를 택한 건 그 여자의 발이 그 나라에서 제일 작았기 때문이고 그 여자는 계모와 못생긴 두 언니에게 앙갚음하기 위해서 그를 원한 거예요. 왕자와 신데렐라가 가정을 꾸미기로 결정한 것은 허영에 차고 유치한 생각에서 나온 거라는 사실에 동의하지 않아요? 자그마한 발. 말해 두지만요. 미카엘, 그 왕자는 엄청난 바보였고 신데렐라는 정신이 나갔다고요. 어쩌면 그러니까 둘이 잘 어울려서 그 후로 오래오래 행복하게 살았는지도 모르지만."

"나한텐 너무 심오한 얘긴데." 하고 미카엘이 메마른 미소를 지으며 투덜거렸다. "당신의 그 우화는 나한테 너무 심오하다고. 문학은 내 전공이 아니잖아. 난 상징을 잘 해석하지 못하니까. 하려던 말을 다시 해 봐요, 좀 쉽게. 정말로 중요한 말이라면 말이야."

"아니에요, 미카엘, 중요한 게 아니었어요. 내가 설명하려던 게 뭐였는지 잘 모르겠어요. 확실하지가 않네요. 이 새 옷들은 행복하게 즐기려고 산 거고요, 당신을 행복하게 해 주려고 전기면도기를 샀어요."

"내가 행복하지 않다고 누가 그러지?" 미카엘이 조용하게 물었다. "그리고 당신은, 한나, 행복하지 않은 건가? 당신 어떻게 된 거야 한나? 도대체 어떻게 된 건지 모르겠어."

"예쁜 동요가 하나 있죠, 여자애가 이렇게 물어요. '꼬마 광대야, 꼬마 광대야, 나하고 춤추겠니?' 그러면 누가 이렇게 대답하죠. '예쁜 꼬마 광대는 누구하고든 춤출 거라네.' 당신은 말이에요, 미카엘, 그게 여자애의 질문에 충분한 대답이 되었다고 생각해요?"

미카엘은 무슨 말을 하려고 했다. 마음을 바꿨다. 침묵했다. 그는 꾸러미들을 풀었다. 물건들을 제자리에 놓았다. 서재로 갔다가 머뭇거리면서 잠시 후에 다시 돌아왔다. 당신 덕택에 카디쉬만 씨나 누구 아는 사람에게 이번 달 생활비를 꾸어야겠어. 그리고 어째서지, 난 그걸 이해하려는 중이야. 이유가 뭐였지? 하늘이든 땅이든 어딘가에는 이유가 있겠지.

"'이유'라는 말을 쓸 때는 조심하지 않으면 안 돼요. 육 년 전에 내게 그걸 가르쳐 준 건 바로 당신이 아니던가요?"

30

예루살렘의 가을. 비가 늦어지고 있다. 하늘은 고요한 바다에 가까운 깊은 푸른색이다. 메마른 추위가 살을 파고든다. 길 잃은 구름이 동쪽을 향하고 있다. 이른 아침 구름이 내려와 기마대 행렬처럼 집집 사이를 떠다니고 있다. 구름은 갑자기 불어나 얼어붙은 돌 아치들을 어둡게 가린다. 이른 오후 도시에 안개가 내려앉는다. 5시나 5시 15분이면 어둠이 깔린다. 예루살렘에는 가로등이 많지 않다. 불빛은 노르스름하고 약하다. 골목과 공터에서는 낙엽들이 춤추고 있다. 집 앞 거리에는 미사여구로 쓴 부고가 붙어 있었다. '부카라인 지역 사회의 아버지, 나훔 하눈. 충만한 삶을 누리고 영면에 들어가시다.' 나는 나훔 하눈이라는 이름에 대해서 곰곰이 생각하고 있었다. 충만한 삶에 대해서. 죽음에 대해서.

카디쉬만 씨는 우울하고 동요된 채로 러시아제 모피 코트에 싸여서 나타났다.

"전쟁이 일어날 겁니다. 이번에는 예루살렘, 헤브론, 베들레헴, 나블루스를 정복할 거요. 전능하신 신께서는 정당하게 일을 행하시어 우리의 소위 그 지도자라는 사람들에게 상식을 주지는 않으셨지만 적들에게서도 제정신을 흐려 놓으셨지. 그러니까 한 손으로 빼앗아 가신 것은 다른 손으로 되돌려 놓으신다는 거지. 유대인들의 지혜로 이루지 못한 일을 아랍인들의 어리석음이 일으킬 겁니다. 엄청난 전쟁이 있을 거고, 성소들은 다시 한번 우리 것이 되겠지요."

"성전이 파괴된 날 이후로." 미카엘은 자기 아버지가 곧잘 하던 말을 되풀이했다. "성전이 파괴된 날 이후로 선생님이나 저 같은 사람들에게 예언의 힘이 주어졌지요. 제 의견을 물으신다면, 우리가 하려는 전쟁은 헤브론이나 나블루스를 두고 싸우는 것이 아니라 가자와 라파를 두고 싸우는 것이 될 겁니다."

내가 웃으며 말했다.

"신사분들, 두 분 다 제정신이 아니시군요."

돌이 깔린 마당은 죽은 솔잎으로 뒤덮여 있다. 가을은 부자연스럽고 음침했다. 바람은 황량한 마당에서 마당으로 낙엽들을 쓸어 보내고 있다. 새벽녘 메코르 바룩에서는 발코니의 골함석 판들이 어떤 곡조를 연주한다. 추상적인 시간의 움직임은 시험관에서 끓고 있는 물질과 닮았다. 순수하고 빛나고 치명적인. 10월 10일 밤, 새벽이 다가오고 있을 때, 나는 멀리서 묵직한 엔진 소리를 들었다. 그것은 점점 커지는 힘을 심하게 억누르고 있는 낮은 천둥소리 같았다. 우리 집 근처의 슈넬러 막사 안에서는 탱크가 움직이기 시작했다. 탱크는 덜컹거리며 지나갔다. 나는 그 탱크들이 묶여 있는 줄을 미친 듯이 잡아당기는 더럽고 화가 난 사냥개들이라고 생각했다.

그 안에는 바람도 있었다. 바람은 쓰레기들을 집어 들어 소용돌이를 만들어서는 낡은 덧창들에다 집어던진다. 바람은 빛이 바래 가는 신문지를 집어 올려 어둠 속에서 유령 같은 형상을 만들어 낸다. 가로등을 붙잡고 창백한 그림자들이 춤추게 한다. 지나가는 사람들은 매서운 돌풍에 몸을 숙이고 걷는다. 바람은 계속해서 문을 잡았다 놓아서 부딪히게 만들어 멀리서 깨진 유리창이 짤그랑거린다. 난로는 하루 종일 타고 있다. 라디오 아나운서의 목소리는 딱딱하고 엄숙하다. 막 격렬한 분노로 터져 나올 것 같은 통렬하고도 지속적인 자제력.

10월 중순 페르시아인 채소 가게 주인 엘리야 모시아 씨가 군대로 소집되었다. 아버지가 없자 딸 레바나가 가게를 꾸려 나갔다. 레바나는 수줍음이 많은 아이였다. 나의 비위를 맞추려는 그 수줍은 노력이 나를 즐겁게 했다. 그 아이는 안

절부절못해서 땋은 금발 머리를 자근자근 씹었다. 그 동작은
애처로웠다. 밤에 나는 미카엘 스트로고프의 꿈을 꾸었다.
그는 머리를 삭발한 타르타르의 높은 사람들 앞에 서 있었는
데 그들의 표정에는 야만스러운 잔인함이 떠올라 있었다. 그
는 조용히 고문을 참아 내고 비밀을 실토하지 않았다. 입은
꽉 다물어져 있었고 훌륭했다. 눈에서는 푸르스름한 강철 같
은 빛이 났다.

점심시간에 미카엘은 라디오 뉴스에 대해서 말했다. 내 기
억이 맞는다면, 독일의 철혈 재상 비스마르크가 세운 잘 알려
진 규칙이 있는데 말이야, 그에 따르면 사람이 적대 세력의 동
맹에 맞서게 되면 돌아서서 가장 강한 적을 해치워야 한다는
거야. 이번에 그렇게 해야 한다고, 라고 남편은 확신을 가지고
말했다. 우선 요르단과 이라크를 죽을 만큼 겁나게 만들고 그
다음에 갑자기 돌아서서 이집트를 쳐부수는 거지.
나는 남편이 갑자기 산스크리트어로 이야기하기 시작한 것
처럼 남편을 뚫어지게 쳐다보았다.

31

예루살렘의 가을.
아침마다 나는 부엌 발코니에서 낙엽을 쓸어 낸다. 새 낙엽
이 떨어져서 그 자리를 메운다. 낙엽은 손가락 사이에서 부서

져 먼지가 되어 버린다. 나는 빨랫줄에서 빨래를 걷으러 서둘러 아래층으로 내려간다. 그러나 비는 오지 않았다. 감기가 들어 목이 매우 아프다. 목은 아침에 제일 많이 아프다. 피부를 스치는 습기 찬 바람뿐. 도시에서는 어떤 긴장이 느껴지게 되었다. 새로운 정적이 낯익은 물체들을 사로잡았다.

가게에서는 주부들이 아랍 군대가 예루살렘 주위에 대포 부대를 배치하고 있다고 말했다. 통조림 음식과 촛불과 등유 램프는 가게에서 사라졌다. 나는 비스킷을 큰 봉지로 하나 샀다.

산헤드리야 지구에서는 보초병들이 밤에 총을 쏘았다. 포병대 부대들이 텔 아즈라 숲에 배치되었다. 나는 예비병들이 성서 동물원 뒤의 벌판에 위장망을 치는 모습을 보았다. 친구 하다사가 들러서는 자기 남편 말에 따르면 내각이 새벽까지 회의를 계속했고 끝나고 나왔을 때 장관들은 동요되어 보였다는 말을 해 주었다. 킹 조지 거리의 알렌비 카페에서 잘생긴 네 명의 프랑스 장교를 보았다. 그들은 차양 달린 모자를 쓰고 있었고 견장에서는 자주색 수장(袖章)이 빛났다. 그런 모습은 영화에서밖에 본 적이 없었다.

다비드 옐린 거리에서 쇼핑한 것들로 휘청거리며 집에 돌아오다가 나는 얼룩무늬 전투복을 입은 세 명의 낙하산병 앞을 지나쳤다. 그들은 15번 버스 정류장에서 버스를 기다리고 있었다. 그 가운데 검고 마른 사람 하나가 나에게 "자기."라고 소리쳤다. 동료들은 그를 따라 웃음을 터뜨렸다. 나는 그들의 웃음을 마음껏 즐겼다.

수요일 해가 비치자마자 집 주변에는 그 겨울에 가장 차가웠던 얼음 같은 약한 바람이 불었다. 나는 맨발로 일어나서 야이르에게 이불을 덮어 주었다. 발바닥 밑의 매서운 차가움이 좋았다. 미카엘은 자면서 깊게 한숨을 쉬었다. 테이블과 안락의자들은 한 덩어리의 그림자로 보였다. 나는 창가에 섰다. 그리고 아홉 살 꼬마였을 때 앓았던 디프테리아를 기분 좋게 떠올렸다. 꿈을 만들어 내는 힘들이 나에게 꿈과 실제를 나누는 선을 넘게 해 준다. 그 서늘한 지배. 밝은 회색에서 어두운 회색으로 넓게 퍼져 있는 형상들의 작용.

나는 기쁨과 기대로 몸을 떨면서 창가에 서 있었다. 덧창 사이로 붉은 구름에 뒤덮여 밝은 안개의 미세한 틈을 뚫고 지나가려는 해를 지켜보았다. 잠시 후에 해는 갑자기 나타나서 나무 꼭대기를 밝은 빛에 휩싸고 뒤쪽 발코니에 걸려 있는 양철을 번쩍이는 광채로 뒤덮었다. 나는 거기에 사로잡혔다. 맨발에 잠옷 차림으로 나는 유리창에 이마를 대고 섰다. 창틀에는 서리꽃이 피어 있었다. 실내복 차림으로 한 여자가 쓰레기통을 비우러 나왔다. 그 여자의 머리카락도 나처럼 헝클어져 있었다.

알람이 울렸다.

미카엘은 잠옷을 벗었다. 눈꺼풀은 붙어 있었다. 얼굴은 구겨져 보였다. 그는 갈라진 목소리로 중얼거렸다.

"춥군, 정말 끔찍한 날이야."

그리고 눈이 떠지자 내 모습을 보고는 놀랐다.

"정신 나갔어, 한나?"

나는 돌아서서 그를 바라보지만 말을 할 수가 없다. 또 목소리를 잃어버린 것이다. 그렇게 말하려고 했지만 내 목은 고통스럽기만 할 뿐이었다. 미카엘은 내 팔을 잡아채어 억지로 침대로 끌고 갔다.

"정신이 나갔군, 한나." 그는 몸서리치며 말했다. "당신 몸이 좋지 않잖아."

그의 입술이 부드럽게 내 이마에 닿았고 그가 덧붙여 말했다.

"손은 얼음장 같고 이마는 불덩이군. 몸이 안 좋아, 한나."

이불 밑에서 나는 계속 몸을 떨었다. 그러나 나는 또 어릴 적 이래로 느껴 보지 못했던 열렬한 흥분으로 불타고 있었다. 기쁨이라는 열병에 걸린 것이다. 나는 소리도 내지 않고 웃고 또 웃었다.

미카엘은 옷을 갈아입었다. 체크 무늬 타이를 매고 작은 클립으로 고정했다. 부엌으로 가서 내게 우유 한 잔을 데워 주었다. 거기에 꿀 두 숟갈을 넣어 달게 했다. 삼킬 수가 없었다. 목이 불타고 있었다. 그 아픔은 새로운 것이었다. 그 새로운 아픔이 더 강해지면서 나는 그것을 음미했다.

미카엘은 침대 옆의 의자에 우유를 내려놓았다. 내 입술이 그에게 미소를 보냈다. 나는 자신이 더러운 곰에게 솔방울을 던지는 다람쥐라고 상상했다. 그 새로운 아픔은 나의 것이었고 나는 그것을 받아들여 보았다.

미카엘은 면도했다. 라디오를 켜서 전기면도기의 윙윙거리는 소리 사이로 뉴스 헤드라인을 들었다. 그러고는 면도기를 불어 깨끗하게 하더니 라디오를 껐다. 그는 우리 주치의인 알

판다리 거리의 우르바흐 선생님에게 전화를 걸기 위해 약국에
갔다. 돌아와서는 서둘러 야이르에게 옷을 입히고 유치원에
보냈다. 그의 동작은 훈련이 잘된 병사처럼 정확했다.

"밖은 아주 추워. 제발 침대에서 나오지 말아요. 하다사에게
도 전화했어. 자기 파출부를 보내서 당신을 간호하고 요리를
해 주게 한다더군. 우르바흐 선생님은 9시나 9시 반쯤 오신다
고 했고. 한나, 부탁인데 식기 전에 우유 한 번만 더 마시라고."

남편은 어린 웨이터처럼 내 앞에 어색하게 서서 손에 컵을
잘 쥐고 있었다. 나는 컵을 밀어내고 미카엘의 다른 손을 잡
았다. 손가락에 입을 맞췄다. 나는 속에서 웃음을 멈추고 싶지
않았다. 미카엘은 내게 아스피린을 먹어 보라고 했다. 나는 머
리를 내저었다. 그는 어깨를 으쓱했다. 그 부자연스러운 움직
임. 그는 모자를 쓰고 코트를 입었다. 그리고 나가면서 말했다.

"잊지 말라고, 한나, 우르바흐 선생님이 오실 때까지 침대에
누워 있어야 해. 집에 일찍 오도록 할게. 가만히 있어야 돼. 당
신은 감기가 들었을 뿐이야, 한나, 그게 다라고. 집이 춥군. 난
로를 침대 근처로 옮겨야겠어."

남편이 문을 닫고 나가자마자 나는 맨발로 침대에서 뛰쳐
나가 다시 창가로 갔다. 나는 거칠고 반항적인 어린애였다. 나
는 술 취한 사람처럼 목소리를 쥐어짜서 노래하고 소리쳤다.
고통과 쾌락이 서로를 불태웠다. 고통은 즐겁고 상쾌했다. 나
는 숨을 한껏 들이쉬었다. 에마뉘엘 오빠와 내가 어릴 때 곧
잘 그랬듯이 으르렁거리고 울부짖는 소리를 내고 새를 흉내

냈다. 그러나 여전히 아무런 소리도 나지 않았다. 완전한 마법이었다. 그저 쾌락과 고통의 격렬한 흐름에 휩쓸려 버린 것이었다. 추웠지만 이마는 불덩이였다. 나는 숨 막히게 더운 날 어린애가 그러듯이 맨발에 알몸으로 욕조 안에 서 있었다. 수도꼭지를 완전히 다 틀었다. 얼음 같은 찬물 속에서 뒹굴었다. 사방에, 번쩍거리는 타일에 벽에 천장에 타월에 미카엘의 목욕 가운에 문에 걸린 고리에 물을 튀겼다. 나는 입에 물을 가득 채웠다가 거울에 비친 내 얼굴에 뿜었다. 추위로 몸이 새파래졌다. 등 아래로, 척추를 타고 따스한 고통이 퍼져 나갔다. 젖꼭지는 꼿꼿해졌다. 발가락은 돌 같아졌다. 머리만이 불타고 있었고 나는 소리 나지 않는 노래를 멈추지 않았다. 내 몸의 깊은 곳에, 죽는 날까지 절대로 볼 수는 없을 테지만 나의 것인 가장 민감한 관절과 깊은 곳에 격렬한 열망이 퍼져 나갔다. 나는 육체를 가지고 있고 그것은 내 것이었고 고동치고 전율하고 있었으며 살아 있었다. 나는 미친 사람처럼 방에서 방으로 부엌으로 복도로 헤매고 다녔고 물방울이 뚝뚝 떨어졌다. 알몸에 젖은 채로 나는 침대에 쓰러져서 베개와 이불을 팔과 무릎으로 껴안았다. 수많은 친절한 사람들이 손을 뻗어 부드럽게 나를 만졌다. 그들의 손가락이 내 피부에 닿자 나는 타오르는 듯한 흔들림에 휩싸였다. 쌍둥이는 조용히 내 팔을 잡아 등 뒤에 묶었다. 시인 사울은 몸을 구부려 콧수염과 따뜻한 냄새로 나를 취하게 했다. 잘생긴 택시 운전사 라하민 라하미모프도 와서 야만인처럼 내 허리를 낚아챘다. 미친 듯한 춤을 추며 그가 내 몸을 높이 치켜올렸다. 멀리서 음악이 쾅쾅 울렸다. 여러 개의 손이 내 몸을 눌렀다. 주물러지고, 두드려지고, 더듬어지고. 나는 있는 힘껏 웃고 비명을 질렀다. 소리 없이. 얼룩무늬의 전투복을 입은 병사들이 내 주위로 모여들었다. 그들에게서는 격렬한 남자의 냄새가 물결처럼 흘러나왔다. 나는 그들의 것이었다. 나는 이본 아줄라이였다. 한나 고넨과는 정반대인 이본 아줄라이. 추웠다. 물에 잠기고. 남자들은 물이 되려고 태어난다, 저 깊은 곳에 평야에 눈 내리는 넓은 대평원에 별 사이에 차갑고 맹렬하게 넘쳐흐르기 위해서. 남자들은 눈이 되려고 태어난다. 존재하고 쉬지 않으며 소리치지 속삭이지 않으며 만지지 지켜보지 않으며 흘러넘치지 갈망하지 않는다. 나는 얼음으로 만들어졌고, 나의 도시도 얼음으로 만들어졌고, 나의 신하들도 얼음으로 만들어질 것이다. 모두가. 공주가 말했노니. 단치히에 우박 폭풍이 몰아칠 것이다, 도시 전체에 격렬하게, 수정처럼, 깨끗하게 몰아칠 것이다. 엎드려라 역신들이여, 엎드려라, 눈에 코를 박아라. 너희들은 모두 깨끗해질 것이요, 너희들은 모두 하얗게 될 것이다 내가 순백의 공주이므로. 우리 모두가 하얗고 깨끗하고 차가워지지 않으면 우리는 모두 부서져 내릴 것이다. 도시는 전부 수정이 될 것이다. 나뭇잎 하나 떨어지지 않고 새 한 마리 날아오르지 않고 여인네 하나 떨지 않을 것이다. 내가 말했노니.

단치히의 밤이었다. 텔 아즈라와 숲은 눈 속에 서 있었다. 엄청난 대평원이 마하네 예후다, 아그립파, 쉐이크 바데르, 르하비아, 베이트 하케렘, 키리얏 슈무엘, 탈피옷, 기밧 샤울에서 크파르 리프타의 언덕까지 뻗어 있었다. 대평원의 안개와 어둠. 이것이 나의 단치히였다. 마미라 거리의 아래쪽에 있는 풀장 한가운데에 조그만 섬이 하나 솟아 나왔다. 그 위에는 공주의 동상이 서 있었다. 그 돌 안에 내가 있었다.

그러나 슈넬러 막사의 벽 안에서는 비밀스러운 음모가 진행되고 있었다. 억눌린 반란의 기미가 대기 중에 있었다. 두 대의 검은 구축함 드래곤호와 타이그레스호는 닻을 내렸다. 뱃머리가 얼음 표면을 깨고 있다. 흔들리는 돛대 꼭대기의 망대에는 소리를 죽인 선원이 서 있다. 그의 몸도 눈으로 되어 있다, 우리가, 할릴, 한나, 아지즈가 41년의 겨울 폭설에 만들었던 눈으로 된 고등 판무관처럼.

어둠 속에서 전차들은 게울라 거리의 얼음 덮인 비탈길을 육중하게 움직여 메아 셰아림으로 향했다. 슈넬러 막사의 문 앞에서는 털을 댄 재킷을 입은 한 무리의 장교들이 속삭이며 음모를 꾸미고 있었다. 이 이동을 명령한 것은 내가 아니었다. 나의 명령은 움직이지 말라는 것이었다. 이건 음모였다. 숨죽인 속삭임 속에 긴급 명령이 전달되었다. 검은 대기에 가벼운 눈송이들이 떠다녔다. 짧고 날카로운 총성이 들렸다. 무성한 콧수염 끝에서는 고드름이 번쩍였다.

전차들은 대규모로 효율적으로 잠자는 나의 도시 외곽을 뚫었다. 나는 혼자였다. 쌍둥이가 러시아인 지구로 잠입해야 할 순간이 왔다. 그들은 맨발로 조용히 왔다. 목표에 거의 다 다르자 소리 없이 기어갔다. 내가 감옥을 지키도록 배치한 보초를 등 뒤에서 칼로 찌르기 위해서. 도시의 인간쓰레기들이 전부 풀려났고 그들의 목에서 격렬한 외침이 쏟아져 나왔다. 마구 쏟아져 나와 좁은 골목에서 들끓었다. 태동하는 악의 무거운 숨결.

그러는 동안 마지막 저항선이 무너졌다. 요지는 점령당했다. 충실한 스트로고프는 붙잡혔다. 외곽 반란군의 군기는 더 느슨했다. 억세고 술취한 병사들이, 충성스럽게 폭동에 가담해서는 시민과 상인들의 집으로 쏟아져 들었다. 그들의 눈엔 핏발이 서 있었다. 가죽 장갑을 낀 손이 강간과 약탈을 자행했다. 사악한 세력이 도시를 압도했다. 시인 사울은 멜리산다 거리의 방속국 지하실에 감금되었다. 그는 폭도들에게 학대를 받았다. 참을 수가 없었다. 나는 눈물을 흘렸다.

더 높은 교외 지역 너머에서 조용한 고무바퀴 달린 포차가 굴러갔다. 나는 맨머리의 반란군이 테라 상타 건물의 꼭대기로 기어올라 조용히 깃발을 바꾸는 것을 보았다. 머리카락은 헝클어져 있었다. 그는 잘생기고 기쁨에 차 있는 폭도였다.

풀려난 죄수들은 겁에 질린 웃음을 웃었다. 그들은 죄수복을 입고 도시 전체로 흩어졌다. 칼이 지급되었다. 그들은 잔인한 원한을 정리하기 위해서 교외로 퍼져 나갔다. 그들 대신에 저명한 학자들이 투옥되었다. 반쯤 잠든 채로 당황하고 분개해서 그들은 내 이름을 들먹이며 항의했다. 배경이 든든하다고 이야기하고. 위엄을 고집하고. 이미 그 가운데 몇 명은 아부하면서 나를 오래전부터 증오했노라고 공언했다. 등에 닿는 총 개머리판으로 말을 하거나 입을 닥치게 되었다. 새롭고 비열한 힘이 도시를 지배했다.

비밀리에 정해진 계획에 따라 전차가 공주의 궁전을 포위한다. 전차는 푹신한 눈에 깊은 상처 자국을 남겼다. 공주는 창가에 서서 온 힘을 다해 스트로고프와 네모 선장을 부르지만, 목소리는 나지 않고 입술만 기계적으로 움직여 마치 박수를 보내는 군대를 즐겁게 하려는 것처럼 보였다. 내 경호원인 장교들의 생각을 짐작할 수가 없었다. 그들도 음모에 가담했는지 모른다. 그들은 계속해서 시계를 쳐다보았다. 미리 정해 놓은 시간을 기다리고 있는 것일까?

드래곤호와 타이그레스호가 궁전 문 앞에 있었다. 거대한 포가의 총이 서서히 돌아갔다. 괴물의 손가락처럼 그 총들이 나의 창문을 겨눈다. 나를. 나는 몸이 좋지 않아, 라고 공주가 속삭이려 해 본다. 공주는 시온산 너머 동쪽, 유대 사막 쪽의 붉은 불빛을 볼 수 있었다. 자신을 기념하는 것이 아닌 첫 번째 경축의 불빛. 그 두 명의 암살자들이 그녀에게로 몸을 바싹 기댔다. 공주는 그 눈에서 연민과 욕망과 조롱을 보았다. 둘 다 너무도 어렸다. 가무잡잡하고 위험스러울 만큼 잘생겼다. 나는 도도하게 조용히 그들을 마주하려 하지만 나의 몸이 역시 나의 속마음을 보이고 만다. 훤히 내비치는 잠옷을 입고 공주는 얼음 같은 타일 위를 기어다녔다. 그녀는 그들의 열에 들뜬 시선에 노출되어 있었다. 쌍둥이는 쌍둥이처럼 미소 지었다. 이가 히얗게 빛났다. 전혀 좋은 징조가 아닌 떨림이 그들의 몸을 지나갔다. 여자의 치마가 바람에 갑자기 날리는 것을 보는 젊은이들의 비뚤어진 미소처럼.

도시 외곽에서는 확성기를 단 장갑차가 순찰을 했다. 깨끗하고 조용한 목소리가 새로운 왕국의 질서를 요약해서 공표했다. 그 목소리는 번개 같은 재판과 무자비한 처형을 경고하고 있었다. 저항하는 자는 누구든지 개처럼 총살될 것이다. 미치광이 얼음 공주의 치세는 영원히 끝났다. 그 흰고래조차 달아날 수 없을 것이다. 도시에는 새로운 시대가 도래했다.

나는 반쯤 듣고 있을 뿐이다. 암살자들의 손이 이미 내게로 뻗어 오고 있다. 둘 다 붙잡힌 짐승의 신음처럼 거칠게 툴툴거리고 있다. 그들의 눈은 욕정으로 번쩍이고 있었다. 고통의 전율이 떨리며 흘러내려 델 듯이 등을 타고 발끝까지 내려가 내 등에, 목에, 어깨에, 온 전신에 타는 듯한 불꽃과 관능적인 떨림을 보낸다. 안에서 소리 없이 비명이 터져 나온다. 남편의 손가락이 내 얼굴을 반쯤 더듬는다. 그가 나에게 눈을 뜨란다. 내 눈이 얼마나 크게 뜨여 있는지 안 보이는 걸까? 그가 나에게 자기 말을 들으란다. 나보다 더 경청하는 사람이 있을까? 그가 내 어깨를 흔들고 또 흔든다. 자기 입술을 내 이마에 댄다. 나는 아직도 얼음에 속해 있지만 어떤 외부의 세력이 지배하고 있다.

32

알판다리 거리의 주치의 우르바흐 박사님은 작은 도자기 상처럼 자그마하고 섬세하게 조각되어 있다. 광대뼈가 튀어나왔고 눈에는 슬프고 동정하는 표정이 있다. 검사하면서 약간

연설조로 말하는 습관이 있었다.

"한 주 지나면 다시 건강해질 겁니다. 완전히 건강해질 거예요. 그저 감기가 들었는데 해서는 안 될 일을 했을 뿐이지요. 몸은 건강해지려 하고 있는데 어쩌면 정신이 지체시키고 있는지도 모르겠군요. 정신과 육체의 관계는 자동차와 운전사의 관계 같은 것이 아니라, 예를 들자면 음식 속에 들어 있는 비타민과 같은 것이지요. 친애하는 고넨 부인, 당신이 이미 어머니가 되었다는 사실을 기억하세요. 어린아이를 생각하셔야죠. 고넨 씨, 몸에는 완전한 휴식이 필요하고 그건 신경과 정신에도 마찬가지입니다. 그게 최우선이지요. 아스피린을 하루 세 번 먹을 수도 있어요. 목에는 꿀이 좋지요. 그리고 침실은 따뜻하게 해야 합니다. 그리고 부인과 논쟁해서는 안 됩니다. 그저 네, 네, 네 해야죠. 휴식이 필요합니다. 휴양이요. 말을 많이 하면 분쟁의 원인과 정신적 고통이 될 수가 있어요. 말은 가능한 한 적게 하십시오. 중성적이고 기초적인 단어들만 사용하시고요. 지금은 진정하고 있지를 않아요, 전혀 진정이 되어 있지 않습니다. 무슨 문제가 있으면 곧장 저에게 전화하세요. 하지만 히스테리 발작의 징후가 있으면 조용히 참을성을 가지고 기다려야 합니다. 각본을 더 늘리지 마시고요. 항생제가 바이러스를 죽이듯이 수동적인 관중은 연극을 죽여 버리지요. 완전한 평온함, 내적 평온함이 필요합니다. 건강해지셨으면 좋겠군요. 부디."

저녁이 다가오자 나는 더 편해졌다. 미카엘이 야이르를 방으로 데려와 멀찍이서 밤 인사를 하도록 했다. 나는 억지로

"둘 다 잘 자요." 하고 속삭였다. 미카엘은 손가락을 입술에 대었다. 당신은 말해서는 안 돼요. 목소리 쥐어짜지 말고.

남편은 야이르에게 저녁을 주고 잠자리에 눕혔다. 그러고는 우리 방으로 다시 돌아왔다. 라디오를 켰다. 흥분한 뉴스 진행자가 미국 대통령이 보낸 최후통첩에 대해서 얘기를 했다. 대통령은 당사자들에게 모두 자제력을 발휘하고 사고를 피하라고 요청했다. 이라크 군대가 요르단으로 이동하고 있다는 미확인 보도. 정치 해설가는 회의적이다. 정부는 경계 태세와 침착함을 호소한다. 군 전문가들은 말이 없다. 거이 몰렛의 내각은 특별 회담을 두 번 열었다. 유명한 여배우가 자살했다. 예루살렘에 다시 서리가 내릴 것이라는 예보.

미카엘이 말했다.

"하다사네 파출부 심카가 내일 다시 올 거야. 그리고 나도 하루 쉴 거고. 나는 당신에게 말을 걸겠지만, 한나, 당신은 말하면 안 되니까 대답하지 말아요."

"힘들지 않아요, 미카엘. 아프지 않은걸요."

미카엘은 안락의자에서 일어나 침대 끝에 앉았다. 그는 조심스럽게 이불을 밀어내고는 매트리스 위에 앉았다. 그리고 마치 마침내 머릿속으로 어려운 방정식을 풀어냈고 지금 그 계산을 검토하고 있다는 듯이 천천히 몇 번 고개를 끄덕였다. 잠시 나를 응시했다. 마침내 나에게라기보다 자기 자신에게 말하듯이 이렇게 말했다.

"아주 무서웠어, 한나, 점심에 집에 왔는데 당신이 그렇게 되어 있어서 말이야."

미카엘은 그 말을 하면서 다친 것처럼 움찔했다. 그는 일어나서 이불을 바로 펴고 침대 옆 램프를 켜고 천장 등을 껐다. 내 손을 자기 손에 쥐었다. 그는 아침에 멈춰 버린 내 손목시계의 바늘을 맞추었다. 시계를 감았다. 그의 손가락은 따뜻했고 손톱은 납작했다. 손가락 안에는 건(腱)과 살, 신경, 근육, 뼈, 혈관이 있었다. 문학 공부를 할 때 나는 이븐 가비롤의 시를 외워야 했는데 그 시에서는 우리가 악취 나는 기질로 만들어져 있다고 했다. 그에 비하면 독성 화학 약품은 얼마나 순수한가. 맑은 백색 결정들. 땅은 억제된 화산 위에 놓인 초록색 껍질에 불과하다. 나는 남편의 손가락을 내 손에 잡았다. 그 몸짓으로 구하던 용서를 얻었다는 듯이 미카엘의 얼굴에는 미소가 떠올랐다. 나는 울음을 터뜨렸다. 미카엘은 내 뺨을 매만졌다. 입술을 깨물었다. 아무 말도 하지 않기로 했다. 그는 야이르의 머리를 두드리듯이 내 머리를 두드렸다. 그렇게 비교하자 나는 설명할 수 없는 이유로, 어쩌면 아무 이유도 없이 슬퍼져 버렸다.

"당신이 건강해지면 어디 멀리 갑시다. 키부츠 노프 하림으로 갈까. 아이는 장모님과 형님께 맡기고 휴양지로 가지. 에일랏이 좋을까. 아니면 나하리야. 잘 자요 한나. 불은 끄고 난로는 복도에 내놓을게. 내가 무슨 실수를 했나 보군. 무엇인지 모르겠지만. 내 말은, 이린 일이 일어나게 하지 않으려면 내가 어떻게 했어야 하는지, 아니, 당신을 이런 상태에 빠뜨리지 않으려면 내가 어떤 일을 하지 말았어야 했는지? 홀론의 학교에 다닐 때 예히암 펠레드라는 체육 선생님이 있었는데 늘 나를

'얼간이 갠츠'라고 하셨어. 내 반사 신경이 좀 느렸거든. 나는 영어와 수학은 잘했지만 체육에서는 얼간이 갠츠였지. 사람은 누구나 장단점이 있으니까. 정말 진부한 말이군! 어쨌거나, 그게 문제가 아니지. 내가 하고 싶은 말은 말이야, 한나, 나로 말하면 나는 우리가 다른 사람이 아닌 서로를 상대로 맞아 결혼한 것이 기뻐. 그리고 당신의 필요를 채워 주기 위해 할 수 있는 일은 다 하려고 노력하고 있어. 부탁이야, 한나, 다시는 오늘 점심에 집에 돌아왔을 때처럼 날 겁에 질리게 하지 말아 줘. 부탁이야, 한나. 나는 강철로 만들어진 게 아니라고. 이런, 또 진부한 소리를 하고 있군. 잘 자요. 내일은 내가 세탁소에 세탁물을 가져갈 거야. 밤에 뭐가 필요하더라도 목이 그러니까 소리치지는 말아요. 벽을 두드리면 되니까. 서재에 앉아 있을 테니까 당장 올 거야. 그리고 여기 수면제가 있어. 이것 없이도 잘 수 있으면 먹지 말고. 약 없이 자는 게 훨씬 나으니까. 부탁이야, 한나, 부탁해. 당신에게 내가 뭘 부탁하는 일은 별로 없잖아. 이제 세 번째군. 내가 왜 이렇게 귀찮게 구는 거지. 잘 자요, 한나."

다음 날 아침 야이르가 물었다.

"엄마, 아빠가 왕이면 내가 공작이 되는 게 맞아?"

나는 미소를 짓고 쉰 소리로 낮게 속삭였다.

"'할머니에게 날개가 있어 날 수 있다면 할머니는 하늘의 독수리가 될 텐데.'"

야이르는 조용해졌다. 어쩌면 그 동요의 결과를 상상하려고 하고 있었는지도 모른다. 그것을 그림으로 된 언어로 바꾸어 보면서. 이미지를 거부하고. 아이는 마침내 조용히 말했다.

"아니야. 날개 달린 할머니는 할머니지 독수리가 아니야. 엄마는 생각도 하지 않고 말을 해. 「빨간 망토」에서 사람들이 늑대 배에서 할머니를 꺼내는 장면을 얘기해 줄 때처럼요. 늑대 배는 창고가 아니잖아. 그리고 늑대들은 먹을 때 씹는단 말이에요. 엄마에겐 무슨 일이든지 가능해. 아빠는 말할 때 조심하고 그저 생각나는 대로 말하지 않아요. 아는 것만 말하지."

미카엘이 가스 스토브에서 끓고 있는 주전자의 날카로운 소리 위로 말한다.

"야이르, 지금 당장 부엌으로 가겠니. 앉아서 먹어라. 엄마는 몸이 안 좋아요. 귀찮게 굴지 말아다오. 이미 경고했다."

하다시네 파출부인 심카가 창문 밖에 이불을 널었다. 내 머리카락은 헝클어져 있었다. 미카엘은 내가 준 목록을 들고 식료품점에 갔다. 빵, 치즈, 올리브, 샤워크림. 남편은 하루를 쉬었다. 야이르는 복도의 거울 앞에 서서 머리를 헝클어뜨렸다 빗었다 하면서 서 있었다. 그러더니 결국은 거울 속의 자신에게 얼굴을 찡그렸다.

심카가 매트리스를 털었다. 나는 햇빛 속에서 황금빛 조각들이 창문 귀퉁이를 향해 춤추며 올라가는 것을 보았다. 내 몸에는 기분 좋은 쇠약함이 깃들었다. 고통도, 갈망도 없이. 게으르고 모호한 생각. 곧 예쁘고 커다란 페르시아제 융단을 사야지.

초인종이 울렸다. 야이르가 나갔다. 우편배달부는 서명이 필요하다며 아이에게 등기 우편을 넘겨주지 않으려 했다. 그러는 사이에 미카엘이 장바구니를 들고 계단을 올라왔다. 그는 우편배달부에게서 징집 서류를 받고 수령증에 서명했다. 방으로 들어올 때의 얼굴은 엄숙하고 진지했다.

이 남자는 언제 자제력을 잃을 것인가? 아, 한 번이라도, 저 사람이 겁에 질린 것을 한 번만이라도 보았으면. 기쁨으로 환호성을 지르고. 미친 듯이 달리고.

미카엘은 어떤 전쟁이든지 3주 이상은 지속되지 않을 것이라고 간단하게 설명했다. "물론 제한된 국지전이라고 하더군. 시대가 변했으니까. 또다시 1948년 같은 일은 없을 거야. 강대국 간의 힘의 균형은 불안정하지. 미국은 지금 선거철이고 러시아인들은 헝가리에서 바쁘니 기회는 짧다고. 아니, 이 전쟁은 오래 끌지 않을 것이 확실해. 나로 말하면, 통신대야. 난 조종사도 아니고 낙하산병도 아니지. 그런데 왜 우는 거요? 며칠 지나면 돌아올 거고 진짜 아랍제 커피포트를 가져올게. 농담이었어. 어째서 우는 거지? 돌아오면 약속한 대로 휴가를 떠납시다. 상부 갈릴리로 가지. 아니면 에일랏이나. 뭐하는 거야, 내 초상이라도 치르는 건가? 가자마자 돌아올 거라니까. 어쩌면 결론을 잘못 내렸는지도 모르겠군. 이건 전쟁도 아니고 기동 연습 같은 것일 수도 있어. 기회가 되면 가는 길에 편지를 쓰겠어. 그렇지만 실망시키고 싶지는 않으니까 내가 편지 쓰기에 별로 소질이 없다는 사실은 미리 경고해 두어야겠군. 이제 군복을 입고 배낭을 싸야겠어. 노프 하림의 장모님께 전화해서 내가 가 있는 동안 당신을 보살펴 달라고 할까?

군복을 입으니 기분이 이상하군. 그동안 전혀 몸무게가 늘지 않았는걸. 기억나, 한나, 파자마 위에 경비병 제복을 입고서 야이르와 놀았던 우리 아버지 모습이? 아, 미안해. 멍청하게 다른 때도 아니고 지금 그 얘기를 하다니. 우리 둘 다를 아프게 해 버렸군. 그래도 튀어나오는 말 하나하나에서 징조를 찾으려고 하면 안 되지. 말은 그저 말일 뿐이니까. 여기, 서랍 속에 100파운드를 남겨 두겠어. 그리고 군번과 부대 번호를 적어 두었고. 그 종이는 꽃병 아래 있어. 수도 요금, 전기 요금, 가스 요금은 월초에 다 냈고. 전쟁은 오래가지 않을 거야. 적어도 내 생각은 그래. 그러니까 미국인들이…… 그만둡시다. 한나, 날 그렇게 쳐다보지 말아. 그러면 당신만 더 힘들 뿐이야. 그리고 나도. 내가 돌아올 때까지 하다사네 심카가 여기와서 일할 거야. 하다사에게 전화를 걸어 둘게. 사라 젤딘에게도 전화하고. 저런 또 그렇게 쳐다보는군. 내 잘못이 아니잖아 한나. 기억해 두라고, 난 조종사도 아니고 낙하산병도 아니야. 내 스웨터 어쨌소? 고마워. 아 그래, 목도리도 가져가야겠군. 밤에는 추울지도 모르니까. 솔직하게 말해 봐, 한나, 군복 입은 모습이 어때 보여? 화려한 옷을 입은 교수 같아 보이지 않나? 얼간이 갠츠 상등병, 통신대 소속. 농담이야, 한나. 웃어야지 또 울면 안 되지. 계속 그렇게 울지 말아. 휴가를 떠나는 건 아니지만. 울지 말아요. 도움이 전혀 안 되니까. 난…… 나는 계속 딩신 생각을 할거야. 우편배달 업무가 있으면 편지를 쓸게. 난 괜찮을 거야. 당신도…… 아니, 한나 지금은 감정에 대해서 얘기할 때가 아니지. 말이 무슨 소용이야? 감상은 그저 고통스러울 뿐인걸. 그리고 난…… 난 조종사도 낙하산병도 아닌데. 그 말은 벌써 여러 번 했지. 돌아오면 당신이 건강하고 행복하기를 바라. 당신을 열심히 생각할 거야. 그렇게 하면 우리는 완전히 헤어지는 게 아니지. 그리고…… 어쨌거나 말이지."

나는 그저 그의 상상력이 만들어 낸 허구라는 듯이. 사람이 어떻게 다른 사람의 상상력이 만들어 낸 허구 이상이 되리라고 기대할 수 있겠는가? 난 실재예요, 미카엘. 그저 당신 상상력이 만들어 낸 허구가 아니라고요.

33

하다사네 심카가 부엌에서 설거지를 하고 있다. 혼자서 쇼산나 다마리를 부른다. 나는야 사랑에 빠진 암사슴, 유쾌한 노루. 하늘에는 별이 빛나고 숲속에는 자칼들이 울고, 돌아와요, 헵지바가 당신을 기다리고 있으니.

나는 침대에 누워 하다사가 어젯밤 들렀을 때 가져온 존 스타인벡의 소설을 들고 있다. 읽고 있지는 않다. 얼음 같은 발은 뜨거운 물병 위에 놓여 있다. 나는 쉬고 있으며 완전히 깨어 있다. 야이르는 유치원에 갔다. 미카엘에게서는 아무런 소식이 없고 아직 소식이 있을 리도 없다. 등유 장사가 수레를 밀고 종을 흔들며 거리를 따라 내려간다. 예루살렘은 깨어 있다. 파리 한 마리가 창틀에 달려든다. 파리 한 마리지 무슨 징후도 징조도 아니다. 그저 파리 한 마리일 뿐. 나는 목마르지 않다. 내가 들고 있는 책이 여러 번 들춰 본 흔적이 있다는 사실을 깨닫는다. 표지는 스카치 테이프로 붙여져 있다. 꽃병은 늘 있던 자리에 있다. 그 아래에는 미카엘이 군번과 부대 번호를 적어 둔 종이가 있다. 노틸러스호는 베링해협을 덮은 얼음 아래에 조용히 누워 있다. 글릭 씨는 종교 신문을 읽으면서 가게에 앉아 있다. 차가운 가을바람이 도시를 휩쓴다. 고요함.

9시에 뉴스에서 이렇게 알렸다.

지난밤 이스라엘 방위군이 시나이 사막을 통과하여 군틸라와 라스 엔-나케브를 점령하고 수에즈 운하 동쪽으로 60킬로미터에 있는 나헬 지역의 요소요소를 차지했습니다. 군사 전문가가 설명해 주시겠습니다. 정치적 관점에서 보면. 계속된 도발. 극악무도한 항해의 자유 침해. 도덕적 정당화. 테러리즘과 사보타주. 무방비 상태의 부녀자와 아이들. 늘어가는 긴장. 무고한 민간인. 국내와 해외의 개화된 여론. 본질적으로는 방어 움직임. 침착할 것. 집 안에 있을 것. 정전. 사재기 금지. 지시에 따를 것. 국민에게 부탁. 겁먹지 말 것. 나라 전체가 전선입니다. 국가 전체가 군대입니다. 경보음을 듣는 즉시. 현재까지는 계획대로 일이 진행되었습니다.

9시 15분.

정전 협정은 완전히 끝장났고 다시 재개되지 않을 것입니다. 우리 군대가 우세합니다. 적의 저항선은 무너지고 있습니다.

10시 반까지 라디오에서는 내가 어릴 때 듣던 군가가 연주되었다. 단에서 브엘세바까지 우리는 잊지 않으리. 나를 믿으라, 그날은 오리니.

어째서 내가 너를 믿어야 하지? 그리고 네가 잊지 않았다 해도 그게 뭐 어쨌다는 거야?

10시 반.

시나이 사막, 이스라엘 민족의 역사적 요람.

예루살렘과는 반대로. 나는 긍지와 흥미를 가지려고 할 수 있는 한 애쓴다. 미카엘이 속 쓰림 약을 잊지 않고 가져갔는지 모르겠네. 언제나 단정하고 언제나 깔끔하지. 글쎄, 그는 오 년을 춤으로 보내 버렸으니까. 이제는 '그의 사랑하는 비둘기에게 작별을 고해야' 하겠지.

예루살렘 변두리의 뉴 베이트 이스라엘의 황폐한 골목길에는 지금 새로운 공기가 숨 쉬고 있다. 그 골목에는 돌이 깔려 있다. 깔려 있는 돌은 깨져 있지만 윤이 난다. 골목과 낮은 구름 사이에는 육중한 아치가 서 있다. 졸고 있는 보초, 민방위로 소집된 나이 많은 민간인이 벽에 기대어 서 있다. 덧문이 닫힌 집들. 멀리 조용한 종소리가 들려온다. 언덕 아래에서는 바람이 불어오고. 바람은 구불구불한 골목길에서 갈라져 밀려 들어온다. 골목을 소용돌이치면서 바람은 쇠덧문과 녹슨 자물쇠로 잠겨 있는 철문을 건드린다. 어느 창가에 귀밑머리가 창백한 뺨에 흘러내리는 꼬마 신도가 하나 서 있다. 손에는 사과가 들려 있다. 소년은 마당의 미루나무 가지 사이에 있는 새들을 바라보고 있다. 그 아이는 꼼짝 않고 서 있다. 늙은 보초가 창문 너머 아이의 시선을 끌려 한다. 깊은 고독 속에서 그가 아이에게 미소 짓는다. 아무것도 녹지 않는다. 그 소년은 나의 것이다. 굽이치는 미루나무 안에 청회색 빛이 갇혀 있다. 멀리 떨어진 언덕과 여기 깊고 고요하고 떠다니는 종소리. 새와 도둑고양이 들에게는 정적이 내려앉았다. 커다란 차들은 멀리 여행할 것이다. 돌로 되어 있었으면. 단단하고 평온한. 차갑고 존재하는.

어쩌면 영국군 고등 판무관도 틀렸을지 모른다. 예루살렘 남동쪽의 악한 음모의 언덕에 있는 고등 판무관 관저에서는 비밀회의가 새벽녘까지 계속되었다. 창가에는 창백한 날이 밝아 오지만 불은 아직도 타오르고 있다. 속기사들은 두 시간 교대제로 일한다. 호위병들은 지치고 초조하다.

미카엘 스트로고프는 비밀스러운 전갈을 머릿속에 기억하고서 고등 판무관의 명령을 따라 굳은 결심을 하고 홀로 밤길을 헤쳐 나간다. 잔인한 야만인들에게 둘러싸인 냉정하고 강한 미카엘 스트로고프. 번쩍이는 단검의 빛. 터져 나오는 웃음. 말없이. 우시킨 거리의 빈 건물터에서 싸우던 아지즈와 예후다 고틀리에브처럼. 내가 심판이다. 내가 상품이다. 두 사람의 얼굴은 일그러져 있었다. 눈에서는 고여 있는 증오가 흘러넘쳤다. 가장 약한 배를 노렸다. 미친 듯이 팔을 휘둘렀다. 발로 찼다. 물어뜯었다. 한 명이 돌아서서 도망친다. 도망치다가 돌아서서 무엇을 찾는다. 무거운 돌을 집어 들어 던지지만 간발의 차이로 빗나간다. 그의 맞수는 격렬한 분노를 뱉어 내고 있다. 두 사람은 한데 엉켜서 이를 갈면서 뾰족하고 녹슨 철조망 위로 구른다. 서로 할퀴면서. 피를 흘리고. 목이나 사타구니를 잡으려고 손을 뻗고. 꽉 다문 입술 사이로 욕을 해 대고. 둘은 갑자기 한 사람처럼 녹초가 되어 쓰러진다. 잠시 동안 두 적수는 한 쌍의 연인들처럼 서로의 품 안에 있다. 헐떡거리는 한 쌍의 연인들처럼 아지즈와 에후다 고틀리에브는 숨을 가쁘게 쉬고 있다. 다음 순간 또다시 어두운 힘이 그 둘 사이를 지나간다. 머리가 머리를 받고, 눈을 할퀴고. 턱에 꽂히는 주먹. 사타구니에 박히는 무릎. 녹슨 철망의 뾰족한 부분 때문에 등이 찢어졌다. 꽉 다문 입술. 소리 없이. 울음도, 한숨도 들리지 않는다. 평온하고 조용한. 그러나 두 사람 다 소리 없이 울고 있다. 일제히 울고 있다. 뺨은 젖어 있다. 내가 심판이고 내가 상품이다. 나는 심술궂게 웃는다. 나는 피가 보고 싶어 애가 탄다. 거친 비명이 듣고 싶어서. 에메크 르파임에서는 화물 열차가 고동 소리를 낼 것이다. 폭풍과 분노는 조용히 한데 섞일 것이다. 눈물도.

비는 아주 늦을 것이다. 말로 되어 있지 않은 비가 영국군 장갑차를 후려칠 것이다. 어스름의 골목길에는 테러분자들이 무스라라의 아치를 몰래 지나 숨어 들어올 것이다. 어둠 속에서 돌벽에 딱 붙어 몰래 빠져나가면서 뇌관에 퓨즈를 꽂아서 하나 있는 가로등을 잠재울 것이고 그 뇌관은 차가운 쇠이며 전기 스파크가 일어나고 먼지와 점판암과 화강암 아래에는 화산이 있다. 춥다.

비가 올 것이다.

부드러운 안개가 숲이 무성한 십자가 골짜기에 내려앉을 것이다. 스코푸스산에서는 새가 울 것이다. 폭풍 같은 바람이 소나무 꼭대기를 후려쳐서 구부러뜨릴 것이다. 땅은 주저하지 않을 것이고, 땅은 아무런 자제력도 보여 주지 않을 것이다. 동쪽에는 사막이 있다. 탈피옷 변두리에는 비가 건드리지 못하는 지역이, 모압산과 저 아래 사해가 보인다. 억수 같은 비가 회색 마을 수르 바헤르의 맞은편에 있는 아르노나를 거세게 두드릴 것이다. 격렬한 흐름이 광탑을 공격할 것이다. 베들레헴에서는 주사위 놀이를 하는 사람들이 커피 하우스에 틀어박혀 주사위 판이 벌어지고 구석에서는 라디오 암만의 흐느끼는 듯한 음악이 들릴 것이다. 놀이하는 사람들은 닫혀 있고 조용하다. 사막용 옷과 숱 많은 콧수염. 델 만큼 뜨거운 커피. 연기. 자동 소총으로 무장하고 특공대 제복을 입은 쌍둥이들.

비가 오고 나면 깨끗한 우박이. 미세하고 날카로운 결정체. 마하네 예후다의 늙은 행상인들은 발코니 아래로 몸을 떨면서 모여들 것이다. 티랏 야아르의 느베 일란에 있는 키리얏 예아림의 아부 고쉬 구릉의 무성한 숲에는 흰 안개와 소나무가 뒤엉켜 있다. 법망을 피해 온 도망자들은 거기를 피난처로 삼는다. 증오에 찬 도망자들은 비를 뚫고서 물이 흥건히 고인 길을 조용히 턱벅터벅 걷는다.

북해의 낮은 하늘에는 드래곤호와 타이그레스호가 거대한 빙산 조각 사이를 나란히 헤쳐 나가면서 바다 괴물 모빅 딕과 노틸러스호를 레이다 망으로 찾는다. 어어이, 어어이, 숨죽이고 있던 선원이 돛대에서 외친다. 어어이 거기 선장님, 동쪽 6마일 4노트, 북극광 항구 방향 2도 지점에 안개 속에 확인되지 않은 물체가 포착되었습니다. 무선 통신원은 멀리 해저 비밀기지의 본부에 금속성의 무전을 송신할 것이다. 헤브론 언덕에서 탈피옷에서 아우그스타 빅토리아에서 어쩌면 비가 결코 넘어가지 못할 사막 언저리에서 고등 판무관 관저까지 비와 안개가 내려 있으므로 팔레스타인 역시 어두워질 것이다.

어두워져 가는 창가에 영국인 고등 판무관이, 수척하고 손은 뒷짐 지고 이 사이에 파이프를 물고 푸르고 흐릿한 눈을 한 그 남자가 홀로 서 있다. 두 개의 술잔에 그는 맑고 자극적인 음료를 따를 것이다. 한 잔은 자기 것 또 한 잔은 땅딸막한 미카엘 스토로고프 것 야만적인 군대들이 가로막고 있는 적진을 지나 어둠 속을 뚫고 해안으로 그러고는 본토를 넘어 신비의 섬으로 독수리 같은 눈으로 수평선을 탐색하면서 강력한 쌍안경을 들고 결코 절망할 줄 모르는 엔지니어 사이러스 스미스가 기다리고 있는 곳으로 보내진 그의 것. 우리는 이 무인도에 우리밖에 없는 줄 알았는데. 확실히 우리가 착각한 것이다. 섬에는 우리만 있는 것이 아니다. 누군가 불길한 사람이 산속 깊은 곳에 숨어 있다. 우리는 섬 전체를 샅샅이 철저하게 뒤졌지만, 그것이 누구인지를, 누가 어둠 속에서 창백한 미소를 얼굴에 띠고 우리를 바라보고 있는지를, 우리 등 뒤에서 눈치채지 못하게 나타나고 새벽이면 푹신한 길에 발자국만 남는 그 조용한 존재를 발견하지 못했다. 안개 속에 빗속에 폭풍 속에 어두운 숲속에 숨어서 기다리는 땅 밑에 숨어 있는 에인 케렘의 수도원 벽 안에 숨어서 기다리는 끝없이 숨어서 기다리고 있는 낯선 사람. 그에게 그대로 이리 와서 으르렁거리며 나를 땅에 내던지고 내 몸 안으로 들어오게 하라 그는 으르렁거리고 나는 거기에 답하여 공포와 환희 공포와 전율의 마법에 사로잡혀 비명을 지를 것이다 나는 비명을 지르고 타오르고 흡혈귀처럼 빨아들일 것이다 나는 한밤에 미친 듯이 소용돌이치는 술 취한 배가 될 것이다 그가 내게로 오면 노래를 부르고 끓어오르고 떠다니며 나는 흘러넘칠 것이다 나는 비 오는 밤을 헤치고 나가는 거품을 문 암말이 될 것이다 폭우가 쏟아져 내려 예루살렘을 물에 잠기게 하고 하늘은 낮아질 것이고 구름이 땅에 닿을 것이며 거친 바람이 도시를 파괴할 것이다.

34

"안녕하세요, 고넨 부인."

"안녕하세요, 우르바흐 박사님."

"아직도 우울하신가요, 고넨 부인?"

"열은 다 나았는데요, 선생님. 한 이틀 후면 정상이 될 것 같아요."

"정상이라는 건, 고넨 부인, 상대적인 표현이라고 할 수 있겠죠. 고넨 씨는 집에 안 계신가요?"

"남편은 소집되었답니다, 선생님. 남편은 시나이 사막에 있는 게 분명해요. 아직 남편에게서 소식이 오지 않았어요."

"지금은 중요한 시기죠, 고넨 부인, 운명적인 시기예요. 이런 시기에는 성서의 말씀을 생각하지 않을 수 없게 되죠. 목이 아직도 부어 있나요? 들여다봅시다. 몸에 고통을 주면 마음에 평화를 줄 수 있는 것처럼 한겨울에 자기 몸에 찬물을 끼얹었다니 나쁜 짓이었습니다, 부인, 아주 나쁜 짓이었죠. 실례지만, 고녠 박사님의 전공이 어떻게 되지요? 생물학? 아, 지질학이군요. 실례했습니다. 잘못 알았군요. 자, 오늘 전쟁 소식은 낙관적이군요. 영국과 프랑스가 우리와 함께 회교도에 대항해서 싸우기로 했어요. 오늘 아침 라디오에서는 '동맹군' 얘기를 하더군요. 유럽에서와 거의 비슷하게 말입니다. 그렇지만 고녠 부인, 이 전쟁에는 뭔가 『파우스트』에서 나온 듯한 것이 있어요. 아시겠지만 누구보다도 진실에 가까웠던 것은 그레첸이었죠. 그레첸은 신앙심은 아주 깊었지만 보통 말하는 것처럼 그렇게 아무것도 모르지는 않았어요. 자, 고녠 부인 팔을 주세요, 혈압을 재야 하니까 말입니다. 간단한 테스트죠. 전혀 아프지 않아요. 어떤 유대인들의 지성에는 심각한 결함이 있죠. 우리는 자신을 증오하는 자를 증오할 수 없어요. 일종의 정신병이죠. 어제는 이스라엘 군대가 탱크로 시나이산을 올랐답니다. 거의 묵시록 같다고 말할 수 있겠지만, 그저 거의일 뿐이죠. 자 대단히 죄송하지만 좀 거북한 질문을 해야만 하겠는데요. 최근 생리 주기가 불규칙하던가요, 고녠 부인? 아니라고요? 그건 좋은 신호군요. 아주 좋은 신호예요. 그건 몸이 아직 이 연극에 끼어들지 않았다는 말입니다. 그러니까 부군은 고고학자가 아니라 지질학자시죠. 착각했군요. 자, 이제는 며칠 더 쉬셔야 합니다. 그리고 아주 푹 쉬셔야 합니다. 생각을 많이 해서 피로해져서는 안 되고요. 잠이 최고의 약이지요. 잠이란 건 어떤 의미에서는 인간에게 가장 자연스러운 상태랍니다. 그리고 두통을 겁내서는 안 됩니다. 편두통에 대해서는 아스피린으로 무장을 하도록 하지요. 편두통은 독립된 병이 아닙니다. 그리고 어쨌거나 사람은 그렇게 쉽게 죽지는 않지요, 우리가 상상하는 극단적인 순간에서는 그럴지 모르지만. 건강해지시길 바랍니다."

우르바흐 박사님이 가고 나서 하다사네 파출부 심카가 도착했다. 그녀는 코트를 벗고 손에 불을 쬐면서 서 있었다. 오늘은 좀 어떠세요, 사모님 하고 그 여자가 물었다. 나는 내 친구 하다사의 집에는 무슨 일이 있느냐고 물었다. 심카는 신문에서 아랍인들이 졌고 우리가 이겼다고 읽었단다. 뭐, 당연하지요. 조용히 참는 것도 정도가 있지.

심카가 부엌으로 갔다. 나에게 우유를 데워 주었다. 그러고는 서재 창문을 열어 환기했다. 매서운 찬 공기가 밀려 들어왔다. 심카는 날짜 지난 신문지로 창문을 닦았다. 가구의 먼지를 털었다. 장을 보러 갔다. 돌아오면서 아랍 전함이 하이파에서 좀 떨어진 바다에서 불타고 있다는 소식을 가져왔다. 다림질을 시작할까요?

나의 몸 전체가 오늘은 기분 좋게 느껴졌다. 나는 아팠다. 집중할 필요가 없다. 바다에서 불타고 있다. 이 모든 일은 먼 과거에 이미 일어났었다. 처음이 아니었다.

"오늘은 얼굴이 아주 창백하시네요, 사모님." 심카가 걱정스러운 듯이 말했다. "주인님이 떠나시기 전에 부인 건강이 그러니 부인께는 말을 많이 하지 말라고 하셨는데."

"얘기를 해 주세요, 심카." 내가 부탁했다. "자기 얘기를 해 줘요. 계속 얘기하세요. 멈추지 말고."

"저는 아직 결혼은 안 했지만요, 사모님, 약혼은 했답니다. 베코르 그이가 군대에서 돌아오면 베이트 마즈밀에 새 아파트를 살 거예요. 봄에 결혼식을 올릴 거랍니다. 베코르 그이는 돈을 많이 저축해 두었지요. '케셰르' 택시에서 운전사로 일하고 있지요. 조금 수줍음을 타긴 하지만 교육은 꽤 받았답니다. 제가 깨달은 건데요, 제 친구들 대부분은 자기 아버지와 비슷한 사람하고 결혼하더군요. 베코르 그이도 우리 아버지하고 닮았어요. 《여성》이라는 잡지에 쓰여 있는데요, 그건 법칙이래요. 남편은 항상 아버지와 비슷하다나요. 누군가를 사랑할 때는 적어도 그 사람이 이미 사랑하고 있던 사람하고 조금이라도 닮기를 원하는가 봐요. 이거 우스운 일이군요, 다리미가 뜨거워지는 걸 계속 기다리고 있다니, 예루살렘에 정전이 되었다는 걸 까맣게 잊고 있었네요."

나는 생각했다.

서머싯 몸이나 슈테판 츠바이크 소설에 나오는 젊은이가 소도시에 와서 국제적인 카지노에서 룰렛 게임을 한다. 저녁 때 이후로 그는 자기 돈의 삼분의 이를 잃었다. 조심스럽게 남은 돈을 계산해 보니 호텔비를 치르고 점잖게 그 도시를 떠날 기차표를 살 정도밖에는 되지 않았다. 지금은 새벽 2시. 그 젊은이가 지금 일어서서 떠날 수 있을까? 밝게 불 밝힌 회전판은 아직도 돌아가고 있고 샹들리에가 반짝이고 있다. 어쩌면 다음번 회전이 끝나면 확실한 승리가 기다리고 있을지도? 맞은편에 앉아 있는 하다흐라마우트에서 온 족장의 아들이 한 번에 너끈히 만을 긁어모았다. 안 되지, 지금 일어나서 가 버릴 수는 없다. 특히 코안경 너머로 저녁 내내 점잔 빼듯이 자신을 들여다보고 있던 저 영국 노부인이 차가운 냉소를 보낼 것이 뻔한데. 그리고 밖의 어둠 속에서는 눈에 보이는 곳에는 모두 눈이 떨어져 있다. 안 되지, 젊은이는 일어서서 떠날 수가 없었다. 마지막 남은 돈으로 칩을 산다. 눈을 꽉 감았다가 뜬다. 눈을 뜨고는 불빛에 눈이 보이지 않는 것처럼 깜박거린다. 그리고 밖의 어둠 속에는 억눌린 바다의 굉음과 조용히 떨어지는 눈.

우리가 결혼한 지 이제 육 년이 넘었어요. 일 때문에 텔 아비브에 가도 항상 그날 저녁에 돌아왔죠. 우리는 결혼한 뒤로 이틀 이상 떨어져 본 일이 없어요. 결혼해서 이 집에 산 지 육 년이 되었는데 난 아직도 발코니 덧창을 여닫을 줄 몰라요, 그건 당신 일이니까. 이제 당신이 소집되고 나니 덧창은 밤낮으로 열려 있어요. 난 당신 생각을 하고 있었어요. 당신은 자기가 무슨 기동 연습이 아니라 전쟁에 소집될 것임을 이미 알고 있었죠. 전쟁은 동쪽이 아니라 이집트에서 있을 거라는 것도. 전쟁이 짧지 않을 거라는 것도. 당신은 늘 완벽하게 사리에 맞는 생각들을 해내는 그 균형 잡힌 내적인 사고를 통해서 이 모든 걸 추론해 냈지요. 당신한테 방정식을 하나 내야겠는데 나는 벼랑 끝에 서 있는 사람이 난간의 힘에 매달리는 것처럼 그 답에 매달려 있답니다.

오늘 아침에 안락의자에 앉아서 당신 검은 양복의 커프스 단추를 고쳐 달아 좀 더 유행에 맞는 걸로 만들고 있었지요. 바느질하면서 난 스스로에게 물었어요, 우리에게 떨어진, 우리의 삶을 사물과 장소와 사람들과 생각들로부터 단절시키는 이 꿰뚫을 수 없는 유리 돔은 뭐지? 물론 미카엘, 친구들, 손님들, 동료, 이웃, 친척들이 있죠. 하지만 그 사람들이 우리 거실에 앉아서 얘기할 때면 그들의 말은 그 유리 때문에, 투명하지조차 않은 그 유리 때문에 항상 불분명해져요. 내가 의미를 어느 정도 짐작해 내는 건 사람들의 표정에서랍니다. 가끔은 모습도 흩어지죠. 형체 없는 막연한 덩어리로요. 사물과 장소와 사람들과 생각들, 난 이것들이 필요하고 없이는 살 수 없어. 당신은 어때요, 미카엘, 당신은 만족하고 있나요 그렇지 않은가요? 내가 어떻게 알 수 있죠? 당신은 가끔 슬퍼 보여요. 당신은 만족하고 있나요 그렇지 않은가요? 내가 죽는다면 어떡하죠? 당신이 죽는다면 어떡하죠? 난 그저 도입부, 예행 연습을 겨우겨우 더듬어 해 나가고 있을 뿐이고 앞으로 다가올 날에 해야 할 어려운 역할을 외우고 연습하는 중이라고요. 짐을 싸고. 준비하고. 연습하고. 여행은 언제 시작되나요 미카엘? 나는 기다리고 기다리는 데 지쳐 버렸어요. 자동차 운전대에 팔을 얹어 놓고 있군요. 졸고 있는 건가요 생각하고 있는 건가요? 모르겠네요. 당신은 언제나 그렇게 조용하고 절도가 있으니까. 시동을 걸어요, 미카엘, 떠나요. 나는 몇 년 동안 준비하고 기다리고 있었어요.

35

심카가 유치원에서 야이르를 데려왔다. 아이의 손가락은 추위로 새파랬다. 거리에서 우편배달부를 만났는데 시나이에서 온 군대 엽서를 건네주었단다. 에마뉴엘 오빠는 자기는 건강하고 잘 지내고 있고 대단히 놀라운 일들을 보았다고 말했다. 이집트의 수도 카이로에서 또 카드를 보내마. 너희는 예루살렘에서 잘 지내기 바란다. 아직 미카엘은 만나지 못했어. 사막은 넓으니까. 그에 비하면 우리의 네게브는 조그만 모래 구덩이 같은걸. 어릴 때 아버지와 여리고로 갔던 여행 기억나니? 다음번에는 요르단까지 밀고 내려갈 건데 그러면 여리고에 가서 다시 골풀 돗자리를 살 수 있을 거야. '야이르에게 키스를 보내며. 언젠가는 그 애도 자라서 적과 맞서 싸우게 되기를. 사랑을 보내며 이만. 에마뉴엘.'

미카엘에게서는 한마디 소식도 없었다.

상상.

야전 무전기의 불빛에 보이는 그의 깎아 낸 듯한 이목구비는 지쳐 있는 의무감을 말해 준다. 그의 입술은 꽉 다물어져 있다. 무전기로 몸을 숙인다. 옷은 아무렇게나 걸쳐져 있고. 그의 등은 물론 창백하고 가늘게 떠 있는 초승달을 뒤로 하고 있다.

그날 저녁 내가 어떤지 보러 손님 두 분이 왔다. 오후에 카디쉬만 씨와 글릭 씨가 하투림 거리에서 만났단다. 카디쉬만 씨는 글릭 씨에게서 고녠 부인은 아프고 고녠 씨는 소집되었다는 얘기를 들었다. 두 사람은 당장 그날 저녁에 들러서 도움을 주기로 했다. 그래서 두 사람이 함께 온 것이다. 남자 하나가 혼자서 찾아오면 곤란한 소문이라도 일어날 것처럼.

글릭 씨가 말했다.

"아주 힘드시겠군요, 고녠 부인. 지금은 긴장된 시기고 날씨는 춥고 혼자 계시니."

카디쉬만 씨는 그동안에 크고 살집이 두툼한 손가락으로 내 침대 가의 찻잔을 만져 보았다.

"차갑군요." 그가 음울하게 말했다. "완전히 식었어요. 괜찮으시다면 부엌에 좀 침입해서, 당연히 '침입'이죠, 차를 한 잔 새로 끓여 드려도 될까요?"

"당연히 안 되지요. 저 침대에서 나가도 된답니다. 그냥 화장복만 걸치고 두 분께 커피나 코코아를 끓여 드릴게요."

"말도 안 돼요, 고녠 부인, 말도 안 돼요." 글릭 씨는 내가 자신의 품위를 손상시키기라도 한 것처럼 깜짝 놀라서는 눈을 깜박거렸다. 그의 입은 신경질적으로 씰룩거렸다. 낯선 소리에 씰룩이는 토끼처럼.

카디쉬만 씨가 관심을 보였다.

"우리 친구는 전선에서 뭐라고 써 보냈나요?"

"아직 편지를 받지 못했어요." 내가 미소 지으며 말했다.

"싸움은 끝났습니다." 카디쉬만 씨는 기쁨을 드러내며 서둘러 끼어들었다. "싸움은 끝났고 호렙의 황야에는 적이 하나도 남아 있지 않아요."

"죄송하지만 불 좀 켜 주시겠어요? 거기 왼쪽으로요. 캄캄한 데 앉아 있을 필요가 없죠."

글릭 씨는 엄지손가락과 중지로 아랫입술을 만지작거렸다. 그의 눈은 전기 스위치에서 천장의 전등으로 흐르는 전류의 흐름을 좇는 듯했다. 어쩌면 자기가 지나치게 과장했다고 생각했는지도 모른다.

"제가 뭐 도와 드릴 일은 없을까요?"

"고맙습니다, 글릭 씨, 그렇지만 도움은 필요가 없어요."

나는 갑자기 이 말이 떠올라서 이렇게 덧붙였다.

"당신도 힘드실 텐데요, 글릭 씨, 부인이 안 계시니…… 혼자서 말이에요."

카디쉬만 씨는 자기 행동의 결과가 의심스러우며 완전히 성공했다는 것이 믿어지지 않는다는 듯이 전기 스위치 옆에 잠시 서 있었다. 그때 그는 엄청난 몸체와 자그마한 머리를 가진 선사 시대 생물처럼 다소 육중해 보였다. 갑자기 나는 카디쉬만 씨의 얼굴에 몽고족 같은 데가 있다는 것을 발견했다. 넓고 낮은 광대뼈, 조잡하면서도 놀랄 만큼 세련된 이목구비. 타르타르인의 얼굴. 미카엘 스트로고프의 교활한 심문관. 나는 그에게 미소 지었다.

"고넨 부인." 카디쉬만 씨는 둔하게 앉더니 이렇게 말했다. "고넨 부인, 이런 역사적인 시기에 나는 블라디미르 야보틴스키의 제자들은 구석으로 밀려났지만 그의 주의는 성공을 거두고 있다는 사실에 대해서 곰곰이 생각해 보았습니다. 사실 굉장한 성공이죠."

그는 비밀스러운 내적인 안도감을 가지고 말하는 것 같았다. 나는 그의 말이 좋았다. 패배와 시련이 있지만, 오랜 시련 뒤에는 그에 따른 보상이 오게 됩니다. 나는 마음속에서 그의 타르타르 말을 나의 말로 이렇게 바꾸었다. 침묵을 지켜 기분을 상하게 하지 않으려고 나는 이렇게 말했다.

"시간이 말해 주겠죠."

"벌써 말해 주고 있습니다." 카디쉬만 씨는 그 이국적인 얼굴에 의기양양한 표정을 띠고 말했다. "이런 역사적 시기의 메시지는 확실하고 명확합니다."

그동안에 글릭 씨는 내가 물었던 질문, 물어보았던 나도 이제는 잊어버린 질문에 대한 답을 겨우 완성했다.

"불쌍한 우리 두바, 그 사람들 전기 충격 요법을 사용하고 있어요. 아직도 희망이 있다고 하더군요. 절망하지 말아야 한다고들 하지요. 신께서 뜻하신다면……."

그의 커다란 손이 찌그러진 모자를 쥐어짜고 비틀었다. 얇은 콧수염은 살아 있는 자그마한 동물처럼 떨렸다. 그의 목소리는 근심에 차 있었고 자신이 얻을 수 없는 자비를 구하고 있었다. 절망은 용서받지 못할 죄이다.

"괜찮아질 거예요."

글릭 씨.

"아멘. 아멘 셀라. 아, 정말 재앙입니다. 그리고 도대체 무엇을 위한 거죠?"

카디쉬만 씨.

"이제부터 이스라엘은 변화할 겁니다. 이번에는 비알릭의 말처럼 도끼를 휘두르는 손이 우리의 손인 거죠. 이제는 이교도의 세계가 울부짖으며 세상에 정의란 존재하는지, 존재한다면 언제 나타날 것인지 물을 차례입니다. 이스라엘은 더 이상 '흩어진 양 떼'가 아닙니다. 우리는 더 이상 일흔 마리 늑대 사이의 암양도 도살장으로 끌려가는 어린 양도 아니지요. 우리는 참을 만큼 참았습니다. '늑대 사이에서는 늑대가 되라.' 야보틴스키가 그 예언자적인 소설, 「델릴라의 서곡」에서 예견했던 것과 똑같은 일들이 일어난 겁니다. 야보틴스키의 「델릴라의 서곡」을 읽어 보셨습니까, 고넨 부인? 읽을 만한 가치가 있습니다. 특히 우리 군대가 파라오의 군대들을 쫓고 있고 도망가는 이집트인들을 위해서는 바다가 열리지 않으니 말입니다."

"그런데 두 분 다 외투를 입고 앉아 계시는군요? 일어나서 불을 지펴야겠어요. 마실 것 좀 만들죠. 외투들을 벗으세요."

꾸중들은 것처럼 글릭 씨가 서둘러 벌떡 일어났다.

"아니에요, 고넨 부인, 침대에서 나오지 마세요. 그러실 필요가 전혀 없습니다. 우리는 그저…… 부인이 어떠신지 알아보러 들른 것뿐입니다. 곧 가야 해서요. 일어나지 마세요. 불을 지피실 필요도 없습니다."

카디쉬만 씨.

"저도 인사를 드려야겠군요. 위원회 회의에 가는 길에 들렀을 뿐입니다. 뭐가 도와 드릴 일이 없는가 하고요."

"돕는다고요, 카디쉬만 씨?"

"뭐가 필요하시다면 말입니다. 뭐 사업적인 문제라든가 아니면……."

"친절하신 배려 감사드려요, 카디쉬만 씨. 선생님은 멸종해 가는 진짜 신사라는 종족에 속하시는군요."

도마뱀 같은 그의 얼굴이 밝아졌다. "내일이나 모레 다시 들러서 우리 친구가 편지에 뭐라고 썼는지 들어 봐야겠군요."

"꼭 오세요, 카디쉬만 씨." 나는 조롱조로 말했다. 나의 미카엘이 선택한 친구들은 나를 놀라게 했다.

카디쉬만 씨는 힘차게 고개를 끄덕였다. "부인이 친절하게도 확실한 초대를 하시니 당연히 와야지요."

"빠른 완쾌를 빌겠습니다." 글릭 씨가 말했다. "그리고 제가 할 수 있는 장보기나 다른 심부름 같은 일이 있으면…… 필요하신 일이 있을까요?"

"정말 친절하세요, 글릭 씨." 그는 찌그러진 자기 모자를 뚫어져라 쳐다보았다. 침묵이 흘렀다. 두 노인은 이제 방 끝에서 있었고 서로 간에 그리고 내 침대와 할 수 있는 한 거리를 두면서 문 쪽으로 천천히 걸어갔다. 글릭 씨가 카디쉬만 씨의 외투 등에서 흰 실을 발견하고는 그것을 떼어 냈다. 밖에서는 미풍이 불다가 잠잠해졌다. 부엌에서는 갑자기 새로운 생명력을 찾은 듯한 냉장고 모터 소리가 들렸다. 나는 또다시 곧 죽을 것이라는 그 평온하고 또렷한 생각에 휩싸였다. 정말 쓸쓸한 생각이다. 안정된 여자라면 죽음에 대한 생각에 전혀 무관심하지는 않다. 죽음과 나는 서로에게 무관심하다. 가깝고도 먼 사이. 인사나 겨우 하는 사이 정도인 아는 사람. 나는 당장 무슨 말이든 해야 한다고 생각했다. 친구들에게 작별 인사를 하고 가게 내버려 두어서는 안 된다는 느낌이 들었다. 어쩌면 오늘 밤에 첫 비가 올지도 모른다. 당연히 나는 아직 할머니가 아니었다. 아직도 매력을 발휘할 수 있었다. 당장 일어나야 한다. 화장복을 입어야 한다. 커피와 코코아를 끓이고 케이크를 대접하고 대화를 하고 관심을 보이고 관심을 끌어야 한다. 나도 교육을 받았고 나도 견해와 사상이 있다. 무언가 내 목에서 울컥 치밀어올랐다.

"많이 바쁘신가요?"

"애석하게도 저는 가야 합니다." 카디쉬만 씨가 말했다. "글릭 씨는 원하신다면 남으실 수 있을 겁니다."

글릭 씨는 두꺼운 목도리를 목에 둘렀다.

아직 가지 말아요, 나이 많은 친구들. 그 여자는 혼자 남겨지면 안 된다고요. 안락의자에 앉아요. 외투를 벗어요. 긴장을 풀고. 정치와 철학에 대해서 토론을 하죠. 종교적 신앙과 공정성에 대한 견해를 주고받아요. 말도 많이 하고 화기애애할 거예요. 함께 차를 마실 거예요. 가지 말아요. 그 여자는 집에 혼자 남겨지는 걸 두려워한다고요. 남아 있어요. 가지 말아요.

"빨리 회복하시길 빕니다, 고넨 부인, 그리고 안녕히 주무세요."

"이렇게 빨리 가시다니요. 제가 아주 지겨우신가 봐요."

"말도 안 됩니다. 그런 생각은 하지도 마세요." 두 사람의 걱정스러운 목소리가 한데 섞인다.

둘 다 외롭고 젊지 않은 사람들이기에 힘없는 몸짓을 했고 둘 다 병자를 방문하는 데 익숙하지 않았다.

"거리가 황량하네요." 내가 말했다.

"몸이 나으시길 빕니다." 카디쉬만 씨가 답했다. 그는 갑자기 반사광이라도 차단하듯이 모자를 이마까지 눌러썼다.

글릭 씨가 떠나면서 말했다.

"걱정하지 마세요, 고넨 부인. 걱정하는 건 소용이 없어요. 다 괜찮을 겁니다. 모든 게, 모든 게 다 최선의 결과를 낳을 거라고들 하잖습니까. 그래요. 웃으시는군요. 미소 지으시는 걸 뵈니 기쁜데요."

손님들은 떠났다.

그 즉시 나는 라디오를 켰다. 이불을 매만졌다. 내가 전염병이라도 들었나? 어째서 저 두 친구는 도착했을 때도 또 떠날 때도 악수하는 걸 잊은 거지?

라디오에서는 이제 반도 정복이 끝났다고 알렸다. 국방 장관은 티란이라고 알려진 요트바스섬이 이스라엘 제3 왕국의 소유로 되돌아왔다고 공포했다. 한나 고넨은 이본 아줄라이로 돌아갈 것이다. 그러나 우리의 목적은 평화다, 라고 장관이 그 독특한 웅변술로 말했다. 아랍 진영의 이성적인 사람들이 보복이라는 음울한 욕망을 극복하기만 한다면 오랫동안 기다리던 평화가 올 것이라고.

예를 들면, 나의 쌍둥이들.

산헤드리야의 교외에서 삼나무들은 미풍 속에 휘어졌다 펴졌다 펴졌다 휘어졌다 하고 있다. 보잘것없는 내 생각으로는 유연성이란 건 모두 마법이다. 흐르지만 그러면서도 차갑고 평온한 것이다. 몇 년 전 테라 상타 대학의 겨울날 나는 히브리 문학 교수의 슬픔으로 가득 찬 말을 베껴 적었다. 아브라함 마푸부터 페레츠 스몰렌스키까지 히브리 계몽 운동은 고통스러운 변화를 겪었다. 꿈이 산산 조각나면 민감한 사람들은 구부러지는 것이 아니라 깨진다. '너의 파괴자들과 너를 소멸시킨 자들이 네 앞에 나아가리라.' 이사야서의 이 구절이 가지는 의미는 두 가지이다, 라고 교수가 말했다. 우선 히브리 계몽 운동은 그 자체 내에 궁극적으로는 파멸로 이르는 사상을 키웠다. 그다음에는 수많은 선량한 사람들이 '앞으로 나아가' 낯선 땅을 보게 되었다. 아브라함 우리 코브너라는 비평가는 비극적인 인물이었다. 그는 불길에 휩싸이면 자신의 등에 침을 찔러 버리는 전갈과도 같았다. 1870년대와 1880년대에는 악순환이라는 억압적인 느낌이 존재했다. 소수의 꿈꾸는 사람들과 투사들, 현실에 반기를 든 현실주의자들이 아니었다면 우리에게 부흥은 없었을 것이고 말 그대로 파멸할 운명이었을 것이다. 그러나 위업을 달성하는 것은 언제나 꿈꾸는 사람들이라고, 교수는 결론지었다. 나는 잊지 않았다. 얼마나 엄청난 번역의 노고가 나를 기다리고 있는지! 이것 역시 나의 말로 번역을 해야겠다. 나는 죽고 싶지 않다. 한나 그린바움-고넨 부인. HG라는 머리글자는 히브리어로 '축제'를 뜻하지요. 평생이 하나의 긴 축제만 될 수 있다면. 내 친구였던 테라 상타의 친절한 사서, 머리 덮개를 쓰고 나와 인사와 농담을 주고받던 그 사서는 오래전에 죽었다. 남아 있는 것은 말들이다. 나는 말에 지쳤다. 얼마나 값싼 미끼인가.

36

다음 날 아침 라디오에서는 제9 여단이 샤름 에쉬 쉐이크에서 해안 포병중대를 사로잡았다고 보도했다. 우리 선적을 오랫동안 지연시켰던 봉쇄가 풀어졌다고. 이제부터는 새로운 지평선이 우리 앞에 놓여 있다고.

우르바흐 박사님도 그날 아침에 알려 줄 것이 있다고 했다. 그는 슬프고도 동정적인 미소를 지으면서 자기가 말하는 말을 경멸하는 듯이 자그마한 어깨를 흔들었다.

"이제 조금 걷고 일해도 되겠군요. 정신적인 활동은 다 피하고 또 목을 쥐어 짜내는 일만 피한다면요. 그리고 객관적 현실과 타협할 수 있게 된다면 말입니다. 빠른 회복을 빕니다."

미카엘이 떠나고 처음으로 나는 일어나서 밖에 나갔다. 그것은 변화를 일으켰다. 날카롭고 찢어지는 듯한 소리가 갑자기 멈춘 것처럼. 밖에서 하루 종일 진동하던 모터가 저녁때가 되어 갑자기 꺼진 것처럼. 그 소리는 하루 종일 눈치채지 못하게 지나다녔다. 멈추고 나서야 느껴진 것이다. 갑작스러운 정적. 그 소리는 존재했었고 지금은 멈췄다. 멈췄고, 그러므로 존재했던 것이다.

나는 파출부에게 오지 말라고 했다. 노프 하림의 어머니와 올케에게 안심하라는 편지를 썼다. 치즈 케이크를 구웠다. 정오에는 예루살렘의 군 정보 장교에게 전화를 했다. 미카엘의 대대가 현재 어디에 주둔하고 있는지 물었다. 대답은 정중한 사과조였다. 대부분의 부대가 아직도 이동 중입니다. 군대 우편은 믿을 만하지 못하죠. 놀라실 필요는 없습니다. 미카엘 고넨이라는 이름은 명단 어디에도 없으니까요.

쓸데없는 수고였다. 약국에서 돌아오자 편지함에 미카엘의 편지가 있었다. 소인을 보니 편지가 우체국에서 지연된 것임을 알 수 있었다. 미카엘은 우선 내 건강과 아이와 집에 대해서 걱정스럽게 묻고 있었다. 그러고는 자기는 음식이 나빠서 속쓰림이 심해진 것과 독서용 안경이 첫날 깨져 버린 것을 제외하면 잘 있다고 말했다. 미카엘은 군대 검열 규칙을 지켜서 대대의 소재는 밝히지 않았지만 간접적으로 자기 부대는 싸움에 전혀 나가지 않았고 국내 보안 임무를 수행했다는 것을 간신히 암시하고 있었다. 마지막으로 그는 야이르가 목요일에 치과에 가야 한다는 것을 상기시켜 주었다.

목요일, 내일이었다.

다음 날 나는 지역 치과 진료소가 있는 스트라우스 의료원에 야이르를 데려갔다. 이웃의 요람 캄니쩨르는 청년 클럽이 진료소 근처에 있다며 우리와 중간까지 동행했다. 요람은 아프다고 들었는데 유감이고 다시 건강해진 것을 보니 기쁘다고 어색하게 말했다.

우리는 뜨거운 옥수수를 파는 가판대에 멈췄고 나는 야이르와 요람에게 사 주겠다고 했다. 요람은 거절하는 것이 옳다고 생각한 모양이다. 그의 거절은 희미하고 거의 들리지 않았다. 나는 그에게 불친절했다. 오늘은 왜 그렇게 꿈꾸는 것 같고 멍해 보이느냐고 물었다. 같은 반 여자애하고 사랑에 빠지기라도 한 거니?

나의 질문에 요람의 이마에는 커다란 땀방울이 맺혔다. 얼굴을 닦으려 했지만 내가 사 준 옥수수 때문에 손이 더럽고 끈적거려서 그럴 수가 없었다. 나는 그 애를 뚫어지게 바라보아서 더욱 당황하게 만들었다. 수치심과 절망은 젊은이들에게서 신경질적인 대담함을 이끌어 낸다. 그 애는 우울하고 고통스러워하는 얼굴을 내게 돌리더니 중얼거렸다.

"저는 우리 반 여자애 누구하고도 사귀지 않아요, 고넨 부인, 아니 그 어떤 여자애하고도요. 죄송해요, 무례하게 굴고 싶지는 않지만 그 질문을 하지 않으셨어야 했는데요. 저는 묻지 않아요. 사랑이니 그런 것들…… 사적인 것들은요."

예루살렘은 늦가을이었다. 하늘에 구름은 끼지 않았지만 밝지도 않았다. 하늘 색깔은 가을 같았다. 거리 같은, 오래된 석조 건물 같은 청회색. 잘 맞는 색이었다. 다시 한번 나는 이것이 절대로 처음이 아니라는 느낌을 받았다. 나는 전에도 지금 여기에 와 본 적이 있다.

내가 말했다.

"미안하구나, 요람. 잠깐 네가 교회 부속 학교에 다닌다는 사실을 잊었어. 궁금했을 뿐이야. 네 비밀을 나한테 알려 주면 안 될 이유는 없잖니. 넌 열일곱이고 난 스물일곱이야. 당연히 너한테야 내가 노파처럼 보이겠지."

소년은 이제 전에 겪은 것보다 더 심한 고통을 겪었다. 그리고 그것은 의도적이었다. 요람은 시선을 돌렸다. 그리고 신경질적인 상태에서 야이르에게 부딪혀 아이를 거의 날려 보낼 뻔했다. 그 애는 말을 하려다가 적절한 말을 찾지 못하고는 결국 포기해 버렸다.

"늙었다고요? 부인이요? 그 반대예요, 고녠 부인, 그 반대예요…… 제가 드리고 싶은 말씀은…… 부인은 제 문제에 신경을 써 주시고…… 부인께는 가끔씩…… 아니에요. 제가 말을 하려고 하면 전부 뒤에서 앞으로 쏟아져 나오죠. 제 말을 그러니까……."

"진정해, 요람. 말할 필요 없어."

그 애는 내 것이었다. 전부 내 것이었다. 내 마음대로 할 수 있었다. 그 얼굴에 내가 원하는 표정을 그릴 수 있었다. 종이 위에다 그리는 것처럼. 이런 음울한 게임을 마지막으로 즐긴 지도 몇 년이나 되었다. 나는 나사를 더욱 꽉 조여 내 안에서 부풀어 오르는 웃음을 조심스럽게 맛보았다.

"그래, 요람, 말할 필요 없어. 편지를 쓰면 되잖아. 너는 언제든지 거의 모두 다 말했잖아. 그런데, 누군가 네 눈동자가 아름답다고 말해 준 적 있니? 네가 자신감만 좀 더 있으면 진짜 동경의 대상이 될 수 있을 텐데. 내가 이런 노파가 아니라 네 나이였다면 너한테 빠지지 않을 수 없었을 거야. 넌 사랑스러운 아이야."

나는 차가운 눈길을 한순간도 그 얼굴에서 떼지 않았다. 나는 그 놀라움과 갈망과 고통과 바보 같은 희망을 빨아들였다. 나는 취해 있었다.

요람이 더듬거렸다.

"제발, 고녠 부인……."

"한나. 한나라고 해도 돼."

"저는…… 저는 부인에게 존경심을 갖고 있고 또…… 아니에요. 존경심은 적당한 말이 아니에요…… 호의와 또…… 관심을요."

"어째서 사과를 하는 거지, 요람? 난 너를 좋아한단다. 누가 좋아한다는 건 죄가 아니야."

"제가 후회하게 만드시는군요, 고넨 부인, 한나…… 더 이상 말하지 않겠어요. 안 그러면 나중에 후회할 테니까. 죄송합니다. 고넨 부인."

"계속 말하렴, 요람. 네가 후회하게 될지 잘 모르겠는걸."

그 순간 야이르가 끼어들었다. 입에는 옥수수를 잔뜩 쑤셔 넣고 아이가 말했다.

"후회…… 그건 바로 영국인들이야. 독립 전쟁 때 아랍인들 편을 들었는데 지금은 벌써 그걸 후회한대요."

요람이 말했다.

"저는 여기서 돌아서 가요, 고넨 부인. 지금 말한 건 전부 취소할게요. 그리고 죄송합니다."

"기다려, 요람. 조금 부탁이 있는데."

"홀론에 있을 때, 잘만 할아버지가 살아 계실 때, 할아버지가 영국인들은 뱀처럼 냉혈 동물이라고 했어."

"네, 고넨 부인. 무엇을 해 드릴까요?"

"엄마, 뱀이 냉혈동물이라는 건 무슨 뜻이에요?"

"그건 뱀의 피는 따뜻하지 않다는 뜻이야. 요람, 내가 부탁하려던 건……."

"그렇지만 뱀의 피는 어째서 따뜻하지 않아? 그리고 사람들은 왜 영국인들만 빼고는 따뜻한 피를 가졌어요?"

"어떤 동물들의 경우에는 심장에서 피를 펌프질해서 따뜻하게 만들지. 정확하게 설명할 수가 없구나. 자신을 괴롭히지 말아, 요람. 내가 네 나이였을 때는 사랑할 힘이 많았단다. 다시 한번 너하고 말을 좀 나누었으면 좋겠는데. 오늘이나 내일 말이야. 잠깐만 조용히 해라, 야이르, 그만 종알대렴. 사람들이 얘기할 때 가로막지 말라고 아버지가 얼마나 여러 번 그러셨니? 오늘이나 내일. 그걸 부탁하고 싶었어. 너하고 말을 좀 했으면 좋겠어. 조언을 좀 해 주고 싶구나."

"난 가로막지 않았어요. 내가 말하고 있는데 요람이 가로막은 다음에 그랬는지 모르겠지만."

"어쨌거나 쓸데없이 자신을 괴롭히지 말아라. 잘 가, 요람. 난 너한테 화나지 않았으니까 너도 자신에게 화내지 말아라. 야이르, 엄마는 네 질문에 대답을 했어요. 그런 거야. 세상의 모든 것을 설명할 수는 없단다. 어떻게, 왜, 어디서, 언제를. '할머니에게 날개가 있어 날 수 있다면 할머니는 하늘의 독수리가 될 텐데.' 아버지가 돌아오시면 전부 설명해 주실 거다, 엄마보다 똑똑하고 모든 걸 아시니까."

"아빠도 모든 걸 아는 건 아니지만 아빠는 모르면 모른다고 해. 아빠는 알고는 있지만 설명할 수는 없다고 그렇지 않아요. 뭔가를 알면 설명할 수 있는 거야. 말 끝났어요."

"그거 고맙구나, 야이르."

야이르는 다 씹은 옥수수 속을 던져 버렸다. 손수건에다 조심스럽게 손을 닦았다. 아이는 성내는 것을 자제했다. 말을 하지 않았다. 내가 갑자기 겁에 질려서 집에서 나오기 전에 가스를 잠갔느냐고 물었을 때도 한마디도 하지 않았다. 나는 아이의 고집스러운 자존심이 아주 싫었다. 진료소에 도착해서 나는 아이가 저항하려고 하지 않았는데도 거칠게 치과 의자에 앉혔다. 미카엘이 아이에게 충치가 이의 뿌리를 공격한다는 것을 설명해 준 이래로 아이는 이해심을 발휘했고 아주 협조적이었다. 치과 의사들은 항상 아이에게 놀라곤 했다. 게다가 드릴과 그 밖의 치과 기구들은 아이에게서 활발한 호기심을 일깨웠는데 나는 그것이 불쾌하다고 생각했다. 충치에 정신을 빼앗기는 다섯 살짜리 어린애는 자라서 혐오스러운 사람이 될 것이다. 그런 생각을 하는 자신이 싫었지만 그 생각을 버릴 수가 없었다.

의사가 야이르의 이를 치료하는 동안 나는 복도의 낮은 의자에 앉아서 마음속으로 요람 캄니쩨르에게 하고자 했던 말들을 정리했다.

우선을 그를 괴롭히고 있는 고백을 끌어낼 것이다. 나는 이일은 쉽게 성공할 것이라는 사실을 알았고 그래서 시간이 공격하고 있는데도, 시간이 창백하고 정확한 손가락으로 파괴하고 부패시키고 부수고 있는데도 완전히 잃지는 않은 그 힘에 대해 한 번 더 기뻐했다.

그리고 내가 원하는 지배를 얻은 다음에는 요람을 꾀어서 무모한 삶을 살게 할 작정이었다. 그러니까, 예를 들면 그 애를 부추겨서 성경 교사가 아니라 시인이 되게 한다든지. 그러니까, 반대편 둑으로 그 애를 던져 버린다든지. 그러니까, 마지막으로 마지막 미카엘 스트로고프를 폐위된 공주의 의지에, 임무에 복종하게 한다든지.

소년은 상냥하고 또 그 애에게서는 유연성이라는 마술 같은 힘이라든가 깊게 흐르고 있는 에너지의 흐름은 발견하지 못했기 때문에 나는 아주 일반적인 말에 들어 있는 상냥한 말 정도만 해 줄 작정이었다.

나의 계획은 전혀 이루어지지 않았다. 그는 오겠다던 약속을 지키지 않았다. 내가 자기보다 더 강한 공포심을 뒤흔들어 놓았던 것이 틀림없다.

그달 말에 잘 알려지지 않은 잡지에서 요람의 연가(戀歌)를 실었다. 초기의 시와는 다르게 이번에는 과감하게 여인의 육체 부분 부분을 묘사하려고 했다. 그 여인은 보디발의 아내였고 강직한 요셉을 함정에 빠뜨리기 위해 자기 몸의 일부를 드러내고 있었다.

캄니쩨르 부부는 즉시 불려가서 고등학교 교장과 상의를 했다. 그들은 요람이 교육 기관이나 남부의 종교적인 키부츠에서 마지막 해를 마치면 소란을 피우지 않는 것이 좋겠다고 결론을 내렸다. 자세한 사정은 나중에야 알게 되었다. 그리고 강직한 요셉의 맹세에 대한 과감한 시도 나중에 가서야 읽었다. 그 시는 내 이름이 블록체 대문자로 찍힌 단순한 표지가 붙어서 우편으로 전달되었다. 미사여구를 사용하고 과장된 시였다. 무기력이라는 베일을 통해 나오는 고통받는 육체의 외침.

나는 패배를 인정했다. 그러니까 요람은 대학에 갈 것이다. 결국은 성경과 히브리어를 가르치게 될 것이다. 시인은 되지 않을 것이다. 가끔씩, 예를 들면 새해마다 우리에게 보내는 색색의 카드에다 현학적인 시구는 지을 수 있겠지. 우리 고넨 가족은 요람과 젊은 그의 가족에게 새해 카드로 답장을 보낼 것이다. 시간은 항상 존재할 것이다. 요람에게 적대적이고 나에게 적대적인, 절대로 좋은 징조가 아닌 키가 크고 냉담하고 투명한 존재.

사실 그 모든 것은 히스테리병 환자인, 수용되기 바로 전에 마당에서 요람을 공격했던 이웃의 글릭 부인에 의해 결정이 났다. 그녀는 그의 셔츠를 찢어 버리고 얼굴을 치고 그에게 호색한, 엿보기꾼, 엿보기 좋아하는 호색가라고 했다.

그러나 패배는 나의 것이었다. 이것은 나의 마지막 시도였다. 그 위협적인 존재는 나보다 강했다. 이제부터 나는 물결에 휩쓸려 수동적인 정지 상태에서 아래로 떠내려가야 한다.

37

다음 날 저녁, 야이르를 씻기고 머리를 감기고 있을 때 수척하고 먼지투성이인 형체가 문 앞에 나타났다. 흐르는 물과 야이르의 얘기 때문에 나는 그가 들어오는 소리를 듣지 못했다. 그는 양말 바람으로 욕실 문가에 서 있었다. 그 사람은 내가 알아차리고 충격과 놀라움으로 낮게 소리 지르기 몇 분 전부터도 거기 서서 나를 지켜보고 있었는지도 모르겠다. 아파트에 진흙을 끌고 들어오지 않으려고 홀에다 구두를 벗어 두었다.

"미카엘." 나는 상냥한 미소를 지으며 말하려고 했다. 그러나 그의 이름은 목에서 흐느낌과 섞여 나왔다.

"야이르, 한나. 잘 있었지. 건강한 걸 보니 좋은데. 돌아왔어."

"아빠, 아랍 사람들을 죽였어요?"

"아니란다, 그 반대야. 유대인 군대가 나를 죽일 뻔했지. 나중에 얘기해 주마. 한나, 아이가 감기 걸려 죽기 전에 몸을 말리고 옷을 입혀야겠소. 물이 아주 찬데."

미카엘이 있었던 예비 대대는 아직 해산되지 않았지만 미카엘을 일찍 내보내 준 것은 우연찮게도 무선 통신사 두 명이 불필요하게 더 소집되었고, 또 그 깨진 안경 때문에 미카엘이 무전에서 전혀 쓸모가 없었고, 어쨌거나 하루 이틀 후면 대대가 다 해산할 예정이었고, 그리고 미카엘이 조금 아팠기 때문이었다.

"당신, 아프다고요." 나는 꾸짖듯이 목소리를 높였다.

"조금이라고 했잖아. 소리 지를 필요는 없어요, 한나. 걷고 말하고 숨 쉬고 있는 게 보이지. 조금 아픈 것뿐이라니까. 분명히 위의 무슨 중독 같은 거겠지."

"충격을 받아서 그래요, 미카엘. 금방 그칠게요. 그쳤어요. 자, 울지 않죠. 진정했다고요. 보고 싶었어요. 당신이 떠날 때는 아팠고 기분이 나빴죠. 지금은 아프지 않고, 당신한테 더 잘하도록 할게요. 당신을 원해요. 씻는 동안 야이르를 재울게요. 왕한테 어울릴 만한 식사를 차리죠. 하얀 테이블보를 깔고요. 포도주 한 병하고. 그건 그냥 시작일 뿐이에요. 이런, 바보같이. 놀래 주려고 했는데 다 망쳤군요."

"오늘 저녁에는 포도주를 마실 수 있을 것 같지 않은데." 미카엘이 사과하듯이 말했고 조용한 미소가 얼굴에 퍼져 나갔다. "몸이 그다지 좋지 않아."

씻고 나서 미카엘은 배낭을 풀고 더러운 빨래를 세탁물 바구니에 넣고 모든 것을 제자리에 놓았다. 그는 두꺼운 담요를 몸에 둘렀다. 이가 덜덜 떨리고 있었다. 그는 나에게 첫날 저녁을 이런 문제로 망친 걸 용서하라고 말했다.

그의 얼굴은 낯설어 보였다. 안경이 없어서 그는 신문을 잘 읽을 수 없었다. 그는 불을 끄고 벽 쪽으로 얼굴을 돌렸다. 밤중에 나는 미카엘의 신음하는, 어쩌면 그냥 트림하는 소리를 들었다고 생각하고 몇 번이나 잠에서 깼다. 차를 끓여 주었으면 좋겠는지 물었다. 그는 고맙지만 됐다고 했다. 나는 일어나서 차를 끓인다. 그에게 마시라고 한다. 그는 내 말에 따라 차를 쭉 들이켠다. 심한 메스꺼움으로 고생하고 있는 것 같았다.

"아파요, 미카엘?"

"아니, 아프지 않아. 그만 자요, 한나. 내일 이야기합시다."

다음 날 아침 나는 야이르를 유치원에 보내고 우르바흐 박사님을 불렀다. 의사는 그 도자기 같은 발소리를 내며 들어와

서 생각에 잠겨 미소 짓고는 우리에게 병원에 가서 당장 검사를 받아야 한다고 말했다. 그는 예의 그 습관적인 안심의 말로 얘기를 끝맺었다.

"사람은 그렇게 쉽게 죽지 않지요, 우리가 상상하는 극단적인 순간에서는 그럴지 모르지만."

샤아르 제데크 병원으로 가는 택시 안에서 미카엘은 농담으로 내 걱정을 없애려 했다.

"소련 영화에 나오는 전쟁 영웅 같은 기분이 드는걸. 거의 말이야."

나는 아직도 기억하고 있다. 열세 살 때 우리 아버지 요셉 그린바움은 마지막 병으로 쓰러졌다. 아버지는 악성 종양으로 돌아가셨다. 죽기 몇 주 전에 아버지의 모습은 점점 쇠약해졌다. 피부는 쪼그라들고 흙빛이 되었고 뺨은 푹 꺼졌으며 머리카락은 한 움큼씩 빠졌고 이가 썩어 갔다. 아버지는 한 시간 한 시간 쪼그라드는 것 같았다. 가장 무서웠던 것은 입 안이 함몰되어서 계속해서 교활한 미소를 짓고 있는 것 같은 인상을 주었던 것이었다. 그 병이 마치 정말로 농담이라는 듯이. 사실 마지막 며칠 동안 아버지는 억지로 쥐어 짜낸 익살에 매달렸다. 아버지는 사후의 생존 문제야말로 당신이 크라코브에 살던 청년 시절부터 계속해서 호기심을 가져온 문제라고 말했다. 한번은 정말로 마르틴 부버 교수에게 그 문제에 대해서 묻는 편지를 독일어로 썼지. 그리고 한번은 주요 신문의 통신 칼럼에 실렸던 그 주제에 대한 답을 받아 보았고. 이제 며칠 후면 사후의 삶의 신비에 대한 믿을 만하고 권위 있는 해답에 접근하게 될 테지. 아버지는 부버 교수가 독일어 자필로 쓴 답을 가지고 있는데 교수는 우리는 아이들과 우리의 일 속에 계속 살아 있다고 말했다.

"나는 어떤 일이 있다고 주장할 수는 없지만." 아버지의 함몰된 입이 미소 지었다. "하지만 아이들은 있지. 한나, 너는 내 영혼이나 육체의 연장이라는 생각이 드니?"

그리고 곧바로 덧붙이셨다.

"농담이란다. 네 개인적인 감정은 너 자신의 개인적인 감정일 뿐이지. 오래전 고대의 사람들이 대답할 수 없다고 했던 것은 바로 이러한 질문들이었단다."

아버지는 집에서 돌아가셨다. 의사들은 희망도 없었고 아버지는 알고 계셨고 아버지가 알고 있음을 자신들도 알고 있었기 때문에 아버지를 병원으로 옮기는 것이 적당하지 않다고 생각했다. 의사들은 고통을 덜어 주는 약을 주고 마지막 며칠 동안 아버지가 보여 준 평온함에 놀람을 표시했다. 아버지는 평생 동안 죽는 날을 대비했던 것이다. 아버지는 마지막 아침을 갈색 화장복을 입고 안락의자에 앉아서 영자신문《팔레스타인 포스트》의 경품 낱말 맞추기를 풀면서 보냈다. 정오에는 다 푼 답안을 부치려고 우체통이 있는 곳으로 나갔다. 돌아와서는 방으로 들어가서 잠그지 않고 문을 닫았다. 아버지는 방에 등을 돌리고 창틀에 기대어 돌아가셨다. 아버지의 의도는 사랑하는 사람들에게 불유쾌한 광경을 보여 주지 않으시려는 것이었다. 그때 에마뉴엘 오빠는 벌써 예루살렘에서 멀리 떨어진 키부츠 지하 조직의 일원이었다. 어머니와 나는 미장원에 가 있었다. 그날 아침에는 전쟁 전개의, 스탈린그라드의 전쟁의 극적인 변화에 대한 미확인 소식이 전선에서 들려왔다. 아버지는 유언장에다 내 결혼식 날 받을 수 있도록 3000파운드를 남겨 주셨다. 에마뉴엘 오빠가 키부츠 생활을 포기하면 그 반을 오빠에게 주기로 되어 있었다. 아버지는 검소한 사람이었다. 수많은 이론적 주제에 대한 아버지의 질문에 황송하게도 대답해 주신 저명한 학자들의 편지 열몇 개를 담은 파일도 남기셨다. 그 가운데 두세 개는 세계적으로 유명한 인물들의 자필로 되어 있었다. 아버지는 메모가 가득 적힌 공책도 남기셨다. 처음에는 생각이나 관찰한 내용을 몰래 적는 습관이 있으셨나 보다고 생각했다. 나는 나중에 가서야 그것들이 사실은 중요한 사람들에게서 여러 해 동안 들었던 말이라는 사실을 깨달았다. 예를 들면 한번은 그 유명한 메나헴 우시킨과 예루살렘에서 텔 아비브로 가는 기차의 같은 칸에 타서 대화를 나누면서 이런 말을 들었다. "모든 행위에 있어서 의심을 해 보는 일이 필요하지만 또 한편으로는 의심이라는 것이 존재하지도 않는 것처럼 행동할 필요도 있지요." 나는 이런 말들이 출처와 날짜, 괄호 안에 기타 배경을 써서 아버지의 공책에 기록되어 있다는 사실을 알게 되었다. 아버지는 경청하는 사람이었고 언제나 암시와 징조에 민감했다. 아버지는 당신에게는 그 성질이 숨겨져 있는 강력한 힘에 평생을 조아리며 사는 것이 체면이 손상되는 일이라고 생각하지 않았다.

나는 이 세상 어느 누구보다도 아버지를 사랑했다.

미카엘은 샤아르 제데크 병원에서 사흘을 보냈다. 위와 관련된 병의 증상들을 보이고 있었다. 우르바흐 박사님의 주의 덕택에 병이 초기에 진단되었던 것이다. 한 주 내로 남편은 정상적으로 일할 수 있게 될 것이다.

병원에 있던 날 가운데 하루 미카엘은 야이르에게 전쟁 이야기를 해 주겠다던 약속을 지킬 수 있었다. 그는 정찰과 매복과 경보에 대해서 이야기했다. 아니, 전투 자체에 대한 질문에는 답을 할 수가 없었다. "애석하게도 아빠는 하이파만의 이집트 구축함을 잡거나 가자에 들르지 못했어. 수에즈 운하에 낙하산을 타고 착륙하지도 않았고. 아빠는 조종사도 낙하산병도 아니거든."

야이르는 이해심을 보였다.

"아빠는 잘 어울리지 않았어. 그래서 아빠를 뒤에 남겨 둔 거예요."

"누가 전쟁에 잘 어울린다고 생각하니, 야이르?"

"나요."

"너?"

"어른이 되면 나는 크고 힘센 군인이 될 거야. 난 운동장에서 더 큰 애들보다도 훨씬 더 셀걸. 약한 건 좋지 않아. 운동장에서와 같아."

"사람은 분별이 있어야 하는 거다, 야이르."

야이르는 이 말에 대해 조용히 생각했다. 비교, 대조, 연결했다. 아이는 진지했다. 생각에 잠기고 마침내 이렇게 말했다.

"분별 있다는 건 힘세다는 것의 반대가 아니잖아요."

내가 말했다.

"힘세고 분별 있는 사람들은 엄마가 좋아하는 사람들이란다. 언젠가는 힘세고 분별 있는 사람을 만나고 싶구나."

미카엘은 물론 미소로 답했다. 그리고 침묵.

친구들은 수고를 아끼지 않았다. 손님들이 자주 찾아왔다. 글릭 씨, 카디쉬만 씨. 지질학과 사람들. 하다사와 남편 아바. 그리고 미카엘의 금발 친구 야르데나. 그녀는 유엔 비상군의 장교와 함께 왔다. 그는 거구의 캐나다인이었는데 내가 그를 쳐다보는 것을 눈치채고 두 번이나 야르데나가 내게 미소를 지었음에도 나는 그 사람에게서 눈을 뗄 수가 없었다. 그녀는 침대 위로 몸을 굽혀 미카엘이 죽어 가기라도 하는 듯이 그의 수척한 손에 입을 맞췄다.

"빨리 나으라고요, 미카. 어울리지 않아요, 이런 병이라니. 당신한테 놀랐다고요. 믿거나 말거나 난 이미 논문을 제출했고 최종 시험 신청을 했어요. 느리지만 확실한 거, 그게 나죠. 착하게 내 시험 준비 도와줄 거죠, 미카?"

"물론이지." 미카엘이 웃으며 대답했다. "물론이야. 잘됐군, 야르데나."

"미카, 당신 대단해요. 당신만큼 똑똑하고 상냥한 사람은 만나 본 적이 없다니까. 빨리 나아야 착한 아이죠."

미카엘은 회복되어 직장으로 돌아갔다. 그는 오랜 휴지기 끝에 논문 작업에도 다시 착수했다. 또다시 밤이면 그의 서재와 나의 침실을 갈라 놓는 서리 낀 유리 너머로 그의 그림자가 움직인다. 10시면 나는 그에게 레몬을 넣지 않은 차를 한 잔 끓여 준다. 11시에 그는 작업을 잠시 쉬며 마감 뉴스를 듣는다. 그 후로는 밤중의 움직임 하나하나에 따라 그림자들이 벽에서 춤추고 몸부림친다. 서랍을 열고. 책장을 넘기고. 엎드려 쉬고. 손을 뻗어 책을 집고.

미카엘의 안경이 수선소에서 돌아왔다. 레아 고모가 새 파이프를 보냈다. 에마뉘엘 오빠는 노프 하림에서 사과 한 상자를 보냈다. 어머니는 빨간 목도리를 떠서 보냈다. 그리고 페르시아인 채소 가게 주인 엘리야 모시아 씨가 군대에서 돌아왔다.

마침내 11월이 반쯤 지나고 오랫동안 기다리던 비가 왔다. 그해는 전쟁 때문에 비가 늦었다. 비는 격렬하고 사납게 떨어졌다. 도시는 닫혀 있었다. 사방이 푹 젖어 있었다. 콸콸거리는 하수관의 기분 나쁜 소리. 뒷마당은 비에 젖어 버려져 있었다. 밤이면 거센 바람이 덧창을 흔들었다. 부엌 발코니 밖에는 오래된 무화과나무가 황량하게 서 있었다. 하지만 소나무들은 풍성하고 푸르렀다. 소나무들은 관능적으로 속삭였다. 절대로 나를 혼자 내버려 두지 않았다. 거리를 지나가는 차들은 모두 흠뻑 젖은 아스팔트에서 긴 물줄기를 뿜어냈다.

일주일에 두 번씩 나는 일하는 어머니회에서 주관하는 고급 영어 수업을 들었다. 폭우가 멈추면 야이르는 집 밖에 생긴 웅덩이에 전함과 구축함을 띄웠다. 아이는 이제 바다에 대한 이상스러운 열망을 가지게 되었다. 비 때문에 집에 틀어박혀 있을 때는 융단과 안락의자가 바다와 항구 역할을 했다. 도미노가 함대였다. 엄청난 해상전이 거실에서 치러졌다. 이집트 구축함이 바다에서 불타고 있다. 총이 불을 뿜는다. 선장은 결정을 내린다.

가끔씩 저녁 준비를 일찍 마치면 나도 그 놀이에 끼어들었다. 분첩이 잠수함이다. 나는 적군이다. 한번은 내가 갑자기 야이르를 정답게 껴안았다. 야이르가 잠시 동안 진짜 선장 같아 보였기 때문에 나는 아이의 머리에 거칠게 입맞춤을 퍼부었다. 그 결과 나는 곧 놀이에서, 방에서 쫓겨났다. 아들은 또다시 그 말 없는 자존심을 보여 주었다. 나는 초연하고 냉정할 경우에만 놀이에 낄 수 있다는 것이다.

어쩌면 내가 틀렸는지도 모르겠다. 야이르는 냉정한 권위의 표시를 보이고 있다. 미카엘에게서 물려받은 것은 아니다. 나에게서도 아니다. 아이의 기억력은 계속해서 나를 놀라게 한다. 아이는 텔 아리쉬에서 하산 살라메 패거리가 홀론을 침공한 이야기를, 일 년 반 전 할아버지가 아직 살아 계실 때 들었던 그 이야기를 아직도 기억하고 있다.

몇 달 후면 야이르는 유치원에서 학교로 올라갈 것이다. 미카엘과 나는 아이를 가까이에 있는 타케모니 교회 부속 남학교보다는 베이트 하케렘 학교에 보내기로 했다. 미카엘은 아들이 진보적인 교육을 받아야 한다고 굳게 믿고 있다.

위층 캄니쩨르 식구들은 정중하게 적대적으로 나를 대하고 있다. 그들은 내 인사에 겨우겨우 답은 하지만 이제는 다리미나 제빵용 그릇을 빌리러 딸을 보내지 않는다.

글릭 씨는 닷새에 한 번씩 우리 집에 들른다. 헤브라이카 백과사전 읽기는 벨기에 항목까지 진전했다. 불쌍한 아내 두바의 오빠는 앤트워프의 다이아몬드 상이죠. 아내는 잘 있어요. 의사들이 4월이나 5월에 돌려보내 준다고 약속했어요. 이 이웃의 감사하는 마음에는 끝이 없다. 종교 신문 하쪼페의 주말 부록에다가 이제는 핀과 클립, 우표 힌지, 외국 우표를 선물한다.

미카엘은 마침내 야이르에게서 우표 수집에 대한 적극적인 관심을 끌어낼 수 있었다. 두 사람은 토요일 아침을 우표 수집에 쏟았다. 야이르는 우표를 물에 적시고 종이에서 조심스럽게 떼어 내어 글릭 씨가 선물로 준 커다란 압지에 놓고 말린다. 미카엘은 마른 우표를 분류해서 앨범에 붙인다. 그동안 나는 축음기에 판을 걸고 피곤한 발을 뻗고 안락의자에 앉아서 뜨개질하며 음악을 듣는다. 긴장을 풀고. 창문으로 옆집 여자가 바깥의 발코니 난간에 이불을 너는 것을 볼 수 있다. 내가 느끼지 못한다고는 생각하지 않는다. 시간은 강력하게 존재하고 있다. 시간을 꺾기 위해서 의도적으로 무시하는 것이다. 나는 어렸을 때 무례한 남자들의 뻔뻔한 시선에 답하던 것과 똑같은 방식으로 시간에 대처하고 있다. 눈을 돌리거나 돌아서지 않는다. 차가운 경멸의 미소를 얼굴에 띤다. 겁먹거나 당황하지 않는다. 이런 말을 하는 것처럼.

"그래서 어떻다는 거지?"

알고 있다, 인정한다. 이것은 애처로운 방어다. 하지만 기만 또한 애처롭고 추하다. 나는 지나친 요구는 하지 않는다. 그 유리가 투명하기만 하면 된다. 푸른 코트를 입은 똑똑하고 예쁜 소녀. 허벅지에 확장된 정맥혈관이 퍼져 있는 쪼그라든 유치원 선생님. 그 사이에 이본 아줄라이는 해변 없는 바다를 떠다니고 있다. 그 유리가 투명하기만 하면 된다. 그 이상은 아무것도 바라지 않는다.

38

겨울의 예루살렘에는 밝고 햇빛 가득한 토요일이 많았고 그런 날 하늘은 하늘색이 아니라 바다가 위로 올라가 도시 위에 거꾸로 박힌 듯한 깊고 짙고 농축된 푸른색을 띠었다. 그 투명하고 빛나는 순수함은 근심 없는 새들의 합창으로 더 고조되고 빛으로 흠뻑 젖어 있었다. 멀리 보이는 것들, 언덕, 건물, 숲은 쉬지 않고 반짝이는 듯했다. 그런 현상은 수분의 증발로 생기는 것이다, 라고 미카엘이 설명해 주었다.

그런 토요일에는 대개 아침을 일찍 들고 긴 산책에 나섰다. 우리는 종교적인 이웃을 뒤로하고 탈피옷이나, 에인 케렘, 말카, 기바트 샤울까지 걸어갔다. 정오에는 숲에 앉아서 점심 도시락을 먹었다. 그리고 안식일이 끝나고 오는 첫 버스를 타고 밤에 집으로 돌아왔다. 때때로 나는 예루살렘의 숨겨진 장소들이 전부 불이 밝혀진 채 내 앞에 놓여 있다고 상상한다. 나는 그 푸른빛이 지나가는 환영이라는 사실을 잊지 않고 있다.

새들은 날아가 버릴 것이라는 사실도. 그러나 이제는 그것을 무시하는 법을 배웠다. 물결을 따라 흘러 다니는 법도. 저항하지 않고서.

그런 토요일 소풍날 가운데 하루는 전에 내가 히브리 문학을 배웠던 노교수를 만났다. 애처로울 정도로 애써서 그 교수는 간신히 내 이름을 기억해 내고는 얼굴과 이름을 일치시켰다. 그가 물었다.

"무슨 놀랄 만한 비밀을 계획하고 있나요, 부인? 시집이라도?"

나는 아니라고 말했다.

그 교수는 잠시 동안 생각에 잠기더니 친절하게 미소를 짓고는 이렇게 말했다.

"우리 예루살렘은 정말 굉장한 도시죠! 그 음울하고 깊었던 유대인들의 분산 속에서도 수많은 세대의 갈망 대상이 되었던 데에는 이유가 있다니까요."

나는 맞다고 했다. 우리는 악수를 하고 헤어졌다. 미카엘은 노인에게 건강을 빌었다. 교수는 가볍게 머리를 숙이고 모자를 흔들었다. 그 만남은 나를 기쁘게 했다.

우리는 야생화 한 다발을 꺾는다. 미나리아재비, 수선화, 시클라멘, 아네모네. 돌아오면서 우리는 버려진 공터를 가로지른다. 축축한 회색 바위 그늘에서 쉬고. 멀리 해안가의 평원, 헤브론 언덕, 유대 사막을 바라본다. 가끔은 숨바꼭질이나 캐치볼을 한다. 미끄러지고 웃으면서. 미카엘은 밝고 걱정이 없다. 가끔 이런 식으로 열정을 표시하기도 한다.

"예루살렘은 세계에서 가장 큰 도시야. 거리를 두세 개 건너면 곧 다른 대륙, 다른 세대, 다른 기후를 만나니까."

또는.

"정말 아름답지, 한나, 그리고 당신도 정말 아름답고, 나의 슬픈 예루살렘 아가씨."

야이르는 두 가지 주제에 특히 관심이 있었다. 독립 전쟁의 교전과 공공 버스의 노선망.

첫 번째 주제에 대해서는 미카엘이 무궁무진한 보고가 된다. 그는 손으로 가리키고 지형의 특징을 말해 주고 나뭇가지와 돌로 흙바닥에 지도를 그려 보인다. 아랍인들이 여기 있었고, 우리가 여기 있었지. 여기를 통과해서 우리를 치려고 했단다. 우리는 저기에서 그들 뒤를 파고들었지.

미카엘은 또 아이에게 전략적 착오와 오류, 실패에 대해서 가르쳐 주는 것이 옳다고 생각한다. 나도 듣고 배운다. 예루살렘을 수호하기 위한 전투에 대해서 내가 얼마나 아는 것이 적었던가. 쌍둥이의 아버지 라시드 샤하다의 것이었던 빌라는 보건 기구에 넘어갔고 보건 기구에서는 그 집을 산전 산후 관리 요양소로 개조했다. 빈터에 세워진 주택 계획. 독일인과 그리스인들은 독일인 거류지와 그리스인 거류지를 포기했다. 새로운 사람들이 옮겨와 그 자리를 차지했다. 새로운 남녀노소가 예루살렘에 모여들었다. 그것이 예루살렘을 지키는 마지막 전투가 되지는 않을 것이다. 카디쉬만 씨가 그렇게 말하는 것을 들은 적이 있다. 나 또한 표면을 뚫고 비밀스러운 세력들이 끊임없이 계획하며 솟아오르고 급격하게 밀려들어 터져 나오는 것을 감지할 수 있다.

나는 복잡한 것들을 단순한 말로, 형용사는 거의 사용하지 않고서 설명하는 미카엘의 능력에 놀란다. 또한 야이르가 가끔 묻는 진지하고 총명한 질문에도 놀란다.

야이르는 전쟁이 질서와 논리로 이루어진 하나의 황홀한 세계를 보여 주는 아주 정교한 놀이라고 생각한다. 남편과 아들 두 사람 다 시간이란 선과 형을 보조하기 위해 구조를 잡아 주는, 그래프지에 놓인 일련의 정방형이라고 생각한다.

야이르에게는 상충하는 전쟁의 동기를 설명할 필요가 전혀 없었다. 동기는 확실했다. 정복과 지배. 아이의 질문은 그저 사건의 순서에 관한 것뿐이었다. 아랍인, 유대인, 언덕, 골짜기, 폐허, 참호, 기갑 부대, 이동, 기습.

버스 회사의 노선 또한, 서로 다른 목적지를 연결하는 노선들의 복잡한 상호관계로 아들을 사로잡았다. 복잡한 망이 아이에게 냉혈적인 쾌감을 주었다. 정류장 사이의 거리, 여러 노선의 중복, 시내 중심가로의 집중, 외곽으로의 확산.

이 주제에 대해서는 야이르가 우리를 가르쳐 줄 수 있었다. 미카엘은 아이가 자라서 버스 회사의 노선 관리자가 될 거라고 했다. 그리고 서둘러서 물론 농담이라는 것을 강조했다.

야이르는 각 노선을 운행하는 버스의 기종을 외우고 있었다. 아이는 다른 기종을 사용하는 이유를 설명하는 것을 좋아했다. 여기는 가파른 경사, 저기는 심한 굴곡이나 거친 노면. 아이가 설명하는 방식은 아버지와 꼭 닮았다. 두 사람 다 '따라서', '반면에', '결론적으로', '희박한 가능성' 같은 말들을 자주 사용했다.

나는 두 사람의 말을 조용히 주의 기울여 들으려고 애쓴다.

상상.

아들과 남편이 커다란 책상에 펴 놓은 거대한 지도를 굽어보고 있다. 지도에는 여러 가지 표식이 흩어져 있다. 두 사람이 동의한 계획에 따라 색색의 핀이 꽂혀 있는데 내게는 완전한 무질서로 보인다. 두 사람은 독일어로 정중하게 논쟁 중이다. 둘 다 회색 양복을 입고 은제 핀으로 고정한 수수한 타이를 매고 있다. 나는 훤히 비치는 허름한 잠옷을 입고 거기 있다. 두 사람은 일에 완전히 몰두해 있다. 흰빛에 싸여서 그러나 그림자는 던지지 않으며. 두 사람의 태도는 집중과 신중한 책임감을 말해 준다. 내가 무슨 말이나 질문을 하며 끼어든다. 둘 다 내 간섭에 짜증 내지 않고 동정적이고 상냥하다. 무엇이든지 해 드리지요. 도움이 된다면 기쁘겠습니다. 5분만 기다려 주실 수 있을까요?

조금쯤은 다른 토요일 나들이도 있었다.

르하비아나 베이트 하케렘같이 도시에서 유행의 최첨단을 걷는 곳을 산책한다. 집을 고른다. 반쯤 완공된 건물을 살펴본다. 이런저런 종류의 아파트들이 가지는 장단점에 대해서 얘기한다. 방을 나눈다. 물건을 다 어디에 둘 것인지 결정한다. 야이르의 장난감은 저쪽. 여기가 서재고. 소파는 여기. 책장. 안락의자. 융단.

미카엘이 말한다.

"저축하기 시작해야 한다고, 한나. 계속해서 하루살이처럼 살 수는 없어요."

야이르의 제안.

"축음기하고 판을 팔면 돈이 좀 생길 텐데. 라디오에서 음악은 충분히 나오잖아요. 그리고 난 그거 정말 듣기 싫어요."

나.

"난 유럽 여행을 하고 싶어요. 전화도 갖고. 작은 차를 사서 주말에 해변으로 가고. 어릴 때 라시드 샤하다라는 아랍인 이웃이 있었어요. 부유한 아랍인이었죠. 지금은 아마 난민촌에서 살고 있을 거예요. 카타몬에 집이 있었어요. 정원을 둘러싸고 있는 빌라였는데. 정원은 집으로 완전히 둘러싸여 있었어요. 야외에 앉아 있으면서도 완전히 차단되고 은밀할 수가 있었죠. 그런 집을 가졌으면 좋겠어요. 바위와 소나무가 있는 곳에. 잠깐만, 미카엘 아직 안 끝났다고요. 그리고 하녀도 있었으면 좋겠는데요. 커다란 정원하고."

"그리고 제복 입은 운전사도." 미카엘이 미소를 지었다.

"그리고 개인 잠수함도." 야이르는 아버지 뒤에서 종종걸음으로 열심히 걷고 있었다.

"그리고 왕자-시인-권투 선수-조종사인 남편도." 미카엘이 덧붙였다.

복잡한 생각을 하고 있을 때의 자기 아버지처럼 야이르의 이마에 주름이 잡혔다. 아이는 잠시 동안 말을 멈췄다가 이렇게 말했다.

"그리고 동생이 있었으면 좋겠어. 아론은 나하고 나이가 같은데 벌써 동생이 두 명 있단 말이에요. 나도 동생을 가질 만하다고요."

미카엘이 말했다.

"여기 르하비아나 베이트 하케렘의 아파트는 요새 꽤 비싸지. 하지만 계획적으로 저축을 시작하면 제니아 고모님한테 약간, 대학 보조 기금에서 약간, 카디쉬만 씨에게서 약간 돈을 빌릴 수 있겠지. 완전한 공상만은 아니야."

"그래요, 완전한 공상만은 아니에요. 하지만 우리는 어떻죠?"

"우리는 어떻다니?"

"허공에 떠 있잖아요, 미카엘. 나뿐만이 아니라고요. 당신도 마찬가지예요. 당신은 그냥 허공에 떠 있는 게 아니라 우주 공간에 떠 있다고요. 우리 꼬마 현실주의자 야이르만 빼고 둘 다요."

"한나, 당신은 비관론자야."

"피곤해요, 미카엘. 집에 가요. 다림질할 게 방금 생각났어요. 다림질할 게 산더미같이 남아 있다고요. 그리고 내일은 칠장이들이 올 거고."

"아빠, 현실주의자가 뭐예요?"

"그건 뜻이 아주 많은 단어란다. 엄마는 언제나 이성적으로 행동하고 꿈속에서 살지 않는 사람을 의미한 거지만."

"하지만 나도 밤에는 꿈을 꾸는데."

내가 희미한 웃음을 지으며 물어보았다.

"넌 무슨 꿈을 꾸니, 야이르?"

"꿈."

"어떤 것들?"

"여러 가지."

"예를 들면?"

"그냥 꿈이요."

그날 밤 나는 다림질을 했다. 다음 날 아파트에는 흰색 도료를 칠했다. 하다사는 다시 파출부인 심카를 이틀 정도 빌려주었다. 주중에는 겨울비가 다시 오기 시작했다. 하수관이 윙윙거렸다. 그 음악은 슬프고 노한 것이었다. 길고 잦은 정전이 있었다. 길은 진흙투성이였다.

칠과 청소가 끝나고 나는 미카엘의 지갑에서 45파운드를 꺼냈다. 폭우가 그치고 잠잠한 사이에 나는 시내로 갔다. 집에 있는 전구 모두에 달기 위해 샹들리에를 샀다. 이제는 거실에 반짝이는 크리스털을 달 것이다. 크리스털. 나는 '크리스털'이라는 말을 좋아했다. 그리고 그 크리스털이 좋았다.

39

하루하루에도, 내게도, 어떤 똑같음이 있다. 똑같지 않은 무엇인가는 존재한다. 그 이름은 모르겠다.

남편과 나는 무슨 신체적으로 불쾌한 병을 치료받는 진료소에서 나오다가 우연히 만난 두 사람 같다. 둘 다 당황하고, 서로의 생각을 읽고, 불안하면서도 당황스럽게 하는 친밀함을 의식하고는 이제 서로에게 말을 걸 적당한 어조를 피곤하게 더듬어 찾으면서.

미카엘의 박사 논문이 마지막 장에 다가가고 있다. 내년이면 확실히 학문적 등급에 상당한 진전이 있을 것이다. 1957년 초여름 그는 네게브에서 논문에 필수적인 관측과 실험을 하면서 열흘을 지냈다. 그는 우리에게 색깔이 다른 모래로 채워진 병을 가져다주었다.

나는 미카엘의 동료에게서 남편이 논문을 제출하고 나서는 미국 대학에서 이론 지질학을 상당히 오래 연구할 수 있는 장학금을 신청할 생각이라는 사실을 알게 되었다. 미카엘 자신은 이런 생각을 내게 말하지 않기로 했는데 그것은 그가 내 약점을 알고 있기 때문이었다. 내가 새로이 꿈을 갖게 하고 싶지 않았던 것이다. 꿈은 깨어질 수 있다. 그리고 실망이 따를지도 모른다.

메코르 바룩에는 여러 해에 걸쳐 점진적인 변화가 느껴지게 되었다. 서쪽으로는 새 아파트들이 들어섰다. 도로는 포장되었다. 터키 지배기의 건물에 현대식 꼭대기 층이 증축되었다. 시당국은 초록색 벤치와 쓰레기통을 길가에 설치했다. 작은 공공정원이 개장되었다. 전에는 잡초가 무성했던 안 쓰던 땅에 작업장과 인쇄소가 들어섰다.

이전의 주민들은 서서히 이 지역을 떠나갔다. 공무원들과 정부 기관 직원들은 르하비아나 키리야트 슈무엘로 이사했다.

서기나 출납원들은 시 남쪽의 정부 주택 개발 지역의 싼 아파트를 샀다. 섬유와 잡화상들은 로메마로 옮겨 갔다. 우리는 뒤에 남아 죽어 가는 거리를 지켜보았다. 그것은 지속적이고 감지할 수 없는 사멸이었다. 덧창과 쇠난간 들은 점점 녹슬어 갔다. 신앙심 깊은 토건업자 한 사람이 우리 집 맞은편에 건물 토대를 파더니 갑자기 계획을 포기했다. 마음을 바꾼 것일 수도 있고, 죽은 것일 수도 있다. 캄니쩨르 식구들은 이 건물과 예루살렘을 떠나 텔 아비브의 교외에 가서 살았다. 요람은 짐 싸는 것을 도우러 군대에서 특별 휴가를 얻어 나왔었다. 그는 멀리서 내게 손을 흔들었다. 구릿빛으로 그을리고 군복이 잘 어울리는 것 같았다. 그의 아버지가 엄하게 옆에 서 있어서 말은 할 수 없었다. 그리고 내가 요람에게 더 할 말이 무엇이 있겠는가. 이제 와서?

이웃의 수많은 빈 아파트에는 계율을 잘 지키는 사람들이 이사해 들어왔다. 이제 막 정착하기 시작한, 주로 이라크와 루마니아 출신 이민들도. 점진적인 과정이었다. 거리에는 발코니에서 발코니로 점점 더 많은 빨랫줄이 걸리게 되었다. 밤이면 후음 언어로 소리치는 외침들을 들을 수 있었다. 페르시아인 채소 가게 주인 엘리야 모시아 씨는 언제나 성질이 나쁜 형제에게 가게를 팔았다. 타케모니 교회 부속 남학교의 아이들도 예전보다 더 거칠고 폭력적인 것 같았다.

5월 말에 카디쉬만 씨가 신장병으로 죽었다. 그는 국민당 예루살렘 지부에 약간의 유산을 남겼다. 미카엘과 나에게는 자신의 책을 전부 남겼다. 헤르츨, 노르다우, 야보틴스키, 클라우스너의 작품들. 유언장에서는 변호사로 하여금 우리를 방문해서 고인을 따뜻한 분위기에서 맞아들였던 것에 감사하도록 지시하고 있었다. 카디쉬만 씨는 외로운 사람이었다.

1957년의 그 여름에 유치원의 사라 젤딘도 말라키 거리에서 군용 트럭에 치어 죽었다. 유치원은 문을 닫았다. 나는 통상부에 서류 정리 사무원으로 임시직을 얻었다. 그 일자리를 얻어 준 것은 하다사의 남편인 아바였다. 그리고 가을에는 내가 어렸을 때 아버지와 절친했던 예루살렘 분들 세 분이 돌아가셨다. 전에 이 사람들에 대한 언급을 하지 않았던 것은 망각이 나의 방어를 뚫고 들어왔기 때문이다. 아무리 애써도 그것을 막을 수는 없다. 나는 모든 것을 적어 넣으려 했었다. 모든 것을 적어 넣는다는 것은 불가능하다. 대부분의 것들은 어느덧 사라져 침묵 속에 소멸한다.

9월에 야이르는 베이트 하케렘 초급 학교에 다니기 시작했다. 미카엘은 아이에게 갈색 가방을 사 주었다. 나는 필통과 연필깎이, 연필, 자를 사 주었다. 레아 고모님은 커다란 수채화 물감 상자를 보냈다. 노프 하림에서는 아름답게 장정된 『다미시스의 심장』이 왔다.

10월에 이웃의 글릭 부인이 요양원에서 집으로 보내졌다. 그녀에게서는 조용한 체념의 빛이 보였고 이제는 더 조용하고 평온해 보였다. 부인은 나이가 들고 또 몸무게도 엄청나게 늘었다. 부인은 아이가 없는 것을 보상해 주던 그 풍성하고 원숙한 아름다움을 잃어버렸다. 이제 다시는 그 히스테리의 발작이나 절망적인 외침은 듣지 못했다. 글릭 부인은 오랜 치료를 마치고 무관심하고 고분고분해져서 돌아왔다. 부인은 몇 시간 이고 정문 옆의 낮은 담장에 앉아 거리를 내다보았다. 우리 거리가 행복하고 즐거운 곳이라도 된 것처럼 내다보고 소리 없이 웃으면서.

미카엘은 글릭 부인을 제니아 고모님의 두 번째 남편인 알버트 크리스핀이라는 배우와 비교했다. 부인처럼 그 사람 역시 신경 쇠약증에 걸렸고 회복되었을 때는 완전한 무관심에 휩싸여 있었다. 그는 나하리야에 있는 하숙집에 십육 년 동안 맡겨져 있는데 거기서 하루 종일 자고, 먹고, 허공을 응시하는 것 이외에는 하는 일이 없다. 제니아 고모님은 아직까지도 자비로 그를 부양하고 있다.

제니아 고모님은 큰 싸움을 하고 나서 종합 병원 소아과를 그만두었다. 여러 번 애쓴 끝에 고모님은 라마트 간에 있는 만성 질병 노인들을 위한 사설 요양원에 의사 자리를 얻을 수 있었다.

초막절 축제를 지내려고 왔을 때 제니아 고모님은 나를 소름끼치게 했다. 지나친 담배로 목소리는 더 쉬고 깊어져 있었다. 담배에 불을 붙일 때마다 고모님은 폴란드어로 자신을 욕했다. 심한 기침이 나면 고모님은 꼭 다문 입술 사이로 중얼거리곤 했다. "닥치라고, 바보야. 콜레라." 머리카락은 숱이 빠지고 회색이 되어 버렸다. 얼굴은 성질 나쁜 할아버지 같았다. 고모님은 히브리어가 생각나지 않아 어쩔 줄 모르는 때가 많았다. 고모님은 미친 듯이 담뱃불을 새로 켜고, 성냥을 끈다기보다 거기에 침을 뱉어 내고, 이디시 말로 중얼거리고는 쉿

섯거리는 폴란드어로 자신에게 욕을 퍼부었다. 고모님은 내가 미카엘의 지위에 어울리지 않는 옷을 입는다고 비난했다. 미카엘은 남자가 아니라 헝겊 인형처럼 모든 일에 있어서 내게 진다고 책망했다. 그리고 야이르는 무례하고, 건방지고 멍청하다고 했다. 고모님이 떠나신 후에 나는 고모님 꿈을 꾸었는데 그 모습은 그 늙은 예루살렘의 유령들, 나이 들어 무기력한 떠돌이 행상들의 모습과 겹쳐졌다. 나는 젊어서 죽는 것이 두려웠고 늙어서 죽는 것도 두려웠다.

우르바흐 박사님은 내 성대를 걱정했다. 나는 가끔 몇 시간씩 목소리가 나지 않는 경우가 잦았다. 박사님은 내게 장기 치료를 받으라고 지시했는데 그 치료에는 신체적으로 수치심을 느끼게 되는 면이 있었다.

나는 여전히 새벽이 되기 전에 일어나서 사악한 목소리와 계속되는 악몽에 걸려들었는데 이것들은 점진적이고 지칠 줄 모르는 미묘한 차이를 가지고 있었다. 어떤 때는 전쟁, 어떤 때는 홍수. 철로 사고. 길 잃음. 언제나 나는 강한 남자들에게 구조되었고 그들은 나를 구해 주지만 결국은 배신하고 욕보였다.

나는 남편을 잠에서 깨우곤 했다. 그의 담요 밑으로 파고들고. 온 힘을 다해 그의 몸에 달라붙고. 그의 몸에서 내가 원하는 자기 통제를 쥐어 짜내고. 우리의 밤은 어느 때보다도 더 격렬해졌다. 나는 미카엘이 내 몸과 자신의 몸에 놀라게 했다. 소설책에서 읽었던 다채로운 방법으로 그를 이끌었다. 영화에서 대충 배운 고통스러운 방법들. 사춘기 때 들었던 키득

거리는 여학생들의 소곤거림에 나왔던 모든 것. 가장 흥분되고 고통스러운 남자들의 꿈에 대해서 내가 알고 짐작해 낸 모든 것. 나 자신의 꿈이 가르쳐 준 모든 것. 떨리는 환희의 불꽃. 얼음같이 차가운 웅덩이 깊은 곳에서 일어나는 타오르는 경련의 물결. 기분 좋게 부드러운 쓰러짐.

그러나 여전히 나는 그를 피했다. 오로지 그의 육체와 접촉했을 뿐이었다. 근육, 팔다리, 털. 마음속에서는 내가 그를 계속해서 속였다는 사실을 알고 있었다. 그 자신의 몸을 가지고. 따뜻한 미궁 깊은 곳으로 맹목적으로 뛰어드는 것이었다. 내게 다른 탈출구는 없었다. 이것조차도 곧 막혀 버릴 것이다.

미카엘은 새벽 전에 자신에게 쏟아지는 이 열에 들뜬 폭풍 같은 풍성함을 견뎌 낼 수 없었다. 그는 대개 나의 첫 번째 자극에 반응하고 무너졌다. 미카엘은 이 격렬한 감정의 물결 너머에서 내가 자신에게 주고 있는 수치를 느낄 수 있었을까? 한번은 용기를 내어 나에게 자기와 다시 사랑에 빠진 것이냐고 물었다. 고통스러워하면서 묻는다는 것이 너무도 확실해서 우리 둘다 더 이상 말할 것이 없다는 사실을 알 수 있었다.

아침에 미카엘은 아무런 티도 내지 않았다. 언제나 똑같은 절제된 연민이 있었다. 밤에 수치를 당한 남자라기보다는 거만하고 경험 많은 여자에게 처음으로 구애하는 어린 소년 같았다. 미카엘, 당신과 나, 우리는 한 번도 서로를 만지지 않고 죽을까요? 만지고. 합쳐지고. 당신은 이해 못 해요. 서로의 안에서 자신을 잃고. 녹아들고. 섞이고. 서로의 안으로 자라나고. 어쩔 수 없이 결합하고. 설명할 수 없어요. 말조차도 나에게 적대적이군요. 정말 기만이에요, 미카엘. 정말 끔찍한 덫이죠. 난 지쳤어요. 아, 자고 또 잘 수 있다면.

한번은 게임을 하자고 했다. 각자 첫사랑에 대해서 모든 걸 얘기해 봐요.

미카엘은 이해하지 못하겠다고 했다. 당신이 나의 처음이자 마지막 사랑이야.

나는 설명하려고 애썼다. 당신도 어린아이였을 거 아니에요. 소년이요. 소설책 읽었죠. 반에 여학생들도 있었을 거고. 말해요. 말해 줘요. 추억과 그 모든 감정을 잃어버린 거예요? 말해 봐요. 당신은 아무것도 얘기하지 않죠. 더 이상 침묵을 지키지 말라고요, 더 이상 매일매일 알람 시계처럼 똑딱거리지도 말고, 더 이상 날 미치게 하지도 말아요.

마침내 미카엘의 눈에 강제된 이해의 빛이 보였다.

그는 조심스럽게 단어를 선택해서 형용사를 사용하지 않고 오랫동안 잊고 있었던 키부츠 에인 하드로의 여름 캠프에 대해서 얘기하기 시작했다. 그의 친구 리오라는 지금 키부츠 티랏 야아르에서 살고 있다. 그가 검사고 리오라가 변호사였던 모의 재판. 은근한 모욕. 반사 신경이 느리다고 미카엘에게 '얼간이 갠츠'라고 했던 예히암 펠레드라는 늙은 체육 선생님. 청년 지도자에 대한 자신의 설명. 다시 리오라. 사과. 기타 등등.

참담한 얘기였다. 내가 지질학 강의를 해야 했어도 그렇게 혼란스러워하지는 않았을 것이다. 대부분의 낙관주의자처럼 미카엘은 현재가 부드럽고 형체 없는 물질로 이루어져 있고 책임감 있게 노력하여 그것을 가지고 미래를 만들어 나가야 한다고 생각한다. 그는 과거를 의심스럽게 바라본다. 악몽. 어쨌거나 불필요하고. 미카엘에게 과거는 버려야 할 오렌지 껍질처럼 보였다. 어지러워질 테니 중간에 뿌려서 버리지는 않고. 모아서 파괴해야만 하는 것이다. 자유롭고 짐을 덜고. 미래를 위해 자기 앞에 정해진 계획을 위해서만 책임감을 발휘하고.

"말해 봐요, 미카엘." 나는 혐오감을 감추려고도 하지 않고 물었다. "도대체 무엇을 위해서 살아가는 거죠?"

미카엘은 즉시 대답하지 않았다. 그 질문에 대해서 잠시 동안 생각했다. 그동안에 그는 테이블에서 부스러기를 모아 자기 앞에 한 무더기로 쌓았다. 그리고 마침내 이렇게 말했다.

"당신의 질문은 무의미해. 사람은 무엇을 위해서 사는 게 아니야. 그냥 살고 있지. 그걸로 끝이야."

"미카엘 갠츠, 당신은 태어났을 때와 똑같이, 보잘것없는 존재로 죽을 거예요. 그걸로 끝이야."

"사람은 누구나 장단점이 있지. 그걸 진부한 말이라고 할지는 모르지만. 그 말이 맞을 거야. 하지만 진부하다는 건 진실의 반대는 아니야. '2 더하기 2는 4이다.'는 진부한 표현이지만 그래도……."

"그래도 미카엘, 진부하다는 것은 확실히 진실의 반대고, 나도 언젠가는 두바 글릭처럼 미쳐 버릴 거고 그건 다 당신 책임일 거예요, 얼간이 갠츠 박사님."

"진정해, 한나."

저녁에 우리는 화해했다. 둘 다 싸움이 자기 책임이었다고 했다. 우리는 서로 미안하다고 했고 함께 르하비아의 새 아파트에 사는 아바와 하다사의 집에 갔다.

이 얘기도 기록해 두어야겠다.

미카엘과 내가 침대 덮개를 털기 위해 마당으로 가고 있다. 잠시 후에 움직임을 맞춰서 함께 흔들어 낸다. 먼지가 일어난다.

그러고는 침대 덮개를 접는다. 미카엘이 갑자기 나를 안겠다고 생각한 것처럼 팔을 쭉 뻗은 채 내 쪽으로 온다. 그가 쥐고 있는 두 귀퉁이를 내민다. 그는 뒷걸음질 쳐서 새 귀퉁이를 다시 잡는다. 내게로 온다. 내민다. 뒷걸음질 친다. 잡는다. 내게로 온다. 내민다.

"됐어요, 미카엘. 다 끝났어요."

"그래, 한나."

"고마워요, 미카엘."

"고마워할 필요 없어요, 한나. 침대 덮개는 우리 둘 다 쓰는 거잖아."

마당에 어둠이 내려앉는다. 저녁. 첫 별들. 희미하고 멀리서 들리는 울부짖음…… 비명을 지르는 여자 혹은 라디오의 소리. 춥다.

40

통상부의 새 일은 사라 젤딘의 유치원에서 전에 했던 일보다 나에게 더 잘 맞는다. 나는 이 건물에 오전 9시부터 오후 1시까지 있는데 여기는 전에 펠리스 호텔이었다. 내 방은 객실 담당 종업원들의 탈의실이었다. 나라 여기저기의 여러 가지 사업에 관한 보고서가 내 책상으로 날아든다. 내가 할 일은 이 보고서에서 특정한 정보를 뽑아서 내 옆의 선반 파일에 담겨 있는 다른 정보와 비교하고, 비교의 결과를 기록하고, 특별 양식의 보고서 여백에다가 평을 베껴 적고, 그리고는 다른 부서로 내가 한 일은 보내는 것이다.

나는 이 일을 좋아하는데 그것은 내가 '실험 엔지니어링 계획', '화학 기업', '조선소', '중금속 작업장', '철강 건축 컨소시엄' 등의 용어에 끝없이 이끌리기 때문이다.

이런 용어들은 어떤 확실한 실재의 존재를 내게 증언해 준다. 나는 이 멀리 존재하는 기업들을 알지 못하며 알고 싶지도 않다. 나는 어디 먼 곳에 그들이 존재한다는 사실의 구체적 확실성에 만족하고 있다. 그들은 존재한다. 그들은 기능한다. 변화를 겪는다. 계산. 원자재. 수익성. 계획. 물체와 장소, 사람, 생각의 강력한 흐름.

아주 멀리에, 나도 알고 있다. 그러나 무지개 저 너머가 아닌 것이다. 꿈의 세계에 파묻혀 있는 것이 아니다.

1958년 1월 우리는 아파트에 전화를 설치했다. 미카엘은 교수 임용 우선권을 얻었다. 아바와의 관계도 유용했다. 아바는 새 아파트로 옮기는 데에도 상당한 도움을 주었다. 그는 정부 주택 계획의 대기 명부에서 우리 이름이 앞에 오도록 해 주었다. 우리는 바이트 바간 뒤쪽의 언덕에 지을, 베들레헴의 언덕과 에메크 르파임의 언저리가 보이는 신흥 교외에 살게 될 것이다. 계약금은 이미 냈고 나머지는 할부로 지불하기로 계약했다. 계약상으로 우리는 1961년 새 아파트의 열쇠를 받게 되어 있었다.

그날 저녁 미카엘은 적포도주 한 병을 꺼냈다. 그리고 기념으로 내게 커다란 국화 다발을 주었다. 그는 잔 두 개에 포도주를 반쯤 따랐다.

"우리를 위해서, 한나. 새로 살 곳에 가면 당신은 좀 더 평온해질 거야. 메코르 바룩은 음침한 곳이지."

"그래요, 미카엘."

"그동안 우리는 줄곧 새 아파트로 이사하는 걸 꿈꿔 왔지. 방이 세 개에다가 조그만 서재도 있을 거라고. 오늘 저녁에는 당신이 행복할 거라고 생각했는데."

"행복해요, 미카엘. 우리한테 방 세 개짜리 새 아파트가 생길 거예요. 우리는 항상 이사를 꿈꿔 왔죠. 메코르 바룩은 음침한 곳이거든요."

"그건 방금 내가 한 말이잖아." 미카엘이 놀라서 말했다.

"그건 방금 당신이 한 말이에요." 나는 미소를 지었다. "결혼 8년이면 생각이 비슷해지게 되어 있죠."

"시간이 지나고 열심히 일하면 모든 걸 갖게 될 거야, 한나. 두고 보라고. 머지않아 우리는 유럽으로, 아니면 더 멀리 여행할 수도 있을 거야. 머지않아 작은 차도 살 수 있을 거라고. 머지않아 당신도 기분이 나아질 거야."

"머지않아 열심히 노력하면 모든 게 좋아질 거예요, 미카엘. 지금 방금 말한 게 당신이 아니라 딱 당신 아버지였다는 거 알아요?"

"아니, 정말 몰랐는데. 불가능한 일은 아니지. 사실 당연한 거잖아. 결국 나는 아버지의 아들이니까."

"그럼요. 불가능하지 않죠. 당연한 거예요. 당신은 아버님 아들이니까. 끔찍하군요, 미카엘, 끔찍해요."

"그게 뭐가 끔찍하지, 한나?" 미카엘이 슬픈 듯이 말했다. "우리 아버지를 조롱하는 건 옳지 않아. 아버지는 순수하신 분이었어. 그렇게 말하는 건 잘못이야. 그렇게 말해서는 안 되지."

"잘못 알아들었군요, 미카엘. 당신이 당신 아버지의 아들이라는 게 끔찍한 게 아니라 당신이 당신 아버지처럼 말하기 시작했다는 게 끔찍한 거라고요. 그리고 당신 할아버지 잘만. 우리 할아버지. 우리 아버지. 우리 어머니. 그리고 우리 다음에는 야이르. 우리 모두가요. 인간이 계속해서 거부당하는 거잖아요. 계속해서 새로운 초안이 만들어지는데 결국은 다 거부되고 구겨져서 쓰레기통에 던져지고는 새롭고 약간 발전된 개작으로 대체되는 거죠. 이 모든 게 다 얼마나 쓸데없는 일인지. 정말 무의미한 농담이죠."

미카엘은 이 생각을 잠시 동안 조용히 되씹으며 생각해 보았다.

그는 멍하니 종이 냅킨을 꺼냈다. 그것을 작은 배 모양으로 조심스럽게 접어서 열심히 살펴보고는 아주 살짝 테이블 위에 올려놓았다. 그러고는 마침내 내가 약간 상상력이 풍부한 인생관을 가지고 있다고 말했다. 아버님이 언젠가 한나는 시는 쓰지 않지만 당신에게는 시인처럼 보인다고 말씀하셨다고.

그리고 미카엘은 그날 아침 계약서에 서명하면서 받은 새 아파트의 도면을 보여 주었다. 그는 언제나처럼 명확하고 사실적으로 도면을 설명했다. 나는 그에게 세부 사항을 더 자세히 설명하라고 했다. 그는 설명을 되풀이했다. 잠시 동안 나는 이 것이 절대로 처음이 아니라는 느낌에 강하게 사로잡혔다. 나는 이 순간과 이 장소를 오래전부터 알고 있었다. 이 말들은 모두 먼 과거에 얘기되었던 것이다. 종이배까지도 새롭지 않았다. 전구에 닿는 담배 연기까지도. 냉장고의 윙윙거리는 소리. 미카엘. 나. 모든 것이. 모두가 멀리 떨어져 있었지만 그러면서도 크리스털처럼 투명했다.

1958년 봄 우리는 파출부를 두기 시작했다. 이제부터는 다른 여자가 내 부엌을 관리할 것이다. 이제는 지쳐서 사무실에서 돌아와 미카엘과 야이르가 너그럽게 단조로운 식사에 대해서 불평하지 않기만을 바라면서 미친 듯이 깡통을 따고 채소를 갈고 일하지 않아도 되었다.

아침마다 나는 포르투나에게 지시 사항 목록을 적어 준다. 그 아이는 일을 마치면 하나하나 목록을 지워 나간다. 그 아이는 만족스러웠다. 열심히 일하고, 정직하고, 똑똑하지 않고.

그러나 한두 번인가 나는 남편의 얼굴에서 새로운 표정을, 결혼 생활 내내 한 번도 본 적이 없는 표정을 알아차렸다. 미카엘이 그 아이의 모습을 바라볼 때면 얼굴 표정에서 일종의 당황스러운 긴장이 보였다. 입은 약간 벌어졌고 머리는 비스듬하게 기울어졌으며 칼과 포크가 손에서 잠시 얼어붙었다. 그 표정은 시험에서 부정행위를 하다가 잡혔다고 생각하는 아이처럼 완전한 명청함, 극도의 우둔함을 보여 주었다. 그래서 나는 포르투나가 우리와 함께 점심 먹는 것을 더 이상 허락하지 않았다. 다림질이나 청소를 시키거나 빨래를 개도록 했다. 그 아이는 우리가 다 먹으면 혼자서 점심을 먹곤 했다.

미카엘은 이렇게 말했다.

"당신이 귀부인이 하녀를 다루던 식으로 포르투나를 다루다니, 한나, 유감인걸. 포르투나는 하인이 아니야. 우리 소유가 아니라고. 일하는 여성이지. 당신처럼 말이야."

나는 그를 놀려 댔다.

"네, 네, 각하. 대장님, 갠츠 동무."

"또 사리에 안 맞는 소리를 하는군."

"포르투나는 하인이 아니고 우리 소유도 아니에요. 일하는 여성이죠. 당신이 거기 나하고 아들 앞에 앉아서 툭 튀어나온 명청한 눈을 하고 저 아이의 몸을 눈요깃감으로 삼는 것도 사리에 맞지 않죠. 사리에 맞지도 않고, 정말로 천치 같은 일이라고요."

미카엘은 당황했다. 얼굴이 새하얘졌다. 무엇인가 말하려 했다. 다시 한번 생각한다. 침묵을 지킨다. 미네랄 워터 한 병을 따서는 조심스럽게 세 잔을 따라 놓는다.

어느 날 목과 성대의 장기 치료를 받으러 다니던 진료소에서 돌아오고 있을 때 미카엘이 집에서 나와 나에게 다가왔다. 우리는 예전에 엘리야 모시아 씨의 가게였지만 이제는 성질 나쁜 두 형제가 주인이 된 그 가게 밖에서 만났다. 얼굴에는 좋지 않은 일이 있다고 쓰여 있었다. 그는 사소한 재난이 있었다고 말했다.

"재난이라고요, 미카엘?"

"사소한 재난일 뿐이야."

영국의 왕립 지질학회의 최신 정기간행물을 막 보았는데 거기 유명한 케임브리지 대학 교수의 기사가 실려 침식에 대한 새롭고 다소 충격적인 이론을 제시했다는 것이다. 그리고 미카엘의 논문의 기본적인 몇 가지 가설들이 멋지게 반박되고 있었다.

"굉장하군요." 내가 말했다. "지금이 기회네요, 미카엘 고넨. 그 영국인한테 뭔가 보여 주라고요. 박살내 버려요. 포기하지 말고."

"그럴 수가 없어요." 미카엘이 소심하게 말했다. "불가능해. 그 사람이 옳다고. 확실해."

대부분의 예술 계통 학생들처럼 나는 모든 사실은 서로 다른 해석의 영향을 받으며 재기가 넘치고 단호한 사람이라면 언제든지 사실을 자신의 의지에 맞게 적용하고 형성할 수 있다고 생각했다. 충분히 설득력 있고 적극적이라면 말이다.

"그러니까 싸워 보지도 않고 항복하는군요, 미카엘. 당신이 싸워서 이기는 걸 볼 수 있었으면 좋을 텐데. 당신이 아주 자랑스러웠을 거예요."

미카엘은 미소 지었다. 그는 대답하지 않았다. 내가 야이르였다면 그는 애써 대답했을 것이다. 나는 기분이 상해서 그를 조롱했다.

"불쌍한 미카엘, 이젠 논문을 다 찢어 버리고 밑바닥부터 다시 시작해야겠군요."

"그건 약간 과장인데. 당신 생각만큼 상황이 절망적인 건 아니야. 오늘 아침에 교수님과 얘기를 해 봤지. 첫 장을 다시 써야 하고 세 군데를 고쳐야 해. 어차피 마지막 장은 어쨌든 아직 끝난 게 아니니까 그 새 이론을 고려해서 쓸 수 있을 거야. 설명하는 장들은 영향을 받지 않으니 그대로 둘 거고. 일 년, 어쩌면 그보다 더 적게 들지도 몰라. 교수님은 즉시 연기 신청을 허가해 주시겠다는군."

나는 생각했다. 스트로고프가 잔인한 타르타르인들에게 잡혔을 때 그들은 빨갛게 달군 쇠로 그의 눈을 뽑아내기로 했다. 스트로고프는 냉정한 사람이었지만 사랑도 많았다. 그 사랑 때문에 그의 눈에는 눈물이 고였다. 그 사랑이 눈물은 빨갛게 달군 쇠를 식혀 그를 구했다. 성 페테르부르크의 차르가 맡긴 힘든 임무를 완수할 때까지 그는 의지력과 지략으로 장님인 척했다. 임무와 밀사는 사랑과 힘으로 구원받았다.

어쩌면 그는 멀리서 희미하게 울려 퍼지는 길게 끄는 곡조를 들을 수 있었는지도 모른다. 그 희미한 소리는 애써서 집중해야만 잡아 낼 수 있었다. 멀리 떨어진 곳에서 숲 너머 언덕 너머 초목 너머 밴드가 음악을 연주하고 또 연주했다. 행진하며 노래하는 젊은이들. 힘세고 잘 훈련된 말을 탄 강력한 경찰들. 금술 달린 흰 제복을 입은 군악대. 공주. 의식. 멀리.

  5월에 나는 야이르의 선생님을 만나러 베이트 하케렘으로
갔다. 그 선생님은 아이들 그림책에 나오는 공주처럼 젊고 금
발에 푸른 눈을 한 매력적인 사람이었다. 그녀는 학생이었다.
예루살렘은 갑자기 매력적인 여자들로 가득 찼다. 나도 십 년
전 학생이었을 때에는 예쁜 여자들을 알았다. 나도 그 가운데
하나였다. 그러나 이 새 세대는 뭔가 다른, 떠다니는 듯한 성
질을, 밝고 애쓰지 않는 아름다움을 가지고 있었다. 나는 그
들이 싫었다. 그리고 그들이 입는 유치한 옷들도 싫었다.
  야이르의 담임에게서 나는 꼬마 고넨이 날카롭고 체계적인
정신과 좋은 기억력과 집중력을 가졌지만 감수성은 부족하다
는 것을 알게 되었다. 예를 들면 수업에서 이집트 탈출과 열
가지 재앙에 대해서 배우고 있었죠. 다른 아이들은 이집트 사
람들의 잔인함과 히브리 사람들의 고난에 상심했어요. 하지만
고넨은 홍해의 갈라짐에 대한 성서의 설명에 대해서 의문을
제기하더군요. 그 애는 조류의 상승과 하강에 대한 이성적인
설명을 했어요. 이집트 사람들이나 히브리 사람들에게는 관심
이 없다는 듯이.
  그 젊은 교사는 주위에 있는 모든 것에 신선하고 밝은 쾌활
함을 뿌렸다. 꼬마 잘만을 설명히면서 그녀는 미소 지었다. 그
리고 미소를 짓자 그녀의 얼굴은 밝아졌고 마치 얼굴 모든 부
분이 그 미소를 나누고 있는 것 같았다. 나는 갑자기 내가 입
고 있던 갈색 옷이 혐오스럽게 싫어졌다.

나중에 거리에서 여자아이 두 명이 나를 지나쳐 갔다. 학생들이었다. 두 사람은 명랑하게 웃고 있었고 둘 다 자극적이고 압도적인 아름다움을 뿜어내고 있었다. 그들은 옆에 트임이 많은 스커트를 입고 짚으로 된 핸드백을 들고 있었다. 나는 그들의 커다란 웃음 소리가 천박하다고 생각했다. 자기들이 예루살렘을 전부 소유했다는 듯한 웃음. 나를 지나쳐 갈 때 한 사람이 말했다.

"그 사람들은 거칠어. 미치겠다고."

친구가 웃으며 말했다.

"여긴 자유 국가야. 그 사람들도 원하는 걸 할 수 있지. 나는 그 사람들이 호수에 가서 뛰어들어도 상관없는걸."

예루살렘은 확장되고 발전하고 있다. 도로. 현대적 하수관. 공공건물. 잠시 동안 평범한 도시라는 인상을 주는 곳도 몇 군데 있다. 공공 벤치가 드문드문 있는 곧게 뻗은 포장도로. 그러나 그 인상은 빠르게 지나간다. 고개를 돌리면 그 미친 듯한 건물 가운데 바위투성이의 평원이 보인다. 올리브나무. 메마른 황무지. 나무가 무성하고 너무 우거진 골짜기. 수많은 발자국으로 닳아빠진 교차로들. 새로 지은 수상 관저 주위에서 풀을 뜯는 무리들. 평화롭게 우물대고 있는 양들. 맞은편 바위에 가만히 앉아 있는 늙은 양치기. 그리고 주위에는 온통 언덕. 폐허. 소나무 사이의 바람. 주민들.

헤르츨 거리에서 나는 허리까지 벗은 거무스레한 일꾼이 무거운 기계 드릴을 가지고 도로에 구멍을 파고 있는 것을 보왔다. 그는 땀으로 흠뻑 젖어 있었다. 피부는 구리처럼 빛났다. 그리고 어깨는 무거운 드릴이 튈 때마다 마치 솟아오르는 에너지의 물결을 통제할 수 없고 갑자기 포효하며 달려들겠다는 듯이 계속해서 흔들렸다.

야포 거리의 양로원 벽에 붙은 부고를 보고 결혼 전에 하숙집 주인이었던 신앙심 깊은 타르노폴러 부인이 세상을 떴다는 사실을 알았다. 고통받는 영혼의 치료약으로 박하 차를 끓이는 법을 가르쳐 준 것이 타르노폴러 부인이었다. 그녀의 죽음을 알게 되어 슬펐다. 나 자신 때문에 슬펐다. 그리고 심하게 고통받는 영혼들 때문에도.

잘 시간에 나는 야이르에게 옛날 어렸을 때 외웠던 이야기를 해 주었다. '언제나 깔끔하고, 언제나 단정한' 꼬마 데이비드에 대한 아주 귀여운 얘기였다. 나는 그 얘기를 아주 좋아했다. 내 아들도 그것을 좋아하게 만들고 싶었다.

여름에 우리는 텔 아비브 바닷가로 휴가를 떠났다. 이번에도 레아 고모님 댁에, 로스차일드 거리에 있는 오래된 건물의 그 아파트에 머물렀다. 닷새. 아침마다 우리는 텔 아비브 남쪽 바트 얌 근처의 해변으로 나갔다. 오후에는 동물원이나 유원지, 극장을 헤집고 다녔다. 어느 날 저녁 레아 고모님은 우리를 오페라에 끌고 갔다. 금을 엄청나게 휘감은 나이 든 폴란드 부인들로 북적거렸다. 그들은 거대한 전함처럼 당당하게 움직였다.

미카엘과 나는 휴식 시간에 몰래 빠져나왔다. 우리는 해변으로 갔다. 모래사장을 따라 북쪽으로 걸어서 항구의 벽까지 갔다. 그것은 갑자기 발가락 끝까지 흘러 들어왔다. 고통처럼. 떨림처럼. 미카엘은 거절하면서 설명을 하려 했다. 나는 그의 말을 듣지 않았다. 나 자신도 놀랄 만한 힘으로 그의 셔츠를 찢어 버렸다. 모랫벌로 그를 밀어 던졌다. 물어뜯었다. 흐느낌. 그보다 내가 더 무거운 것처럼 온몸으로 그를 내리눌렀다. 여러 해 전에 푸른 코트를 입은 소녀는 학교 쉬는 시간에 자기들보다 힘센 남자아이들과 이런 식으로 레슬링을 하곤 했다. 냉정하고 불타오르듯. 울면서 조롱하면서.

바다가 끼어들었다. 모래도. 거친 쾌락이 꿰뚫듯이, 타는 듯이 미세하게 몰아쳤다. 미카엘은 겁에 질려 있었다. 그는 나를 모르겠다고, 내가 다시 낯설어졌다고, 내가 싫다고 중얼거렸다. 내가 낯설다니 기쁘군요. 당신이 나를 좋아하기를 원하지 않아요.

한밤중에 레아 고모님의 아파트로 돌아왔을 때 미카엘은 셔츠가 왜 찢어졌고 얼굴에는 왜 할퀸 자국이 있는지 얼굴이 빨개져서 설명해야 했다.

"산책을 갔는데…… 불량배들이 습격하려고 해서…… 좀 불쾌한 일이었어요."

레아 고모님이 말했다.

"언제나 네 지위를 생각해야지, 미카. 너 같은 사람은 어떤 스캔들에도 휘말려서는 안 되는 거야."

나는 웃음을 터뜨렸다. 새벽까지 계속해서 조용히 웃었다.

다음 날 우리는 야이르를 데리고 라마트 간의 서커스를 보러 갔다. 주말에는 집으로 돌아왔다. 미카엘은 키부츠 티랏 야아르의 친구 리오라가 남편을 떠났다는 얘기를 들었다. 그녀는 아이들을 데리고 이혼녀로 네게브에 있는 신흥 키부츠로, 그녀와 미카엘의 학교 친구들이 독립 전쟁 이후에 만든 키부츠로 들어갔다. 이 소식은 미카엘에게 강한 영향을 주었다. 그의 얼굴에는 불안을 감추지 못하는 표정이 떠올랐다. 그는 가라앉고 조용했다. 평상시보다 더욱. 한번은 토요일 오후에 꽃병의 물을 갈다가 갑자기 멈칫했다. 동작이 느릿하더니 다음에는 지나치게 빨랐다. 나는 뛰어 일어나 공중에 뜬 꽃병을 잡았다. 다음 날 나는 그에게 될 수 있는 한 가장 비싼 만년필을 사 주려고 시내에 나갔다.

41

1959년 가을, 유월절 3주 전 미카엘의 박사 논문이 완성되었다.

그 논문은 바란 광야의 골짜기에서 일어나는 침식 작용에 대한 완벽한 논문이었다. 논문은 전 세계 과학자들의 최신 침식 이론에 따라 진행되었다. 그 지역의 형태 구조상 구조를 자세하게 검토했다. 크웨스타, 외인성 내인성 요소, 기후의 영향과 구조적 요인 등을 모두 연구했다. 결론에서는 일부 결과의 실제 응용도 제시하고 있었다. 논문의 주장은 훌륭했다. 미카엘은 아주 복잡한 주제를 정복했다. 그는 이 연구에 4년을 쏟았다. 논문은 책임감 있게 쓰였다. 그 자체의 어려움과 개인적

사정으로 인한 지체와 장애도 없지 않았다.

유월절이 끝나고 미카엘은 정확한 사본을 타자치도록 원고를 타이피스트에게 맡길 것이다. 그다음에는 주요 지질학자들에게 논문을 검토해 달라고 제출할 것이다. 그리고 강의와 과학 포럼의 자유 토론에서 자신의 결론을 변호하기도 해야 한다. 그는 논문을 진지하고, 강직하고 겸손한 사람이었던 사랑하는 고(故) 에스겔 고넨에게, 그의 희망과 사랑과 헌신을 기리며 바칠 예정이었다.

친구 하다사와 그 남편 아바에게 작별을 고한 것도 이때쯤이었다. 아바는 2년간 경제 수행원으로 스위스에 파견되었다. 그는 사실 마음속으로는 심부름꾼처럼 외국의 도시에서 도시로 뛰어다니는 것이 아니라 언젠가는 예루살렘에서 영원히 살 수 있게 해 줄 적당한 지위를 얻게 될 날을 고대하고 있다고 털어놓았다. 그러나 공직을 떠나 금융계라는 큰물에서 성공할 희망도 버리지는 않고 있다고.

하다사가 말했다.

"너도 언젠가는 행복해질 거야, 한나. 난 확신해. 언젠가는 너희들도 목표를 달성할 거라고. 미카엘은 열심히 노력하는 사람이고 너는 언제나 똑똑한 아이였잖아."

하다사의 출국과 그녀가 헤어지면서 했던 말은 나를 감동시켰다. 나는 언젠가는 우리도 우리의 목표를 달성하리라는 그 말을 들으면서 울었다. 나 이외의 모든 사람은 시간과 헌신이나 인내, 노력, 야망, 성취와 타협한 것일까? 나는 고독, 절망이라는 말은 사용하지 않는다. 나는 우울했다. 창피했다. 거기에는 기만이 있었다. 내가 열세 살 때 아버지는 달콤한 말로 여자들을 유혹하고 나중에는 버리는 사악한 남자들에 대해서 경고했었다. 아버지는 두 가지 다른 성(性)의 존재 자체가 세상의 고통을 배가시키는 무질서라도 된다는 듯이, 사람들이 그 무질서의 결과를 완화하기 위해 할 수 있는 모든 일을 해야 한다는 듯이 말씀하셨다. 나는 음탕하고 너저분한 남자들의 유혹에 넘어가지 않았다. 그리고 두 가지 다른 성(性)의 존재에 대해서도 반감을 가지지 않았다. 그러나 기만이 있었고, 그것은 아주 수치스러운 것이었다. 안녕히, 하다사. 예루살렘에 한나에게 저기 멀리 팔레스타인에 자주 편지하렴. 남편과 아들을 위해서 예쁜 우표도 붙이고. 산과 눈에 대해서 전부 얘기해 줘. 여인숙에 대해서. 골짜기에 흩어져 있는 버려진 오두막과 바람에 문이 휘둘려서 경첩이 찢어질 듯한 소리를 내는 오래된 오두막에 대해서. 나는 상관없어. 하다사. 스위스에는 바다가 없지. 드래곤호와 타이그레스호는 생 피에르와 미클론섬의 항구에 있는 메마른 선창에 정박 중이야. 승무원들은 새 여자들을 찾아 골짜기를 헤매고 있지. 나는 평안해. 삼월 중순. 예루살렘에는 아직도 진눈깨비자 내리고 있어.

이웃의 글릭 씨는 유월절 열흘 전에 세상을 떠났다. 그는 내출혈로 죽었다. 미카엘과 나는 장례식장에 참석했다. 다비드 옐린 거리에서 온 신앙심 깊은 장사꾼들이 격한 이디시어로 예루살렘에 유대 율법을 따르지 않는 정육점이 열리는 것에 대해서 논쟁을 벌였다. 검은 양복을 입은 수척한 선창자가

흙이 덮이지 않은 무덤에서 기도문을 낭송했고 하늘은 폭우로 응답했다. 두바 글릭 부인은 기도와 비의 결합이 재미있다고 생각했나 보다. 부인은 목쉰 소리로 웃음을 터뜨렸다. 글릭 씨 부부에게는 가족이 없었다. 미카엘은 그들에게 아무것도 빚진 것이 없었다. 그러나 그는 돌아가신 아버지의 신조와 성격에서 충직함을 물려받았다. 그리고 제니아 고모님의 영향력으로 그는 글릭 부인을 만성 질병을 앓는 노인들의 요양소에 넣어 주었다. 그곳은 제니아 고모님이 지금 일하는 곳이었다.

우리는 갈릴리에 가서 축제를 보냈다.

키부츠 노프 하림에서 어머니와 오빠 가족들과 유월절을 같이 보내자는 초대를 받았다. 예루살렘을 떠나서. 뒷골목에서 멀리 떨어져서. 낮은 의자에 앉아 비좁은 도시가 아니라 광활한 평야를 내다보듯이 지평선을 눈으로 탐색하는 불길한 새처럼 햇빛 속에서 쪼그라들고 있는 율법을 따르는 노파들에서 떨어져서.

시골은 봄이었다. 길가에는 야생화가 만발했다. 철새 떼가 푸른 창공을 줄지어 날았다. 뻣뻣한 삼나무와 잎이 무성한 유칼립투스 나무가 평화롭게 길에다 그늘을 드리우고 있었다. 흰색으로 칠해진 마을이 있었다. 붉은 지붕이 있었다. 황량한 석조 건물이나 녹슨 난간이 달린 무너져 가는 발코니는 없었다. 백색의 세상이었다. 초록, 빨강, 길에는 사람이 넘쳤다. 멀리서 여행 온 사람들. 우리 버스의 승객들은 계속해서 노래했다. 청년 운동에서 온 젊은이들이었다. 그들은 웃으면서 사랑과 탁 트인 평야에 대한 러시아 노래의 번안곡을 불렀다. 운전사는 한 손을 운전대에 두고 있었다. 다른 손에는 표찰기를 들고 계기반을 톡톡 두드리고 있었다. 가끔 그는 수염을 꼬면서 마이크를 켰다. 온갖 재미있는 이야기를 해 주었다. 그는 생생하고 묵직한 목소리를 가지고 있었다.

가는 도중 내내 우리는 따뜻한 햇볕에 푹 젖어 있었다. 햇살 때문에 쇳조각 하나하나 유리조각 하나하나가 반짝거렸다. 광활한 평야 저 끝에서는 녹색과 하늘색이 녹아들었다. 정류장마다 수트케이스나 배낭, 엽총, 시클라멘과 아네모네와 미나리아재비, 금잔화, 난을 든 사람들이 타고 내렸다. 람라에 도착했을 때 미카엘은 레몬 아이스바를 사 주었다. 베이트 로드 교차로에서 우리는 레모네이드와 땅콩을 샀다. 길 양편에는 관개용 파이프가 교차된 땅이 조금씩 펼쳐져 있었다. 파이프 위로 따뜻한 햇살이 빛났고 파이프는 전부 눈이 부시게 반짝거리는 긴 조각이 되었다.

언덕은 아주 멀리, 푸른색을 띠고 반짝이는 아지랑이에 휩싸여 있었다. 공기는 따스하고 촉촉했다. 미카엘과 아들은 가는 동안 내내 독립 전쟁과 정부가 계획 중인 관개 사업에 대해서 얘기했다. 나는 할 수 있는 한 가장 예쁜 미소를 지었다. 정부는 계획하고 있는 엄청난 관개 작업을 잘 성취할 것이라고 나는 확신한다고 했다. 오렌지를 까서 남편과 아들에게 주면서 하나하나 떼어 내고, 하얀 껍질을 버리고, 야이르의 입을 손수건으로 닦아 주었다.

와디 아라를 따라 늘어선 마을에서는 주민들이 길가에 서서 우리에게 손을 흔들었다. 나는 녹색 머릿수건을 풀어 그들에게 답했고 사람들의 모습이 사라진 다음에도 멈추지 않았다.

아풀라에서는 무슨 중요한 날을 기념하고 있었다. 마을은 푸르고 흰 휘장으로 뒤덮여 있었다. 색전구가 거리에 걸려 있었다. 장식된 철문이 마을 서쪽 입구에 세워졌고 산들바람에 기쁨에 찬 인사가 휘날렸다. 내 머리카락도 휘날리고 있었다.

미카엘은 유월절 전날 신문을 샀다. 정치에 관한 좋은 소식이 있었다. 미카엘이 설명해 주었다. 나는 그의 어깨에 팔을 두르고 짧게 깎은 그의 머리에 숨을 불어넣었다. 아풀라와 티베리아스 사이에서 야이르는 우리 무릎을 베고 잤다. 나는 아들의 네모진 머리와 단단한 턱선과 높고 창백한 이마를 바라보았다. 일순간 나는 푸른빛의 물결을 통해서 내 아들이 자라서 잘생기고 강한 남자가 될 것이라는 사실을 알았다. 장교복은 몸에 딱 달라붙을 것이다. 노르스름한 솜털이 팔뚝에 자라날 것이다. 나는 거리에서 그 팔에 기댈 것이며 예루살렘에 나보다 더 자랑스러운 어머니는 없을 것이다. 어째서 예루살렘인가? 우리는 아쉬켈론에서 살 것이다. 네타냐에서. 해변가에서 거품이 있는 파도를 내려다보면서. 빨간 지붕과 똑같은 창문 네 개가 달린 작고 하얀 방갈로에서 살 것이다. 미카엘은 기계를 수리할 것이다. 집 앞에는 화단이 있을 것이다. 우리는 아침마다 해변에 나가서 조개를 주울 것이다. 소금기 있는 바람이 하루 종일 창문으로 불어 들어올 것이다. 우리는 항상 소금기를 머금고 햇볕에 그을려 있을 것이다. 뜨거운 햇살이 매일 내리쬘 것이다. 그리고 방마다 라디오가 울려 퍼질 것이다.

운전사는 티베리아스에서 반 시간 정차하겠다고 알렸다. 야이르는 잠에서 깼다. 우리는 팔라펠을 먹고 호숫가로 걸어갔다. 세 사람 다 신발을 벗고 물장난을 쳤다. 물은 따스했다. 호수는 반짝거리며 빛났다. 고기 떼가 깊은 물속에서 조용히 헤엄치고 있는 모습이 보였다. 어부들은 방파제 난간에 한가로이 기대어 서 있었다. 튼튼하고 털이 많은 팔을 가진 거친 남자들이었다. 나는 녹색 머릿수건을 흔들었고 성과가 있었다. 그 가운데 하나가 나를 발견하고 '자기!'라고 소리쳤다.

다음에는 가파른 언덕이 양쪽에 늘어선 푸릇푸릇한 골짜기를 따라갔다. 길 오른쪽으로는 양어장들이 마치 빛으로 된 청회색의 네모꼴처럼 빛나고 있었다. 거대한 언덕의 그림자가 물속에서 떨고 있었다. 그 떨림은 사랑에 빠진 몸의 떨림처럼 부드럽고 차분했다. 검은 현무암들이 주위에 흩어져 있었다. 오래된 정착자들은 회색 고요함을 뿜어냈다. 미그달, 로쉬 피나, 이수드 하마알라, 마하나임. 대지 전체가 내부의 광기로 흘러넘치듯이 소용돌이치고 술 취한 듯이 비틀거렸다.

키리얏 쉬모네 외곽에서 1930년대 개척자처럼 보이는 나이 많은 검표원이 차에 탔다. 운전사는 그와 친한 것이 틀림없었다. 그들은 곧 다가올 축제 중에 계획되어 있는 나프탈리산의 사슴 사냥에 대해서 얘기를 나누었다. 운전사 친구들은 모두 다 초대를 받을 걸세. 그중에서 치타, 아부 마스리, 모스코비치, 잠베지는 아직도 꽤 하지. 마누라들은 안 돼. 사흘 동안이지. 낙하산병 출신의 유명한 길잡이가 올 거야. 세상에 없던 사냥이 될걸. 마나라에서 바람을 거쳐 하니타와 로쉬 하니크

라까지. 멋진 사흘이 될 걸세. 마누라도 우는 아이도 없고. 친구들만이지. 총은 다 준비가 되었고 미국식 야영 텐트도 마련되었다고. 누가 안 오겠나. 사타구니에 힘이 남아 있는 늑대와 사자들은 다 오겠지. "모두 다 올 걸세, 전부 다 말이야. 남자를 위하여. 우린 불꽃이 튈 때까지 저 언덕을 뛰어다닐 거라고."

키리얏 쉬모네에서 버스는 나프탈리산으로 올라가기 시작했다. 길은 좁고 울퉁불퉁했다. 바위를 돌아 깎아지른 듯한 굽이가 나타났다. 거칠고 어지러운 소용돌이였다. 버스는 즐거움과 두려움의 비명으로 가득 찼다. 운전사는 운전대를 갑자기 꺾어 버스를 벼랑 끝까지 몰고 가서 흥분을 고조시켰다. 그러고는 다시 산을 향해 돌진하는 척했다. 나도 즐거움과 무서움으로 소리를 질렀다.

우리는 해가 거의 질 때쯤 노프 하림에 도착했다. 깨끗한 옷을 입은 사람들이 머리는 젖고 빗질한 채로 샤워에서 나오고 있었다. 팔에는 전부 수건을 걸치고. 금발의 아이들이 잔디밭에서 뛰놀고 있었다. 새로 손질한 잔디 냄새가 났다. 스프링클러가 물방울 흩뿌렸다. 저녁 황혼빛이 무지개 색 진주처럼 방울방울 반짝였다.

키부츠 노프 하림은 종종 '독수리 둥지'라고 불린다. 건물들은 허공에 떠다니는 것처럼 거친 산꼭대기에 딱 붙어 있었다. 산기슭에는 네모진 조각처럼 갈라져서 퍼져 있는 골짜기들이 보였다. 아래를 내려다보고 그 광경에 나는 흥분했다. 숲과 양어장 속에 반쯤 묻힌 마을들이 멀리 보였다. 견고한 덩

어리의 무성한 과수원들. 삼나무들이 양옆에 늘어선 좁을 길들. 백색 급수탑. 짙은 청색의 멀리 보이는 산들.

노프 하림의 구성원들, 오빠의 동년배들은 대개 삼십 대 중반이었다. 명랑한 외관 뒤에 진지한 책임감을 숨기고 있는 원기 왕성한 사람들이었다. 나는 그들에게서 굳건하고 절제된 면을 알아챘다. 마치 무섭게 받아들인 결심을 따라 끝없이 재미있어하고 즐기고 있는 것처럼. 나는 그들이 좋았다. 그 높은 곳이 좋았다.

그러고는 레바논 국경이기도 한 키부츠 담장을 내려다보는 에마뉴엘 오빠의 작은 집. 차가운 샤워. 오렌지주스와 어머니가 구운 케이크. 여름옷. 짧은 휴식. 미소 짓는 올케 언니 리나의 보살핌. 야이르를 위해서 곰 흉내를 내는 에마뉴엘 오빠. 그것은 어렸을 때 에마뉴엘 오빠가 곧잘 해서 우리 둘 다를 눈물 나게 웃겼던 것과 똑같은 바보 같은 흉내였다. 지금까지도 우리는 웃고 또 웃었다.

조카 요시는 야이르를 데리고 놀겠다고 했다. 둘은 손을 잡고 소와 양을 보러 갔다. 그림자가 길게 들고 빛이 희미한 때였다. 우리는 잔디밭에 누웠다. 밤이 되자 에마뉴엘 오빠는 긴 전선이 달린 전깃불을 가지고 나와서 나뭇가지에 매달았다. 오빠와 남편 사이에는 약간의, 조용한 의견차가 있었지만 곧 완전한 합의하에 해결되었다.

그다음에는 우리 어머니 말카의 눈물겨운 행복. 어머니의 입맞춤. 질문. 미카엘의 박사 논문 완성을 축하하는 엉터리 히브리어.

어머니는 최근에 심한 순환 장애를 겪고 있었다. 어머니는 마치 임종에 가까운 분 같았다. 내 생각 속에 어머니는 얼마나 작은 자리를 차지하고 있는지. 어머니는 아버지의 아내였다. 그것이 다였다. 어머니가 아버지에게 언성을 높였던 몇 안 되는 경우에 나는 어머니를 미워했다. 그것을 빼고는 어머니에 대한 자리는 내 마음속에 전혀 남겨 두지 않았다. 마음속 깊은 곳에서 나는 언젠가는 나 자신에 대해서 어머니와 얘기해야 한다는 사실을 알고 있었다. 어머니에 대해서. 아버지의 젊은 시절에 대해서. 그리고 어머니가 이미 임종이 가까운 사람처럼 보였기 때문에 기회는 다시 없을지도 모른다는 사실 또한 알고 있었다. 그러나 이런 생각들로 내 행복감이 줄어들지는 않았다. 나의 행복은 마치 그 자체로서 독립적인 생명력을 가지고 있다는 듯이. 내 안에서 솟구쳤다.

나는 잊지 않았다. 유월절 전야 파티. 아크등. 포도주. 키부츠 성가대. 밀단을 흔드는 의식. 새벽 짧은 시간 동안 캠프파이어 주위의 바비큐. 나는 모든 춤을 다 추었다. 노래를 불렀다. 나는 억센 춤 상대들을 돌리고 또 돌렸다. 그리고 놀란 미카엘을 원 가운데로 끌고 들어가기까지 했다. 예루살렘은 멀리 있었고 여기서는 나를 괴롭히지 못한다. 아마도 그동안에 세 곳을 둘러싸고 있는 적들에게 정복되었을지도 모른다. 어쩌면 마침내 부서져 먼지가 되었을지도 모른다. 당연하게도 말이다. 나는 멀리서 예루살렘을 사랑하지 않았다. 예루살렘은 내가 잘못되기를 빌었다. 나도 예루살렘이 잘못되기를 빌었다. 나는 키부츠 노프 하림에서 거칠고 활기찬 밤을 보냈다.

식당은 연기와 땀과 담배 냄새로 가득 찼다. 하모니카는 멈추지 않았다. 나는 한껏 즐겼다. 나는 휩쓸려 버렸다. 나는 속해 있었다.

그러나 새벽녘에 나는 밖으로 나가 에마뉘엘 집의 발코니에 혼자 서 있었다. 철조망이 보였다. 어두운 수풀이 보였다. 하늘이 밝아 왔다. 나는 북쪽을 보고 있었다. 산이 있는 실루엣을 알아볼 수 있었다. 레비논 국경. 지친 불빛들이 돌로 지어진 오래된 마을에서 빛나고 있다. 다가갈 수 없는 골짜기들. 멀리 눈으로 뒤덮인 봉우리들. 산꼭대기의 외딴 건물, 수도원, 혹은 요새들. 깊은 와디가 상처 자국처럼 나 있는 자갈로 뒤덮인 평야. 차가운 미풍이 불었다. 몸을 떨었다. 떠나고 싶었다. 얼마나 강한 바람인가.

5시쯤 되어서 해가 불쑥 나왔다. 해는 짙은 안개에 둘러싸여 떠올랐다. 땅 표면에는 낮은 관목들이 안개에 덮여 서 있었다. 반대편 언덕에서는 젊은 아랍인 목동이 열심히 우물거리며 먹고 있는 회색 염소들에 둘러싸여 있었다. 나는 멀리서 들리는 종소리가 하늘에 파문을 일으키는 것을 들을 수 있었다. 다른 예루살렘이 꿈속에서 일어나 등장했다는 듯이. 어둡고 무서운 상상이었다. 예루살렘은 나를 따라다니고 있었다. 보이지 않는 길가의 차에서 전조등 불빛이 비쳤다. 기대하고 고독하고 오래된 나무들이 왕성하게 자랐다. 길 잃은 안개 줄기들이 황량한 골짜기를 헤매고 있었다. 그 광경은 냉랭하고 어지러웠다. 낯선 땅이 차가운 빛으로 씻겨지고 있었다.

42

이 책 어딘가에 나는 이렇게 썼었다. '사물에는 어떤 연금술이 있는데 그것은 또한 내 삶의 내적인 선율이기도 하다.' 너무 과장된 말이므로 나는 이제 이 말을 취소하려 한다. '연금술,' '내적인 선율,' 1959년 5월 마침내 무슨 일이 일어났지만 그 일은 아주 싸구려 같은 방식으로 일어나 버렸다. 지저분하고 그로테스크한 희화화(戱畵化)였다.

5월 초에 나는 임신했다. 첫 임신 때 겪었던 약간의 합병증 때문에 검진을 받아 보아야만 했다. 지난 초겨울에 우리 주치의였던 우르바흐 박사님이 심장마비로 죽었기 때문에 검사는 롬브로조 박사님이 했다. 이 새 의사는 근심할 필요가 전혀 없다고 했다. 그러나 서른 살의 여자는 스무 살의 여자와는 다르다고. 임신 기간 동안 과도한 긴장과 자극성이 강한 음식과 남편과의 육체적 접촉은 피해야 한다고. 다리의 혈관이 다시 부어오르기 시작했다. 눈 밑에는 다시 검은 선이 생겼다. 그리고 구역질. 끊임없는 피로. 5월 중에 나는 여러 번 무슨 물건이나 옷을 어디에 두었는지 잊어버렸다. 나는 이것을 징조로 받아들였다. 그때까지 나는 아무것도 잊지 않았었다.

그동안 야르데나는 미카엘의 박사 논문을 타이프해 주겠다고 자원하고 나섰다. 미카엘은 그 답례로 그녀가 연기할 수 있는 데까지 연기해 놓은 최종 시험 준비를 도와주겠다고 했다. 그래서 매일 저녁 미카엘은 깔끔하고 단정하게 차려입고 대학

캠퍼스 언저리에 있는 야르데나의 방으로 갔다.

인정한다. 그 모든 것이 거의 우스꽝스러울 지경이었다. 그리고 마음속 깊은 곳에서 나는 계속 그것을 예견하고 있었다. 나는 동요되지 않았다. 저녁때가 되면 미카엘은 안절부절못하고 산란한 것 같았다. 그는 계속 자기 타이를, 은제 핀으로 고정한 그 소박한 타이를 만지작거리곤 했다. 그의 미소는 피하는 듯하며 죄지은 듯했다. 파이프에는 불이 붙지 않았다. 그는 계속해서 나를 도와주겠다며 소란을 피웠다. 들어 주고, 털어 주고, 쓸고, 무언가를 해 주고. 나는 더 이상 어떤 조짐을 찾아내어 자신을 고문할 필요를 느끼지 못했다.

솔직하게 얘기하겠다. 나는 미카엘이 소심한 생각과 상상을 넘어섰다고는 생각하지 않는다. 내가 보기에 야르데나가 그에게 자신을 주었어야 할 이유는 없다. 반대로 또 그녀가 그를 거부할 이유도 없다. 그러나 '이유'라는 말은 내게 무의미하다. 나는 알지 못하고 또 알고 싶지도 않다. 나는 질투보다는 은밀한 웃음에 근접해 있다. 기껏해야 미카엘은 천장 아래서 날아다니는 나방을 잡으려고 애써 뛰어오르던 우리 고양이 눈송이 같은 것이다. 십 년 전에 미카엘과 나는 에디슨 극장에서 그레타 가르보가 나오는 영화를 보았다. 영화의 여주인공은 가치 없는 남자를 위해서 몸과 마음을 바쳤다. 나는 그녀의 고통과 그의 무가치함이 내게는 간단한 수학 공식의 두 항으로 보였다는 것을, 또 내가 그 방정식을 애써 풀려고 하지 않았다는 것을 기억하고 있다. 나는 비스듬하게 화면을 쳐다보았고 화면은 마치 검정과 흰색 사이에 있는 다양한 색조가 어지럽게 연속해 있는 것처럼, 그러나 주로 여러 가지 농도의 밝은 회색으로 변했다. 그러므로 지금도 나는 해명하거나 풀어 내려고 애쓰지 않는다. 나는 비스듬히 바라본다. 다만 이제는 훨씬 더 피곤할 뿐이다. 그러나 확실히 이 황량한 세월이 지나고 무엇인가가 변화했다.

미카엘은 몇 년 동안 운전대에 놓은 팔에 머리를 대고 생각하거나 졸면서 쉰다. 나는 그에게 작별을 고한다. 나는 관계되어 있지 않다. 포기한 것이다. 내가 여덟 살 꼬마였을 때는 남자애처럼 행동하면 커서 여자가 아니라 남자가 될 것이라고 믿었다. 정말 쓸데없는 허사였다. 나는 미친 여자처럼 헐떡거리며 서두를 필요가 없다. 내 눈은 떠졌다. 안녕, 미카엘. 나는 창가에 서서 김 서린 창문에 손가락으로 여러 가지 모양을 그릴 거예요. 원하다면 당신은 내가 당신에게 손을 흔드는 거라고 생각할 수도 있겠죠. 당신의 환상을 깨지는 않겠어요. 난 당신과 함께가 아니에요. 우리는 두 사람이지 한 사람이 아닙니다. 더 이상은 내 사려 깊은 장남 노릇을 할 수는 없어요. 잘 가세요. 당신에게 달려 있는 것은 아무것도 없다고 말하는 게 너무 늦은 건 아니겠죠. 나에게도 말이에요. 당신은, 미카엘, 언젠가 나에게 여러 해 전에 우리가 카페 아타라에서 같이 앉아 있을 때 우리 부모님들이 만나면 좋을 거라고 했던 걸 잊었나요? 자신의 마음속에 그걸 한번 그려 보세요. 돌아가신 우리 부모님을요. 요셉. 에스겔. 제발, 미카엘 이번만은 미소 짓지 말아요. 노력해 보라고요. 집중해요. 그림을 떠올리도록 해 봐요. 오누이 사이인 당신과 나를. 여러 가지 관계가 가능하지요. 어머니와 아들. 언덕과 숲. 돌과 물. 호수와 배. 움직임과 그림자. 소나무와 바람.

하지만 이제 내게는 단순한 말 이상의 것이 남아 있다. 나는 아직도 무거운 자물쇠를 열 수 있다. 철문을 분리할 수 있다. 두 쌍둥이 형제를 자유롭게 할 수 있고 그들은 내 명령에 광활한 밤 속으로 빠져나갈 것이다. 내가 그러라고 강요할 것이다.

어스름에 그들은 장비를 준비하기 위해 바닥을 기어다닐 것이다. 빛바랜 군용 배낭, 폭발물 한 상자. 뇌관. 퓨즈. 탄환. 수류탄. 번쩍이는 칼들. 무너진 오두막에 어둠이 깔린다. 내가 할지즈라는 이름으로 불렀던 아름다운 한 쌍 할릴과 아지즈. 그들은 말이 없을 것이다. 목에서 소리가 날 것이다. 움직임은 절제되고. 손가락은 유연하고 강하고. 둘은 한 몸으로 섞인다. 종려나무처럼 단단하고 부드럽게 솟아 나온다. 어깨에 둘러멘 자동 소총. 어깨는 떡 벌어지고 갈색이다. 고무창을 댄 신발을 신고 움직인다. 몸에는 딱 붙는 짙은 카키색 군복. 맨머리를 바람에 내놓고. 마지막 황혼빛에 그들은 한 사람으로 일어날 것이다. 오두막에서 가파른 경사를 미끄러지듯 내려갈 것이다. 발은 눈이 볼 수 없는 길을 밟는다. 그들의 언어는 단순한 신호로 이루어져 있다. 관계 중인 남녀 같은 가벼운 접촉, 숨죽인 웅얼거림. 손가락에서 어깨까지. 손에서 목까지. 새의 울음소리. 비밀스러운 울음소리. 협곡의 키 큰 가시덤불들. 오래묵은 올리브 나무의 그늘. 조용히 땅은 굴복한다. 수척하고 우울하게 그들은 구불구불한 와디를 따라 내려갈 것이다. 속 깊이에는 에는 듯한 긴장이 숨어 있다. 그들의 움직임은 미풍에 흔들리는 어린 나무처럼 굽어지고 굴곡이 져 있다. 밤은 그들을 그 안에 사로잡고 감추고 삼켜 버릴 것이다. 귀뚜라미의 울음소리. 멀리서 들리는 캥캥거리는 여우의 소리.

웅크린 채 뛰어 건너는 길. 그들의 움직임은 무중력 상태의 미끄러짐에 가깝다. 그늘진 숲의 살랑거림. 커다란 가위로 잘려지는 철조망. 별들이 그들의 공법이다. 지시 사항을 빛으로 비춰 준다. 한 무리의 검은 구름 같은 저 멀리의 산들. 평원 아래에는 마을들이 반짝인다. 뱀 같은 파이프에서 휙 지나가는 물소리. 스프링클러가 물을 튀긴다. 그들은 피부 안에서, 신발 안에서, 손바닥 안에서, 머리 뿌리 안에서 소리를 감지한다. 도랑 틈새에 숨겨진 복병을 소리 없이 맴돌면서. 그들은 칠흑 같은 과수원을 비스듬히 지나간다. 작은 돌이 딸그락거린다. 신호. 아지즈가 달려든다. 할릴은 낮은 돌벽 아래 웅크리고 있다. 자칼이 날카롭게 소리를 지르다 조용해진다. 자동 소총이 장전되고 발사 준비가 된다. 악의에 찬 단검이 번쩍인다. 숨죽인 신음. 확실한. 찝찔한 땀의 냉기. 소리 없는 계속된 흐름.

불 켜진 창문에서 한 지친 여인이 몸을 내밀고 문을 닫더니 사라진다. 졸린 보초는 목쉰 소리로 기침한다. 그들은 뾰족한 관목 사이를 구불구불하게 기어간다. 수류탄 핀을 물고 있는 하얀 이가 드러나고. 목 쉰 소리를 내는 보초가 트림을 한다. 돌아선다. 가 버린다.

거대한 급수탑이 콘크리트 다리 위에 육중하게 서 있다. 네 개의 유연한 팔이 뻗어 나간다. 춤을 추듯이 동작을 맞추어. 사랑하듯이. 네 팔이 한 몸에서 나온 것처럼. 케이블. 시간 맞추는 장치. 퓨즈. 뇌관. 점화 장치. 언덕 아래로 조용히 걸으며 밀려가는 몸들. 그리고 지평선 아래 언덕에서의 조심스러운 달림. 간절히 바라는 애무. 그들이 지나가자 덤불은 납작하게 펴진다. 잔잔하고 고요한 물을 통과하는 작은 배와 같이. 바위가 험한 땅. 와디의 입구. 숨은 복병들을 지나. 떨고 있는 검은 삼나무들. 과수원. 구불구불한 길. 교묘하게 절벽면에 달라붙어서. 벌어지고 쿵쿵대는 콧구멍. 잡을 것을 더듬어 찾는 손가락. 멀리서 들려오는 동경하는 듯한 귀뚜라미 소리. 이슬과 바람의 축축함. 그리고 갑작스럽게, 갑작스럽지 않게, 천둥 같은 폭발. 번쩍하는 빛이 서쪽 지평선에 어른거린다. 산 동굴에 울려 퍼지는 낮은 메아리 소리.

그리고 격렬한 웃음이 쏟아져 나온다. 거칠고 묵직하고 숨 죽인. 빠르고 굳은 악수. 언덕 위 외로운 캐롭나무의 그늘. 오두막. 그을은 램프. 첫 번째 말. 기쁨의 환호성. 그리고 잠. 바깥의 밤은 자줏빛이다. 무거운 이슬이 골짜기마다 떨어져 있다. 별. 거대한 산등성.

나는 그들을 보냈다. 새벽이면 나에게로 돌아올 것이다. 지치고 따뜻해져서 올 것이다. 땀과 거품의 냄새를 풍기면서.

평화로운 미풍이 소나무를 건드려 흔들어 놓는다. 먼 하늘이 서서히 창백해진다. 그리고 저 광대한 공간에 조용하고 차가운 정적이 내려앉는다.

꿈과 현실의 이중적 설화

고대 히브리 문학(구약성경)을 제외하고는 히브리 문학 작품이 국내에 소개된 적이 거의 없는 마당에 현대 이스라엘 작가인 아모스 오즈의 소설을 번역하게 된 것은 솔직히 말해서 책임감에서라기보다는 다소 오기에 가까운 것이 발동했기 때문이다. 국내에 소개된 소위 '외국' 문학이라는 것이 거의 영미 문학에 치중되어 있을 뿐만 아니라, 그 가운데서도 독자들의 눈은 항상 소위 '베스트 셀러'에만 머물러 있는 안타까움에서 비롯된 것이었다.

소개가 전혀 없다 보니 국내의 독자들에게는 거의 무명에 가까운 이스라엘 작가인 아모스 오즈를 소개한다는 것이 거의 의미 없는 자기만족일 뿐이며, 이런 책을 출판하는 출판사 역시 이 어려운 시대에 무모하리만큼 위험한 발상으로 비추어

지기에 십상이다. 그러나 소수 민족 문학에 평생을 바쳐 일하
는 사람들에게는 사명감 하나만으로 버텨 온 몇몇 뜻을 같이
하는 사람들이 여전히 살아 숨 쉬고 있다는 사실에 그저 고맙
고, 감사할 따름이다.

　우리는 최근 몇 년 동안 노벨 문학상 수상자가 발표될 때마
다 수상자의 작품은 물론 그가 누구인지조차 정확히 알지 못
하여 이리저리 뛰어다닌 적이 한두 번이 아니며, 더욱 기가 막
힌 것은 며칠 밤이 지나고 나면 재주 좋고 약삭빠른 사람들에
의해 번역된 작품을 틀림없이 서점에서 만날 수 있다는 사실
또한 나만이 알고 있는 서글픈 비밀은 결코 아니다.
　'나는 어떤 글을 쓰면 노벨 벌금을 물린다 해도 계속 쓸 수
밖에 없다.' 이 말은 올해를 포함하여 최근 여러 해 동안 노벨
문학상 수상자 후보에 오른 오즈의 말이다. 글을 쓴다는 것은
그에게 있어서 어떤 상을 받기 위한 목표 지향적 노동이 아니
라, 글을 쓸 수밖에 없는 작가의 운명적 현실에 주어진 또 다
른 운명일 따름이다. 그는 오래전부터 비알릭(Hayyim Nahman
Bialik, 1873~1934), 아그논(Shmuel Yosef Agnon, 1888~1970), 싱
거(Issac Bashevis Singer, 1904~1991)로 이어지는 유대인 노벨 수
상 작가의 대열에 오를 인물로 평가되는 사람이다. 그런 점에
서 나의 이 작업 역시 노동이 아니라 하나의 숙명적 필연이다.
　오즈는 예루살렘 히브리 대학교에서 히브리 문학과 철학을
전공한 후, 영국 옥스퍼드 대학교에서 문학 석사 학위를 취득
한 학구파 작가이다. 1975년 닐리와 결혼하여 2녀 1남의 아버

지인 오즈는 현재 이스라엘 남쪽 도시 브엘세바에 위치한 벤
구리온 대학교 히브리 문학 교수이다.

　아모스 오즈는 올래 우리 나이로 회갑(回甲)을 맞는다.
1939년 예루살렘에서 출생했다. 그땐 아직 이스라엘이라는
나라가 존재하지도 않던 때였으며, 유럽에서는 제2차 세계 대
전이 발발하여 나치 독일하에서 수많은 유대인의 가슴에 다
윗의 별이 새겨진 노란 배지를 달고 다녀야만 하던 때였다. 아
직까지 모국어 히브리어를 말할 줄 아는 유대인들의 숫자가
그리 많지 않았던 시대였다. 그의 아버지 예후다 아리에 클라
우스너(Yehudah Arieh Klausner)는 러시아에서 이민 온 초기 이
민자였다. 20세기 초 시온주의 운동에 참여한 흩어진 유대인
들은 '새로운 이스라엘' 건설이라는 커다란 꿈을 안고 팔레스
타인으로 몰려들고 있었다.
　예루살렘에서 성장한 오즈는 18세 때 스스로 키부츠 홀다
(Kibutz Huldah)에 들어가 회원이 되었다. 이스라엘 내에서 키
부츠에 산다는 것은 다소 독특한 뉘앙스를 가진다. 키부츠란
사유 재산이 인정되지 않는 공동체로서, 이스라엘의 건국에
이바지한 초기 정착자들이 만든 사회다. 다시 말해서 초기 이
민자들은 금세기 초 '새로운 이스라엘', 즉 세계에 흩어진 유
대 민족이 그들의 고향 땅에 정착하여, 동등한 인권을 가지고
살아갈 수 있는 정의로운 사회를 건설하려는 꿈을 실천해 나
가려는 시온주의 운동 과정에서 키부츠를 탄생시켰다. 지금까
지 이 공동체는 그러한 이상을 실현해 나가려는 자들로 구성

되어 유지되고 있다. 오즈의 청년기만 해도 많은 청년이 이러한 정신세계에 대한 자기 헌신을 하나의 큰 덕목으로 생각하여 도시를 떠나 열악한 환경과 싸워 가면서 새로운 미래 세계의 꿈을 개척해 나갔다.

그러나 오즈는 초기 키부츠의 본래 이상이 퇴색해 가고 있는 현실을 경험하면서 실패한 키부츠, 실패한 이스라엘을 역설하고, 급기야 1980년대 중엽 그의 땀이 밴 키부츠를 떠나, 마치 자신의 작품 『완전한 평화』의 주인공처럼 유다 광야의 한복판에 위치한 도시 아라드(Arad)에서 오늘까지 살아가고 있다. 이러한 작가의 삶은 현실 도피적인 태도에서 비롯된 것이라기보다는 오늘날 이스라엘이 처한 정치 현실에 대한 회의, 특히 아랍 팔레스타인과의 갈등에 대한 비판적 입장에서 비롯된 것으로 이해해야 한다. 그는 힘의 우위만을 통하여 지켜오고 있는 중동 평화가 얼마나 허약한 기반 위에 서 있는 위험한 일인가를 갈파하면서, 유대 역사에서 자신들이 지켜오고자 했던 진정한 가치가 그런 허구적 현실이 아니라, 상호 정의롭게 공존하며 이상과 현실이 조화를 이루는 나라임을 재확인하고자 보여 준 작가의 결단이라 말할 수 있다.

히브리 문학사에서 볼 때, 하스칼라 시대(Haskalah Period)의 작가들, 이를테면 멘델 모케르 세포림(Mendele Mokher Seforim, 1835~1917), 아하드 하암(Ahad Ha'am), 하임 비알릭(Hayyim Bialik, 1865~1934), 사무엘 요셉 아그논(S. Y. Agnon, 1988~1970)등이 18세기 이후 일기 시작한 계몽 주의로부터 야기된 유대 사상의 세속화 과정 속에서 낡은 유대 전통문화는 새로운 서구 문명의 모방으로 말미암아 그 모습이 변형되어 가고 히브리인의 전통적인 주제나 형식도 크게 바뀌어 가고 있을 때, 주로 유대적인 전통과 서구적인 문화 '포로 생활'과 '귀향', '거룩한 것'과 '세속적인 것' 사이의 대립과 갈등 속에서 두 전통과 '두 고향'을 결합하려는 예술적인 조화를 찾는 것을 가장 중요한 과제로 여겼었다면, 이에 비해 소위 팔마흐 세대(Palmah generation)의 작가들(여기에 속한 주요 작가들로는 오즈를 포함하여 이즈하르(S. Yizhar), 메게드(Aharon Megged), 샤하르(David Shachar), 아미하이(Yehuda Amichai), 여호수아(A. B. Yehoshua), 카하나 카르몬(Amalia Kahana-Carmon), 하레벤(Shulamit Hareven), 카스텔바움(Orly Castelbaum), 카찌르(Yehudit Katzir), 그로스만(David Grossman)등을 꼽을 수 있다.)은 히브리어를 모국어로 하여 태어난 작가들로서 이스라엘의 독립, 히브리어의 부활, 경제적 풍요 등 이스라엘 사람들이 꿈꾸어 오던 일들이 점차 현실로 다가옴에 따라 미래에 대한 희망을 가지게 됨과 동시에 전쟁, 폭발물과 테러, 아랍 민족과의 대립과 갈등 등 끊임없는 생존의 위협으로 점철된 시대를 그 배경으로 하고 있다. 따라서 이들의 관심은 꿈과 현실 사이의 간극이 주된 문제였다. 그런 점에서 팔마흐 세대에 속한 작가로서 오즈는 이스라엘 민족의 실존에 감추어진 꿈과 현실 사이의 정서적 심연을 끊임없이 탐구한다.

오즈가 29세 때(1968) 쓴 초기 작품이 『나의 미카엘』은 지금까지 그의 작품 가운데서 가장 많이 팔린 책으로서, 이스라엘에서 이스라엘 역사상 최대 판매 부수인 10만 5000부, 미국에서 340만 부가 팔렸다. 1956년 수에즈 위기 전후를 무대로 한나 고넨과 미카엘의 사랑 이야기와 결혼 생활을 그리고 있다. 히브리 대학교의 한 지질학자인 미카엘은 매우 착한 남자다. 남을 잘 이해할 줄 알며, 열심히 일하며, 신사며 동정심도 많은 남자다. 그러나 그의 아내 한나는 언제나 그와 그 주변으로부터 결핍증을 앓는다.

대학의 계단을 내려오다가 미끄러진 한나의 팔꿈치를 잡아준 것이 계기가 되어 만나 행복한 꿈처럼 시작한 결혼 생활이 점차 쇠퇴하는 과정은 주로 여주인공의 내적 세계의 갈등과 불안정한 정서를 통해서 해석되고 있다. 오즈가 한나를 통해서 묘사하고자 하는 것은 현실 속에서 무엇인가의 결핍으로 인한 현대인의 외로움과 절망이다. 그녀가 꿈꾸는 남성다움의 환상은 현실 속에서 점차 절망으로 치닫는다. 그녀의 어린 시절의 경험과 상상의 세계는 남편과의 삶의 과정 속에서 자꾸만 축소된다.

미카엘은 이상/꿈, 즉 '불(Fire)'을 이해하지 못하는 자로서 현실, 즉 '재(ash)'에 불과하다. 한나의 결혼은 곧 '재'와의 결혼이며, 미카엘은 자신의 한계를 극복할 수 있다는 자신감도, 성취하고자 하는 의욕도 없는 연약한 사람이다. 이 작품에서 작가가 말하려는 것은 '불'과 '재' 사이를 통합하고자 하는 것이다. 둘 모두를 인식해야 한다는 것이다. 작가는 인간이 꿈을 성취하고자 하는 진지한 열의와 샐러드를 만들 줄 아는 현실성을 동시에 지니도록 요구하며, 변화하는 세계에서 진공청소기를 돌릴 줄 아는 적응 능력과 동시에 꿈을 꾸는 듯한 환상을 지니는 것이 필요하다는 것을 역설하고 있다.

외견상 한나는 꿈을 이루지 못하고 절망 가운데서 몸부림치는 현대인의 죽음을 상징하며, 그녀의 결혼 생활에서의 외로움은 금세기 인간의 실존 상황을 암시하고 있다. 작가는 그녀의 주변을 덮고 있는 그늘과 설득력 없는 일상성을 통하여 낯설고 어색한 여주인공의 심리학을 확립한다. 그녀의 삶의 접근 방식은 진부하다. 지루한 환상의 반복, 자학과 자기 연민으로 상처 입은 그녀는 늘 비판적인 트집을 잡는 까탈스러운 여인이며, 이런 관점에서 행복의 부스러기를 얻으려고 실존과 싸우는 남편의 이미지는 비록 그것이 현대인의 삶을 정확하고 완전하게 투영해 주지 못한다 하더라도 매사에 시달림을 당하는 현대적 삶을 예리하게 반영하고 있다.

여기서 실재로부터 꿈으로(from reality to dreams)의 전환이 이루어진다. 남편과의 일상적인 지루한 대화(banal conversation)는 한나의 삶의 공허감의 증거가 되며, 상대적으로 예루살렘과 그녀의 어린 시절과 꿈에 관한 효과 없는 반복적인 언급은 포기할 수 없는 삶의 언저리를 붙잡고 있는 주인공의 이중적 상황을 반영해 주고 있다. 작품의 시작부터 오즈의 독특한 이중적 실화 구조(narrative fabric)를 발견할 수 있다.

내가 이 글을 쓰는 것은 내가 사랑하던 사람들이 죽었기 때문이다. 내가 이 글을 쓰는 것은 어렸을 때는 내게 사랑하는 힘이 넘쳤지만 이제는 그 사랑하는 힘이 죽어 가고 있기 때문이다. 나는 죽고 싶지 않다.

이 소설은 오즈 자신도 스스로 밝히고 있듯이 작품의 서정적 효과, 철저한 진지함, 삶을 기술하는 흡수력 등 그의 작품 세계가 러시아의 대문호인 톨스토이와 도스토옙스키로부터 얼마나 많은 영향을 받고 있는가를 보여 주는 대표작이라 말하는 데 손색이 없을 것이다.

원본으로 이스라엘 텔 아비브 암 오베드(Am Oved) 출판사의 히브리어본(1968)을 사용하였으며, 영국 빈테지(Vintage) 출판사의 영역본(1972)을 참고하였음을 밝혀 둔다. 작가와 여러 차례 전화와 서신을 주고받으면서 어렵고 힘든 부분을 논의하였는데, 아모스 오즈는 현재까지 모두 21개 언어로 번역된 이 작품이 한국어로 번역된다는 사실에 무척 흥분된다며 좋아하였다. 한국 독자들을 위한 서문을 부탁하였을 때에는 '아직까지 단 한 번도 자신의 책에 서문을 써 본 적이 없었다.'라며 자신의 까다로운 습관을 이해해 달라는 정중한 부탁도 해 왔다.
번역자의 역량이 부족하여 작품성을 다 드러내기에는 역부족이었음을 인정하지 않을 수 없다. 다만 변명컨대 작가가 사용하는 여러 까다로운 언어들(폴란드어, 이디시어, 러시아어, 독일어, 아랍어, 페르시아어, 예멘어, 보카리아어 등) 때문에 번역하는 데 여간 어려움이 많지 않았음을 고백하지 않을 수 없다. 마지막으로 독자들에게 히브리어의 맛과 유대인의 전통에서 배어나는 그윽한 향기를 맛보게 해 드릴 수 없음을 아쉽게 생각하며, 이는 전적으로 번역자가 책임을 져야 할 문제일 것이다.

1998년 9월
최창모

작가 연보

1939년   예루살렘에서 태어났다.

1954년   15세의 나이로 아버지의 세계에 반항하여 예루살렘을
         떠나 키부츠 훌다로 들어갔다.

1957년   키부츠 훌다의 회원이 되었다. 1986년 키부츠를 떠날
         때까지 대부분의 시간을 이곳에서 보냈다.

1961년   군 복무(기갑부대에서 근무)가 끝나 제대했다.

1963년   기밧트 브레너에 있는 훌다 고등학교에서 문학과 철학
         을 가르쳤다.

1965년   예루살렘 히브리 대학교에서 히브리 문학과 철학을 전
         공했다.
         단편 소설 「자칼의 울음소리」를 발표했다. 3개 국어로
         번역되었다. 홀론 상을 수상했다.

1966년   소설『다른 곳』을 발표했다. 7개 국어로 번역되었다.

1967년   제3차 중동 전쟁인 6일 전쟁에 참전했다. 시나이 전투
          에 참가했다.

1968년   소설『나의 미카엘』을 발표했다. 21개 국어로 번역되
          었다.

1969년   영국 옥스퍼드 대학교 성 크로스 칼리지에서 2년간 교
          환 학생으로 공부했다.

1971년   단편 소설「죽음에 이르기까지」를 발표했다. 10개 국어
          로 번역되었다.

1973년   소설『물결을 스치며, 바람을 스치며』를 발표했다. 5개
          국어로 번역되었다.
          제4차 중동 전쟁인 욤키푸르 전쟁에 참전했다. 골란고
          원 전투에 참가했다.

1975년   닐리와 결혼했다. 후에 2녀 1남의 아버지가 된다.
          『나의 미카엘』이 단 울만에 의해 영화로 제작되어 세계
          여러 곳에서 상영되었다.

1975년   예루살렘 히브리 대학교 거주 작가로 선정되었다.

1976년   브레너 상을 수상했다.
          단편 소설「악한 음모의 언덕」을 발표했다. 9개 국어로
          번역되었다.

1977년   이스라엘 평화 단체 'Peace Now'의 창립 멤버로서 적극
          적으로 활동했다.
          어린이용 소설『숩히』를 발표했다. 14개 국어로 번역되
          었다.

1978년   『숩히』로 제브 상을 수상하고, 한스 크리스찬 안데르
         센 메달을 받았다.

         에세이 『타오르는 불꽃 아래』를 발표했다. 2개 국어로
         번역되었다.

1980년   미국 캘리포니아 버클리 대학교에서 교환 교수로 근무
         했다.

1982년   소설 『완전한 평화』를 발표했다. 7개 국어로 번역되었다.

1983년   에세이 『이스라엘 땅에서』를 발표했다. 14개 국어로 번
         역되었다.

         번스타인 상을 수상했다.

1984년   프랑스 정부로부터 예술과 작가 부분 훈장을 수여받
         았다.

1984년   미국 콜로라도 대학교에서 거주 작가 및 교환 교수로
         2년간 근무했다.

1985년   뉴욕 로투스 클럽이 주는 올해의 작가상을 수상했다.

1986년   키부츠 홀다를 떠나 유대 광야 한복판의 아라드 시로
         이주했다.

         비알릭 상을 수상했다.

1987년   미국 보스톤 대학교 거주 작가 및 교환 교수로 근무
         했다.

         소설 『블랙 박스』를 발표했다. 18개 국어로 번역되었다.

         에세이 『레바논의 언덕』을 발표했다. 4개 국어로 번역
         되었다.

         이스라엘 브엘세바 벤구리온 대학교 히브리 문학 전임

교수가 되었다.

1988년   『블랙 박스』로 프랑스에서 주는 올해의 최우수 외국인
소설상과 런던 윙게이트 상을 수상했다.

미국 신시네티와 예루살렘 히브리 유니온 칼리지에서
명예 박사 학위를 받았다.

미국 메사추세스 웨스턴 뉴 잉글랜드 대학에서 명예
박사 학위를 받았다.

1989년   소설 『여자를 안다는 것』을 발표했다. 16개 국어로 번
역되었다.

스페인 바르셀로나 지중해 카탈란 학술원 회원으로 선
임되었다.

1990년   예루살렘 히브리 대학교 거주 작가로 선정되었다.

1991년   히브리어 학술원 평생 회원으로 선임되었다.

소설 『제3의 조건/피마』를 발표했다. 15개 국어로 번역
되었다.

1992년   독일 출판가 협회가 주는 국제 평화상을 수상했다.

텔아비브 대학교에서 명예 박사 학위를 받았다.

1993년   『숩히』로 독일에서 루크 상, 프랑스에서 아모르 상을
수상했다.

아그논에 관한 에세이 『아늘의 침묵』(히브리어 판)을
빌표했다.

브엘세바 벤구리온 대학교 현대 히브리 문학 아그논 석
좌 교수로 임명되었다.

1994년   소설 『밤이라 부르지 마오』를 발표했다. 9개 국어로 번

역되었다.

미국 메릴랜드 볼티모어 히브리 대학교 모리스 스틸러 상을 수상했다.

『피마』로 외국 소설 부문 독립상을 수상했다.

에세이 『이스라엘, 팔레스타인, 평화』를 발표했다. 8개 국어로 번역되었다.

1995년　소설 『지하실의 검은 표범』을 발표했다. 5개 국어로 번역되었다.

1996년　텔아비브 대학교 거주 작가로 선정되었다.

1997년　미국 프리스턴 대학교 교환 교수로 근무했다.

프랑스 자크 시락 대통령으로부터 레지옹 돈뇌르 훈장을 수여받았다.

『지하실의 검은 표범』으로 스위스 문학상을 수상했다.

1998년　미국 브랜다이스 대학교에서 명예 박사 학위를 받았다.

이스라엘 독립 50주년 기념 에세이 『모든 우리의 평화』를 발표했다.

이스라엘 최고의 영예인 이스라엘 문학상을 수상했다.

1999년　소설 『같은 바다』를 발표했다.

2000년　소설 『천국의 침묵』을 발표했다.

2002년　소설 『사랑과 어둠의 이야기』를 발표했다.

2005년　괴테 상을 수상했다.

2007년　소설 『삶과 죽음의 시』를 발표했다.

2008년　독일 대통령 상을 수상했다.

프리모 레비 상을 수상했다.

2009년   소설『시골 생활 풍경』을 발표했다.

2012년   소설『친구 사이』를 발표했다.

2013년   프란츠 카프카 상을 수상했다.

2014년   소설『유다』를 발표했다.

2015년   박경리 문학상을 수상했다.

2018년   스티그 다게르만 상을 수상했다.

12월 28일 암으로 페타티크바의 라빈 메디컬 센터에서

79세의 나이로 별세했다.

키부츠 훌다에 묻혔다.

세계문학전집 **15**

나의 미카엘

1판 1쇄 펴냄 1998년 9월 30일
1판 46쇄 펴냄 2024년 2월 27일

지은이 아모스 오즈
옮긴이 최창모
발행인 박근섭, 박상준
펴낸곳 (주)민음사

출판등록 1966. 5. 19. (제 16-490호)
서울특별시 강남구 도산대로1길 62(신사동) 강남출판문화센터 5층 (우편번호 06027)
대표전화 02-515-2000 팩시밀리 02-515-2007
www.minumsa.com

한국어 판 © (주)민음사, 1998, 2015, 2016. Printed in Seoul, Korea

ISBN 978-89-374-6015-9 04800
ISBN 978-89-374-6000-5 (세트)

세계문학전집 목록

세계문학전집은 계속 간행됩니다.